LAURA GUSTAFSSON

die hure

ROMAN

Aus dem Finnischen
von Gabriele Schrey-Vasara

WILHELM HEYNE VERLAG
MÜNCHEN

Die Originalausgabe erschien unter dem Titel
Huorasatu
bei Into, Helsinki

Unter *www.heyne-hardcore.de* finden Sie das komplette Hardcore-Programm, den monatlichen Newsletter sowie unser halbjährlich erscheinendes CORE-Magazin mit Themen rund um das Hardcore-Universum.

Die Übersetzung wurde gefördert vom
FILI
FINNISH LITERATURE EXCHANGE

MIX
Papier aus verantwortungsvollen Quellen
FSC® C014496
FSC www.fsc.org

Verlagsgruppe Random House FSC® N001967
Das für dieses Buch verwendete
FSC®-zertifizierte Papier *Super Snowbright*
liefert Hellefoss AS, Hokksund, Norwegen.

Redaktion: Annika Ernst
Umschlaggestaltung: Johannes Wiebel / punchdesign, München
Umschlagabbildung: Johannes Wiebel unter Verwendung
eines Motivs von © Hanka Steidle / Shutterstock.com
Gesetzt aus der 10,3/13,4 Punkt Adobe Caslon Pro
bei C. Schaber Datentechnik, Wels
Druck und Bindung: GGP Media GmbH, Pößneck
Printed in Germany

ISBN 978-3-453-26861-6

www.heyne-hardcore.de

Für meine Babys

You get what you settle for.

LOUISE SAWYER

Es war einmal ein Urtier. Aus ihm wurde ein Fisch, der aus dem Schlick des Meeres immer höher schwamm, bis an die Oberfläche, und schließlich kam er ans Ufer und atmete Luft. Er blieb auf dem Land, und ihm wuchsen Beine. Auf der Erde kroch er, stand, ging, lief und tanzte und wurde eine Frau. Doch dann lief und ging die Frau wieder und kroch, und ihre Beine verwandelten sich in eine Schwanzflosse, und sie verschwand in den Tiefen des Meeres: in Tiefen, die niemand kennt.

I.

YOU GOTTA BE BAD, YOU GOTTA BE BOLD,
YOU GOTTA BE WISER. YOU GOTTA BE HARD,
YOU GOTTA BE TOUGH, YOU GOTTA BE STRONGER.
YOU GOTTA BE COOL, YOU GOTTA BE CALM,
YOU GOTTA STAY TOGETHER.

Alles ist so perfekt. Aphrodite ist perfekt. Ares ist perfekt. Der Sex ist perfekt.

Sie begegnen sich auf einer Party, erinnern sich an Vergangenes und vergessen es wieder und verlassen gemeinsam das Fest. Sie verbringen einen Monat zusammen. Aphrodites Mann ruft an und schickt SMS, aber Aphrodite wirft ihr Handy fröhlich lachend über den Rand der Wolke und sinkt in die sehnigen Hunks-Arme ihres Lovers.

Nichts rostet so wenig wie alte Liebe.

Ares ist einfach perfekt. Genau wie ein Mann sein soll. Muskulös, attraktiv, stattlich. Charismatisch. Aggressiv. Aber dennoch zärtlich. Ein Loblied auf die Männlichkeit. Eine Testosteron-, äh, was? Na … Tankstelle. Eine Testosteron-Tankstelle, die die ganze Nacht geöffnet hat! Wo das weiße Benzin fließt und der Kredit nie ausgeschöpft ist!

Aphrodite krault die Brusthaare des Mannes.

»Meine Bräune verblasst schon wieder. Gehen wir morgen an den Strand?«, fragt sie.

»Morgen?«, antwortet Ares. Das heißt, er antwortet gar nicht. Er fragt. Aber auf eine Frage muss man antworten.

»Ja, ja, morgen.«

»Geht nicht.«
»Warum nicht?«
»Ich muss weg.«
»Wohin?«
»Nach Afghanistan.«
»Scheiß drauf, da musst du nicht hin.«
»Doch, ich muss.«

Wieso muss! Er kann nicht müssen. Irgendwo dudelt das Handy immer noch Aphrodites Lieblingssong. Wieder und wieder von vorn. Jedes Mal bis zu der Stelle, wo es heißt: »All I know, all I know, love will save the da…« Dann bricht die Melodie ab, mitten im Wort. Scheißlied. Ares streichelt zerstreut die Tätowierung unten an Aphrodites Rücken. Sie hat das Gefühl, als wäre die Haut schon ganz dünn. »Willst du mich aufrubbeln?«, kreischt sie. Danach sind beide schweigsam und in sich gekehrt.

Ares geht in sein beschissenes Afghanistan, und Aphrodite kehrt in ihr beschissenes Zuhause zurück. Ihre verflixte Menstruation hat Verspätung. »Ich bin schwanger, stör mich nicht«, fährt sie ihren Mann an. Der begreift offenbar nichts, denn er fragt, wie das möglich sei, wo doch zwischen ihnen nie etwas laufe. Aphrodite gibt ihm keine Antwort, aber nicht, weil sie ihn nicht kränken will. Sondern im Gegenteil.

Natürlich kennt er die Antwort. Auch deshalb ist es ätzend, dass er trotzdem fragt.

Bei Göttinnen dauern Schwangerschaften nicht lange, und die Geburten sind schnell und leicht. Das ist einer der Vorteile der Göttlichkeit. Aphrodite zieht sich in ihre Kammer zurück und gebärt Zwillinge, die allerdings alles andere als perfekt sind. Eigentlich sind sie nur zwei blutige Fleischklumpen, mit kleinen Stummeln anstelle der Gliedmaßen, einer riesigen Mundhöhle mitten im Kopf und ohne Augen. Das kommt bestimmt vom Rauschgiftkonsum während der Schwangerschaft, vermutet Aphrodite. Sie nennt die leise quäkenden Kinder Phobos und Deimos, das sind Ares' Lieblingsnamen. Dann ruft sie Cupido.

»Bring die beiden nach Afghanistan.«

Sie gibt ihm einen Zettel mit, auf dem steht: »ich zieh deine brut nicht groß du arsch. sie sind furchtbar hässlich. ganz der vater. ruf mich nicht an, ich verreise. Gruß, Love.«

Cupido packt die Neugeborenen am Nacken und fliegt davon, dass seine goldenen Kinderlöckchen flattern. Er fliegt über das Meer in die Wüste, bis er eine in schwarzen Polyester gekleidete Frau entdeckt, die eine Bazooka zur Panzerabwehr über der Schulter trägt. Cupido kneift die Frau in den Hintern und wirft ihr die Zwillinge zu. »Hier sind niedliche kleine Geschwister für dich«, kichert er.

»Ich hab keine Zeit, mich um Kinder zu kümmern!«, ruft das Mädchen, aber für praktische Dinge hat Cupido sich noch nie interessiert.

Das Mädchen heißt Adrasteia, doch so nennt sie keiner. Da sie alles Ekelhafte und Seltsame fasziniert, behält sie die Kleinen. Vielleicht wachsen ihnen eines Tages Arme und sie können leichte Reihenfeuerpistolen bedienen, wie es die Kinder in diesem Land tun.

In Wahrheit verreist Aphrodite nicht. Obwohl sie die Neugeborenen so rasch vergisst wie einen schlechten Traum, ist sie derart deprimiert, dass sie nicht die Kraft hat, das Haus zu verlassen. Das macht ihren Gatten überglücklich.

Ihr Ehemann kann aus Eisen und Edelmetallen die fantastischsten Sachen schmieden. Am Montag schmiedet er eine Tiara für Aphrodite. Dann schmiedet er am Dienstag wieder eine Krone für Aphrodite. Und auch am Mittwoch schmiedet er eine Tiara für Aphrodite. Am Samstag schleudert Aphrodite ihm die neueste Tiara mit den Zacken voran ins Gesicht. Sie glaubt, sein Aussehen könne dadurch nicht noch beschissener werden. Doch da irrt sie sich.

»Lass es endlich sein!«

Der Mann zieht sich in seine Schmiede zurück und weint. Er hat wenig Glück bei Frauen. Als er geboren wurde, war er so hässlich, dass seine Mutter ihn den Berg hinunterwarf. Es war ein langer Fall, fast drei Kilometer. Dabei ist er zum Krüppel geworden: Er humpelt und zieht ein Bein nach. Andererseits hat Aphrodite ihn gerade wegen seines hässlichen Äußeren bekommen. Zeus hielt das für gerecht: Er gab die allerschönste Frau dem allerhässlichsten Mann, um unlauteren Wettbewerb zu vermeiden. Aus seiner Sicht nicht schlecht.

»Hör auf, darüber zu reden!«

Aphrodite wirft schon wieder irgendwelches Zeug nach ihm. Er hat aus Versehen laut gedacht, und nicht zum ersten Mal. Er entschuldigt sich. Doch Aphrodite ist unerbittlich, im Hass wie in der Liebe. »Die Situation ist unentschuldbar.«

Und eigentlich stimmt das ja.

Es besteht gar kein Grund, den hässlichen, verkrüppelten Hephaistos zu bemitleiden. Diplomatische Rücksichtnahme war nicht der einzige Grund, weshalb die schönste Blume des Götterhains sein Privateigentum wurde. Durch Erpressung hat er Aphrodite bekommen. Er hat die Frau des Zeus in einen Käfig gesteckt und den Käfig zugeschmiedet. Dann hat er erklärt, er werde die Dame erst freilassen, wenn die Göttin der Liebe durch heilige Ehebande an ihn gefesselt worden sei. Da half nichts. Aphrodite wurde ihm auf dem Standesamt in Gegenwart von zwei Zeugen angetraut.

»Ich bin so glücklich«, sagte Hephaistos.

»Das wirst du noch bereuen, Arschloch«, sagte Aphrodite.

Und der Standesbeamte erklärte sie zu Mann und Frau.

Aphrodite hätte wissen müssen, was für ein Schwein der Kriegsgott ist. Sie redet sich ein, das schnelle Ende dieser Episode sei einzig und allein positiv zu sehen. Sie legt eine Liste der schlechten Eigenschaften von Ares an: barbarische Maskulinität, Blumenkohlohren, unfähig, über seine Gefühle oder andere Themen zu sprechen, furzt im Bett. Und obendrein ist er untreu. Doch das will Aphrodite nicht auf ihre Liste setzen.

Es gibt keinen Grund, Ares nachzuweinen. Aphrodite kann auch allein an den Strand gehen.

Das Rauschen der Mittelmeerwellen erinnert sie immer daran, welch große Gottheit sie ist. Die allergrößte! Sie schaut auf das Meer.

Die wundervollen, glatten und immer lächelnden Delfine winken ihr mit den Flossen.

Plötzlich hindert ein Schatten die Sonnenstrahlen, ihre Haut zu liebkosen. Aphrodite dreht sich um. Hinter ihr steht jemand, dem sie, soweit sie sich erinnert, noch nie begegnet ist. Sie lächelt den Mann an, kann seine Miene aber nicht erkennen, die Sonne blendet sie.

APHRODITE: Kennen wir uns?

DER UNBEKANNTE: …

Der Mann steht drohend und stumm da wie eine lange schwarze Wolke.

APHRODITE: Was ist, willst du ein Autogramm?

DER UNBEKANNTE: …

Aphrodite bemerkt, dass der Mann nach Schweiß und Alkohol riecht.

APHRODITE: Du darfst auch ein Foto von mir machen, wenn du willst. Vielleicht im Wasser?

DER UNBEKANNTE: …

Der Mann dreht sich um und geht. Erst als er ein Stück entfernt ist, fällt Aphrodite auf, dass er keine Faser am Leib trägt.

APHRODITE: Komischer Spinner.

Sie will nicht weiter über die Sache nachdenken, dergleichen kommt eben vor. Für manche ist Aphrodites Schönheit einfach zu viel. Es gibt Männer, die angesichts einer solchen Pracht nicht anders können, als zu stieren und sich unsozial zu benehmen.

Sie geht in die Ewige Disco, die direkt am Ufer steht und deren Tanzfläche auf einem großen Steg auf das Meer hinausragt. Dort flirtet sie mit dem DJ und bittet ihn, Gloria Gaynor aufzulegen.

Es ist früher Abend, und in der Disco sind noch nicht viele Gäste. Aphrodite hat die ganze Tanzfläche für sich, was absolut optimal ist. Menschen und Götter betrachten ihren perfekten Körper und ihre geschmeidigen und ach so verführerischen Bewegungen, die zwar mit echtem Tanzen nichts zu tun haben, aber trotzdem unglaublich sexy sind.

Aphrodite tanzt mit geschlossenen Augen und summt die Melodie mit. Hände legen sich sacht um ihre Taille. Erst als der Song zu Ende ist, sieht sie den Fremden mit den sanften Händen an. Sie blickt in große unschuldige Augen.

Der junge Mann: Ich bin Adonis.

Aphrodite: Ich bin Aphrodite.

Der junge Mann: Ja. Ich weiß. Die schönste Frau des Universums.

Aphrodite (kichernd): Genau!

Der junge Mann: Möchtest du etwas trinken?

Aphrodite (ihre goldenen Locken schwingend): Ambrosia. Oder Cristal-Champagner.

Aphrodite findet es herrlich und ganz natürlich, dass der junge Mann ihr Drinks spendiert und in regelmäßigen Abständen erneut fragt, was sie möchte. Es ist zu lange her, dass sich jemand für ihre Meinung interessiert hat.

Sie trinken schnell und sind bald beschwipst. »Gehen wir?«, fragt Aphrodite.

Sich an der Hand haltend verlassen sie die Disco. In der anderen Hand trägt Aphrodite eine halbvolle Champagnerflasche, obwohl man unter keinen Umständen Getränke mitnehmen darf. Sie bildet sich ein, sich unauffällig zu verhalten, doch der Kellner kennt die Kniffe besoffener Gäste und ruft, he, lass die Flasche hier. Aphrodite gehorcht nicht, das Pärchen läuft kichernd davon. Der Kellner setzt ihnen nach.

Da schnappt sich Penelope, die schwankend auf einem Barhocker sitzt, eine Whiskyflasche von der Theke und gießt sich das Glas bis zum Rand voll, trinkt es aus und schenkt gleich noch einmal nach.

Da Aphrodite und Adonis in der Schwärze der südeuropäischen Nacht entkommen, kehrt der Kellner mit leeren Händen an seinen Arbeitsplatz zurück. »Penelope, hältst du mich für blöd? Wenn jemand sieht, dass hier solche Mengen ausgeschenkt werden, verlier ich meine Lizenz. Das ist illegal. Kapierst du? Für den Rest des Abends hast du Lokalverbot.«

Penelope leert ihr Glas, wirft ihre Handarbeit auf die Theke und mault: »Die ganze Welt ist gegen mich. Leck mich doch am Arsch, verdammt.«

Der Kellner setzt sie vor die Tür und erklärt, am nächsten Tag sei sie wieder willkommen.

Aphrodite führt Adonis in den dichten Wald, wo sie sieben Nächte und sechs Tage irrsinnigen Sex haben.

Nachdem das erledigt ist, schaltet Aphrodite ihr Handy ein. Von zu Hause sind viele Anrufe gekommen, aber auch von einer anderen Nummer wurde des Öfteren angerufen. Aphrodite hört die Mailbox ab: »Hallo, ich komme am Wochenende vorbei, bis dann.« – »Hallo, ich bin's, gehst du mal dran?« – »Hallo, ich bin's, ich bin übermorgen da, ich ruf dich an.« – »Hallo, Ares hier, sehen wir uns?« – »Hallo, Ares hier, ruf mich sofort an.« – »Hallo, Ares hier, wo bist du?« – »Hallo, Ares hier, ich warte auf dich.« Und so weiter.

Aphrodite betrachtet den schlafenden Adonis. Der Junge ist wirklich schön und wohlgebaut.

Aber was soll sie mit dem Kriegsgott machen? Wie könnte sie ihm zum Beispiel all das unter die Nase reiben? Ihn ein bisschen leiden lassen? Aphrodite lächelt wie eine Frau, die endlich den Beweis für ihre Überlegenheit erhalten hat.

Sie beschließt, etwas zum Frühstück zu besorgen, sie haben beide seit einer Woche nichts gegessen. Vielleicht trifft sie unterwegs rein zufällig auf den Kriegsgott.

Gerade will sie aufbrechen, als ihr einfällt, dass es vielleicht besser wäre, etwas anzuziehen. Sie steigt in ihre Strings und verhüllt ihre Brüste mit Muscheln. Nein, natürlich nicht mit Muscheln, sondern mit Designerprodukten! Das reicht, es ist ja Sommer.

Aphrodite spaziert aus dem Wald, ihr Nabelschmuck funkelt in der Sonne und blendet jeden, der hinschaut. Sie ist lange nicht mehr so glücklich gewesen.

Am Strand sieht sie eine dunkle Gestalt, die im Sand sitzt und aufs Meer starrt. Schau an, Mr. Afghanistan persönlich. Aphrodite geht zu ihm.

Aphrodite (fröhlich): Hallo.

Ares dreht sich um, er sieht übernächtigt aus und hat sich seit einer Weile nicht rasiert.

Ares: Wo warst du?

Aphrodite: Hier und da.

Ares steht auf und packt Aphrodite an den Handgelenken.

Ares: Wo?

Aphrodite: Bei meinem neuen Lover.

Ares: Wo?

Aphrodites Blick schweift zum Wald hinüber. Ares stößt sie zu Boden und läuft darauf zu. Unterwegs verwandelt er sich in ein Wildschwein. Aphrodite setzt ihm nach, doch sie kommt zu spät: Als sie ihr Lager erreicht, findet sie den misshandelten Adonis leblos und entmannt.

Aphrodite weint. Wo ihre Tränen auf den Boden fallen, sprießen Blumen.

Die Göttin der Liebe sitzt niedergeschlagen in der Ewigen Disco. Sie bestellt in trägem Tempo Blaue Engel und liest Horoskope: »Du wirst bald ein aufregendes Abenteuer erleben. Die wahre Liebe läuft dir über den Weg, geh nicht an deinem Glück vorbei. Du kannst in Lebensgefahr geraten, blablabla …«

Ein paar Hocker weiter sitzt Penelope, die sich am helllichten Tag systematisch besäuft. Sie hat sich neben der verblassten grünen eine Haarsträhne violett färben lassen. Den Lippenstift hat sie zu dick aufgetragen und an den falschen Stellen. Es ist irgendwas vor zwölf Uhr, aber es kommt ihr vor wie tausend Uhr. Sie sind die einzigen Gäste im Lokal.

»Die Männer sind Schweine«, beginnt Penelope ein Gespräch.

Aphrodite blickt von dem Klatschblatt auf. »Das kannst du laut sagen.«

»Wo ist der junge Bursche?«

»Er ist tot.«

Aphrodite vergießt wieder Tränen, und auf der Bartheke wachsen rosafarbene Anemonen.

»Würdest du das bitte lassen«, schimpft der Kellner und wischt die Anemonen mit einem Spültuch weg.

Penelope scheucht den Kellner verärgert fort. Sie ist so betrunken, dass sie dabei vom Hocker fällt.

»Warum holst du ihn dir nicht zurück?«, fragt sie, als sie sich aufgerappelt hat.

»Aus dem Hades?«

»Ja.«

»Warum holst du deinen Mann nicht zurück?«

»Na Mensch, der ist doch nicht tot. Der Scheißkerl soll ruhig bleiben, wo er ist.«

»Aha.«

»Ja. Ich habe vor ein paar Tagen mit Circe telefoniert, und weißt du was?«

»Na?«

»Der Typ hat mit seinen Männern auf Circes Insel sogenannten Schiffbruch erlitten. Mit ›sogenannt‹ meine ich, dass sie allesamt besoffen waren und keiner mehr das Schiff steuern konnte. Auf der Insel haben sie dann fast drei Wochen Krawall gemacht, und Circe hat geschimpft, sie kann verdammt noch mal nicht schlafen, weil die Kerle Tag und Nacht rumbrüllen. Das sind ja so Typen, die nicht einfach wegsacken, die werden nur immer lauter und dümmer. Eines Morgens hat Circe dann meinen Alten dabei erwischt, wie er auf ihr Kräuterbeet gekackt hat, und da hat sie endgültig die Nerven verloren. Sie hat sich gedacht, diesmal kommt ihr nicht mit einer Verwarnung davon. Also hat sie Zauberhonig zubereitet und ihn der ganzen beschissenen Mannschaft gegeben, und da sind die Kerle auf die Knie gefallen und haben sich in Schweine verwandelt, einer wie der andere.«

»Odysseus auch?«

»Hah! Ja, der ist natürlich die größte Sau geworden, verdammt.«

Aphrodite lacht auf. Penelope kippt ihren Whisky.

»Wenn ich sage, die Männer sind Schweine, dann ist das Fakt, hörst du?«

Olympos International Airport.

Aphrodite hatte nicht gewusst, dass Flughäfen so groß sind. Irgendwo muss doch das Gate für den Flug zum Hades sein. Sie zieht den rosafarbenen Koffer hinter sich her und fühlt sich zum ersten Mal in ihrem ganzen Dasein klein. So ein Mist, denkt sie, als sie sich umsieht.

Doch dann, welch herrliche Erleichterung: Dort drüben gehen Menschen, die wie Selbstmörder aussehen. Und am Gate steht der richtige Name! HEL! Aphrodite ist so begeistert, dass sie nicht weiterliest. Sie eilt den Selbstmördern nach und steigt zufrieden in den Flieger.

Am Ziel angekommen laufen sie durch einen langen, langen Gang. Draußen vor den Fenstern fällt Schneeregen, alles ist sehr grau. Die Menschen streben still, aber entschlossen auf ihr Ziel zu. Genau so hat Aphrodite sich diesen Ort immer vorgestellt. Oder, na ja, vielleicht nicht ganz so schlimm, aber immerhin.

Sie fragt die Leute, ob sie einen gewissen Adonis gesehen haben. Niemand antwortet ihr, obwohl sie ihr freundlichstes Lächeln aufsetzt. Vielleicht kennen sie Adonis nicht, weil sie gerade erst im Reich des Todes angekommen sind.

Zum Glück entdeckt sie einen Infoschalter!

Unterdessen in Afghanistan.

Adrasteia, die von ihrer Mutter Nemesis genannt und von ihrem Vater meist mit no-no-no-no-no angesprochen wird, lässt Phobos und Deimos in ihrem Zelt aufwachsen. Doch nach ihrer Rückkehr von einem Feldzug stellt sie fest, dass die Zwillinge verschwunden sind. Vielleicht hat eine Hyäne sie geholt. Oder sie sind in die Wüste gekrabbelt und im Sand versunken. Sie streicht sich die Haare aus der Stirn und zieht eine enttäuschte Miene. Nächstes Mal wird sie sich etwas größere Maskottchen zulegen.

Diese Seite nach oben, dachte der Schöpfer, als er die Frau erschaffen hatte.

Und die Frau sagte, ich habe Hunger, und aß den Schöpfer auf. Doch die Frau war allergisch gegen den Schöpfer und bekam Bauchschmerzen. Darauf folgte eine zwei bis sechs Tage anhaltende Blutung. Und bevor die Monatshygiene erfunden wurde, ließ die Frau ihr Blut einfach an den Beinen herunterlaufen.

Das Blut sickerte in die Erde, und daraus entstanden die kleineren Götter, die allerdings ziemlich groß wurden.

Sieben Tage nach der Blutung bekam die Frau Lust. Sie prüfte alle Götter und Göttinnen, aber irgendwie waren sie von der falschen Art. Dann begegnete ihr ein anderer Mensch, der sich dadurch auszeichnete, dass er einen Penis hatte. Und sie trieben es miteinander, und die Frau dachte, so ist es gut.

Und die Frau nannte sich Al-Lat. Das heißt: Göttin. Aber der Mann hatte einen ganz gewöhnlichen Namen.

Alles war gut, bis der Mann auf die Idee kam, Al-Lat müsse auch einen gewöhnlichen Namen annehmen. Al-Lat hingegen sagte, sie könne nicht jedes Mal den Namen wechseln, wenn dem Mann danach war.

Da wurde der Mann verbittert, und eines Tages wanderte er durch die Wüste und begegnete ihrem gemeinsamen Kind. Wie heißt du noch gleich?, fragte der Mann. Mahmut, antwortete der Junge. Der Mann sagte, aha, was würdest du davon halten, wenn ich dich auf dem Berg dort totschlage, aus irgendeinem unbegreiflichen Grund. Mahmut flehte, ach Vater, tu das nicht, ich verspreche dir, was du willst, wenn du mich nur nicht totschlägst. So, so, sagte der Mann.

Und dann entwickelte der Mann einen Plan: Mahmut sollte Al-Lah erschaffen, das heißt: Gott, und ihn so mächtig machen, dass die Frauen aufhörten, den Männern auf der Nase herumzutanzen. Und Mahmut tat es. Deshalb sind die Frauen und die Göttinnen so klein geblieben.

2.

PRETTY WOMAN, LOOK MY WAY.
PRETTY WOMAN, SAY YOU'LL STAY WITH ME.
'CAUSE I NEED YOU, I'LL TREAT YOU RIGHT.
COME WITH ME BABY, BE MINE TONIGHT.

Milla sitzt zu Hause, isst Nudeln mit Sojaschrot und liest Werbung. »Grannas: Frisch gepresster Apfelsaft: 5,90. Maldon: Ökologisches Meersalz 95 g: 4,50. Antipasti-Teller, 2 verschiedene, 500 g: 6,90. Monin: Kaffeesirup, 5 Geschmacksrichtungen, 5 x 50 ml: 7,90.«

Aus ihrem Magen dringt ein leises, aber vernehmliches Knurren. Es ist das Nudeln-mit-Sojaschrot-Knurren. Das Studienbeihilfe-verbraucht-Knurren. An sich ist das Studium ganz in Ordnung, aber es führt zu nichts. Milla weiß, dass sie jetzt einen ebenso vernünftigen Job kriegen kann wie nach dem Examen. Warum soll sie sich den Job nicht sofort suchen, statt weiter für Prüfungen zu lernen, bei denen komische Fragen zu abstrakten Themen gestellt werden? Gesagt, getan!

Milla geht zum Arbeitsamt.

»Hallo. Ich brauche einen Job«, sagt sie zu der Beraterin.

»Aha. Was für einer darf es denn sein?«

»Na, irgendetwas mit gutem Gehalt und kurzer Arbeitszeit. Sinnvoll, aber nicht zu verantwortungsvoll. Nicht im Freien, aber nichts, wo man immer bloß stillsitzen muss.«

Die Beraterin lacht so laut, dass alle anderen Arbeitssuchenden sich zu ihnen umdrehen.

»Was ist daran so lustig?«

»Na, so einen Job gibt es natürlich nicht.«

Die Beraterin dreht den Monitor so, dass sie sich die offenen Stellen gemeinsam ansehen können. Gesucht werden Anstaltsputzkräfte, Metro-Putzkräfte, Treppenhausputzkräfte und Fischausnehmer.

»Das ist nicht ganz …«

»Irgendeinen Job müssen Sie nehmen.«

Küchenhilfen, Dienstmädchen, Sklavinnen. Sklavinnen. Sklavinnen. Sklavinnen.

Doch dann, mitten in all dem Elend, steht da: »Bis zu zweihundert Euro Stundenlohn! Kundenorientierte, fröhliche Mitarbeiterin gesucht für vielseitige Tätigkeit mit Kontakt zu Menschen in wechselnder Umgebung. Keine Vorbildung erforderlich. Ihre Qualifikation: Sie sind eine schöne junge Frau.«

»Was ist das?!«

Die Beraterin klickt das Inserat an. Den Daten zufolge handelt es sich bei der Firma um das Verkupplungsbüro Pimp & Pimp, das mit dem Slogan wirbt: »Hüter einer alten Tradition.« Unter dem Inserat steht klein gedruckt: »Die Arbeit verursacht möglicherweise ein kleines soziales Stigma.«

»Was ist ein Stigma?«, fragt Milla.

»Keine Ahnung«, antwortet die Beraterin.

»Sicher nichts Wichtiges!«

Milla schreibt sich die Kontaktdaten von Pimp & Pimp auf den Handrücken und schickt sich gut gelaunt zum Gehen an.

Eine Frau, die darauf wartet, aufgerufen zu werden, sieht sie verächtlich an und schnaubt. Milla dreht sich zu ihr um. »Hör mal: Ich seh gut aus und du nicht. Deshalb wirst du Fischausnehmerin, und ich werde Freudenmädchen.«

Die Frau holt eine heiße Brennschere aus ihrer ledernen Handtasche und drückt sie gegen Millas Oberschenkel. Ein Loch brennt sich in die dünne Strumpfhose, und auf Millas Schenkel entsteht ein roter Abdruck.

»Au, verdammt, musste das sein?«

»Ja, unbedingt.«

Milla zeigt dem Pförtner ihren Schenkel. »Guck mal, was die gemacht hat.«

Der Pförtner hat wahrscheinlich noch nie einen Frauenschenkel aus der Nähe gesehen, denn er beginnt zu masturbieren. Milla schaut sich sein Gewichse eine Weile an. Genau wie damals in der Straßenbahn, als ein Mann sie angesprochen hatte, dann aber anfing, an seinem Schwanz herumzufingern. Oder als sie zur Vorlesung ging, da ist ihr ein Mann gefolgt und hat an der Tür zum Hörsaal gewichst.

»Danke und Tschüss«, sagt sie und geht.

Bei Pimp & Pimp wird Milla von einem schwarzen Mann empfangen, der eine Sonnenbrille und Goldschmuck trägt.

»Grüß dich, Schlampe«, sagt der Mann.

»Ja, hallo, ich suche Arbeit.«

»Dreh dich mal um.«

Milla dreht sich um.

»Hübscher Arsch.«

»Danke.«

»Du musst das hier ausfüllen.«

Der Mann schiebt Milla ein Papier hin und fängt an, laut und undeutlich zu telefonieren. Milla füllt das Formular aus.

Name ________________________________

Telefonnummer ________________________________

Kontonummer ________________________________

Pornoname ________________________________

»He, 'tschuldigung, was ist ein Pornoname?«, fragt Milla.

»Du brauchst einen Künstlernamen.«

»Hä?«

»Pass auf, Hure, wie heißt du, Milla, okay, das ist kein Porno, aber wenn du was dranhängst, dann wird es Porno. Du könntest zum Beispiel Karmilla heißen. Das klingt nach Nutte. Milla klingt nach dem Mädchen von nebenan. Kapiert, du Schickse?«

»Musst du mich die ganze Zeit beschimpfen?«

»Ich beschimpf dich nicht, verfickte Schnecke. Du bist doch 'ne Frau. Weiber gleich Bitches gleich Dirnen. Kapierst du, oder bist du obendrein auch noch blöd?«

»Alles klar.«

Der Mann schickt sie ins Büro.

»Ich dachte, du rekrutierst«, sagt Milla.

»Nee, Matratze, schmink dir die rassistischen Vorurteile ab, ich bin der Sekretär. Die große Nutte empfängt kleine Nutten in ihrem Zimmer.«

»Okay.«

Milla betritt das Büro, in dem eine kleine bebrillte Frau sitzt. Die Frau reicht Milla ihre kleine kalte Hand.

»Du hast mit unserm Sekretär jeredet. Tut mir leid, echt. Der Kerl is 'n Arsch. Ich ruf beim Arbeitsamt an und sag, ich brauch 'nen juten Mann für die Arbeit, und die schicken mir so 'n Doofkopp. Ich würd 'n ja rausschmeißen, aber dann jibt's Sanktionen. Scheiße, sach ich dir.«

»Ja.«

»Du suchst Arbeit?«

»Ja.«

»Begreifste, worum's jeht?«

»Ja«, sagt Milla wieder, obwohl die Frau so schnell spricht, dass sie höchstens die Hälfte versteht.

»Wir schicken dir 'nen Kunden, der zahlt an uns, und wir zahlen dir davon dein Jehalt, minus unseren Anteil. Kapierst du? Du kannst dir aussuchen, wann du arbeitest, schreibst bloß in den Kalender, welche Tage und Zeiten dir so passen, und wenn wir den richtigen Typen haben, kriegt der von uns deine Telefonnummer, und ihr könnt ausmachen, wo ihr euch trefft.«

»Ja.«

»Hier haste noch 'n Formular, da kannste ankreuzen, wennste bei die Kunden irjendwelche Präferenzen hast.«

Männerformular:

Ich empfange

- ☐ 20–30-jährige Männer
- ☐ 30–40-jährige Männer
- ☐ 40–50-jährige Männer
- ☐ 50–65-jährige Männer
- ☐ Senioren
- ☐ Greise
- ☐ Invaliden
- ☐ Veteranen
- ☐ geistig Behinderte
- ☐ normal gebaute Männer
- ☐ untergewichtige Männer
- ☐ übergewichtige Männer
- ☐ krankhaft übergewichtige Männer
- ☐ weiße Männer
- ☐ schwarze Männer
- ☐ asiatische Männer
- ☐ braune Männer
- ☐ russische Männer
- ☐ Latinos
- ☐ Albinos
- ☐ Christen
- ☐ Juden
- ☐ Muslime
- ☐ Buddhisten
- ☐ Atheisten
- ☐ attraktive Männer
- ☐ unattraktive Männer
- ☐ potthässliche Männer
- ☐ Zwerge
- ☐ stumme Männer
- ☐ blinde Männer
- ☐ taube Männer
- ☐ verkrüppelte Männer
- ☐ missgebildete Männer
- ☐ psychisch kranke Männer
- ☐ sonstige

»Je mehr Kreuzchen du machst, desto mehr kannste verdienen, klar?«

»Ja.«

»Der Grundpreis is 'n Hunderter, für längere Einsätze wird nach Stunden bezahlt. Sonntags gibt's doppeltes Jehalt, und der Analzuschlag macht dreißig.«

»Okay.«

»Du kriegst Dienstkleidung von uns, wenn du nicht deine eigenen Klamotten tragen willst. Wir können dir auch Perücken vermieten, wenn du meinst, du brauchst welche. Pariser kriechste vom Sekretär. Schnallste, watte dir da einbröckseln tust?«

»Bitte?«

»Ich hab jefragt, ob du schnallst, watte dir da einbröckseln tust.«

»Noch mal, was?«

»Einbröckseln.«

»Hä?«

»Bei uns sagt man so.«

»Aha. Na ja, ich werde Hure, oder?«

»Wir sagen lieber Begleiterin.«

»Okay.«

»Na dann, wir rufen dich an. Und du kannst auch anrufen, wenn du Fragen hast.«

Milla verlässt das Büro. Der Bursche am Empfang wirft ihr ein Paket Kondome zu.

»Wie viele sind da drin?«, fragt Milla.

»Fünfzig, Wackelarsch.«

»Gib mir gleich hundert, damit ich deine blöde Fresse nicht nächste Woche schon wieder angucken muss.«

»Rassistennutte!«

Und so bekommt Milla Arbeit!

Milla wartet vor dem Hotel auf ihren ersten Kunden. Sie hat ihre offizielle Dienstkleidung angelegt. Jetzt zieht sie sich noch einmal die Lippen nach, damit der Freier sie auch erkennt.

Viele Herren werfen ihr einen Blick zu, aber keiner bleibt stehen. Wenn er mich hässlich findet und einfach vorbeigeht? Wie furchtbar, denkt Milla. Schließlich kommt ein Mann in mehr als den mittleren Jahren lächelnd auf sie zu.

Mannomann! Das ist ja Richard Gere. Eigentlich hatte Milla sich einen attraktiven Mann erhofft oder wenigstens einen etwas jüngeren. Der Mann grüßt sie fröhlich. Milla lächelt. Sie gehen in sein Zimmer.

Milla: Willst du's anal?

RICHARD: Wie?

MILLA: Na, anal.

RICHARD (väterlich spielend, aber dennoch ernst): Komm zu mir aufs Bett.

MILLA: Ich zieh die Bluse aus.

RICHARD: Nein, nein, nein … Ich möchte eigentlich keinen Sex. Aber du könntest vielleicht eine Woche bei mir bleiben.

MILLA: Nee, kann ich nicht.

RICHARD: Warum nicht?

MILLA: Schreckliche Vorstellung. Glaubst du, ich hätte kein eigenes Leben?

RICHARD: Aber du bist doch Prostituierte!!

MILLA: Hör mal, willst du nun ficken oder nicht?

RICHARD: Wie könnte ich, ich kenne dich doch gar nicht.

MILLA: Warte mal.

Milla geht auf die Toilette. Sie ruft im Zuhälterbüro an und fragt, was sie in so einer Situation tun soll. »Is dat so 'n grauhaarijer Kerl? Immer dieselbe Jeschichte. Über den ham sich schon viele beschwert, aber er hat seine Bestellung wieder mal unter 'nem neuen Namen aufjejeben. Der versucht dat jedes Mal. Bleib da, so lange du magst, wir berechnen ihm die Zeit. Von mir aus blas ihm einen, dann brauchste nich so viel zu reden.«

Als Milla zurückkommt, sitzt Richard in seinem Anzug locker auf dem Bett und lächelt gutmütig.

RICHARD: Soll ich für dich Klavier spielen?

MILLA: Nicht unbedingt.

RICHARD: Wollen wir dann etwas trinken?

MILLA: Okay.

Richard Gere öffnet eine Flasche Champagner und schenkt ein.

RICHARD: Na also, das ist doch lustig, oder? Ich bin ein humorvoller Mann.

MILLA: Ich krieg von Sekt immer Kopfweh.

RICHARD: Oje. Mmh. Soll ich dir die Schultern massieren?

MILLA: Okay.

Richard massiert Millas Schultern.

MILLA: Soll ich dir einen blasen?

RICHARD: Meinetwegen, wir kennen uns ja schon so gut.

Richard legt sich aufs Bett und zieht die Hose herunter. Milla greift nach seinem Penis und lutscht daran.

RICHARD: Ooh, jetzt ejakuliere ich.

Splurt.

Milla schafft es gerade noch, den Kopf zu heben und wegzudrehen.

Splört.

RICHARD: Jetzt will ich schlafen, aber ich melde mich bald wieder bei dir.

MILLA: Na klar.

Im Weggehen begegnet Milla einem Gentleman, der im Hotelfoyer herumsteht. Der Mann sieht sie an.

»Entschuldige, bist du eine Hure?«, fragt er.

»Ja.«

»Ich möchte dir ein Angebot machen.«

»Sorry, aber da musst du dich an meinen Arbeitgeber wenden.«

»Aber ich würde richtig gut zahlen.«

»Sorry.«

Milla gibt dem Mann eine Visitenkarte von Pimp & Pimp. Draußen wartet sie eine Viertelstunde auf den Bus, der sie nach Hause bringt.

Kallas Fingernägel sind lang und rot. Sie sind aus Acryl. Kalla hat sie sich als Geburtstagsgeschenk gekauft. Die Fingernägel geben ihr das Gefühl, großartig zu sein. Was sie natürlich ohnehin ist.

Sie trinkt Sekt und ist immer überzeugter von ihrer Großartigkeit.

Kalla trägt hochhackige Schuhe und einen kurzen Rock. Dazu Strümpfe mit Strapsen. Sie erinnert sich, von einer afrikanischen Ministerin gelesen zu haben, die mehrere Strumpfhosen übereinander anzieht, weil die eine eventuelle oder eher wahrscheinliche Vergewaltigung verzögern. Kalla überlegt, ob die Ministerin schon einmal vergewaltigt wurde. Aber im Grunde denkt sie nur nebenbei daran, das ist so weit weg. Sie wirft die Tageszeitung zum Altpapier und räumt den Küchenschrank ein bisschen auf.

An der Haustür begegnet sie ihrer Nachbarin. Die beiden grüßen sich mit leiser Stimme und einem kleinen Lächeln. Sie sind fast gleichaltrig. Na ja, Kalla ist vielleicht ein wenig älter. Jedenfalls kleidet sie sich eleganter. Sie ist auch größer. Und ihre Haare sind schwarz, während die Nachbarin die Haare knallrot gefärbt hat.

Eigentlich haben sie nichts gemeinsam. Denn Kalla ist einzigartig.

Das ist Kallas Abend

Hier gibt Kalla dem Portier ihren Mantel und lächelt mit leicht geöffnetem Mund, und der Portier verlangt nicht zwei Euro von ihr.
Hier bestellt Kalla einen Cider.
Hier flirtet Kalla mit einem Mann, der neben ihr steht.
Hier fordert Kalla den Mann zum Tanzen auf.
Hier spendiert der Mann Kalla einen Tequila.
Hier spendiert Kalla dem Mann einen Tequila.
Hier geht Kalla zur Toilette und betrachtet sich im Spiegel: Sie ist großartig, auch wenn es ihr ein bisschen in den Ohren rauscht.
Hier verlässt Kalla die Toilette.
Hier prallt Kalla gegen einen Mann, dem sie sicher früher schon einmal begegnet ist, vielleicht bei der Arbeit oder irgendwo sonst.
Hier vergisst Kalla den Mann, mit dem sie Tequila getrunken hat.
Hier trinkt Kalla einen schwarzen Shot, der am Gaumen klebt und die Zunge verfärbt.
Hier bittet der Mann, den sie von irgendwoher kennt, sie auf eine Zigarette nach draußen.
Hier raucht Kalla.
Hier küsst Kalla den Mann, den sie von irgendwoher kennt.
Hier bestellt der Mann ein Taxi.
Hier sieht Kalla durch das Taxifenster, wie die Straßenlampen lange Lichtstreifen auf den feuchten Asphalt ziehen.

Hier findet Kalla ihren Hausschlüssel.
Hier zieht der Mann Kalla den Rock aus.
Hier zögert Kalla.
Hier sagt Kalla Nein.
Hier tut es Kalla weh.
Hier beginnt Kalla zu weinen, nicht sehr laut, aber doch so, dass man es in dem stillen Haus in der Nachbarwohnung hören kann.
Hier kommt es dem Mann.
Hier hört Kalla auf, sich am Laken festzuklammern.
Hier merkt Kalla, dass ein Acrylnagel abgebrochen ist.

Und das ist Kallas Morgen.

Der Mann sucht seine Kleider. Er holt die Schuhe aus dem Flur und setzt sich aufs Bett, um sie anzuziehen. Sand fällt auf den Teppich. Kalla dreht sich nicht um. Sie stellt sich schlafend. Der Mann nimmt seinen Mantel und geht.

Im Traum steht sie im Innenhof eines großen Einkaufszentrums. Dort wächst Gras. Die Wände des Einkaufszentrums sehen verwittert aus, dabei weiß Kalla, dass sie frisch getüncht sind. Der Hof ist von Mauern umgeben. Sie weiß nicht, wie sie in das Gebäude zurückkommt. Von der Erde erheben sich große, metallisch glänzende Fliegen, in deren riesigen Augen sie ihr Spiegelbild sieht, nur ist es nicht ihr wahres Spiegelbild: Es ist das Spiegelbild eines ähnlichen Insekts. Und sie betrachtet ihren Körper, er ist ganz schwarz, und er erhebt sich in die Luft und steigt auf und steigt auf und steigt auf, und als sie die Mauerkrone erreicht, sieht die Stadt ganz fremd aus.

Kalla müsste zur Arbeit gehen.

Sie müsste die Augen öffnen.

Müsste aufstehen.

Kalla will nicht. Sie will nichts, nie mehr, gar nichts.

Sie will sterben.

Aber es könnte schlimmer sein. Es könnte so viel schlimmer sein.

Sie denkt an die Mädchen, die man mit falschen Versprechungen in thailändische Bordelle lockt und gefügig macht, indem man sie zwingt, Scheiße zu essen.

Sie braucht keine Scheiße zu essen.

Sie denkt an die irakischen Frauen, die zum Tod durch Steinigung verurteilt werden, weil sie vergewaltigt wurden.

Sie wird jetzt nicht gesteinigt.

Sie denkt an die kleinen afrikanischen Mädchen, die von aidskranken Männern vergewaltigt werden, die glauben, Jungfräulichkeit würde sie heilen.

Sie ist kein kleines Mädchen mehr.

Kalla öffnet die Augen, steht auf und wäscht sich. Sie ist doch eigentlich noch ganz gut dran.

Und wenn man genauer über die Sache nachdenkt und sie sozusagen auf einer Skala einordnet, dann kann man eigentlich kaum behaupten, dass es sich um, na ja, um ein Verbrechen handelt. Vielleicht nur um nicht einvernehmlichen Sex? Oder unerwünschten Sex? Womöglich in Wahrheit nur misslungenen und schlechten Sex? Dummen Sex? Falschen Sex?

Sie holt die Zeitung aus dem Flur und wirft sie ungelesen zum Altpapier.

Im Treppenhaus grüßt sie die Nachbarin, sieht ihr aber nicht in die Augen.

Vor dem Haus grüßt sie den Hausmeister, sieht ihm aber nicht in die Augen.

Am Kiosk grüßt sie den Verkäufer, sieht ihm aber nicht in die Augen.

Sie hat gute Manieren. Sie ist höflich. Deshalb ist sie eine gute Kellnerin.

Sie ist eine gute Kellnerin im BBQ Paradies. Sie bringt den Gästen Teller mit Fleisch.

Doch an diesem Tag sieht das Fleisch sie an und fragt: »Weißt du jetzt, wie es sich anfühlt, ein Stück Fleisch zu sein, vertilgt zu werden und sich in Scheiße zu verwandeln?« Es ist die Stunde der Wahrheit. Kalla antwortet: »Ja, das weiß ich jetzt.« Ihre Chefin kommt in die Küche.

»Hör auf, mit dem Essen zu sprechen«, befiehlt sie.

»Aber das Essen hat angefangen.«

»Essen fängt nichts an. Essen ist passiv.«

Kalla bringt das sprechende Fleisch in den Speisesaal. Sie sieht Männer, die mit Messern Steaks zerschneiden, Frauen, denen Blut aus den Mundwinkeln rinnt, und Kinder, deren Finger und Gesichter vor Fett glänzen, und alle schauen sie an und singen:

»Kalla, Kalla, Kalla
Wie fühlt man sich
Wenn's dumm gelaufen ist?«

Sie serviert das Fleisch, ein Rippenstück mit Knochen, wünscht guten Appetit und kehrt in die Küche zurück.

»Fräulein!«, ruft jemand. »Kommen Sie sofort her!«

Kalla geht wieder in den Saal, niemand singt mehr, alle bemühen sich, sie nicht anzusehen, die Leute beugen sich über ihre Portionen, verwenden Messer und Gabel, sogar die Kinder, nur verkehrt herum, sie stecken das Messer in den Mund, es gehört sich nicht, das Messer in den Mund zu stecken.

»Sehen Sie mal, da ist ein Haar«, sagt der Gast.

Kalla inspiziert das Fleischstück, das sie gerade serviert hat. Tatsächlich, ein Haar. Ein Schamhaar.

»Das ist unerhört!«

Kalla bittet um Entschuldigung und zupft das Haar ab.

»Das ist doch ungenießbar«, protestiert der Gast. »Ich will eine neue Portion.«

»Entschuldigung. Es tut mir sehr leid«, sagt Kalla und bringt das Fleisch in die Küche. Es fängt schon wieder an zu reden: »Komische Sache mit dem Haar, oder? Unter anderen Umständen könnte ein

Mensch so ein Haar durchaus in den Mund nehmen, aber es würde ihm nicht im Traum einfallen, mit den Zähnen Muskeln aus dem Rücken eines anderen zu reißen.«

»Ja, mag sein«, antwortet Kalla.

»Jetzt hör endlich auf, mit dem Essen zu reden, in Drei-Teufels-Namen«, schimpft ihre Chefin, die sich auf Gummisohlen angeschlichen hat.

»Das Essen hat angefangen.«

Die Chefin nimmt das Rippenstück in die Hand, öffnet die Tür zum Hinterhof und wirft das Fleisch hinaus. »An die Arbeit. Sofort.«

Kalla nimmt einen angerichteten Teller und bringt ihn in den Saal.

»Bitte sehr.«

Der Gast erwartet seine Portion mit aufgerichtetem Besteck. Er hat sich die Serviette in den Kragen gesteckt, sie hängt ihm über die Brust wie ein Drachen. Er treibt die Gabel in das Steak, dann das Messer. Aus dem Fleisch quillt Blut. Das ganze Steak schwimmt in Blut. Der Teller füllt sich mit Blut, und das Blut steigt über den Tellerrand, es fließt auf den Tisch und in den Schoß des Gastes.

»Ich hatte Medium bestellt«, beschwert sich der Gast.

»Es ist besser, die Serviette auf den Schoß zu legen.«

»So geht das nicht. Das Zeug kann man nicht essen. Meine Hose ist ganz nass.«

Die Chefin betritt den Saal, eilt zu Kalla und versetzt ihr eine Ohrfeige. Sie ist kleiner als Kalla, muss sich also recken. Dann zieht sie dem Gast die Serviette aus dem Kragen und drückt sie zwischen seine Beine.

»Raus!«, schreit sie.

Kalla geht.

»Nicht du, du bleibst hier. Das Essen, raus!«

Kalla nimmt den Teller, Blut schwappt über. Eine rote Bahn zieht sich hinter ihr in die Küche, als blute sie selbst. Die Leute drehen sich um und starren ihr nach. Manche halten die Serviette vor den Mund.

In der Küche öffnet Kalla die Hintertür und wirft Fleisch und Blut hinaus. Draußen bewegt sich etwas Kleines.

»Du bleibst den Rest des Tages in der Küche«, ordnet die Chefin an. »Du kannst von mir aus putzen.«

Das BBQ Paradies ist ein gutes Restaurant, es kauft das Fleisch im Ganzen ein. Kalla öffnet die Tür zur Kühlkammer. Dort riecht es nach Eisen. Von der Decke hängen zwei Rümpfe. Kalla weiß nicht, von welchen Tieren sie stammen. Sie hängen an Haken, die beide Hinterläufe durchbohren. Alles Essbare ist bereits entfernt. Der Rest muss weggeworfen werden. Kalla schleppt die Kadaver nach draußen. Der eine ist kleiner als der andere. Der größere hat Klauen, der kleinere nur fleischlose, knochige Pfoten.

Auf dem Hof merkt Kalla, dass der Haken ihr die Handfläche aufgerissen hat. Sie hat eine blutende Wunde. An der anderen Hand auch. Die Chefin, die herausgekommen ist, um einen Eimer Bratfett auf die Straße zu kippen, späht ihr über die Schulter.

»Bilde dir ja nicht ein, du bekämst deswegen frei.«

Der Hinterhof des BBQ Paradies ist für die beiden fast eine natürliche Umgebung. Dunkel, stinkend und furchterregend.

Auf den Hinterhof werden Blut, Knochen und Fett geworfen. Und hervorragende Muskelstücke. Sie fressen diese Reste nicht. Auf keinen Fall. Sie befestigen sie an sich. Sie wachsen.

Phobos findet eine Zunge für seinen Mund. Deimos übt, auf Klauen zu stehen.

Jeden Tag werden sie größer. Sie bekommen sogar ordentliche Schädel mit Platz für die Augen, die ihnen allerdings noch fehlen.

Im Schutz der Müllcontainer fühlen sie sich wohl. Aber es wird eine Nacht kommen, in der sie so groß sein werden, dass sie sich hervorwagen.

Die meisten Kunden wollen vor allem Sex. Aber Millas heutiger Freier möchte sie zum Essen ausführen. Milla erklärt, das koste dasselbe. Das stört den Freier nicht. Milla sagt, na gut, gehen wir essen. Der Freier meint, Milla werde den Abend so genießen, dass sie vielleicht sogar vergisst, eine Rechnung zu stellen. Dann sei es vielleicht besser, sagt

Milla, dass sie das Geld im Voraus bekomme. Der Freier weist sie darauf hin, dass er selbstverständlich das Essen bezahlen werde. Milla sagt, na klar, wer denn sonst.

Der Freier hat einen Tisch reserviert. Er holt Milla von zu Hause ab und führt sie in sein Lieblingsrestaurant, das BBQ Purgatorium.

»Ich bin Vegetarierin«, sagt Milla.

»Ach so«, sagt der Freier.

Er bestellt Grillfleisch. Milla ordert grünen Salat und achtundvierzig Zentiliter Rotwein. Es fällt dem Freier schwer, ein Gesprächsthema zu finden. Milla nimmt etwas Stearin von der brennenden Kerze auf dem Tisch und formt ein Tier daraus, doch das Ergebnis sieht aus wie ein Penis. Sie bricht ihre Kreation in der Mitte durch. Der Freier hat die ganze Zeit auf ihre Hände gestarrt.

»Na ja. Was machst du denn so beruflich?«, fragt Milla.

»Ich bin … ähm … im Marketing.«

»Und was bringst du auf den Markt?«

»Ich … ähm … na ja, das hat mit IT zu tun.«

»Aha.«

Milla hat erneut angefangen, das Stearin zu kneten. Wieder nimmt es Schwanzform an. Milla stopft den Schwanz in die Kerze zurück, damit er schmilzt, doch das tut er nicht. Er bleibt stehen.

»Bist du denn schon lange im Marketing?«

»Na … ja.«

»Aha.«

Milla nimmt einen Zahnstocher und versucht, den Stearinpenis aus der Kerze zu ziehen. Der Zahnstocher fängt Feuer. Milla erschrickt und wirft ihn weg. Der Freier weicht aus.

»Oho.« Der Freier reckt den Hals.

»Ja, also, was vermarktest du?«

»Das hast du schon gefragt.«

»Ach ja.«

Der Freier trinkt sein Bier. Er wollte eigentlich nur einen Schluck trinken, leert aber das ganze Glas.

»In einem Zug«, kommentiert Milla.

»Ja.«

»Ich mag Alkohol auch wahnsinnig gern.«

Eine Kellnerin kommt und fragt, ob der Mann noch ein Bier möchte. Er sagt, zum Essen wolle er ein Glas Milch. Eine zweite Kellnerin bringt die Gerichte.

»Für Sie ein grüner Salat und das hier?«

Milla erkennt in der Kellnerin ihre Nachbarin, tut aber so, als würde sie sie nicht erkennen.

Kalla erkennt in Milla ihre Nachbarin, denkt aber, dass die sie sicher nicht erkennt.

Sie grüßen sich nicht. Der Freier sagt: Danke.

Im Salat ist wirklich nichts als Salat.

»Gut«, meint Milla.

»Ja, meins auch.«

»Ich meinte, ›gut‹.«

»Hä?«

»Nichts.«

Milla betrachtet das Gericht des Freiers. Zwischen dem Fleisch blinkt etwas Weißes hervor. Vielleicht ist es nur Fett. Aber es hat eine seltsame Form.

»Was ist denn das?«

Was?, fragt der Freier. Milla zeigt mit der Gabel auf sein Essen. Der Freier stupst die weiße Stelle an und schneidet rundherum das Fleisch ab. »Fräulein! In meinem Essen ist ein Auge!«, brüllt er.

Milla hofft, dass Kalla nicht wieder an ihren Tisch kommt, denn dann müsste sie zeigen, dass sie sie erkennt, und vielleicht etwas sagen. Doch es ist in der Tat Kalla, die heraneilt. Milla starrt auf den Tisch.

»Na so was«, sagt Kalla und verspricht, eine neue Portion zu bringen.

Kalla kippt den Augapfel und das ungegessene Fleisch auf den Hof. Jemand fängt es auf.

Dann bringt Kalla eine neue Portion an den Tisch, an dem die Nachbarin sitzt. Jetzt ist es zu spät, sie zu grüßen, am besten schaut sie gar nicht zu ihr hin.

Der Freier macht sich über sein neues Steak her.

»Ziemlich irre Sache«, sagt Milla.

»Ja«, antwortet der Freier, scheint die Geschichte aber ganz und gar nicht komisch zu finden.

Milla beobachtet den Mann, der sich das Essen in den Mund schaufelt. Er wirkt dabei sehr zielstrebig. Doch dann entdeckt Milla wieder etwas.

»He, entschuldige, da ist wieder was«, sagt sie und zeigt mit der Gabel darauf.

Der Freier gräbt im Fleisch und fördert noch ein Auge zutage. »Fräulein!«

Kalla eilt an den Tisch. Diesmal muss sie Milla ansehen. »Ach, hallo!«, sagt sie, als hätte sie Milla erst jetzt bemerkt.

»Hallo, hab dich gar nicht erkannt!«, antwortet Milla.

»Ist das dein Freund?«

»Nee, der hier macht in Marketing.«

»Aha.«

»He, hier ist schon wieder ein Auge«, mischt sich der Freier ein.

»Tatsächlich! Ja. Das ist sicher das Gegenstück zu dem anderen«, sagt Kalla. Der Mann antwortet nicht. »Ähem, soll ich eine neue Portion bringen?«, fragt Kalla.

»Ich glaube, mir langt es«, sagt der Freier.

Er fährt Milla nach Hause.

»Na, wenigstens hast du für das Essen nichts bezahlen müssen«, meint Milla zum Abschied.

»Nee. Aber für die Getränke.«

Escort-Service hin und her, Milla hat den Eindruck, dass sie mit ihren Freiern besser nur ins Bett geht.

Kallas Chefin erklärt, beim nächsten Debakel drohe ihr die Kündigung. Und sie werde bestimmt keine neue Stelle finden, denn sie sei eine miserable Arbeitskraft. Kalla zieht es vor, ihr nicht zu widersprechen, denn Widerspruch ist in der Regel eine schlechte Lösung.

Sie geht in den Speisesaal, um die nächsten Bestellungen aufzunehmen. Eine Gruppe junger Männer ist hereingekommen. Kalla bleibt einen Moment stehen und streicht ihre Schürze glatt, bevor sie an ihren Tisch tritt. Sie fragt, was es sein darf, und notiert die Bestellungen, wobei sie den jeweiligen Gast ansieht.

Der letzte ist der, den Kalla kennt. Er, Den Kalla Kennt.

Kallas Lächeln gefriert, ihre Wangen zucken. »Was darf's für dich sein?«, fragt sie.

Der Mann, den Kalla kennt, lächelt und mustert sie von oben bis unten, dann kehrt sein Blick in ihre Busengegend zurück. »Huhn. Bruststücke«, sagt er und bringt die anderen Männer zum Lachen.

»Wir haben kein Huhn auf der Speisekarte.«

»Dann nehme ich dasselbe wie der.« Er zeigt auf einen seiner Freunde, der Kalla angrinst.

Kalla nickt und geht mit unsicheren Schritten in die Küche. Sie ist in dieser Schicht allein, kann also niemanden bitten, den Tisch für sie zu übernehmen. »Bedienung! Bier für alle!«, ruft man ihr nach. Sie hat vergessen, nach den Getränken zu fragen.

Kalla schleppt ein Tablett mit sechs großen Biergläsern. Das Tablett erscheint ihr schwer, sie kann es kaum halten. Früher hat sie es mit einer Hand geschafft, jetzt braucht sie beide. Trotzdem zittert das Tablett, die Biergläser stoßen aneinander, klick klack, klick klack. Die jungen Männer starren sie an. Sie stellt jedem sein Glas hin und kehrt in die Küche zurück. Dabei hört sie die Worte des Mannes, den sie kennt. Er sagt, mit nur scheinbar gedämpfter Stimme, er habe die Kellnerin gebumst. Jemand pfeift. Ein anderer fragt, warum die Frau ihn nicht gegrüßt hat.

Kalla serviert die Gerichte, zuerst drei Teller, dann noch einmal drei. Sie betet beinahe, dass das Fleisch heute keine Zicken macht. Als sie guten Appetit wünscht, lachen die Männer auf, als hätte sie einen Witz gemacht. Sie geht. Jemand kommentiert ihr Äußeres, mit scheinbar gedämpfter Stimme. Es ist ein Kompliment, doch über Kallas Körper laufen kalte Schauder wie elektrische Wellen.

Sie tritt auf den Hinterhof, um frische Luft zu schnappen. Die Luft ist kalt, aber nicht frisch. Der Hof stinkt. Etwas poltert. Der große grüne Müllcontainer kippt um. Ein Geräusch dringt heraus, dröhnend und rasselnd zugleich. Aus dem Schatten kommt ein Tier hervor. Als es in den Lichtkegel der Straßenlampe tritt, sieht Kalla, dass es rot ist. Fleischfarben. Es hat keine Haut, aber Zähne hat es. Und groß ist es, ziemlich groß. Es hat Glubschaugen, die direkt auf Kalla gerichtet sind. Seine Klauen klappern auf dem Asphalt.

Hinter einem anderen Müllcontainer an der Wand kommt ein zweites, kleineres Tier hervor. Es ist ebenfalls rot und hautlos. Es hat keine Augen, nur schwarze Löcher im hellrot und weiß gefleckten Kopf.

Das größere Tier stößt einen Laut aus. Das kleinere schlüpft zu ihm, seine Krallen kratzen leise über den Boden.

Sie stehen vor Kalla, als warteten sie auf etwas.

Im Saal ruft jemand: »Bedienung, wir möchten noch etwas zu trinken!«

Kalla fährt zusammen und blickt über die Schulter. Als sie sich wieder umdreht, hat das größere Tier bereits die Tür erreicht. Es läuft wie selbstverständlich in den Pausenraum und gibt ein röchelndes Geräusch von sich, das dem kleineren, augenlosen Tier die Richtung weist. Sie hocken sich auf den Fußboden.

»Bedienung!«, dröhnt es aus dem Saal.

Kalla bringt Bier an den Tisch, ihre Hände zittern nicht ganz so stark wie vorhin. Während sie serviert, merkt sie, dass einer der Männer schnuppert. Offenbar hat sich der Hinterhofgeruch an sie geheftet. Sie könnte vor Scham tot umfallen.

Als sie den Mann bedient, den sie kennt, kippt das volle Glas um, entleert sich auf seinen Schoß und fällt auf den Boden. Jemand lacht auf.

Der Mann, den Kalla kennt, sagt: »Verdammter Mist.« Er sieht Kalla vorwurfsvoll an.

Kalla nimmt eine Serviette und wirft sie dem Mann auf den Schoß. Er sitzt mit gespreizten Beinen da und presst die Serviette auf die nasse Stelle. Das Glas ist unter dem Tisch zerschellt. Als Kalla in die Hocke geht und die Glassplitter einsammelt, die zwischen den Füßen des Mannes liegen, tut er so, als drücke er ihren Kopf in seinen Schoß. Wie bei einer Fellatio! Kalla merkt es und hebt rasch den Kopf. Er schlägt gegen die Tischkante, das Geschirr klirrt. Sie nimmt die Scherben und eilt in das Hinterzimmer. Dann weint sie.

Kalla hat sich an einer der Scherben geschnitten. Aus der Wunde an der Hand tropft Blut auf den Fußboden. Das kleinere Tier leckt es auf.

»Bedienung! Könnte ich für das verschüttete Bier ein neues kriegen, ich will nicht bloß untenrum trinken!«, schallt es aus dem Saal.

Männerwitze sind manchmal dermaßen blöd. Kalla trocknet sich das Gesicht und vergewissert sich, dass ihr Make-up nicht verlaufen ist. Sie bringt dem Mann ein Bier. Der Mann bittet um ein Handtuch. Kalla bringt auch das. Der Mann ruft, sie solle das Handtuch holen. Kalla holt es. Der Mann bittet um die Rechnung. Kalla bringt sie.

Die Männer zahlen und ziehen ihre Mäntel an. Kalla verdrückt sich ins Hinterzimmer, wo immer noch die Tiere sitzen. Im Saal wird es still, vielleicht kommt heute Abend keiner mehr, denkt sie.

Die Pendeltür für das Personal schwingt, Kalla spürt den Luftzug. Sie geht auf den Flur und hofft, dass die Tiere bleiben, wo sie sind.

Auf dem Flur steht der Mann, den sie kennt. Er sagt Hallo. Kalla blickt auf den nassen Fleck auf seiner Jeans.

MANN: Du könntest grüßen.

KALLA: Ach ja.

MANN: Falls du nichts gegen mich hast.

KALLA: Wieso?

MANN: Na, hast du irgendwelche Klagen?

KALLA: …

MANN: War doch alles ganz okay, oder?

KALLA: …

MANN: Es hat dir doch gefallen?

Kalla sieht dem Mann in die Augen, jedenfalls beinahe, vielleicht irgendwo in die Wangengegend.

KALLA: Ach, ich weiß nicht.

Da kommt ein Geräusch aus dem Pausenraum, zuerst ein Klatschen, dann Getrappel. Kalla dreht sich um und sieht die Tiere. Sie bewegen sich jetzt viel schneller, im Nu stehen sie neben ihr. Der Mann, den Kalla kennt, sieht die Tiere angewidert an. Er zögert einen Moment, bevor er sich umdreht, um zu gehen.

Doch die Tiere wollen ihn nicht weglassen. Sie werfen ihn zu Boden und stellen sich auf ihn. Das kleinere Tier starrt dem Mann in die Augen. Das heißt, es starrt natürlich nicht, es kann ja nicht sehen. Kalla begreift, was es will. Sie tritt zu dem Mann, kratzt ihm mit einem Dessertlöffel die Augen aus und gibt sie dem kleineren Tier.

Der Koch hört den Schrei des Mannes bis in die Küche. Er kommt heraus, um nachzusehen, was das für ein Lärm ist. Beim Anblick der Tiere wird er ganz bleich, sogar seine Haare werden weiß, obwohl er Türke ist.

Er rammt sein Fleischerbeil in den Tisch und geht und kehrt nie mehr in die Gastronomiebranche zurück.

Eine Leiche ist immer ein Problem, das weiß Kalla. Aber kein so großes Problem wie der Mann, den sie kennt und dem sie die Augen ausgekratzt hat.

Also tut Kalla Folgendes:

Sie stopft dem Mann eine zerrissene Strumpfhose in den Mund, damit er nicht so laut schreit.

Sie bindet ihre Schürze ab und fesselt ihm damit die Hände.

Sie schleift den Mann in die Kühlkammer.

Was jetzt, überlegt sie und begreift, dass das Restaurant immer noch geöffnet ist und jederzeit jemand hereinkommen kann. Sie schließt die Restauranttür ab.

Kalla betrachtet den Mann, den sie kennt, und ist sich nicht mehr sicher, ob sie ihn wirklich kennt. Dieser Mann ist Abfall, weinender, schniefender, rotziger und blinder menschlicher Abfall. Sie kannte einen Mann, der selbstsicher, entschlossen und aggressiv war. Einen Mann, der ein »Nein« nicht gelten ließ.

Kalla tritt dem Mann in die Rippen, nur so zur Probe. Der Mann wimmert, Rotz läuft über seinen lächerlichen Schnurrbart. Kalla muss Gewissheit haben. Sie reißt dem Mann die Strumpfhose aus dem Mund.

»Entschuldige, aber ich muss dich unbedingt fragen, ob du derjenige bist, der mich neulich …« Sie überlegt, wie sie den Satz beenden soll, die Worte kommen ihr nicht in den Sinn, nicht in den Sinn oder nicht über die Lippen, egal. »… also ich meine, du hast doch, als ich Nein gesagt habe, einfach weitergemacht. Also praktisch, na ja, du hast mich … Na ja.«

»Ja, aber es tut mir wirklich leid«, antwortet der Mann.

»Na klar.«

»Ehrlich. Das war ein Versehen. Es ist einfach irgendwie passiert.«

»Aha. Verstehe.«

»Bitte, gib mir noch eine Chance, in Wirklichkeit bin ich ein guter Mensch.«

Jemand schlägt heftig gegen die Tür des Restaurants. Dann klingt es, als mache sich wer am Schloss zu schaffen. Kalla muss sich beeilen.

Die Chefin im Saal brüllt bereits: Sie ist eine Frau, die sich nicht scheut, ihre negativen Gefühle zu äußern. Sie läuft zur Kühlkammer und reißt die Tür auf.

»Was geht hier vor?«

»Das ist unser neuer Koch«, sagt Kalla und zeigt auf den Mann.

»Wieso, wo ist Muhammad?«

»Weg.«

»Was soll das für ein Koch sein, der hat ja nicht mal Augen.«

»Trotzdem ist er ein ganz guter Koch.«

»Na, meinetwegen, zum Teufel.«

So wird aus dem Mann, den Kalla kennt oder zumindest kannte, der neue Koch des BBQ Purgatorium.

Am Anfang ist nicht alles gut. Aber am Ende wird es wohl auch nicht besser sein.

»Zahl mir eine Operation, oder ich bring dich ins Gefängnis«, sagt der neue Koch.

Er schleudert heißes Bratfett in Kallas Richtung, aber er trifft sie nicht, er ist ja ein blinder, augenloser Wurm. Dennoch heult Kalla auf, ihm zuliebe. Wie viele Männer genießt er es, anderen wehzutun.

Die Chefin stürmt in die Küche.

»Warum bist du in der Küche, Kalla?«

»Sind Gäste gekommen?«, fragt Kalla.

»Nein. Niemand da. Hmm. Das muss am Geruch liegen, der kommt bestimmt aus der Kanalisation.«

Die Chefin stellt sich auf die Straße und ruft, jetzt gibt es zwei Portionen zum Preis von einer, es lohnt sich, hereinzukommen und gebratenes Fleisch zu essen. Schließlich verdanken wir es gebratenem Fleisch, dass wir Menschen sind: Gebratenes Fleisch lässt das Gehirn wachsen.

Der Mann schüttet wieder Bratfett in Richtung Kalla, diesmal trifft er.

»Aua, verdammt!« Bei ihrem Aufschrei sieht Kalla ihr Spiegelbild in dem glänzenden Fleischmesser, das an der Wand hängt. Ihre Zähne sehen unnatürlich groß und spitz aus. Sie schließt den Mund erst nach einer Weile.

»Schaff das Geld ran, Hure!«

»Tu ich nicht, wenn du so eklig bist!«

Der Mann beginnt zu schluchzen, ohne Augen kann er zwar nicht richtig weinen, aber er verzieht das Gesicht und heult. Kalla verspürt wieder Mitleid. Sie geht auf den Mann zu, der ihr den Rücken zukehrt und sich über die Spüle beugt. »Du hast mein Leben zerstört«, jammert er.

»Entschuldigung. Es tut mir ganz, ganz schrecklich leid.«

Kalla hat sich erkundigt, was das Einsetzen neuer Augen kostet. Ihr Kellnerinnengehalt reicht dafür nie und nimmer.

Nach der Arbeit zieht Kalla sich im Pausenraum um. Sie hat die Überwachungskamera mit ihrem Slip verhängt. Der Pausenraum ist kaum größer als ein begehbarer Kleiderschrank. Derzeit ist Kalla die Einzige, die ihn benutzt. Der einzige Mensch, um genau zu sein. Als sie die Tür schließt, kriecht das größere Tier unter dem Tisch hervor, und das kleinere springt aus Kallas Spind. Kalla gibt ihnen Essensreste. Sie wachsen ein wenig, werden ein wenig vollständiger.

Das kleine Tier spielt mit Kallas Schürzenbändern. Es scheint zu lächeln. Allerdings sieht es immer so aus, denn es hat keine Lippen.

Kalla sagt, sie müssen still sein, bis ihr etwas einfällt. Sie berührt den Kopf des großen Tiers. An ihrer Hand bleibt ein wenig Gewebeflüssigkeit oder irgendein Schleim hängen.

Kalla muss den Mann abends nach Hause bringen, denn alle meinen, das sei nur recht und billig. Sie setzt ihm eine große schwarze Sonnenbrille auf und fasst ihn am Arm.

In der Straßenbahn entdeckt sie einen jungen Mann, der bei der Tischrunde dabei war. Kalla senkt den Blick und hofft, dass der junge Mann sie nicht bemerkt. Doch natürlich erkennt er sie und kommt zu ihnen. »Hab ich mir doch gedacht, dass zwischen euch was läuft«, sagt er mit einer obszönen Geste.

»Ja«, antwortet der Mann und legt die Hand auf Kallas Oberschenkel, viel zu weit oben.

»Seid ihr zusammen?«

Der Mann grinst nur. Sein Bekannter richtet dieselbe Frage an Kalla. Sie nickt kaum merklich.

»Na, was nun?«, fragt der Bekannte.

»Ja«, antwortet Kalla leise.

»Was ja?«, insistiert der Bekannte.

»Ja, ich bin seine Freundin.«

»Dann ist es ja gut. Ich hab mich schon gewundert, wieso er nie eine Freundin hat, obwohl er so ein toller Typ ist.«

»Ja«, sagt Kalla.

»Geht ihr jetzt vögeln?«, fragt der Bekannte.

Der Mann antwortet nicht, er grinst nur und schiebt seine Hand höher.

Es ist schon furchtbar spät, als Kalla den Mann nach Hause gebracht und für ihn eingekauft hat und zu ihrer Wohnung gegangen ist. An der Haustür trifft sie ihre Nachbarin, die Unmengen von Papier- und Plastiktüten in der Hand hält und ihren Schlüssel nicht findet. Kalla schließt auf und lässt der Nachbarin den Vortritt. Sie warten auf den Lift, den langsamsten der Welt. Milla sucht zum Zeitvertreib Kassenbons hervor und zerknüllt sie zu einer großen Kugel.

»Du warst ein bisschen shoppen«, sagt Kalla.

»Ja, wo ich endlich mal Geld habe.«

»Ach?«

»Ja, ich bin nämlich jetzt Begleiterin.«

»Begleiterin?«

»Na, du weißt schon.«

Kalla weiß es eigentlich nicht. Milla drückt ihr einen Teil ihrer Einkaufstüten in die Hand und holt die Visitenkarte von Pimp & Pimp aus der Tasche. »Das ist ein Verkäufermarkt.«

Wenn Kalla das Geld für die Operation bekäme, wäre sie den Mann los, und dann könnte alles wieder so werden wie früher. Na gut. Oder?

»Man muss also mit denen Sex haben?«, fragt Kalla.

»Du kannst hier ankreuzen, wennste nur Blowjobs machst.«

»Wieso soll das angenehmer sein?«

»Na, du kannst auch ankreuzen, dass de keene Blowjobs machst. Dat ist deine eijene Entscheidung.«

»Aber Sex gehört jedenfalls dazu?«

»Davon jehen wir aus, ja.«

»Na, okay.«

»Für 'ne Finnin siehste richtich jut aus.«

»Danke. Oder?«

»Wennste bei die Kerle Präferenzen hast, kein Problem.«

»Ich will keine jungen Männer.«

»Sonst nix?«

»Sonst nichts.«

»Na dann, fröhliches Schaffen.«

Kalla nimmt die Arbeitskleidung und gibt dem jungen Mann am Empfang ihre Steuerkarte.

»Nimm Präser mit, Hure.«

»Ach ja.«

»Strichbiene, Schlampe.«

»Aha.«

»Schlampe, Nutte, Schnepfe, Hure, Fotze, Kuh, Vagina, hihihi.«

»Warum hasst du Frauen?«

»Hä?«

»Was ist los mit dir? Was hast du gegen Frauen?«

»Ich bin ganz normal.«

Als Kalla geht, ruft der normale junge Mann ihr nach: »Sau!«

Kalla wird Teilzeit-Prostituierte. Der Job ist gelegentlich ein bisschen widerlich oder zumindest peinlich, aber die Bezahlung ist viel besser als bei ihrer regulären Arbeit. Und letzten Endes sind die Männer angenehm, gut angezogen, wenn sie angezogen sind, wohlhabende Individuen, die Rücksicht auf Kalla nehmen.

Und sie ist vielleicht ein wenig kühl, doch ihre zahlreichen Tugenden, zu denen gerechterweise auch Höflichkeit und Demut zu zählen sind, wiegen diesen kleinen Mangel auf.

Es war einmal ein kleines Mädchen, das von zu Hause weggeholt und tief in die Erde gebracht wurde, dorthin, wo die Leichen lebten und das Höllenfeuer schwelte, und sie wurde nie mehr weggelassen, obwohl sie weinte und schrie und trat. Denn derjenige, der sie geholt hatte, sagte: »Ich begreife deinen Widerstand nicht. Du bist doch eigentlich gar nichts. Erstens bist du ein Mädchen und zweitens ein Kind. Ich bin ein erwachsener Mann. Ich bin mehr Mensch als du. Ich bin klüger und stärker als du. Ich habe das Recht, über dein Leben zu bestimmen. Immerhin bin ich so nett, dass ich dich am Leben lasse.«

Jeden Tag kam der Mann in das Zimmer des Mädchens, und jeden Tag floh das Mädchen unter das Bett. Doch dann baute sich der Mann einen Helm, der alles Licht um ihn herum aufsaugte. Und eines Tages kam vor dem Mann die Dunkelheit zu dem Mädchen, und das Mädchen fand das Bett nicht mehr. Aber der Mann fand das Mädchen.

Und von da an kam der Mann in Gestalt der Dunkelheit zu dem Mädchen. Und obwohl das Mädchen schon eine Frau ist und der Mann sich nichts aus ausgewachsenen Frauen macht, schaltet sie zu Hause nie das Licht aus, sondern lässt die Lampen Tag und Nacht brennen.

3.

YOU TAKE MYSELF,
YOU TAKE MY SELFCONTROL.
YOU GOT ME LIVIN' ONLY FOR THE NIGHT.

»ENTSCHULDIGUNG …«, beginnt Aphrodite.

»Den Pass«, fordert eine barsche Stimme in einer kleinen Kabine.

»Okay …« Aphrodite holt ihren Pass hervor. Er ist vom griechischen Staat anerkannt, und auf dem Einband prangt ein fantastisches Aktbild von ihr, das Werk eines antiken Künstlers. Innen findet sich ein noch fantastischeres Foto mit demselben Motiv.

»Das ist ja eine Frechheit!« Das Aktbild verursacht Wut und Verwirrung bei dem Passbeamten.

»Ich finde es ganz schmeichelhaft. Schön, die Brüste hätte er vielleicht ein bisschen größer malen können, aber alles in allem stimmen die Proportionen.«

Der Passkontrolleur starrt Aphrodite einen Moment an, bevor er die Wächter herbeiwinkt, die sie in ein Hinterzimmer führen. Die Göttin wird aufgefordert, auf einem kleinen Holzstuhl Platz zu nehmen.

»Was soll das sein?«, wird sie gefragt.

»Na, ein Pass.«

»So ein Foto gehört nicht in einen Pass. Denk doch mal nach, he!«

»Hä?«

»Das könnte die MUSLIME beleidigen.«

»Die Emm-u-ess … was?«

»MUSLIME«, brüllt der Wächter, schlägt dann die Hand vor den Mund und blickt sich erschrocken um.

»Oje! Wieso denn?«, fragt Aphrodite besorgt.

»Begreifst du denn nicht, eine nackte Frau ist Pornografie, das akzeptieren nicht alle.«

»Wer denn nicht?«

»Zum Beispiel eben gewisse Nationen.«

»Solchen Nationalitäten bin ich persönlich noch nie begegnet.«

»Schön, aber wir wissen Bescheid. Wir sind korrekt.«

Die Wächter beschlagnahmen den Pass und schieben Aphrodite aus ihrem Zimmerchen. »Willkommen in Finnland!«, sagen sie wie aus einem Mund.

Von Finnland hat Aphrodite schon einmal gehört. In der Illustrierten *Playgoddess* waren Fotos von gut bestückten Wikingern abgedruckt, und im Text wurde erwähnt, dass sie aus Finnland stammten. Aber hier ist kein einziger Wikinger zu sehen. Vielleicht waren sie doch aus Schweden.

Sie schaltet ihr Handy an. Eventuell fällt ihr jemand ein, der etwas über Finnland weiß.

»Zwei neue Nachrichten.« Beide von Persephone. Aphrodite kichert, was für ein alberner Name! Sie liest die erste SMS: »Adonis is my god of fuck!« Aphrodites Herzschlag setzt aus. Schnell liest sie die zweite SMS: »Oh, die SMS von eben war nicht für dich bestimmt, liebste Freundin, sondern für eine ganz andere Nummer, sorry, lies sie nicht, oder wenn du sie schon gelesen hast, macht nichts, kisses and hugs, darling.«

Als wäre es nicht tragisch genug, dass Adonis gestorben ist! Nichts ist so schrecklich wie den Geliebten zu verlieren. Außer ihn an eine andere zu verlieren. Aphrodite schreibt fahrig: »Was zum Teufel?« Persephone antwortet nach ein paar Minuten: »Adonis ist natürlich zu mir gekommen. Er hat mich gesehen und süßes Mädchen genannt, wir sind ja fast gleich alt, im Gegensatz zu euch, und jetzt sind wir bei mir für immer vereint, weil das hier schließlich der Tod ist. Du bist wohl in Finnland, oh no! Enjoy :)«

O nein! Scheiße! Persephone besitzt den Hades, und jetzt hat sich diese **** Adonis gekrallt!

Eine von Mascara schwarz gefärbte Träne der Verzweiflung rollt über Aphrodites Wange. Sie dreht sich auf ihren hohen Absätzen um und stöckelt zurück zur Passkontrolle. »Ich will sofort raus hier!«, erklärt sie.

»Den Pass bitte.«

»Den haben die mir weggenommen!«

Sie zeigt mit ihrem langen, französisch manikürten Fingernagel auf die beiden Wächter, die sich abwenden, als sie ihre Blicke spüren. Der eine tippt auf seinem Handy, der andere guckt in die Ferne. Aphrodite packt die kleine Kabine des Passbeamten und wirft sie aus dem Fenster. Der Passbeamte ruft die Polizei, die kommt und die außer Rand und Band geratene Frau abführt. Im Streifenwagen sagt Aphrodite zu den Männern, denn es sind männliche Polizisten, keine Polizistinnen, was ja auch möglich wäre, dass sie sich den Empfang ein wenig anders vorgestellt hätte. Die Polizisten reagieren nicht. Sie fragt, was man hierzulande tun muss, um ein bisschen Aufmerksamkeit zu bekommen. Dann knöpft sie die Bluse auf, um den Streifenbeamten ihre perfekt geformten Brüste zu zeigen, was im Allgemeinen sofort wirkt. Aber die Polizisten sehen nicht einmal hin.

Dafür flammt im Wagen neben ihnen ein Blitzlicht auf. Eine Zeitung bringt das Foto der halbnackten Aphrodite am nächsten Tag auf der Titelseite. »Skandalschönheit entblößt sich im Streifenwagen!«

Niemand weiß, wer diese Skandalschönheit ist, doch die Presse hält es für überaus wichtig, das herauszufinden, denn die Unbekannte hat einen bemerkenswerten Busen, und dafür besteht ja immer Interesse. Die Sensationsblätter veranstalten eine Kollekte und zahlen für Aphrodites Freilassung. Zum Dank für dieses Entgegenkommen zieht sich Aphrodite aus und posiert vor dem Polizeigebäude nackt vor Dutzenden von Kameras. Sie wird sofort wieder in die Zelle gebracht, denn öffentliche Nacktheit ist unsittlich und gesetzlich verboten.

APHRODITE: Oh, Scheiße, wer hätte das ahnen können!

Die Presse ist jedoch längst verrückt nach ihr, zumal die Nacktfotos den Absatz verdoppelt haben. Kautions- und Schmiergelder werden schleunigst gezahlt, und Aphrodite kommt wieder frei.

Man besorgt ihr ein Zimmer im besten Hotel der Stadt, in ihren Augen zwar nichts Besonderes, aber sich im Freien aufzuhalten wäre auch nicht so toll bei diesem Wetter, das die einen Spätsommer und die anderen Frühwinter nennen.

Die Fotografen patrouillieren vor ihrem Hotel, und wann immer sie es verlässt, folgen sie ihr und machen Aufnahmen. Aphrodite hat nichts dagegen, denn sie sieht aus jeder Perspektive gut aus. Wenn keine Polizeibeamten in der Nähe sind, zeigt sie den hingerissenen Fotografen manchmal ihren Busen oder ihren Slip oder dessen Nichtvorhandensein. Am nächsten Tag werden am Kiosk und in den Läden Zeitungen verkauft, in denen die Sexbombe ihre intimen Regionen im Kaufhaus entblößt oder auf dem Markt oder in der Straßenbahn oder im Dom oder im Museum für zeitgenössische Kunst oder in der Markthalle oder in der Bibliothek. Und die Menschen kaufen sie!

Bald kommen die Medien auf die Idee, dass Aphrodite, so schön, wie sie ist, noch irgendetwas anderes Aufregendes tun könnte: schauspielern oder singen oder tanzen. Ihr wird ein Schallplattenvertrag angeboten, und sie nimmt eine Single auf. Das ist wirklich aufregend, denn Aphrodite ist nicht besonders musikalisch. Aber auf dem Cover sieht sie echt gut aus. Da die Platte nicht an dem Tag erscheint, an dem Aphrodite gesungen hat, vergisst sie das Ganze.

Sie müsste endlich in den Hades. Dort wartet die wahre Liebe. Der herrliche Adonis. In Persephones dunkelroten Gothic-Klauen. Aphrodite spürt Krämpfe im Herzen und im Magen, wenn sie sich vorstellt, wie ihr Geliebter mit dieser Frau schläft. Vielleicht weigert er sich ja, mit ihr zu schlafen. Bestimmt weigert er sich! Aber Persephone ist eine Hexe, sie hat schon viele Männer verhext. Es war für alle das Beste, dass sie da gelandet ist, wo sie eben gelandet ist. Wenn es möglich gewesen wäre, hätte Aphrodite die kleine Schlampe höchstpersönlich in den Hades befördert. Oder nein, das wäre vielleicht ein bisschen zu böse und unsolidarisch gewesen. Aber sie kann nicht leugnen, dass sie ab und zu gedacht hat, dem Mädchen sei ganz recht geschehen.

Aphrodite entspannt auf der Terrasse ihres Hotels. Sie sieht Tauben, Menschen, Reklame, das Einkaufszentrum, das BBQ Inferno. »Das saftigste Fleisch und die blutigsten Steaks der Stadt«, steht am Fenster. Solche Lokale machen sie wütend. »Die müsste man gesetzlich verbieten«, murmelt sie in ihren dicken Schal.

Dann erlöschen die Lichter im Steakhaus. Einen Moment lang glaubt Aphrodite, das liege an ihrer Zauberkraft. Sie zieht die Augenbrauen hoch und lächelt. Doch dann kommt eine recht junge, sehr schöne Frau aus dem Restaurant, hängt ein Schild mit der Aufschrift »Geschlossen« an die Tür und schließt ab. Mit ihr taumelt ein Mann heraus, der eine irre große Sonnenbrille trägt und eine Art Blindenhund hat. Aphrodite findet Hunde eigentlich süß und putzig, doch für dieses Exemplar gilt das nicht. Es sieht aus, als hätte das Tier überhaupt kein Fell. Die Menschen züchten alles Mögliche. Aber sie werden ihre Fehler einsehen, wenn ihre Schoßtiere sich in Monster verwandeln und sie alle umbringen.

Der blinde Typ verschwindet, und die schöne Frau bleibt allein vor der Tür stehen. Sie schaut ein wenig verloren drein, bis ein teuer aussehender Wagen vor ihr hält. Da öffnet sie die Beifahrertür, sieht sich um und steigt ein.

»Aha«, seufzt Aphrodite, und ihr Gesicht hellt sich auf.

Sie eilt in ihr Zimmer und zieht den Mantel an, den sie sich neulich gekauft hat, dazu einen flauschigen Hut. Beides natürlich aus Kunstpelz, denn keine schöne Frau im ganzen Universum, schon gar nicht die allerschönste, billigt Grausamkeit gegen Tiere. Wieder denkt sie, wie unglaublich rückständig die Menschen in diesem Land auch in diesem Punkt sind.

Für Aphrodite ist die Anwesenheit von Kurtisanen oder Hetären oder käuflichen Frauen oder Oberpriesterinnen des Sex immer erfreulich, denn die sind schließlich ihre Anhängerinnen und ergebensten Dienerinnen. Außerdem liebt sie Schönheit, besonders weibliche Schönheit! In ihrer Eigenschaft als Schutzheilige der Huren läuft sie auf die Straße, klaut ein Fahrrad und folgt dem Wagen.

Das Auto fährt nicht weit. Zum Glück, denn Aphrodite ist keine geübte Radlerin. Sie ist noch nie Rad gefahren. Den einen ihrer hochhackigen Pumps verliert sie schon an der ersten roten Ampel, wo irgendein Idiot sie beinahe anfährt.

Der Fahrer parkt am Straßenrand und steigt aus. Vom Beifahrersitz erhebt sich die Frau aus dem Steak-Restaurant. Der Mann öffnet ihr nicht die Tür. Unhöflicher Schnösel. Er geht mit schnellen Schritten zu einem Mietshaus und schließt auf; diese Tür hält er der Frau immerhin auf. Sie betreten das Treppenhaus. Aphrodite schafft es nicht, mit ihnen hineinzuschlüpfen, denn der Absatz des verbliebenen Schuhs hat sich im Pedal verkeilt.

Auf Strümpfen trippelt sie auf die andere Straßenseite, um zu sehen, wo das Licht angeht. Die Wohnung liegt im zweiten Stock. Aphrodite bemerkt eine Mauer. Von dort oben hätte sie bessere Sicht. Sie klettert auf den Abfallbehälter an der Straßenbahnhaltestelle, von da auf das Dach des Wartehäuschens, dann springt sie auf die Mauer. Nun hat sie ziemlich freien Blick, und niemand zieht die Vorhänge zu.

Hinter dem Fenster findet recht konventioneller Sex statt. Nach einer Dreiviertelstunde sieht Aphrodite, dass die Frau sich wieder anzieht, und klettert von der Mauer herunter. Zu einem Passanten, der sie anstarrt, sagt sie, sie müsse das Wartehäuschen reparieren. Sie eilt zur Haustür und wartet auf die schöne Frau.

»Ich weiß, was du bist!«, ruft sie, als die Frau aus der Tür tritt.

»Oje!«, ruft Kalla erschrocken.

»Nein, nein, das ist doch wunderbar! Eine absolut löbliche Tätigkeit.«

Aphrodite schließt sich Kalla an und fragt sie nach ihrer verdienstvollen Tätigkeit aus. Als sie hört, wie viel oder besser: wie wenig Lohn Kalla dafür bekommt, schreit sie:. »Das ist ein Dumpingpreis!«

»Aber davon sind die Renten- und Sozialbeiträge schon abgezogen«, sagt Kalla.

»Was?!«

Kalla muss Aphrodite das finnische Gehaltssystem erklären, woraufhin Aphrodite meint, das sei doch total blöd: Kalla könnte das ganze Geld für sich behalten.

»Aber das kann man doch nicht machen!«

»Natürlich kann man! Es ist schließlich völlig verrückt, dass du die Arbeit tust und jemand anders Geld dafür bekommt!«

»Meinst du wirklich?«

Aphrodite ist unbedingt dieser Meinung. Und so überzeugend wie sie kann nur ein Psychopath auftreten oder eine Person, die tatsächlich recht hat.

Kalla erzählt ihrer Nachbarin von der verwirrenden Begegnung. Darüber hat Milla nie nachgedacht, aber als Kalla ihr erklärt, dass sie bei gleicher Arbeit das Zwei- oder gar Dreifache verdienen könnte, begreift sie, dass sie in dieser Hinsicht, Analzuschlag hin und her, tatsächlich in den Arsch gefickt worden ist.

Am nächsten Tag bringt die Zeitung ein Foto von Aphrodite, auf dem die bemerkenswerte Schlucht zwischen ihren Titten zu sehen ist; darunter steht: »Sexarbeiterinnen aller Länder, vereinigt euch!« Im Interview erklärt Aphrodite, sie sei erschüttert über die Ausbeutung der hiesigen Expertinnen im Sexsektor. Sie erklärt, jede habe das Recht, ihren Körper zu einem selbst festgesetzten Preis zu verkaufen. Diese Äußerung hat zur Folge, dass der Wohlstand der Sexarbeiterinnen in der Stadt klirrend oder vielmehr raschelnd wächst und sie bald einflussreiche Persönlichkeiten sind.

»Das ist haarsträubend«, sagen einige Feministinnen.

»Das ist das Allerbeste«, sagen andere Feministinnen.

Die Bienenkönigin flog zwischen Tausenden verschiedenster Blüten herum. Sie kostete den Nektar von Anemonen und Veilchen und Waldhyazinthen und Lupinen. Alles war sehr schmackhaft.

Doch die Bienenkönigin war ein ehrgeiziges Insekt.

Wenn ich doch eine noch zartere, feuchtere und tiefere Blüte finden könnte, dachte sie. Und wenn der Geschmack dieser Blüte ein wenig süß, zugleich aber auch eine Spur salzig wäre. Davon träumte die Bienenkönigin Tag und Nacht. Schließlich sah sie ein, dass sie die Blüte ihrer Träume nie finden würde. »Ich muss sie selbst erschaffen«, beschloss die Bienenkönigin.

Und das tat sie auch: Sie schuf die verlockendste und honigreichste Blüte der Welt. »Aber wohin soll ich sie pflanzen? Sie kann doch nicht auf der Erde liegen.«

Da kam eine Frau vorbei. Die Bienenkönigin bat sie, die Blume anzunehmen. Die Frau sagte, na ja, wenn ich sie in das seltsame leere Loch zwischen meinen Beinen stecken darf, dann nehme ich sie. So geschah es, doch in ihrer Begeisterung stach die Bienenkönigin die Frau versehentlich. So entstand die Klitoris.

Der Stich juckte sehr, und die Frau musste daran kratzen, und das war nicht unangenehm. Gerade als sie es tat, kam ein Mann, den das Ganze sehr nervös machte. Er fing die Bienenkönigin und riss ihr vor Wut die Arme aus.

Aber die Frau gebar Kinder, und ihre Töchter wurden mit der gleichen Blüte geboren. Und deren Töchter und Enkelinnen auch. Und von ihnen stammt das ganze weibliche Geschlecht ab.

Und die Bienenkönigin ließ sich anstelle der Arme schwarze Panzerglieder wachsen und schwor, dass der Mann, so viel er auch forschte und grub und operierte, nie endgültige Klarheit über diese erstaunliche Schöpfung gewinnen würde.

4.

BABY WAS A BLACK SHEEP, BABY WAS A WHORE.
BABY GOT BIG AND BABY GETS BIGGER.
BABY GOT SOMETHING, BABY WANTS MORE.

Millas Firma

Der Mann kommt rein raus
ich sag mmm du hast ein großes Ruder
und aaah ich zerspringe
und der Mann kommt rein raus rein raus rein und dann kommt's ihm
und ich sag ruf wieder an bussi bussi
und meine Kasse sagt ka-tsching
und ich lach auf dem Weg zur Bank.

Als Privatunternehmerin muss Milla ihre Freier selbst auswählen. Das ist mitunter schwierig, täglich kommen ein Dutzend Anfragen. Ich sollte mir eine Bürokraft besorgen, denkt sie.

Im Hotel Cummulus wird Milla von einem blonden Mann mit schlechter Haltung erwartet, der sich Julian nennt. Milla sagt, sie heiße Karmilla.

»Geil«, erwidert der Mann ziemlich trocken. Er bittet Milla, sich aufs Bett zu legen. »Ich möchte, dass du schläfst«, sagt er.

»Ist dir klar, dass ich pro Stunde bezahlt werde?«

»Ja, ja, ich hab reichlich Geld. Leg dich schlafen.«

Milla schlüpft unter die Decke. Julian singt ihr ein Schlaflied. Milla war immer schon eine gute Schläferin, daher schläft sie bald ein. Ebenso rasch erwacht sie davon, dass Julian ihr die Decke weggerissen hat und an ihrem Slip herumfuhrwerkt.

»So ist das also«, meint Milla.

»Sei still«, keucht Julian.

»Du hast wohl vor, ein Kondom zu benutzen?«

Julian antwortet nicht, aber allem Anschein nach hat er es nicht vor. Manche Männer sind einfach so, sie wollen eine schlafende Frau zu nicht einvernehmlichem ungeschütztem Sex zwingen. Wir alle haben unsere kleine persönliche Perversion, und das ist ganz in Ordnung.

Nein, ist es nicht. Diejenigen, die es in Ordnung finden, sollen sich die Kugel geben.

Zum Glück haben die Huren ihre Schutzheilige! Aphrodite hat ihre Verwandte Artemis, die in einem Helsinkier Park wohnt, beauftragt, den Mädchen Selbstverteidigung beizubringen. Millas Technik ist noch nicht ausgereift, aber ein paar harte Stöße mit dem Ellbogen in Julians Gesicht zeigen Wirkung. Leider bricht Milla dabei allerdings im Eifer des Gefechts Julian das zarte Genick. Der Mann fällt leblos aufs Bett.

»Oho«, sagt Milla und zieht ihren Slip an.

Es widerstrebt ihr, Julians Leiche im Hotelzimmer zu lassen und womöglich wegen Totschlags angeklagt zu werden. Sie ruft Aphrodite an und erzählt ihr, was passiert ist.

»Aber er hat doch versucht, dich zu vergewaltigen, gibt dir das nicht das Recht, dich zu verteidigen?«

»Natürlich nicht! Hast du denn gar keine Ahnung von der finnischen Rechtspraxis?«

»Eigentlich nicht.«

Aphrodite verspricht, Milla sofort zu Hilfe zu eilen.

»Oje, er ist tot«, stellt sie nach ihrer Ankunft fest.

»Es war ein Versehen.«

»Na, ein großer Verlust ist es nicht.« Aphrodite verzieht den Mund: Julian war kein schöner Mann. »Mir fällt bloß eine Lösung ein«, sagt sie und holt eine Knochensäge aus der Tasche.

Sie sägen den armen Julian in der Badewanne in kleine Stücke, die sie in der Toilette herunterspülen.

»Der ganze Abend für die Katz«, stellt Milla fest.

»Hat er nicht mal bezahlt?«

Aphrodite wühlt in den Kleidern des dahingeschiedenen Julian und findet seine Brieftasche, die eine beachtliche Summe Bargeld enthält. »Ist das eine angemessene Entschädigung für unsere harte Arbeit?«

»Können wir das einfach nehmen?«

»Er braucht es ja nicht mehr.«

Milla und Aphrodite: Hahaa!

Milla und Aphrodite gehen in einen Nachtclub, wo sie reichlich Alkohol trinken. Milla sei doch hoffentlich nicht traumatisiert, erkundigt sich Aphrodite. Milla sagt, sie komme schon klar und es sei gut zu wissen, dass sie sich verteidigen könne, falls ihr noch einmal etwas Ähnliches zustoße. Aphrodite ist schon ziemlich beschwipst und setzt sich in den Kopf, Artemis einzuladen.

Artemis kommt ein wenig widerstrebend in den Nachtclub. Sie geht nicht gern in vornehme Lokale, weil die Menschen dort so oberflächlich sind.

Auf ihr Äußeres legt sie keinen Wert. Sie sieht immer ein bisschen schäbig aus, die dunklen Haare schon leicht angegraut, keine Schminke, Männerkleidung, zu mager, zu lange Ponyfransen. Trotzdem ist sie ausgesprochen unterhaltsam. Obwohl sie gelegentlich Drogen nimmt.

Artemis lobt Milla, weil sie mit der schwierigen Situation fertiggeworden ist, weist aber darauf hin, dass es ratsam ist, immer ein Klappmesser bei sich zu haben, weil das die beste Waffe sei. Milla lächelt und nickt, sie möchte ihrer Lehrerin gefallen, denn sie hat eigentlich schon lange keine Mutterfigur mehr.

»Wollt ihr Acid?«, fragt Artemis.

»Das ist dermaßen Siebzigerjahre«, meint Aphrodite und lacht.

»Na ja, aber ich mag nicht saufen. Das Bier schmeckt hier wie Pisse.«

»Na gut, dieses eine Mal.«

Sie nehmen alle ein bisschen LSD.

Und dann kommen die Pferde. Sie umringen die Frauen. Aus allen Richtungen kommen sie. Weiße, glänzende, silbrige Hengste mit flammender Mähne.

»Wow …«, seufzt Milla.

»Rimbaud!«, ruft Artemis von der Tanzfläche über den Lärm der Pferde und der Musik hinweg.

»Was?«, schreit Milla.

»Rimbaud!«

»Hä?«

»Rimbaud!«

»Was zum Teufel ist Räämboh?«

Artemis winkt ihr lächelnd zu und schwingt sich auf eines der Pferde. Sie reitet durch die Wand des Nachtclubs und grast die Meeresufer ab, auf der Suche nach neuen Möglichkeiten, die es in dieser Nacht geben könnte.

Um vier Uhr früh bringen die Pferde Aphrodite und Milla zu Millas Wohnung. Die Presse ist nämlich nicht mehr bereit, Aphrodites Hotelrechnung zu übernehmen. Offizieller Grund sind die zu lauten allnächtlichen Partys, die in einigen Blättern auch als Orgien bezeichnet wurden.

Am nächsten Tag prangt auf den Titelseiten ein absolut schreckliches Foto von Aphrodite. Aus irgendeinem Grund wollen die Zeitungen keine attraktiven Aufnahmen mehr veröffentlichen, sondern fotografieren sie nur, wenn sie ungeschminkt einkaufen geht oder total blau ist oder ein schlecht sitzendes Kleid trägt oder zufällig eine blöde Miene aufsetzt.

»Scheiße, wie schaffen die das?«, schnaubt Aphrodite.

»Bestimmt bearbeiten sie die Fotos«, meint Milla.

»Ach, ist ja ganz egal!«

»Genau! Dich beten sowieso alle an!«

Eines Tages hat Milla eine Idee. Sie klingelt bei Kalla.

Milla: Hast du dir schon mal überlegt, dass wir eigentlich nicht mehr in dieser Bruchbude wohnen müssen?

Kalla: Was?

Milla: Wir haben irre viel Geld und wohnen trotzdem in diesem Misthaus. Jeden Tag steht der Hausmeister mit seiner beschissenen Fratze bei den Mülltonnen und sagt jedes Mal irgendetwas Schmieriges, und im Lift stinkt er nach Schnaps, ständig zwängt er sich mit hinein, obwohl er im ersten Stock wohnt. Und irgendwann kommt er garantiert mit dem Generalschlüssel in die Wohnung, da kannst du Gift darauf nehmen.

Kalla: So einfach ist das nicht.

Milla: Doch. Janssoni ist ein aufdringliches Arschloch.

Kalla: Janssoni?

Milla: Der Hausmeister.

Kalla: Woher weißt du, wie er heißt?

Milla: Das hab ich ausspioniert.

Kalla: Warum?

Milla (kichernd): Na, weil … Na, weil ich ihm sozusagen mal etwas durch den Briefschlitz geworfen hab. Oder eigentlich nicht ich, sondern Aphrodite.

Kalla: Und?

Milla (lachend): Na, die hat es auch geärgert, dass er immer so glubscht, und da haben wir …

Kalla: Was?

Milla (gackernd): Da haben wir ihm gebrauchte Tampons durch den Briefschlitz geworfen.

Kalla: An denen lutscht er bestimmt gerade.

Milla: Iih! Lass uns umziehen, okay?

Kalla: Aber ich will bald wieder in meinen alten Job zurück.

Milla: Spinnst du?

Kalla: Das hier ist nicht richtig. Manchmal schäme ich mich so, dass ich mich nicht einmal in den Laden traue.

Die Scham ist nicht unbegründet. Über die Prostituierten – denn man nennt sie inzwischen wieder Prostituierte und nicht Sexarbeiterinnen – wird neuerdings allerhand Propaganda verbreitet. Man sagt, dass man sich bei ihnen eine Krankheit hole. Man sagt, sie seien dumm, ordinär und ausländisch. Man sagt, ihre Vagina stinke. Und obendrein halten die Leute es für angebracht, die Wohnhäuser von Frauen, die sie als Prostituierte verdächtigen, mit gewissen Symbolen zu markieren.

Kalla: Es ist total peinlich!

Milla: Dabei ist es eine Arbeit wie jede andere auch.

Kalla: Über Putzfrauen und Krankenschwestern zieht in den Zeitungen und im Fernsehen aber keiner her.

Milla: Nee, für die interessiert sich kein Schwein, weil die nicht das große Geld verdienen.

Kalla beginnt zu weinen. Milla legt ihr die Hände um das schöne Gesicht und blickt ihr in die Augen.

Jetzt folgt heißer lesbischer Sex!

Nein, wohl eher nicht.

Milla erklärt Kalla, dass ihre Arbeit völlig in Ordnung sei. Die Leute sind nur neidisch, weil es ihnen nicht so gut geht. Aber sie beide sollten aus diesem miserablen Haus ausziehen. Sie könnten ja eine gemeinsame Wohnung nehmen! Und Aphrodite könnte mitkommen! Das wäre Spitze! Wie in einer Fernsehserie!

Kalla sieht Milla traurig an. Sie muss jetzt zu ihrer eigentlichen Arbeit.

Wenigstens braucht Kalla den Mann nicht mehr von seiner Wohnung zum Arbeitsplatz und von dort wieder nach Hause zu bringen. Das erledigt das kleine Tier. Es hat ja die Augen, die früher dem Mann gehört haben, daher kennt es den Weg. Manchmal merkt es, dass es ihm ein bisschen peinlich ist, die schöne Kalla anzusehen. Dann stupst es sie meistens ans Bein.

Kalla vermutet, dass der Mann das kleine Tier schlecht behandelt. Sie hat bemerkt, dass die Beine des Tieres oft krumm sind. Als wäre es getreten worden. Deshalb hat sie ihren Nebenjob noch emsiger verrichtet, und schon nach dem sechsundsiebzigsten Freier hat sie das Geld für die Augenoperation beisammen.

Es kommt der Tag, an dem Kalla den Mann in eine Privatklinik bringt und dem Arzt viel Geld bezahlt.

Dem Mann werden neue Augen eingesetzt. Wo mögen die wohl herkommen? Sicher aus Russland oder aus der Dritten Welt.

Der Mann ist total zufrieden, weil er wieder sehen kann. Als Erstes mustert er Kalla von Kopf bis Fuß und lässt den Blick ungefähr auf Busenhöhe verweilen.

»So, das war's dann wohl«, sagt Kalla.

Der Mann starrt sie an. Seine neuen Augen sind viel sanfter als die vorigen, aber gegen seinen infamen Gesichtsausdruck können sie nicht viel ausrichten.

Kalla kehrt ins BBQ Inferno zurück, fest entschlossen, ihre Karriere als Ganztagskellnerin fortzusetzen.

»Du bist gefeuert«, erklärt die Chefin bei ihrem Eintritt.

»Warum?«, ruft Kalla erschrocken.

»Der Koch ist abgehauen, nachdem du ihm neue Augen spendiert hast. Mitleid ist eine Krankheit, merk dir das.«

»Aber er konnte doch nicht mal richtig kochen.«

»Er war die einzige anständige Arbeitskraft. Neben mir.«

Die Chefin beschimpft Kalla eine halbe Stunde lang. Dann bricht sie in Tränen aus und rückt mit dem eigentlichen Grund für die Kündigung heraus: Wegen dem widerwärtigen Geruch kommen keine Gäste mehr. Das bedeutet, dass das Steakhaus langsam, aber sicher in den Konkurs getrudelt ist. Also gibt es keine Arbeit mehr für Kalla und auch sonst für niemanden, ob anständig oder nicht.

»Wenn du Geld übrig hast, könntest du mir natürlich unter die Arme greifen.«

»Leck mich«, sagt Kalla und beißt sich aus Versehen auf die Lippe.

Nun muss sie wohl doch Hure bleiben.

Kalla holt ihre hautlosen Tiere aus dem Hinterzimmer und geht nach Hause. Nein, eigentlich könnte sie Milla besuchen, die hat heute frei. Sie klingelt bei ihr. Milla lässt sie und die Tiere ein.

Und jetzt kommt es zu heißem Lesbensex!

Nein, wieder nicht, du widerlicher Chauvinist. Und wenn doch, erzählt dir jedenfalls keiner davon.

Milla und Kalla liegen auf Millas Bett und sehen fern. Sie überlegen, ob sie Cider kaufen sollen, aber draußen ist es so kalt, dass sie darauf verzichten.

Das große Tier hat sich auf dem Fußboden ausgestreckt, das kleinere dagegen will unbedingt zwischen ihnen liegen. Kalla krault ihm den Kopf.

»Ich weiß nicht … vielleicht hast du dich schon an den Geruch gewöhnt, aber ich finde, wir müssten etwas dagegen tun«, sagt Milla.

»Was kann man denn dagegen tun? Ich meine, in gewisser Weise sind die ja tot.«

Milla überlegt. Vom Nachdenken wird ihre Stirn ganz heiß. Parfüms und Deodorants würden den Eigengeruch der Tiere vielleicht für eine Weile überdecken, doch eine dauerhafte Lösung brächten sie nicht. Sie wühlt auf dem Schminktisch, der eigentlich der Esstisch ist, aber irgendwie von Kosmetika begraben wurde. Das liegt hauptsächlich an Aphrodite. Wenn Milla allein leben würde, bräuchte sie für ihr Make-up nur den Badezimmerschrank und den Schminktisch und das Bücherregal. Milla hebt Tiegel und Tuben an und liest sorgfältig, was darauf steht. Anti-Zellulitis-Creme, nein. Anti-Falten-Creme, nein. Express-Lifting, nein.

»Heißt *miracle* nicht Wunder?«, fragt sie schließlich.

»Ja.«

»Das hier soll angeblich Wunder wirken.«

»Das schreiben sie doch überall drauf.«

»Ja, aber hier steht, dass es wirklich Wunder wirkt.«

»Born Again Ultra Exclusive Re-Incarnating Anti-Millenia Life Eternal Serum«, liest Kalla von der Tube ab. »Klingt beeindruckend, oder?«

Milla reibt das größere Tier mit der Creme ein. Die ist sehr ergiebig, was nur angemessen ist, wenn man bedenkt, dass der Literpreis bei dreitausend Euro liegt. Auch für das kleinere Tier reicht die Creme. »Und jetzt warten wir auf das Wunder«, sagt Milla zufrieden.

Und siehe da! Das Fleisch der Tiere belebt sich zusehends, und ihnen wächst sogar eine dünne, durchsichtige Haut. Die Tiere betrachten sich bewundernd und verblüfft, so toll haben sie noch nie ausgesehen!

»Und da behaupte noch jemand, diese Emulsionen wären Betrug«, meint Milla zufrieden.

Aphrodite poltert im Flur. Sie schleudert die eine Stiefelette bis ins Zimmer. Bei der zweiten geht der Reißverschluss kaputt, Aphrodite kriegt sie nicht vom Fuß. Dann bricht auch noch der Absatz ab. Sie sackt vor der Tür auf dem Boden zusammen und heult haltlos.

Milla geht nachsehen, was passiert ist. Aphrodite hat eine Hand auf die Stirn gelegt, mit der anderen hält sie Milla eine Zeitung hin.

»O nein«, seufzt Milla.

Die Zeitung berichtet über das FURCHTBARE FIASKO der skandalumwitterten Schönheitskönigin. Aphrodites Schallplatte wird als entsetzlicher Mist bezeichnet und sie selbst als unmusikalische Möchtegern-Sängerin.

»Von der Schallplatte wusste ich gar nichts«, sagt Milla.

»Iih, ich würde nie öffentlich singen«, kreischt Kalla.

»Nee, das ist es ja gar nicht«, schluchzt Aphrodite. Sie schlägt die Zeitung zu und zeigt auf das Titelblatt. Dort findet sich ein Foto, eine Rückansicht von Aphrodite am Meer. Sie trägt den roten Badeanzug, den sie so gernhat. Aber irgendwer hat ihn wohl zu heiß gewaschen, und er ist eingelaufen, denn auf dem Foto hat er sich zwischen Aphrodites Pobacken geschoben, was wirklich unvorteilhaft aussieht. Und obendrein: Sie hat Zellulitis. Zellulitis ist nun wirklich zu menschlich.

Aphrodite zieht die Strumpfhose aus und lüftet ihr kurzes Kleid. Mag sein, dass es eher ein langes Hemd ist.

»Guckt mal, hab ich Zellulitis?«

»Oje«, sagt Milla.

»Was!?«

»Na, ein bisschen schon. Nicht so schlimm wie auf dem Foto, aber immerhin.«

Aphrodite fällt in Ohnmacht.

»Huch, die Lage ist ernst«, stellt Milla fest und zieht sich an.

Sie legen Aphrodite aufs Bett und reiben ihre Oberschenkel mit verschiedenen Gels ein. Als Aphrodite wieder zu sich kommt, versichert Milla ihr, sie bekämen die Sache bald in den Griff.

»Es muss am hiesigen Klima liegen«, meint Aphrodite.

»Hast du mal überlegt, ob es vielleicht auch vom Alkohol kommen könnte?«, fragt Milla vorsichtig.

»Wieso?«

»Alkohol verursacht Zellulitis.«

»Aber ich muss doch trinken, sonst halte ich es hier nicht aus.«

»Oje.«

Aphrodite ist traurig und enttäuscht. Sie hätte nie in dieses blöde, hässliche und kalte Land kommen sollen, dessen Einwohner dumm und unlogisch und wahrscheinlich auch sadistisch sind. Verdammt noch mal, hier bekommen die Landwirte jährlich 2,1 Milliarden Unterstützung. Das ist viel Geld, aber in den Läden gibt es trotzdem kein herrliches Obst. »Wofür wird denn das ganze Geld gebraucht?«, hat Aphrodite gefragt, als sie davon hörte. Zum Beispiel für die Schweinewirtschaft, bekam sie zur Antwort. »Schweinewirtschaft? Was ist das denn? So ähnlich wie Hauswirtschaft?« Nein, sagte man ihr, auf den Farmen würden Schweine aufgezogen und dann getötet. »Was soll das denn? Großziehen, um zu töten?« Na, die werden gegessen. »Gegessen?!« Ja, wir essen immer Schweinefleisch, auch zu Weihnachten. »Aber Schweine sind intelligente, lustige Tiere, wieso esst ihr die?« Sie schmecken gut. Außerdem ist der Mensch Teil des Naturkreislaufs. Aphrodite wurde auf eine Schweinefarm eingeladen, um das finnische Landwirtschafts-Know-how kennenzulernen. Dort quälten die Schweinefarmer Hunderte, wenn nicht gar Tausende von Tieren und schaufelten nebenbei erschütternde Mengen an Scheiße in die zahllosen mickrigen Seen, von denen ständig gelabert wurde. »Das ist also euer Anteil am Naturkreislauf. Ich werde euch irgendwo anzeigen.« Wir handeln völlig legal, und wer etwas anderes behauptet, den misshandeln wir. Aber nur in angemessenem Rahmen.

Wie kann irgendwer oder irgendwas in diesem Scheißland leben, und warum sollte das überhaupt jemand versuchen? Aphrodite würde am liebsten sofort abreisen, aber sie hängt fest, denn die Polizei stellt ihr keinen neuen Pass aus, solange sie keinen Familiennamen hat. Alles ist so im Arsch, wie es nur sein kann. Oder nein, alles ist längst jenseits von im Arsch, denn sie wird immer menschenartiger. Und noch schlimmer: immer finnischer. Sie verwandelt sich in eine apathische, fettärschige Alkoholikerin.

»Haben wir Cider?«, fragt sie.

»Vielleicht solltest du lieber keinen …«

»Scheiß drauf!«

Da hat Kalla eine glänzende Idee: Sollten sie nicht lieber Drogen nehmen als dieses betäubende und mit Zusatzstoffen gesättigte alkoholische Getränk?

»Stimmt!«, ruft Aphrodite. Sie ruft Artemis an, die in Windeseile mit fair gehandeltem Kokain eintrifft. Das ziehen sie in die Nase, doch es passiert nichts.

Artemis kostet von dem Kokain und merkt, dass man sie gründlich übers Ohr gehauen hat: »Das ist Kartoffelmehl!«

»Scheiße!!«, kreischt Aphrodite.

Aber Kartoffelmehl ist ein ziemlich guter Ersatz für Eier. Also für Hühnereier. Daher braten sie Pfannkuchen.

6 dl Sojamilch
4 dl Weizenmehl
2 EL Kartoffelmehl
1 TL Salz

Zutaten mischen und in Rapsöl braten.

Pfannkuchen sind Pfannkuchen, und Drogen sind Drogen, aber immerhin.

Kalla sitzt auf einer Bank in einem winzigen Park, konzentriert sich aber nicht auf den Unterricht. Sie starrt auf einen Regenwurm, der von einem Fahrrad überfahren wurde. Trotzdem versucht er voranzukommen. Aber das klappt natürlich nicht, denn ein Teil seines Körpers wurde auf dem Pflasterstein zerquetscht. Er sammelt seine Kräfte, zieht sich lang, rollt zurück. Dann unternimmt er den nächsten Versuch. Tut das nicht weh?, überlegt Kalla. Sind Würmer nicht wahnsinnig empfindlich?

Artemis versetzt ihr einen Klaps, aber nur einen leichten, sie ist nicht so unmütterlich, wie man aufgrund ihres Äußeren schließen könnte. »Was ist los mit dir?«, fragt sie.

Kalla schüttelt den Kopf. Artemis wirft ihre schwarze Mütze auf die Erde, ein paar Zentimeter neben den Wurm, und lässt ihre grau gesprenkelten Haare im Herbstwind flattern. Kalla blickt nicht auf, sie starrt weiterhin auf den Regenwurm.

»Meine Arbeit ist irgendwie erniedrigend.«

»Mit dieser Einstellung ist jede Arbeit erniedrigend.«

Artemis zieht Kalla hoch und zeigt ihr, wie man einen Stift als Schwert verwenden kann. »Lass uns mal üben.«

Sie hat im Park einen Mann gebastelt, der wie eine Vogelscheuche aussieht.

»Bring ihn um!«, kommandiert sie.

Kalla schlägt nach dem Mann.

»So kriegt er nicht mal eine Fleischwunde.«

Artemis führt ihr vor, wie sie mit dem Stift zuschlagen muss. Der Kopf der Vogelscheuche fliegt auf die Straßenbahnschienen, und die Brust zerspringt.

»Wenn jemand versucht, etwas mit dir zu tun, das dir nicht gefällt, dann musst du so reagieren.«

»Ja.«

»Zeig's mir!«

Kalla tritt der kopflosen Vogelscheuche zwischen die Beine.

»Ich sehe keinen echten Hass bei dir. Woher kommt das?«

»Weiß ich nicht.«

»Könnte es sein, dass du dich nicht für verteidigenswert hältst? Dann hast du ein Problem.«

»Was bildest du dir ein?«

Artemis hebt grazil ihre Mütze auf und zeigt mit dem Finger auf Kalla. Sie befiehlt ihr darüber nachzudenken, denn sie weiß, dass sie recht hat. Dann springt sie auf ihre gelbmähnige Stute und reitet davon. Hufe schlagen auf das Straßenpflaster.

Kalla bleibt noch eine Weile sitzen. Sie würde den Wurm gern in Sicherheit bringen, ekelt sich aber davor, ihn anzufassen. Schließlich nimmt sie ihren Bibliotheksausweis, hebt das Tier damit auf und setzt es unter einen Busch. »Vielleicht wird noch mal ein Wurm aus dir«, sagt sie.

Kalla geht ans Ufer. Sie hat schon seit einiger Zeit das Gefühl, beobachtet zu werden. Allerdings bildet sie sich neuerdings andauernd ein, die Leute würden sie anstarren, obwohl das gar nicht stimmt. Und selbst wenn jemand sie anstarrt, ist es nicht unbedingt böse gemeint. Manche bewundern Huren sogar: Schließlich haben sie Kontakt mit entscheidenden Organen. Pfui …

Milla trifft viele einflussreiche Geschäftsleute und Politiker und weist sie unmissverständlich auf diverse gesellschaftliche Reformen hin, die ihr gefallen würden. Das ist Millas Auffassung von politischem Aktivismus. Aber Kalla glaubt nicht an Einflussnahme. Ihr sind gewöhnliche Männer als Freier recht. Oder, na ja, nicht die ganz Gewöhnlichen: Ganz gewöhnliche Männer können sich ihre Gesellschaft nicht leisten. Und das ist auch in Ordnung. Schließlich kann sich auch nicht jeder eine Gucci-Handtasche oder einen Porsche leisten. Diese Ungleichheit bewahrt die Welt vor der endgültigen Vernichtung.

Das Gefühl, unter Beobachtung zu stehen, ist irritierend. Als ob etwas zwischen Zahn und Zahnfleisch steckt, das man nicht herausbekommt. Unvermittelt bleibt Kalla stehen und dreht sich um. In einigen Metern Entfernung sieht sie den Mann, den sie so gut kennt. Daher kommt also dieses ständige unangenehme Gefühl: Der Mann verfolgt sie. Wut und Verwirrung schlagen über ihr zusammen.

Kalla sieht den Mann kühl an, doch er deutet ihren Blick als Einladung. Er kommt auf sie zu, mit der ewig gleichen Miene, bei der man nicht weiß, ob er lächelt oder ob er sein Gesicht irgendwann so verzogen hat, dass er nicht mehr normal dreinschauen kann. Der verdammte Scheißkerl.

Kalla möchte den Mann vieles fragen, vor allem, weshalb er ihr quer durch die Stadt folgt und ob das schon lange so geht. Doch sie bringt die Worte nicht heraus. Nur einen kurzen Gruß, der ihre Selbstverachtung noch steigert. Der Mann deutet den Gruß als äußerst positive Geste. Er umarmt Kalla mit großer Gebärde. Ihr wird schwindlig und übel. Obwohl sie spürt, dass sie in großer Gefahr ist, flieht sie nicht. Sie wendet sich ab und steckt den Kopf in ein verwelktes Blumenbeet. Der Mann mustert ihr Hinterteil kritisch und stellt fest, dass es gut aussieht. Da Kalla den Kopf nicht hebt, hält der Mann es für angeraten, ihr aus dem Beet zu helfen, obwohl es ihm durchaus gefällt, ihren Hintern zu betrachten.

»Lass uns ein Stück spazieren gehen«, schlägt er vor.

Kalla stimmt zu, sie weiß nicht, was sie sonst tun könnte. Sie hatte nicht damit gerechnet, dem Mann noch einmal zu begegnen, sondern geglaubt, er wäre so vernünftig gewesen, die Stadt zu verlassen. Kalla hasst sich selbst. *Miese beschissene dumme Kuh, beschissen dumm, dumm, dumm.*

»Ich dachte, wir könnten unsere Beziehung fortsetzen«, sagt der Mann.

»Was?«

»Na ja, du hast doch zu meinem Kumpel gesagt, dass du meine Freundin bist.«

»Das finde ich ziemlich krank.«

Der Mann bietet ihr an, sie nach Hause zu bringen, falls sie sich so schlecht fühlen sollte, wie sie aussehe. Es sei ganz verständlich, dass sie ein wenig wacklig auf den Beinen sei. Er habe sehr selten längerfristiges Interesse an einer Frau gezeigt, obwohl es interessierte Kandidatinnen gegeben habe. Er ist also ein schwer zu gewinnender, aber heftig begehrter Junggeselle. Vielleicht kann Kalla ihr Glück nur nicht fassen!

Der Mann begleitet Kalla bis zur Haustür und sagt, jetzt müsse sie ihn eigentlich hereinbitten. Kalla murmelt, na schön, komm mit.

Sie stehen sich im Lift gegenüber. In ihren Pumps überragt Kalla den Mann. Er lächelt selbstgefällig. Oder vielleicht ist es nur wieder sein üblicher Gesichtsausdruck.

An der Tür zu Kallas Einzimmerwohnung schnuppert der Mann. Es riecht nur nach Frau, nach sonst nichts. Zum Beispiel nicht nach Tod, was ein schlechtes Zeichen und überhaupt unangenehm wäre. Ohne die Schuhe auszuziehen, geht er ins Wohnzimmer, das gleichzeitig auch Schlafzimmer und Küche ist.

»Möchtest du Kaffee oder irgendwas?«, fragt Kalla.

»Ja, mit Milch und Zucker. Oder noch lieber mit Sahne.«

»Ich habe weder Milch noch Sahne.«

»Na, diesmal will ich nicht so sein, aber sorg bitte künftig dafür, dass du alles im Haus hast.«

Der Mann hat es sich halb liegend auf Kallas Bett bequem gemacht. Kalla bringt ihm den Kaffee.

Der Mann klopft aufs Bett, und Kalla setzt sich.

Nachdem er einen Schluck Kaffee getrunken hat, stellt der Mann die Tasse auf Kallas Nachttisch.

»Wie heißt du noch gleich?«, fragt er höflich.

»Mirkalla«, antwortet Kalla, ohne nachzudenken. Das ist ihr Pornoname.

»Geil.«

Der Mann zieht Kalla aufs Bett und beginnt sie auszuziehen.

»Tu das nicht«, sagt Kalla leise.

»Was?«

»Tu das nicht«, wiederholt sie ein wenig lauter.

Der Mann lacht auf und dringt in sie ein. Kalla denkt, es ist gleich vorbei, es lohnt sich nicht, deswegen Theater zu machen, es ist nicht so schlimm: Was soll daran so schlimm sein? *Mies, beschissen, dumm.* Doch sie kommt nicht gegen das Weinen an: Es bricht laut und stoßweise aus ihr heraus. *Dumme Kuh, beschissen dumm, dumm, dumm.* Das kleinere Tier kriecht unter ihrem Bett hervor, das größere kommt aus dem Kleiderschrank. Das kleinere springt aufs Bett, doch der Mann stößt es weg. Kalla sieht, dass sich die Beine des Tiers durch den Sturz krümmen.

Da siegt ihre Wut über die Verwirrung, und sie merkt, dass ihr Mund so voller Zähne ist, dass er sich nicht mehr schließt.

Sie bohrt dem Mann ihre Acrylfingernägel in den Hals und schlägt die Zähne in seinen Nacken. Dann reißt sie ein großes Stück Männerfleisch heraus. Blut spritzt auf Kallas Bett, und sie spürt, wie der Mann in ihr schrumpft.

»Jetzt bring ich dich um, du verdammter kleinwüchsiger Arsch«, brüllt Kalla mit Löwenstimme, und der Mann glaubt ihr.

Kalla sind lange, scharfe Reißzähne gewachsen, die sie in das Fleisch des Mannes schlägt. Die Tiere sehen ihr zu. Sie scheinen zu lächeln. Tatsächlich! Es ist absolut unverkennbar, denn jetzt haben sie ja auch Lippen.

Bald ist von dem Mann nichts mehr übrig als sein mickriger Penis. Kalla wischt sich über den Mund, öffnet das Fenster und wirft das Glied hinaus. Einige Möwen fliegen herbei und balgen sich um den Leckerbissen.

Kalla lässt sich ein Bad ein. Das Wasser färbt sich rot, es sieht aus, als würde sie in Blut baden. Vielleicht wäre eine ausgiebige Dusche doch besser gewesen.

Merkt euch: Ein Wannenbad ist oft unpraktisch und Wasserverschwendung.

Vor allem aber merkt euch dies: Man soll keinem jemals eine zweite Chance geben.

Die Laken sind über und über mit der DNA des männlichen Besuchers besudelt.

Sie müssen gewaschen werden.

Kalla stopft die Bettwäsche in den Waschkorb und geht in die Waschküche im Keller. Sie stellt das Programm auf neunzig Grad ein und schüttet Haushaltsnatron zur Wäsche: ein gutes Mittel gegen Blutflecken. Während die Trommel sich dreht, bleibt Kalla in der Waschküche sitzen und liest Margaret Atwood, das heißt, eigentlich ist es keine Waschküche, sondern ein Kellerraum, in dem eine alte Industriewaschmaschine steht.

Ihre Wäsche ist fertig, als Marian, die Hauptperson des Buches, gerade erst ihre Wäsche in die Maschine stopft.

Kalla öffnet die Klappe. Aber heraus kommt nicht leuchtend weiße Bettwäsche, sondern eine nackte blonde Frau, die ein rosa Handtuch von der Leine reißt, um ihre Brüste zu bedecken. Vielleicht weniger, um sie zu bedecken, als um sie zu trocknen. Die Frau zündet sich eine Zigarette an, die in einer Spitze steckt. Sie raucht die Zigarette mit einem einzigen Zug auf. »Eine lange Reise«, sagt sie heiser.

Die Frau erklärt, es bestehe Anlass zu einem Gerichtsprozess, denn Kalla habe bekanntlich das Gleichgewicht zwischen Mann und Frau mehrfach gewaltsam zerstört. Besonders monströs habe sie sich gerade eben verhalten. »Das können wir nicht länger durchgehen lassen«, sagt die Frau und steckt sich die nächste Zigarette an.

Dann stellt sie sich vor. Sie heißt Isis und kann aufgrund der Vollmacht, die sie von Gewisser Seite erhalten hat, Tote erwecken und Lebende verurteilen. Kalla fragt, um wen es sich bei dieser Gewissen Seite handele. Daraufhin erklärt Isis, sie könne nicht ins Detail gehen, aber dahinter stehe das Patriarchat selbst.

»Aber du bist doch eine Frau, wie kannst du so eine Institution vertreten?«

»Wir Frauen sind seit jeher die treuesten Dienerinnen des Patriarchats. Das muss dir doch klar sein?! Das Patriarchat könnte ja gar nicht herrschen, wenn nur die Hälfte der Menschheit und der Götterwelt hinter ihm stünde. Die Hälfte des Himmels würde über ihm einstürzen!«

»Das finde ich aber nicht ganz fair.«

Isis holt einen kleinen Koffer aus der Waschmaschine, dem sie sehr knappe Shorts und sehr lange Stiefel entnimmt. Sie legt hellen Lippenstift auf und fragt Kalla, ob sie bereit sei.

»Wozu?«, will Kalla wissen.

»Wir machen einen Besuch in der Unterwelt.«

»So, wie du angezogen bist, wirst du bestimmt nicht eingelassen.«

»Ich kann tun, was ich will.«

Kalla geniert sich ein wenig, denn sie hat eine alte Jeans, ein dreckiges T-Shirt und die Kapuzenjacke von irgendeinem Exfreund an. Andererseits ist Isis oben ohne.

Sie fahren mit dem Taxi zur Unterwelt. Der Portier mustert sie kritisch, gibt aber nach, als Isis ihm eine Weile den Schenkel reibt.

»Du musst uns einlassen, wenn du nicht der ewigen Verdammnis anheimfallen willst«, flüstert sie drohend und sexy zugleich.

»In Ordnung«, erwidert der Portier und würde ihnen aus den Mänteln helfen, aber sie tragen ja keine.

Isis steckt sich eine Zigarette an. Der Portier erklärt, für Raucher sei ein separater Raum reserviert.

Isis faucht wie eine Raubkatze, und der Portier verschwindet.

»Oje, was ist denn mit dem passiert?«, fragt Kalla.

»Er ist in die Verdammnis geraten. Genau wie ich es ihm vorhergesagt habe.«

Sie holen sich etwas zu trinken.

Kalla schaut sich um. »Das ist ein schrecklicher Ort.«

»Jetzt begreifst du wenigstens, wohin du einen gewissen armen Kerl befördert hast.«

»Ihn?«

»Den mit dem niedlichen kleinen Schnurrbart.«

»Der war überhaupt nicht niedlich. Eher voller Rotz.«

Isis trinkt ihre Cola Rum in einem Zug aus. »Zu viel Cola«, sagt sie und schmeißt das Glas an die Wand. Dann führt sie Kalla in den Gerichtssaal. Seelen, die ihre Strafe verbüßen, fliegen auf und umschwirren Kalla. Sie haben keine Arme. Und eigentlich auch keinen Körper. Nur einen Frauenkopf, unter dem allerlei Ekliges, Blutiges und Eitriges hängt. Mit den Zähnen reißen sie Kalla die Kleider vom Leib und ziehen ihr einen orangefarbenen Overall an.

An den Rändern des Saals winden sich andere arme Seelen. Sie haben Frauenkörper, aber weder Arme noch Beine. Nur einen Torso ohne Kopf. Die Stümpfe sehen entzündet aus.

»Der Richter kann nicht persönlich anwesend sein, aber wir haben eine Videoschaltung«, erklärt Iris trocken, in sarkastisch sachlichem Ton.

Sie schaltet einen großen Bildschirm ein. Darauf erscheint ein etwa sechzigjähriger molliger, bebrillter Mann in grauer Hose, Hemd und Pullunder. Er sitzt auf einem Bett und hebt die Hand. Seine Haltung ist nicht göttlich-erhaben, sondern eher ein wenig zusammengesunken. Kalla sieht Isis ungläubig an. Isis' schwarze Augen funkeln. »Wen hast du denn erwartet, etwa Marlon Brando?«

»Na ja …«

Isis erklärt, der Leiter sei früher charismatischer gewesen, aber man habe einige Veränderungen vornehmen müssen, weil seine Willkür die Menschen allzu sehr bedrückt hatte. Deshalb habe man Christus lanciert und durch ihn ein jovialeres Oberhaupt.

»Das ist natürlich relativ, denk nur an den Nahen Osten. Aber die Menschen sind so leicht hinters Licht zu führen. Wenn man nicht allzu vernunftwidrige Forderungen stellt, tun sie fast alles. Die kleinen Dummerchen!«

Als Vertreterin der Menschheit würde Kalla gern protestieren, doch bei genauerem Nachdenken erkennt sie, dass es sich tatsächlich so verhält.

Isis nimmt einen Notizblock zur Hand. Kalla betrachtet den Opa auf dem Bildschirm und merkt, dass er Isis auf den Busen stiert. Isis befeuchtet ihren Zeigefinger und reibt sich den Nippel. Dann verliest sie Kallas Straftaten.

Punkt 1: Homosexualität. Frauen dürfen untereinander nur dann heißen Lesbensex treiben, wenn ein Heteromann zuschaut. Frauen sollten einander keinen echten Orgasmus verschaffen, dürfen ihn aber vortäuschen; in diesem Fall müssen sie jedoch den anwesenden Heteromann ansehen, als sei in Wirklichkeit er derjenige, der den Orgasmus auslöst. Heißer Lesbensex darf auch vor der Kamera getrieben werden, doch dann ist ebenfalls von entscheidender Bedeutung, dass die Videos/Fotos für Heteromänner bestimmt sind. Am besten wäre es jedoch, dass heißer Lesbensex, sofern er denn getrieben wird, immer damit endet, dass ein Heteromann in das Gesicht einer der beiden Frauen oder besser beider ejakuliert, nachdem er zuvor Analverkehr mit ihnen hatte.

Punkt 2: Wählerische Prostitution. Die Prostitution ist für Frauen der beste und passendste Beruf, und ihre Ausübung ist zu unterstützen. Es wäre jedoch ratsam, dass ein anderer, vorzugsweise ein Mann, den Profit einstreicht, denn zu viel Geld macht eine Frau rasch allzu unabhängig. Zudem – und das ist der schwerwiegendste Vorwurf unter Punkt 2 – hat die Angeklagte bei ihrer Geschäftstätigkeit Wucherpreise verlangt, die es vielen Männern unmöglich gemacht haben, ihre Dienste in Anspruch zu nehmen. Ein angemessener Preis wären zwanzig Euro für eine halbe Stunde wie in diesem einen Thai-Massagesalon. Das könnten sich die meisten leisten, und diejenigen, die nicht genug Geld haben, sollten vielleicht umsonst bedient werden. Zudem hat die Beklagte Sex mit anderen als normalgesunden Männern abgelehnt, was eine schwere Verfehlung ist, denn gerade eine Prostituierte sollte jeden Freier akzeptieren, weil sie ohnehin von Natur aus obszön und lüstern ist.

Punkt 3: Mord und schwere Körperverletzung. Dies ist der gewichtigste Anklagepunkt. Die Beklagte hat die psychische und physische Unversehrtheit eines Menschen, den wir hier als Opfer bezeichnen, denn das ist er ja, verletzt, und zwar wiederholt und an mehreren Körperpartien, und schließlich seinen Tod herbeigeführt.

»Aber er hat mich doch vergewaltigt!«

Isis seufzt schwer und fragt, ob das denn wirklich so schlimm sei: Die Tat habe ja nicht einmal Kallas Geschäftstätigkeit beeinträchtigt.

»Aber ich wollte nicht!«

»Was eine Frau will, spielt keine Rolle. Die Hauptsache ist, gefällig zu sein«, erklärt Isis ihr wie einem kleinen Kind.

Der Opa sagt: »Gut, gut«.

Isis lächelt ihn herzig an, aber nur mit den Lippen, nicht mit den Augen. »Wozu verurteilen wir diese Frau?«, fragt sie mit Kleinmädchenstimme. Na ja, mit der Stimme eines rauchenden kleinen Mädchens.

»Ich finde Steinigungen immer hübsch«, antwortet der Opa.

»Aber das ist so einfallslos, Herr.«

Der Opa blickt sie streng an, doch da schiebt Isis das Becken vor, steckt den Daumen in den Hosenbund und zieht die Shorts so weit herunter, dass er ihre schwarzen Schamhaare sieht.

»Na schön, entscheide du«, meint er.

Isis klatscht in die Hände und lächelt. Auch der Onkel lacht auf. Isis wühlt wieder in ihrem Koffer. Sie holt ein Brechmittel heraus und reicht es Kalla. Kalla runzelt die Stirn. »Trink das«, sagt Isis.

In der gegebenen Situation beschließt Kalla, die Medizin zu schlucken. Sie wird von schrecklichen Krämpfen geschüttelt. Zuerst würgt sie Knochen und Fleischbrocken sowie einige innere Organe heraus.

Das Herz spuckt sie im Ganzen aus. Zum Schluss schießt literweise Blut aus ihrem Mund. Kalla muss sich hinsetzen.

»Ist das alles?«, fragt Isis.

»Mehr oder weniger.«

Isis geht daran, die Körperteile zusammenzusetzen. »Es mag hoffnungslos erscheinen, aber ich habe Erfahrung«, sagt sie.

Schließlich entsteht eine Art menschliches Gebilde. Was bringt eine Frau mit Nadel, Garn und Klebstoff nicht alles zustande! Wieder sucht Isis in ihrem Koffer und holt eine Tube heraus. »Born Again Ultra Exclusive Re-Incarnating Anti-Millenia Life Eternal«-Serum! »Dieses Wiedergeburtszeug wirkt Wunder«, lobt Isis.

Und es stimmt: Der Mann steht auf, zwar schwankend, und er ist ein wenig kleiner als zuvor, aber dennoch, tja, er lebt. Er sieht Kalla mit seinen freundlichen Augen an, die vielleicht irgendeinem Kind gestohlen wurden. Sie passen überhaupt nicht zu ihm. Isis betrachtet das Werk ihrer Hände mit unverkennbarer Zufriedenheit.

»Rate mal, was ich in solchen Situationen meistens tun muss!«, kreischt sie eine Spur manisch.

Der Opa sieht sie tadelnd an, woraufhin Isis sich rasch korrigiert: »Ich meine, tun darf. Na ja, also ich darf jedes Jahr einen Untoten heiraten. Diesmal werde ich dieses Vergnügen aber dir überlassen.«

»Nein! Das ist nicht dein Ernst!«, schreit Kalla auf.

»Doch.« Nun allerdings bemerkt Isis einen kleinen Mangel. »Wo ist sein Pimmel?«

»Den haben die Möwen gefressen.«

»Na so was, dann muss ich ihm wohl eine meiner Rippen geben.« Isis schiebt sich die Hand in den Bauch und bricht eine der untersten Rippen ab. »Dann hast du auch mehr von der Hochzeitsnacht.«

Die Trauung muss vollzogen werden! Doch dafür kommen weder Isis noch die Seelen infrage, denn Frauen als Pfarrerinnen sind wirklich ganz schlimm, auch wenn manche Dummköpfe das nicht einsehen wollen. Deshalb wird der verstorbene Papst geholt, um Kalla und den von den Toten auferstandenen Mann zu trauen.

Der Papst bebt und murmelt, und die Bibel zittert in seinen kleinen Händchen. Er knurrt etwas Unverständliches. Isis schlägt ihm fester als nötig auf den Rücken. Dem Papst fliegt der untere Teil des Gebisses aus dem Mund. Der obere Teil verrutscht. Er befühlt ihn schmatzend mit der Zunge. Isis nimmt ihm die restlichen Zähne aus dem Mund. Der Papst fragt, warum sie das getan habe und ob es bald Kaffee gäbe. Erst, wenn die Arbeit erledigt ist, sagt Isis.

»Iiif traue diff …«

»Kalla«, sagt Isis.

»Kalla. If if if dif if if …«

»Wie heißt er?«

Kalla zuckt die Achseln. Niemand kennt den Namen des Mannes! Nicht einmal der Mann selbst, denn er ist noch nicht ganz bei sich, die Auferstehung von den Toten ist ein langwieriger Prozess.

»Na, dann nennen wir ihn eben Wunder-Mann«, erklärt Isis.

Kalla schnaubt.

Die Zeremonie wird vollzogen, und Isis bewirft das Paar mit Reis. Dann schaltet sie den Bildschirm aus und lässt eine lange Litanei Flüche vom Stapel, die hier nicht wiederholt werden soll.

Das Urteil mag grausam oder zumindest ungewöhnlich erscheinen, doch für Isis ist es ein stinknormales, alljährliches Ritual. Es ist ihre Strafe dafür, dass sie dereinst allzu harsche Kritik an einigen religiösen Gemeinschaften geübt hat, deren Brauch verlangt, Schlachttieren einen möglichst qualvollen und langsamen Tod zu bereiten.

Die Imame und Rabbis ließen sich diese Reden nicht gefallen, schon gar nicht von einer unbedeutenden weiblichen Gottheit wie Isis, denn Unterdrückung der Schwachen, Folter und grenzenlose Grausamkeit gehören seit jeher zu den wichtigsten Grundsätzen der wichtigen Religionen.

Wenn sie in dieser Sache nachgegeben hätten, wären bald auch andere Regeln gelockert worden. Also brachten sie Isis unverzüglich zur Raison und zwangen sie, ihren toten Bruder aus dem Hades zu holen und zu heiraten. Teil der Strafe war natürlich, dass der Bruder immer wieder sterben sollte. So geht es nun schon seit Jahrtausenden, und der Bruder ist nach all den Auferstehungen ehrlich gesagt in ziemlich schlechter Verfassung.

Wenn im Kreis dieser bemerkenswerten Männer die Rede auf Isis kommt, erinnern sie sich immer noch an ihren schlauen Einfall und lachen: »Hahaha, häusliche Pflege! Mal sehen, ob ihr bei alldem Zeit bleibt, über die Rechte von Schafen und Ziegen nachzugrübeln, hahaha.«

Kalla erwacht. Sie spürt ein schweres Gewicht auf sich. Wie das einer Leiche.

Wie das einer Leiche!!

Sie setzt sich auf und stößt dabei aus Versehen den Mann aus dem Bett. Er röchelt bedenklich. Die Tiere kommen aus dem Kleiderschrank und beschnuppern die Person, die sie schon kennen. Sie sehen ihr Frauchen fragend an. Kalla trägt einen orangen Overall, dessen Reißverschluss nur ein winziges Stück aufgezogen ist.

Wenn das alles ein Traum ist, dann ist es ein Albtraum.

Wenn das Leben nur ein Traum ist?

Scheiße, es ist keiner. Kalla springt auf, macht einen Bogen um den Mann und geht in die Küche. An dieser Stelle gibt es nur eine mögliche Frage: »Willst du Kaffee?«

»Raahhhh«, antwortet der Mann.

»Heißt das ja? Oder nein? Vielleicht ja? Sahne habe ich aber immer noch nicht.«

»Rrrrrrh«, antwortet der Mann.

Kalla kocht Kaffee, gießt ihn in einen Becher und geht zu dem Mann, der immer noch auf dem Fußboden sitzt. Er streckt die Hand aus. Kalla schüttet den Kaffee über ihn. Der Mann heult auf. Kallas Handy klingelt.

»Hallo?«

»He, ich weiß, dass du ihn quälst.« Es ist Isis.

»Woher willst du das wissen?«

»Ich bin eine Göttin. Götter sehen sogar deine Gedanken.«

Kalla stellt sie auf die Probe.

»Sind sie nicht!«, ruft Isis.

Also muss Kalla ihr wohl glauben.

»Die Vernachlässigung des Ehegatten kann Konsequenzen haben. Sei so gut und vertrau mir.«

Damit beendet Isis das Gespräch. Kalla hat ein schlechtes Gewissen wegen ihres bösen Gedankens, der eigentlich gar nicht ernst gemeint war. Sie bekommt eine SMS. Isis: »Okay, ich verzeih dir … Halt die Ohren steif …« Was zum Teufel, denkt Kalla.

»Kraaaaaul.«

»Entschuldige, dass ich dich mit Kaffee begossen hab. Aber weißt du, du hättest mich nicht vergewaltigen dürfen. Und dass du es zweimal getan hast, ist schon ziemlich heftig. Da verstehst du wohl, dass ich ein bisschen wütend und verbittert bin.«

»Raaaaaaa.«

»Und nachdem ich dich sozusagen umgebracht habe, fände ich es nur recht und billig, dass du tot wärst, aber nein! Jetzt muss ich deinen beschissenen Anblick für den Rest meines Lebens ertragen.«

Kalla will dem Mann ihr Handy an den Kopf werfen, beherrscht sich aber. Sie geht aufs Klo und weint heftig und lange.

Es ist völlig überflüssig, Kalla zu bemitleiden. Sie ist eine Mörderin. Jemandem das Leben zu nehmen ist sehr schlimm. Klar: Der Mann ist ein Idiot und ein Ekel. Aber das sind die meisten. Oder wenn nicht die meisten, dann doch sehr viele.

Warum hat sich Kalla beim ersten Mal nicht gewehrt? Wenn sie das getan hätte, wäre jetzt alles in Ordnung. Oder wenn sie mit dem Mann mitgegangen wäre, den sie in der Bar zuerst kennengelernt hatte.

Wenn sie nicht gerade zu dem Zeitpunkt zur Toilette gegangen wäre.

Wenn sie keinen Rock angehabt hätte, sondern eine Hose.

Wenn sie nicht in das Taxi gestiegen wäre. Wenn es nicht geregnet hätte, wäre sie sicher zu Fuß gegangen. Ach, hätte es bloß nicht geregnet!

Wenn sie vor dem Aufbruch in die Bar nicht eine halbe Flasche Sekt getrunken hätte, wenn sie sich dezenter geschminkt hätte, wenn sie keine künstlichen Wimpern getragen hätte.

Wenn sie als Mann zur Welt gekommen wäre.

»Aber ich habe doch Nein gesagt.«

Kalla weiß selbst, dass Nein nur ein Wort ist. Man muss wenigstens ein bisschen um sich schlagen, die Beine verschränken und sich in eine Decke wickeln. Das hatte sie beim vorigen Mal getan. Am nächsten Tag hatte sie ihrer Freundin erzählt, dass ein Mann versucht hatte, sie zum Sex zu zwingen. In irgendeinem Park oder wo, fragte die Freundin. Kalla antwortete, es sei bei ihr zu Hause passiert.

»Wie ist er denn in deine Wohnung gekommen?«, fragte die Freundin.

»Wir wollten noch etwas trinken«, erklärte Kalla.

»Na, dann ist es doch deine eigene Schuld!«

Mit dieser Freundin hat Kalla seitdem nicht mehr telefoniert.

Na ja, es ist zu spät, den Arsch zusammenzukneifen, wenn die Kacke schon in der Hose ist, wie ihre Mutter zu sagen pflegt. Kalla wischt sich die Tränen ab und putzt sich die Nase. Mit dem Schminkbeutel gerüstet, nähert sie sich dem Wunder-Mann, der den Tod besiegt hat.

Sie reinigt dem Mann mit ihrer Reisezahnbürste den Mund, also nicht bloß die Zähne, sondern auch die Zunge und die Innenfläche der Wangen, dann befiehlt sie ihm auszuspucken. Sie rasiert ihn mit dem Ladyshaver, etwas anderes hat sie nicht. Entfernt auch den Schnurrbart. Jetzt vielleicht noch eine Gesichtsmaske, die Haut des Mannes ist nach wie vor ein wenig schlaff.

Dann bugsiert sie den Mann in die Badewanne und duscht ihn ab. Reibt ihn mit einem flauschigen Flanellhandtuch trocken. Kämmt seine Haare nach hinten. Kämmt sie nach vorn, über die Augen. Kämmt sie dann doch wieder zurück.

Und die Kleidung? Sie hat keine Unisex-Klamotten, so etwas trägt sie nicht. Also steckt sie die Glieder des Mannes in den orangen Overall.

Und dann stehen sie vor dem Spiegel.

Wie eine Familie.

Als man die Moschee des schwarzen Steins zu säubern begann, war die Göttin Manat die Einzige, die begriff, dass es jetzt davonzulaufen galt. Sie versuchte ihre Schwestern zu überreden, mit ihr zu kommen, doch sie waren von all den Opfern, die sie empfangen hatten, ein wenig mollig geworden und faul wie satte Katzen in der Sonne. Manat hingegen nahm ihr Schicksal in die Hand, schließlich war sie die Schicksalsgöttin, und floh vom schwarzen Stein, bevor die Eroberer mit ihrer Tätigkeit begannen.

Die Säuberer wollten Manat unbedingt finden und ihr dasselbe antun, was sie bereits ihren Schwestern angetan hatten. Manats Freiheit war das Gefährlichste, das sie sich vorstellen konnten.

»Das begreife ich nicht«, sagte Manat. »Ich bin doch nur eine Göttin unter vielen. Was ist daran so schlimm?«

Manat musste weit fliehen, bis nach Indien. Doch die Freiheit schmeckte bitter. Sie trauerte um ihre Schwestern, die jahrtausendelang ihr Ein und Alles gewesen waren und die man nun, wie sie erfuhr, in Schwäne verwandelt und in einen engen Käfig gesperrt hatte. In ihrer Trauer kletterte Manat auf einen Berg und stieg über die Wolken bis ins Mondlicht hinein. Dort gründete sie den Himmel der Tiere, denn sie wusste, dass die Säuberer ihren Schwanenschwestern eines Tages den Hals aufschlitzen würden.

Damals trafen viele dankbare Tiere ein, und es kommen immer mehr, doch Manat wartet bis heute auf ihre Schwestern.

5.

COME ON BABY. BABY TAKE MY HAND. WE'LL BE ABLE TO FLY. BABY I'M YOUR MAN.

Vielleicht hat Aphrodite schlechtes Acid erwischt oder einfach den falschen Stoff. Damals, als sie in London gewesen war, hatte man alles nehmen können, aber jetzt befinden wir uns in Helsinki. Der Name der Stadt geht ihr durch den Sinn. Ein schrecklicher Name für einen Ort. Schrecklich, die Hölle. Das hier ist die Hölle. Pfui Teufel.

In ihren meerblauen Augen sind die Pupillen nur als winzige Pünktchen zu sehen. Wenn jemand da wäre, sie zu sehen. Ist aber keiner da.

Sie liegt ganz allein auf dem schmutzigen Boden in der Toilette des Nachtclubs. Wo ihr Strumpf endet, berührt die helle Haut ihres Oberschenkels die schmierig kalten Kacheln. »This is too fucking depressive«, murmelt sie, aber es klingt wie »Zzz faaakhhhh sshhhhh«.

Alles ist verloren. Alles ist schwarz.

Es ist schwarz.

Und das Herz steht still.

Aphrodites schönes Bein streckt sich und lugt unter der Toilettentür hervor. Eine Frau informiert einen Nachtclub-Mitarbeiter. Nicht aus Sorge, sondern weil sie aufs Klo will. Nirgendwo gibt es genug Klos. Andernfalls wären die Frauen vielleicht empathisch und nett zueinander.

Aber das alles hat keine Bedeutung mehr.

Wir sind im Tod.

Und der Tod ist ewig.

(Nicht für alle.)

Aphrodite merkt, dass ihre blonden Haare leuchten wie phosphoreszierend. Ein Boot erwartet sie. Jedenfalls sieht es so aus, als ob das Boot gerade auf sie wartet. Es ist sonst niemand da.

Im Boot sitzt ein muskulöser Mann mit einem kleinen Lendenschurz. Die Lage ist also nicht völlig hoffnungslos. Lächelnd steigt Aphrodite ein.

Der Ruderer streckt die Hand aus. Aphrodite reicht ihm die ihre zum Kuss. Der Bootsmann wirkt beleidigt. »Dachtest du etwa, die Überfahrt wäre kostenlos?«, fragt er.

»Ja«, antwortet Aphrodite.

»Ist sie aber nicht.«

»Scheiße, ich hab kein Bargeld.«

»Dann musst du hundert Jahre am Ufer herumirren.« Der Ruderer kehrt ihr den Rücken zu.

»Scheint hier jemals die Sonne?«, fragt Aphrodite.

»Nein.«

»Kann ich mit Visa bezahlen?«

Der Mann zuckt die Achseln, nimmt die Karte und behält sie. Aphrodite protestiert nicht. Sie hat eine ungefähre Vorstellung von ihrer Kreditsituation. Die ist nicht gerade berühmt. Sie steigt in das kleine Holzboot und setzt sich dem Ruderer gegenüber.

Im Tod herrscht ewige Abenddämmerung, wie jeder weiß. Und der Fluss hat keine Strömung, das Wasser steht. Folglich könnte das Rudern flott vorangehen, doch der Ruderer hat keine Eile. Daher hat Aphrodite genug Zeit, sich umzuschauen. Einmal ist sie im Nachtbus eingeschlafen und in Espoo gelandet. Dort sah es ähnlich aus.

Sie möchte weinen, aber irgendwie sind alle Gefühle verschwunden. Und an einem Ort, wo alle Gefühle fehlen, einschließlich der Liebe, ist sie überhaupt nichts Besonderes mehr. Allerdings könnte es sein, dass die Gefühllosigkeit eine Nachwirkung der Narkose ist.

Sie betrachtet das Ufer gegenüber. Dort drängen sich Leute. Plötzlich wird Aphrodite nervös. Das ist doch ein Gefühl? Sind also doch nicht alle Gefühle verschwunden?

Sie nimmt Lipgloss aus dem Spalt zwischen ihren Brüsten und verteilt ihn auf ihren prallen Lippen. Manche behaupten, sie seien das

Werk eines Schönheitschirurgen, doch das ist gelogen. Aphrodite wurde so geboren.

Die Menschen weichen zurück, als das Boot sich dem kleinen Anleger nähert.

»Gibt es Fahrgäste in die Gegenrichtung?«, fragt der Ruderer und lacht boshaft.

Jemand heißt Aphrodite willkommen im Tod. Aphrodite lächelt dankbar. Überall Menschen, Hunderte, vielleicht Tausende, vielleicht vierzigtausend Männer und Frauen.

»Wohin kommen die toten Tiere?«, fragt sie.

»Ach, es wäre doch zu viel verlangt, dass sie selbst im Tod noch die Unterdrückung durch die Menschen ertragen müssten«, wird ihr geantwortet.

Aphrodite sieht die Sprecherin genauer an. Es ist eine Frau, tatsächlich. Glatzköpfig, mit tiefen Schatten unter den dunklen Augen. Am Hals hat sie einen schrecklichen Abdruck, als hätte sich eine dünne Schnur in ihre Haut gegraben. Und an den Handgelenken tiefe Einschnitte. Im Lächeln der Frau liegt eine so bodenlose Traurigkeit, dass Aphrodite Tränen in die Augen steigen.

Die Frau erklärt Aphrodite, Ironie sei die Kunst des Todes. Deshalb hat gerade sie die Aufgabe erhalten, Aphrodites Führerin zu sein. Im Leben hat sie sich um nichts anderes bemüht als um Liebe und Schönheit, doch beides blieb ihr versagt. Das Leben hätte angenehm sein und sie hätte glänzen und aufblühen können, doch sie sah nur Schrecken und Tod. »Natürlich sollst du dich schuldig fühlen, meine Göttin, die mich verlassen hat.«

Die Frau blickt sie ernst an. Aphrodite weiß nicht, wohin sie sich wenden soll, sie hat bisher noch nie ein Gewissen gehabt, geschweige denn ein schlechtes Gewissen. Sie tritt von einem Bein aufs andere und dreht eine Haarsträhne zwischen den Fingern. Doch da lacht die Frau plötzlich. Es klingt nicht annähernd so grausig, wie man meinen könnte. Sie berührt Aphrodite an der Schulter, und in ihrer Berührung ist nichts als Wärme.

Oder es wäre reine Wärme, wenn sie lebendig wären und warmes Blut durch ihre Adern fließen würde. Doch so ist es nicht.

Aphrodite weiß ihre Führerin nicht recht einzuordnen. Ihr merkwürdiger Sinn für Humor ist irgendwie beklemmend. Auch das ist ein neuartiges Gefühl. Andererseits ist schräger Humor immer noch besser als vollständige Humorlosigkeit.

Die Frau wendet sich ihr zu. »Du weißt wohl, dass ich alle deine Gedanken höre.«

Aphrodite erschrickt. Doch dann lacht die Frau wieder. Aphrodite kichert ebenfalls, aber unsicher, fragend.

»Im Tod gibt es keine Privatsphäre, aber daran gewöhnt man sich. Irgendwann. Es ist so ähnlich wie im Krankenhaus.«

»Wie heißt du?«

»Weißt du nicht, wer ich bin?«, fragt die Frau ernst. Und dann lacht sie wieder herzhaft.

Sarah

Ah-ah Sarah Kane
pray Her name
and read Her plays.

Aphrodite weiß nicht, wer die Frau ist, geniert sich aber zu fragen. Sie fummelt an ihren leuchtenden Haaren und lacht mit der Unbekannten.

Gemeinsam gehen sie eine verlassene Straße entlang, bis sie eine Bushaltestelle erreichen. Die Frau sagt, wahrscheinlich müssten sie eine Weile warten. Sie warten zwölf Jahre.

So fühlt es sich jedenfalls an.

Als der Bus kommt, ist er voll besetzt. Niemand spricht. Auch das hat Aphrodite schon erlebt, irgendwo, irgendwann … Die Frau erklärt, es sei nicht ratsam, zu Fuß zu gehen, die Entfernungen seien heutzutage so riesig. Der Tod vergrößert sich wie das Weltall, dessen Grenzen niemand kennt.

Die Frau erklärt, sie seien auf dem Weg in das Wohngebiet der Götter und Dichter. Um dorthin zu gelangen, müsse man zweimal umsteigen. Aphrodite seufzt. Die Frau sagt, Zeit hätten sie ja genug, die ganze

Ewigkeit. Oder zumindest so lange, bis die Sonne erlischt. Dann endet auch die Existenz des Todes, weil niemand mehr stirbt. Alles hört auf, auch hier. Es gibt nichts mehr. Oder doch, es gibt etwas, doch das ist unerheblich. Es liegt außerhalb der Vorstellungskraft, und das ist gerade so, als würde es gar nicht existieren.

Aphrodite blickt durch das Busfenster. Sie sieht einen Slum, aus großen Blechtonnen schlagen Flammen. Die Frau erzählt, dies sei das Wohngebiet der Politiker und Manager. Aphrodite erkennt einige Gesichter. Jemand wirft einen Molotow-Cocktail an das Busfenster. Aphrodite schreit auf.

»Das machen sie immer«, erklärt ihre Führerin beruhigend.

Schließlich, nach Stunden oder Jahrhunderten, erreichen sie eine Reihenhaussiedlung. Alle Häuser sind identisch. Jedes hat ein kleines Gärtchen, alle sind im selben gelblich-grauen Farbton gestrichen, und an jedem Fenster hängen die gleichen Vorhänge.

Aphrodite schreit entsetzt auf. Die Frau tätschelt ihre Schulter.

Sie betreten eines der Häuser, das sich nur durch die Hausnummer von den anderen unterscheidet. Die Frau knipst im Flur das Licht an. Das Haus ist im Stil der 1950er Jahre eingerichtet, aber die Qualität der Möbel verrät, dass sie in Wahrheit bei Ikea gekauft wurden. In der Küche stehen ein Kühlschrank mit Gefrierfach, eine Mikrowelle sowie ein Tisch und Stühle. Auf dem Tisch liegen geflochtene Sets aus Plastik. Im Wohnzimmer gibt es einen Fernseher; er läuft, aber es ist kein Programm zu sehen. Davor ein helles Sofa und ein niedriger Tisch. An der Wand ein Bücherregal, in dem alle Bände von *Auf der Suche nach der verlorenen Zeit* aufgereiht sind, sonst nichts. Im Schlafzimmer steht ein Doppelbett, auf dem Nachttisch Fotos von Kindern. Von wessen Kindern?

In wachsender Panik sucht Aphrodite das Bad. Stattdessen findet sie einen Raum mit Waschmaschine, Trockner, Bügelbrett, Staubsauger …

»Das nennt man Hauswirtschaftsraum«, sagt die Führerin, die ihr gefolgt ist. »Aber das Schlimmste kommt noch«, sie seufzt und führt Aphrodite ins Kinderzimmer. Dort steht ein Etagenbett, und auf dem Fußboden liegt jede Menge Kram. »Sie sind gerade in der Schule«, erklärt die Führerin.

Aphrodite setzt sich auf das untere Bett und lässt den Kopf auf die Knie sinken. Sie fragt die Frau, ob es einen Ausweg aus alldem gibt. Die Frau antwortet, man habe gelegentlich etwas in der Art gehört, doch es sei das Beste, alle Hoffnung fahren zu lassen.

»Aber du hast Nachbarn«, fügt sie nach einer langen Pause hinzu.

»Ja, so sieht es aus. Ist das gut?«

Die Frau fasst sie an der Hand und führt sie in den Garten hinter dem Haus. Er ist an zwei Seiten mit einem zwei Meter hohen Holzzaun abgegrenzt. An der dritten Seite steht eine niedrigere grüne Hecke. Sie stellen sich auf die Plastikstühle neben dem Bretterzaun. Die Frau zeigt in den Nachbargarten hinüber, in dem auf Sonnenstühlen ein schöner junger Mann und eine – zumindest aus der Nähe betrachtet – erheblich ältere Frau liegen.

»Adonis! Und Persephone! Die wohnt also auch hier. Ich dachte, sie besitzt das ganze Reich.«

Die Führerin lacht auf und erklärt, dass Persephone nicht den ganzen Tod, aber immerhin das Gebiet der Götter und Dichter besitzt. Sie ist die Vermieterin. »Also steh dich gut mit ihr.«

Aphrodite setzt sich auf den Stuhl, stützt die Arme auf die Knie und schaut in die Ferne, wo nur eine flache Ebene zu sehen ist, auf der ebenfalls lauter gleichartige Reihenhäuser stehen. Umgeben von einem schwarzen, steinigen Acker. Hier soll man also alle Hoffnung fahren lassen.

Aber ich gebe nicht auf, sagt sie sich.

Es klopft dreimal laut. Der Ehemann? Die Kinder? Etwas Schlimmeres?

Zögernd öffnet Aphrodite die Tür.

Davor steht Persephone in ihrer ganzen, hundertsechzig Zentimeter großen Gestalt, der die Stilettos und der Hut allerdings mindestens sechzehn Zentimeter hinzufügen. Sie trägt eine kleine, enge Jacke und ein wadenlanges, getüpfeltes rotes Kleid. Die schwarzen Haare sind so präzise gekämmt, dass sie eher einer Kopfbedeckung gleichen als einer Frisur, und als Krönung thront darauf ein kleiner Topfhut, aus dem ein steifer schwarzer Schleier ragt. Ihre Lippen formen ein tiefrotes Lächeln, das man irrtümlich für herzlich halten könnte. Doch Aphrodite weiß, dass sich hinter dem Lächeln Eis verbirgt. Tiefes, schwarzes Herzeis.

»Hallo«, sagt Aphrodite lächelnd.

Persephone erwidert den Gruß. Sie tauschen Wangenküsse aus, bei denen ihre Lippen das Gesicht der anderen nicht berühren.

»Wie schön, dich zu sehen!«, ruft Persephone.

Sie sagt, sie sei gekommen, um ihre Freundin und Kollegin willkommen zu heißen. »In meinem Reich!« Dann mustert sie Aphrodite von Kopf bis Fuß und legt besorgt einen Finger an die Wange. »Oje, wie schrecklich.«

»Was?«

»Ich konnte ja nicht ahnen, dass du noch nicht fertig angezogen bist.«

»Bin ich doch.«

Persephone legt die schmalen behandschuhten Finger an die Lippen und zieht die Augenbrauen hoch. »Wie peinlich!«, kreischt sie. »Ich dachte, das wäre Unterwäsche!«

Persephones Stirn bleibt glatt, obwohl bei dieser Miene Falten erscheinen müssten. Botox.

»Wirklich?« Aphrodite kichert schrill.

Hahaha, beide lachen, bis Persephone eine herablassende Miene aufsetzt. Sie erklärt Aphrodite, in diesem Gebiet seien alle Frauen verpflichtet, sich züchtig und feminin zu kleiden. »So wie ich.« Dann legt sie den Kopf schräg und streichelt ihre Pelzstola.

Aphrodite starrt auf das tote Tier, dessen ganzer Körper samt Kopf und Pfoten zum Accessoire degradiert worden ist. »Man hat mir gesagt, hier gäbe es keine Tiere.«

»Aahahahaa«, lacht Persephone sinnlich, wobei all ihre Zähne zu sehen sind. Sie erinnert Aphrodite daran, dass sie alles bekommt, was sie will. Sie hat immer alles bekommen, was sie wollte.

»Ja, natürlich.«

Hahaha, wieder lachen beide.

»Zum Beispiel alle Männer«, fügt Persephone an.

»Hm.«

»Zum Beispiel deinen Freund.«

»Er ist nicht mehr mein Freund.«

»Dabei wollte ich ihn gar nicht, er ist einfach aufgetaucht.«

Aphrodite antwortet nicht, sie verzieht den Mund nur zu einem immer süßlicheren Lächeln. Allmählich tun ihr die Wangen weh: Sie spürt ihre Gesichtsmuskeln, das ist widerlich.

»Ja, aber ich war ja noch so schrecklich jung, ein kleines Mädchen. Mutter sagte, geh nicht mit ihm. Und das hätte ich auch nicht getan, er war ja so erbärmlich. Aber er wollte nicht aufgeben! Du warst doch damals schwanger von ihm?«

»Das war dann wohl kurz vor dieser SCHRECKLICH UNANGENEHMEN GESCHICHTE«, erwidert Aphrodite.

Persephones Miene spannt sich an. Sie spricht nie darüber, wie sie zur Königin der Unterwelt gemacht wurde. Nie. Aphrodite lächelt und streicht ihre Stirnfransen zurecht.

»Eigentlich bin ich gekommen, um die erste Miete zu kassieren«, erklärt Persephone kühl.

»Was?«

Aphrodite weiß nicht, was eine Miete ist, wie sie auch nicht weiß, was eine Steuererklärung, eine Telefonrechnung oder ein Stromvertrag sind. Persephone lacht wieder ihr Zahnpastalächeln und sagt, Aphrodite werde im Tod vielen wunderlichen Dingen begegnen: »Wir sind hier, um zu lernen.«

Dann mustert sie Aphrodite abschätzig.

»Deine Sachen taugen hier nicht.«

Sie reicht Aphrodite ein pfefferminzgrünes Kleid mit einer großen Schleife über dem Hintern. Aphrodite hält sich das Kleid vor und zieht eine Grimasse, als sähe sie eine verwesende Leiche. »Iiih«, macht sie.

Persephone spitzt den Mund und zieht die dunklen Augenbrauen hoch. Dabei entsteht nicht die kleinste Falte auf ihrer Stirn. Die blöde Kuh ist vollgespritzt mit Gift!

»Zieh es an«, sagt Persephone, ohne zu lächeln.

»Ja«, antwortet Aphrodite. Ohne zu lächeln.

Dann lächeln beide wieder so strahlend, dass sie ihr Gesicht schmerzt. Aphrodite faltet das Kleid über dem Arm.

»Und noch etwas. Entschuldige, aber ich muss es dir sagen: Deine Frisur sieht echt billig aus.« Persephone reicht Aphrodite die Visitenkarte ihres Friseurs: »Den möchte ich dir dringend empfehlen.«

Eine Weile stehen sie stumm voreinander. Dann winkt Persephone mit ihrer kleinen Hand und trippelt davon.

Aphrodite bleibt an der Tür stehen, sieht ihr nach und erkennt etwas, das alle früher oder später begreifen sollten: »Vintage« und »gut aussehend« sind keine Synonyme.

Aphrodite steht mit hochgerecktem Hintern am Bretterzaun und späht durch eine Ritze in den Nachbargarten.

Persephone hat sich auf einem Liegestuhl ausgestreckt, eine große Sonnenbrille im Gesicht. Sie nimmt ein Sonnenbad. Nur die Sonne fehlt. Kein Wunder, dass ihre Haut so blass ist. Sie lächelt süßlich wie immer. Adonis ruht phlegmatisch neben ihr, sieht allerdings nicht restlos unzufrieden aus. Er ist bestimmt unter Drogen gesetzt worden. Oder verhext!

Da fällt Aphrodite etwas ein. Sie fixiert die Lenden des jungen Mannes. Ein geräuschvoller Seufzer entschlüpft ihren Lippen. Persephone dreht den Kopf so schnell zum Zaun, dass ihr das Genick brechen würde, wenn sie sterblich wäre. Sie nimmt die Sonnenbrille ab, damit die theatralische Strenge ihres Blicks zu sehen ist. Aphrodite merkt, dass die strenge Miene nur durch das Gesicht erzeugt wird, nicht durch die Augen: Persephones Augen sind völlig leblos. Adonis blickt träge in die Richtung, aus der das Geräusch kam, sieht aber nichts.

Tatsache ist, dass Adonis einen Plastikpenis umgeschnallt hat. Und der ist, nebenbei bemerkt, größer als der, den Aphrodite während ihrer glücklichen gemeinsamen Woche spüren durfte. Andererseits: Die Liebeskünste dieses Mannes wären stärker beeinträchtigt worden, wenn man ihm die Hände abgehackt hätte. Herrliche Hände, mmm … Aphrodite wickelt eine Haarsträhne um den Finger und lächelt. Ares hat wirklich nichts begriffen.

»Was macht mein Frauchen denn da?«

Erneut muss Aphrodite feststellen, dass die Toten sich wirklich geräuschlos bewegen. Ihr Ehemann hat sich ganz und gar unbemerkt hinter sie geschlichen. Er sieht nach nichts aus. Ein Niemand. Selbst wenn man ihn noch so lange anschauen würde, würde man sich nach ein paar Minuten nicht mehr an sein Gesicht erinnern. Es lohnt sich also nicht, auch nur ein Wort über sein Aussehen zu verlieren, mir ist es bereits entfallen.

»Nichts«, antwortet Aphrodite leichthin.

»Irgendetwas Außergewöhnliches hast du doch getrieben.«

»Sprich nicht so laut, Sklave.«

»Ich bin das Familienoberhaupt und dein geistiger Führer, denn ich habe einen Penis.«

Der Mann hat absolut keinen Sinn für Humor.

»Du hast einen Penis, also bist du mein Sklave.« Aphrodite lächelt gewinnend.

»Ich bin dir nicht böse. Ich möchte lediglich, dass du deine Persönlichkeit verlierst«, antwortet der Ehemann.

Ätzend, diese Humorlosigkeit!

»Ich habe mir den Nachbarn angesehen.«

»Wenn du so etwas sagst, muss ich anfangen, dich regelmäßig zu verprügeln.«

Aphrodite verzichtet auf einen Kommentar. Sie setzt sich auf die Terrasse und zieht ihre hellgrüne Strickjacke enger um sich. Über den Brüsten lässt sich die Jacke nicht schließen, was nur gut ist, denn ihr Busen soll zu sehen sein.

Der Ehemann tritt zu ihr und klopft ihr auf den Scheitel. »Sei nicht traurig, du hast eine ganze Ewigkeit, um zu lernen, wie ein Weibchen sich zu benehmen hat. Aber denk daran, dass ich dich gewarnt habe.«

Im Tod steht die Respektierung der Traditionen im Mittelpunkt, denn dort ist es nicht mehr möglich, sich etwas Neues auszudenken. Also lädt man Bekannte zum Essen ein und zeigt ihnen Urlaubsfotos oder so etwas.

Aphrodite und ihr Mann haben Aphrodites Führerin und deren Gatten eingeladen.

»Wer zum Teufel seid ihr?«, fragt Aphrodite, als die Gäste eintreffen.

»Ahahaha«, lacht die Führerin und küsst sie auf beide Wangen.

Sie hat eine Perücke aufgesetzt und trägt ein ähnliches Kleid wie Aphrodite.

»Dies ist mein lieber Ehemann«, sie weist neben sich.

Der Mann hat keinerlei besondere Merkmale. Wie in Schwarz-Weiß-Filmen, stellt Aphrodite fest. Alle Männer sehen gleich aus. Die Führerin flüstert Aphrodite ins Ohr, so sei der Tod, im Leben habe sie gar nichts für Männer übriggehabt, doch jetzt habe sie sich an die ehelichen Verrichtungen gewöhnen müssen. Und man gewöhne sich tatsächlich daran. Man gewöhnt sich an alles, wenn es sein muss. Aphrodite fragt, ob auch das Teil der Strafe sei. Die Führerin antwortet, nein, es sei nur ein Ausgleich: Wenn man auf die eine Weise lebt, stirbt man auf die andere.

»Jetzt spielen wir ein lustiges Gesellschaftsspiel«, erklärt Aphrodites Mann.

»Wollen wir uns nicht lieber tierisch besaufen?«, schlägt Aphrodite vor.

Alle sehen sie an, auch die beiden Kinder, die auf dem Sofa vor dem Fernseher sitzen. Sie haben die angenehme Eigenschaft, sich kaum bemerkbar zu machen. Der Mann zieht Aphrodite ins Schlafzimmer und ohrfeigt sie so kräftig, dass sie hinfällt.

»Du bist schon einmal gewarnt worden«, schnauft er. »Wenn du mir noch ein einziges Mal Schande machst, muss ich dir sämtliche Knochen im Gesicht zerschlagen.«

Also spielen sie ein lustiges Gesellschaftsspiel. Die Regeln schreiben vor, dass nur Männer die richtigen Antworten geben dürfen. Aphrodite und die Führerin müssen schweigen oder absolut lächerliche, dumme und falsche Antworten bieten. Mitten im Spiel steht Aphrodite auf und sagt, es tue ihr sehr leid, aber sie müsse den Kuchen in den Ofen schieben. Sie bittet die Führerin mitzukommen, denn mit der Aufgabe, einen Kuchen in den Ofen zu schieben, sei eine einzelne Frau überfordert.

»Scheißverdammtekacke«, flucht Aphrodite in der Küche. Sie schaltet die Mikrowelle ein, damit ihre Worte im Wohnzimmer nicht zu hören sind. Die Führerin nimmt die Perücke ab, das Ding sei verflucht schweißtreibend, erklärt sie.

»Wie kommt man hier raus?!«

»Glaubst du, dass du im Leben vermisst wirst?«

»Natürlich.«

»So sehr, dass man dich zurückwünscht?«

»Natürlich …«

»Von wem?«

Aphrodite überlegt. Na, mindestens von dem und dem und dem. Also, eigentlich auch von vielen anderen, aber ihr fallen die Namen gerade nicht ein.

»Es reicht natürlich nicht, vermisst zu werden.«

»Das reicht nicht?«

»Wenn man deinen Tod als wichtig und bedeutsam empfindet, bleibst du leider hier. So ist es mir auch ergangen. Man muss eben versuchen, den Aufenthalt hier sinnvoll zu gestalten.«

Aphrodite schaltet die Mikrowelle aus. Pim! Es ist ein altmodisches Gerät. Sie legt eine Handvoll Gabeln hinein und schaltet es wieder an. Verschwörerisch lächelnd setzt die Führerin ihre Perücke auf und dreht den Gasherd an.

Sie verlassen das Haus in dem Moment, als die Küche und gleich darauf die ganze Wohnung in Flammen aufgehen.

»Glaubst du, dass sie da rauskommen?«, fragt Aphrodite im Garten. Oder nein, sie fragt nicht, es klingt eher wie ein Witz. Sie kichert und wirft ihr Haar zurück.

»An sich sind sie ja schon tot.«

»Also kann ihnen nichts wirklich Schreckliches mehr passieren.«

Persephone sieht die Flammen von ihrem Fenster aus und stürmt so schnell nach draußen, wie es sich für eine feine Dame so eben noch schickt. Adonis steht träge an der Haustür. Er hat einen seidenen Morgenmantel an.

Dann

Er sieht Aphrodite an! Aphrodite sieht ihn an! Ihre Augen füllen sich mit Liebe. In ihren Blicken wogen die türkisen Wellen des Mittelmeers und schimmern die Nächte und Tage, in denen sie zu einem Fleisch verschmolzen, zu einem verschwitzten, stöhnenden Tier.

Persephone schlägt mit der Hand auf die Wellen, und sie schwappen auf die Erde, sind nur noch eine alberne, schlammige Pfütze. Sie befiehlt Adonis, nach drinnen zu gehen, »damit du dich nicht verkühlst«.

»Aber das Feuer?«, fragt Adonis.

Persephone wirft mit dem Feuerlöscher nach ihrem Freund, der folgsam ins Haus schlüpft.

»Wo ist dein Mann?«, fragt sie Aphrodite.

»Leider da drinnen.« Das Haus brennt lichterloh, im Innern heulen die verlorenen Seelen. »Wie tragisch«, seufzt Aphrodite.

Die Führerin fragt Persephone, ob den Männern denn etwas passieren könne: Sie sind doch schon tot. Barsch stellt Persephone den Sachverhalt richtig. Die Männer sind nicht tot, denn sie haben nie gelebt. Sie sind eine Art programmierte Dämonen oder wie man sie nun nennen will. »Manche halten sie für Engel, andere für Humanoiden.«

»Ihr bekommt neue«, verspricht Persephone.

»Bis dahin sollte die Göttin wohl bei mir wohnen. Schließlich bin ich ihre Führerin.«

Persephone verzieht den Mund, erhebt jedoch keine Einwände. Sie hat die Angewohnheit, ihre Feindinnen in der Nähe zu halten, aber eigentlich erscheint es ihr nicht mehr wirklich wünschenswert, Aphrodite als Nachbarin zu haben.

Als die beiden Frauen gegangen sind, füllt Persephone ihre Lungen mit einer Unmenge Luft und bläst sie als arktischen Wind in das Flammenmeer. Das Feuer erlischt, nur eine schwarze, von Eiskristallen überzogene Ruine bleibt zurück. Persephone wirft einen Blick auf die erleuchteten Fenster ihres Hauses und wischt sich mit einem bestickten Taschentuch einen Eiszapfen aus dem Mundwinkel.

Aphrodite zieht bei der stoppelhaarigen Knabemannmädchenfrau ein. Und sie laufen tagelang nur im Slip im Haus herum, denn die Kleider zwicken einfach entsetzlich und sind unnatürlich schwer.

Es waren einmal, vor langer, langer Zeit, eine Zweierbeziehung und der Plan, zusammenzuziehen. Diesen Plan schmiedeten Aphrodite und der stattliche Kriegsgott. Und er schloss einen dritten Beteiligten mit ein, der jedoch an dem bewussten Tag noch gar nicht existierte, sondern erst am Ende des Tages.

»Wir bekommen ein Baby«, sagte Aphrodite. Und Ares stemmte sie auf seinen bemerkenswert muskulösen Armen hoch. Aphrodite kicherte und schlang ihre goldbraunen Beine um seinen Leib.

Doch dann geschah etwas Unerwartetes.

Ares joggte jeden Morgen zehn Kilometer, immer exakt dieselbe Runde. Und er ahnte nicht, dass vom Fenster eines hohen Hauses und später vom üppigen Garten des Hauses und schließlich vom Kirschgarten am Wegrand aus ihn schon seit Langem ein dunkles Augenpaar beobachtete, dessen Besitzerin Backfischträumen nachhing: Irgendwann würde der Läufer sie bemerken.

Und dann, eines Morgens, auf der Höhe des von Morgentau benetzten Kirschgartens, wandte der Mann den Blick.

Er wandte endlich den Blick!

Und sah ein wunderschönes junges Mädchen am Fuß der aufblühenden Bäume, scheu, aber verführerisch.

Ares blieb auf dem Weg stehen und wischte sich den Schweiß von der Stirn. Er war selten verblüfft, doch selbst in so einer Situation gelang es ihm noch, stattlich auszusehen. Zumindest seiner Meinung nach. Er näherte sich dem Mädchen. In welcher Absicht? Na, gewiss nicht in unsittlicher. Aber er hätte diese Jungfrau schon brennend gern gevögelt.

Bevor er in Reichweite kam, stürmte eine riesige goldene Stute auf ihn zu und schleuderte ihn meterweit fort.

Die Stute verwandelte sich in eine Frau, die heftig auf das Mädchen einredete, es am Arm packte und aus dem Kirschgarten zog.

Aber Ares folgte der Frau und dem Mädchen und fand nicht mehr dahin zurück, woher er gekommen war.

»Zieh Leine, Perversling!«, rief Demeter, die Mutter des Mädchens, dem im Garten patrouillierenden Ares jeden Morgen als Erstes und jeden Abend als Letztes zu. »Sie ist erst zwölf.«

»Aber sie ist schon fast erwachsen, das siehst du doch!«, jammerte Ares.

Und er antwortete nicht mehr auf Aphrodites SMS, in denen sie fragte, wie wollen wir unsere neue Wohnung einrichten und wie soll unser Baby heißen? Denn ein gemeinsames Zuhause würde es nie geben.

Ganz allein brachte Aphrodite ein Mädchen zur Welt, das sie zärtlich Nemesis nannte.

Als Alleinerziehende geriet Aphrodite ins Elend. Sie musste mit ihrem Baby in immer kleinere und billigere Wohnungen ziehen. Sie konnte es sich nicht leisten, Nemesis modische Kleidung und schönes Spielzeug zu kaufen. »Auch das verdanken wir deinem Vater und der Schlampe, die ihn uns weggenommen hat«, sagte Aphrodite oft, wenn das Dach leckte, die Schuhe zu klein geworden waren oder der Fernseher kaputtging.

Vielleicht war es die karge Kindheit, die Nemesis so frühreif machte. Schon als Zweijährige hielt sie sich für alt genug, zur Armee zu gehen, denn das war die beste Alternative für Kinder aus armen Familien. Noch beim Abschied erinnerte die Mutter ihre Tochter daran, dass alles ganz anders hätte kommen können: Nemesis hätte eine gute Schule besuchen sollen, doch das war nicht möglich, und zwar nur wegen der scheiß Persephone.

Nemesis sagte: »Mutter, du hast so viel durchmachen müssen.«

Doch das galt auch für sie.

Sie warf ihr langes dunkles Haar zurück, strich sich die dichten Fransen aus der Stirn und zog in den Kampf.

Rasch wuchs sie zu einer hervorragenden Kriegerin heran. Häufig schob sie das Tor zum Tod auf, und einmal geschah es, dass sie eine ganze Legion Männer in den Tod schickte, weil die nicht hatten glauben wollen, dass ein etwas molliges, komisch aussehendes Mädchen sie abschlachten könnte. Aber das Mädchen schlachtete sie ab.

Die Soldaten marschierten reihenweise in den Tod, und der König des Totenreichs überwachte den Einmarsch auf seiner Seite der Grenze. Dabei warf er zufällig einen Blick auf diejenige, die diese Männer von den Fesseln des Lebens befreit hatte.

Und er fand es unglaublich sexy, dass ein junges Mädchen eine große Waffe trug. Er trat auf die Seite des Lebens und sagte zu Nemesis: »Du bist das Schärfste, was mir seit Langem zu Gesicht gekommen ist.«

»Ich bin das Schärfste?«, gab Nemesis zurück, die einiges gewöhnt war, und wehrte die zudringlichen Hände des Königs mit dem Bajonett ab.

»Jaa«, keuchte König Hades mit rotem Gesicht.

»Na, dann kennst du Persephone wohl noch nicht?«

»Nein.«

»Sie ist nämlich das heißeste Mädchen aller Zeiten.«

»Tatsächlich?«

»Ja, und außerdem hat sie gesagt, dass sie für untersetzte, halb kahle Männer mittleren Alters schwärmt. Du bist genau ihr Typ.«

»Wirklich?«

»Absolut.«

Nemesis beschrieb Hades den Weg zu Persephones Haus. Und Hades zögerte keine Sekunde.

Als er sich Persephones Haus näherte, welkten und verdorrten alle Pflanzen, die kultivierten wie die wilden, und Persephones Mutter, die göttliche Hüterin all dieser Gewächse, war vollauf damit beschäftigt, sie zu retten. Deshalb war sie nicht da, als Hades ins Haus eindrang, seine Finger im zarten Fleisch der jungen Persephone vergrub und sie ins Reich des Todes verschleppte, bevor sich das Tor hinter dem letzten Toten der Legion schloss.

Aber was dann zwischen ihnen geschah, das wissen nur Persephone und Hades selbst.

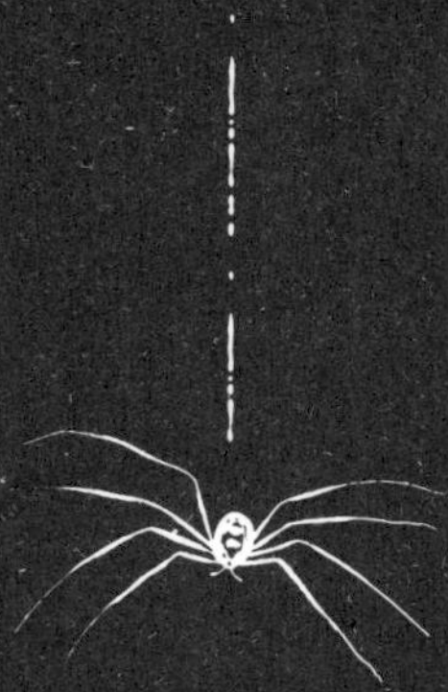

Vor langer, langer Zeit gab es eine Bibliothek, die nur von Frauen verfasste Bücher enthielt. Es war eine große Bibliothek mit Hunderttausenden von Bänden. Außerdem war sie wirklich hübsch eingerichtet. Doch dann bemerkte irgendein Mann, dass Bücher eine ernsthafte Angelegenheit sind. Er wurde zornig und verbrannte die Bibliothek. Für Jahrtausende verschwand die Kunst des Lesens und Schreibens, bis man sich wieder an sie erinnerte. Da waren die Männer schon so schlau, dass sie mit aller Kraft versuchten, die Frauen von dieser Kunst fernzuhalten. Noch heute ist Literaturgeschichte in erster Linie die Geschichte männlicher Autoren.

6.

WE LIKE BOYS IN CARS, BUY US DRINKS IN BARS,

WITH HAIR SPRAY AND DENIM.

BOYS, BOYS, BOYS: WE LOVE THEM!

WE LOVE THEM!

SKANDAL: Busenwunder stirbt DROGENtod im Klo! SENSATIONS-bilder!

Auf der Toilette eines Helsinkier Restaurants starb ein berüchtigtes Honig-Häschen an einer Überdosis Rauschgift. Die Skandalblondine wurde leicht bekleidet auf dem Fußboden der Damentoilette gefunden, sie war an ihrem Erbrochenen erstickt. »Es war ein furchtbarer Schock«, kommentierte ein Mitarbeiter des Restaurants.

Die Sexbombe war teilweise finnischer Abstammung.

Milla ruft bei Aphrodites Bekannten an und übermittelt ihnen die traurige Nachricht. Alle versprechen, zur Beerdigung zu kommen. Doch als Milla und Kalla im kleinen Schwarzen vor der Kapelle stehen, um die Gäste zu empfangen, erscheint außer der geifernden Presse nur Aphrodites Witwer.

»Wer hat dein Kleid entworfen?«, ruft ein Reporter.

»Keine Ahnung, irgendein Schwuler«, antwortet Milla.

»Und deins?«, wird Kalla gefragt.

Sie sieht Milla verdrossen an. »Wir sollten wohl anfangen«, meint sie.

»Joop«, erklärt Milla.

Da kurvt ein Panzer auf den Parkplatz des Friedhofs. Ein muskulöser Mann in Cargohose und einem eng anliegenden, ärmellosen schwarzen Hemd springt heraus. Er hat dunkles Haar und trägt eine Pilotenbrille.

»Wer zum Teufel ist das?«, flüstert Milla.

»Ziemlich … männlich.«

Hephaistos kehrt dem Ankömmling den Rücken zu und humpelt in die Kapelle. Die Fotografen verewigen seine mühsamen Bewegungen. Er ist von Trauer gebrochen und obendrein zutiefst beleidigt.

Der muskulöse Mann geht zu den Frauen, nimmt die getönte Brille ab und stellt sich so undeutlich nuschelnd vor, dass sie nicht sicher sind, ob er seinen Namen genannt oder nur etwas gebrummt hat. Es ist Ares, und sein Gesicht ist völlig ausdruckslos.

»Okay …«, sagt Milla.

»Ja«, sagt Kalla. »Vielleicht fangen wir jetzt an.«

Die Türen zur Kapelle werden bereits geschlossen, als Artemis sich zwischen den Medienvertretern hineindrängt. Sie hat fürchterliche Tränensäcke, und ihre Wangen sehen noch hohler aus als sonst.

Es sind nicht viele Trauergäste gekommen. Das stellt auch die Presse fest:

Begräbnis der Super-Blondine – EXKLUSIVFOTOS! – Einsamer Tod!

Zu der Beerdigung des Superhäschens kamen nur wenige Trauernde, darunter zwei bekannte Freudenmädchen. ›Ich trage von Schwulen geschneiderte Kleider‹, erklärte die eine. Der ehemalige Freund und der ehemalige Mann trugen die Sexbombe in gespannter Stimmung zu Grabe. Die Megasexblondine hatte zu einem gewissen Grad finnischen Familienhintergrund.

Der Pastor spricht. Milla weint. Kalla weint, aber etwas weniger. Hephaistos heult geradezu. Ares setzt die dunkle Brille auf. Artemis trommelt mit den Fäusten an die steinerne Wand der Kapelle, Jesus fällt vom Kreuz. Kallas Ehemann sabbert und sagt: »Kraaaaaa.« Kalla stopft ihm das Gesangbuch in den Mund, es schickt sich doch nicht, auf einer Beerdigung zu grölen.

Der Organist spielt den Trauermarsch.

Ares klemmt sich den Sarg unter den Arm und trägt ihn zum Grab.

Skandalsex-Häschenblondine unter die ERDE gebracht!

Die Honigtitten-Busensensation ist nicht mehr: RIESENTRAUER. FOTOS!

Sie war vielleicht zum Teil sicher ein bisschen finnisch, wenigstens im Prinzip.

»Jetzt habe ich gar nichts mehr«, weint Hephaistos beim Beerdigungsdrink.

»Du hast nie etwas gehabt«, erwidert Ares und schlägt ihm auf die Schulter.

Hephaistos schluchzt noch heftiger. Milla klopft ihm auf den Rücken. Sie überlegt, ob sie dem trauernden Witwer ihre Trostfotze anbieten soll. Vielleicht zum halben Preis. Oder nein, fünfundzwanzig Prozent Rabatt reichen wohl ... Ist das jetzt eine dieser moralischen Entscheidungen?

Ares ist wirklich attraktiv. Er krault Kallas Tiere. »Die kommen mir vage bekannt vor«, sagt er mit seiner supertiefen Stimme. »Wie heißen sie?«

»Sie haben keine Namen«, antwortet Kalla.

»Jetzt heißen sie Furcht und Schrecken«, bestimmt Ares.

»Ziemlich unerquickliche Namen.«

»Aber ich habe mich dafür entschieden.«

Dann sagt Ares zu Kalla, er werde über Nacht bei ihr bleiben, weil er frei habe und nicht gleich wieder zurückfahren wolle.

Kalla erwidert »Na gut«, obwohl sie doch keine Frau sein wollte, die »Na gut« sagt.

Ares setzt sich auf Kallas Bett. Kalla ist nervös. Ares legt ihr den Arm um die Schultern. »Entspann dich«, sagt er.

»Kraaaa«, macht Kallas Ehemann.

»Schmeißt du den raus«, fragt Ares. Das heißt, er fragt nicht, er befiehlt.

»Nee, das möchte ich nicht. Aber ich kann ihn auf den Balkon bringen.«

Sie sitzen eine Weile schweigend da, Ares lässt die Hand über Kallas Brüste wandern. Das ist nicht unangenehm, aber Kalla fragt dennoch, ob das nicht ein wenig unpassend ist, schließlich war Ares Aphrodites Freund.

»Du bist nicht mein Typ, Baby.«

»Aha.«

Dann küsst er sie.

Gerade mit solchen Kerlen gerät man manchmal wirklich in die Klemme.

Kallas Ehegatte klopft an das Balkonfenster. »Warte mal«, sagt Kalla und lässt die Jalousie herunter.

Ares zieht sie zu sich aufs Bett und sagt, er brauche Trost.

»Du bist unverschämt. Außerdem hat mein Trost seinen Preis.«

»Aha«, meint Ares und legt sein Gesicht in Kallas Nacken. Er ist ein verdammtes Arschloch, aber manchmal kann man nichts daran ändern, dass einen so etwas antörnt.

Nach dem Sex liegen sie auf dem durchgeschwitzten Laken. Zum Glück besitzt Kalla neuerdings eine Waschmaschine.

»Eines begreif ich nicht. Warum holst du sie nicht einfach zurück?«

»Wen?« Ares ist schon fast eingeschlafen.

»Aphrodite.«

»Hä?«

»Du bist doch ein Gott. Und sie ist eine Göttin. Also?«

»It's not that simple«, erwidert Ares in holprigem Englisch.

»Dann eben nicht.«

Kalla schläft in Ares' testosteronstrotzenden Armen ein. Erst am Morgen erinnert sie sich an ihren Ehemann, der die ganze Nacht bei leichtem Frost auf dem Balkon verbracht hat. »Oje, sorry«, sagt sie.

Der Mann sieht jämmerlich aus. Er hat bereits einige menschliche Eigenschaften zurückgewonnen, zum Beispiel Gesichtsausdrücke. Vielleicht wird er bald auch zu sprechen beginnen. Darauf legt Kalla allerdings keinen großen Wert.

Ares wird durch den kalten Windzug, der durch die offene Balkontür dringt, geweckt. Er hasst es zu frieren: Deshalb wird in kalten Ländern immer seltener Krieg geführt. Rasch wickelt er sich in eine Decke.

Ohne Kalla Beachtung zu schenken, steht er auf und geht pinkeln. Er hält es nicht für nötig, die Klotür zu schließen.

»Nervig …«

»Raaahhhhh.«

Als Ares vom Klo zurückkommt, erklärt er, nun wisse er, was er tun müsse: »Im Traum ist mir klar geworden, dass ich Aphrodite zurückholen muss, weil sie mein ist.«

»Aha.«

»Es war nett, bei dir zu schlafen, du bist ganz okay.«

Dann sagt Ares noch »Peace« und verschwindet. Er lässt Kalla mit ihrem sabbernden Mann allein.

»Starr mich nicht so an, zum Teufel.«

Ares sucht lange im Speicher seines Handys, bevor er schließlich eine Nummer wählt.

»Hallo«, meldet sich eine heisere Frauenstimme.

Ares: Hallo. Isis?

Isis (kalt): Ja.

Ares: Grüß dich.

Isis: …

Ares: He, bist du noch dran?

Isis (kühl): Ja.

Ares: Ich wollte nur mal hören, was es bei dir Neues gibt.

Isis: Na ja, nichts Besonderes … Ich bin gerade in Kanada. Die ermorden hier Robbenbabys. Also hab ich zwei der Robbenjäger abgeschlachtet. Ich hab ihnen ihren eigenen Hakapik in den Kopf gerammt. Haha! Du hättest sehen sollen, wie sie gefleht haben, als ich ihnen bei lebendigem Leib die Haut abgezogen habe, so wie sie es mit den armen kleinen Robben machen … Das hätte dir gefallen. Na ja, du tötest ja gern.

Ares: Das ist bloß ein Job. Eine Pflicht.

Isis: So. Nun ja. Mir geht's gut. Wirklich. Sehr.

Ares: Na fein.

Isis: Tatsächlich …

Ares: Ich brauche deine Hilfe.

ISIS (kühl): So.

ARES: Du bist die Einzige, die mir helfen kann.

ISIS: So.

ARES: Ich muss ins Totenreich. Soll ich zu dir fliegen?

ISIS: Wo bist du gerade?

ARES: In Finnland.

ISIS: Hah! Von da gibt es eine Direktverbindung.

ARES: Na dann, kommst du her?

ISIS: Ich weiß nicht recht.

ARES: Ich entschädige dich dafür. Was hältst du zum Beispiel von einem kleinen Krieg in Kanada?

ISIS: Du weißt wohl, dass die Robbenbabys auf dem Eis gejagt werden, im Winter, bei Frost?

ARES: Ach so … Hmm. Na. Was willst du …

Isis legt auf. Fünf Minuten später steht sie in winzigen Shorts und hohen Winterstiefeln vor Ares. Er starrt gebannt auf ihre herrlichen Brüste, dann küsst und knetet er sie. Isis gibt ihm eins hinter die Ohren, dass er die Engel grölen hört, wie unsere Mutter sagen würde. Dann küsst sie ihn auf den Mund. Mit Zunge. Das dauert eine ganze Weile; unterdessen schiebt Ares die Hände in Isis' Shorts und tut allerhand Aufregendes, denn er ist nicht ganz ungeschickt. Außerdem hat Isis gerade ihren Eisprung. Mit anderen Worten, sie ist permanent geil.

»Gut. Ins Jenseits also?«

Ares nickt.

Das Jenseits hat einen neuen Portier. Isis hat keine Lust, mit ihm über Kleidungsfragen zu diskutieren, sondern schickt ihn schnurstracks ins Verderben.

»Du bist ganz schön aufbrausend.«

»Ich muss viel zu oft hierher.«

Eigentlich bräuchte Isis ihren Bräutigam noch nicht zu holen, aber ihr fällt kein besserer Vorwand für einen Besuch im Tod ein. Am Flussufer erklärt sie dem Bootsmann Charon ihr Anliegen. Charon fragt, warum sie mit einem Begleiter unterwegs ist.

»Du weißt doch, wie es um den Mann steht, man kann nie vorhersagen, ob er noch aus eigener Kraft gehen kann.«

»Na gut.« Charon streckt die Hand aus.

»Scheiße, versuch bloß nicht schon wieder, bei mir abzukassieren!«, brüllt Isis wie ein Löwe, obendrein wie ein französischer Löwe, die schlimmste Variante unter den Tieren dieser Gattung.

Charon entscheidet sich, die Reisenden gratis überzusetzen.

»Du brauchst nicht zu warten, wir nehmen einen anderen Weg nach oben«, ruft Isis, nachdem sie am anderen Ufer ausgestiegen sind.

Sie hält eine Limousine an. Isis und Ares setzen sich in den Fond. Der Fahrer erkennt Isis und fragt, warum sie ihren Mann schon so früh holt. »Mich hat überraschend die Sehnsucht gepackt«, antwortet Isis. Zwar kauft der Fahrer ihr das nicht ganz ab, doch er ist klug genug, den Mund zu halten.

Denn im Grunde wissen alle, dass Isis unter den Göttern die Größte ist.

»Also, du kennst die Regeln?«, wendet sich Isis an Ares.

»Öh … Man darf sich nicht umgucken?«

»Genau. Was immer du tust: Blick nicht zurück. Sonst siehst du sie nie wieder. Außer natürlich, wenn du selbst stirbst. Aber das willst du wohl nicht.«

»Nein.«

»Du willst ein Held sein?«

»Ich bin ein Held.«

»Wie soll ich dich eigentlich nennen?«, fragt Aphrodite und lutscht an einer Haarsträhne.

»Wie wäre es mit Phädra?«, schlägt die Führerin vor.

»Phädra … Klingt gut. Aber … Ist das irgendeine Anspielung?«

»Nein.«

»Gut. Die mag ich nämlich nicht.«

»Das habe ich mir schon gedacht.«

»Wieso?«

»Du bist nicht besonders literarisch bewandert.«

Aphrodite ist beleidigt, auch wenn sie nicht recht weiß, warum. Literarisch bewandert ist sie ja wirklich nicht. Sie liest keine Bücher, und sie schreibt keine: Sie ist zu sehr mit anderen Dingen beschäftigt.

Aber vielleicht würde sie Phädra beeindrucken, wenn sie literarisch bewandert wäre. Phädra ist es, daran besteht kein Zweifel. Nur solche Menschen neigen zu derart pechschwarzem Zynismus, in dem dennoch ein Licht aufblinkt, von dem niemand weiß, woher es kommt. Literarisch bewanderte Menschen schwindeln oft. Aber in guter Absicht. Weil sie niemanden deprimieren wollen. Sie wollen niemanden vollkommen deprimieren. Nur ein wenig.

»Woran denkst du?«, fragt Phädra.

»Wieso?«

»Du hast so einen konzentrierten Blick.«

»Tja! Ich habe vor, ein Buch zu schreiben«, erklärt Aphrodite und hüpft auf das Sofa.

»Oho!«

Phädra scheint nicht an ihr Vorhaben zu glauben. Und wenn jemand nicht an Aphrodite glaubt, fühlt sie sich gezwungen, sich zu beweisen. Und meist versucht sie es auch. Doch dann erlischt der Beweisdrang, und die ganze Sache gerät in Vergessenheit. Außerdem: Warum sollte eine so fantastische Frau irgendwem etwas beweisen? Sie demonstriert ihre Überlegenheit und Besonderheit ja schon durch ihr Aussehen. Aphrodite beginnt auf dem Sofa zu tanzen.

Aber reicht es, beim Tanzen gut auszusehen? Reicht es in diesem Fall?

»Du hast schöne Brüste«, stellt Phädra fest.

Aphrodite zuckt wieder zusammen. Sie hört auf zu tanzen, setzt sich und antwortet, das wisse sie. Allerdings klingt ihr Ton nicht ganz so selbstbewusst, wie sie es sich gewünscht hätte. Vielleicht fühlt sie sich sogar ein bisschen geschmeichelt. Dabei wissen doch alle, dass ihre weltberühmten Brüste die schönsten und besten sind.

»Ist alles in Ordnung? Du wirkst so … gedankenverloren.« Phädra streichelt ihr übers Haar. So wie Freundinnen das tun.

»Wollen wir irgendetwas Schönes machen?«, fragt Aphrodite.

Phädra erinnert sie daran, dass sie im Tod sind: Die schönen Dinge sind auf der anderen Seite zurückgeblieben.

»Nee, ich meine etwas … Lass uns die Wände streichen! Schwarz!« Schwarz?? Aphrodite ist über ihren eigenen Einfall überrascht.

»Malen wir dann auch ein paar Sterne dazu?«

»Jaaa!«

Sie streichen alle Wände in der Wohnung schwarz.

»Ich habe eine dunkle, tiefsinnige Seite«, erklärt Aphrodite.

Phädra lacht.

»Wirklich!!« Aphrodite malt sich die Lippen schwarz, um ihre Behauptung zu beweisen. Im Tod spielt es keine große Rolle mehr, welches Gift man sich auf die Haut schmiert.

An die schwarzen Wände malen sie goldene und silberne Sterne. Phädra lacht schon wieder.

»Was ist?«, faucht Aphrodite.

»Pentagramme?«

»Wie?«

»Ach richtig, du bist ja dunkel und tiefsinnig.«

Erneut ist Aphrodite ein wenig beleidigt. Sie malt um Phädras Nabel einen Kringel, von dem man nicht recht weiß, was er darstellt. Phädra nimmt den feinsten Pinsel und malt sorgfältig goldene Sterne auf Aphrodites Brustwarzen. Sie sehen ziemlich gut aus.

Die Wohnung wirkt jetzt ganz lustig. Hier kann man es aushalten. Jedenfalls vorläufig. Das Wichtigste ist natürlich, Adonis zurückzugewinnen. Deshalb bin ich ja hier, denkt Aphrodite, obwohl sie in den letzten zwei Tagen vollkommen vergessen hat, dass Adonis überhaupt existiert.

Aphrodite fragt Phädra, wie sie ihren Liebhaber am leichtesten zurückbekommen könnte. Phädra schweigt eine Weile. Dann lacht sie auf und sagt, irgendwie wohl. Aphrodite hat das Gefühl, das Thema ist irgendwie unpassend. Sie sagt, sie denke rein hypothermisch darüber nach. Phädra sieht wieder furchtbar deprimiert aus. Aphrodite muss sich rasch etwas einfallen lassen. Sie kitzelt Phädra, bringt sie aber nicht zum Lachen. Im Tod ist niemand mehr kitzlig.

Dann fällt ihr ein Thema ein, dem keine Frau widerstehen kann. Nicht einmal die finster vor sich hin brütende, stoppelhaarige Phädra.

APHRODITE: Ihre Frisur sieht aus wie ein Hut.

PHÄDRA: Und ihre Hüte sehen aus wie Tortendekor.

APHRODITE: Sie hat übrigens ganz schlecht gemachte Titten. Billigware.

PHÄDRA: Sie ist so oberflächlich und dumm. Ich will keineswegs behaupten, alle oberflächlichen Menschen wären dumm, aber sie ist es.

APHRODITE: Und die Kleider!

PHÄDRA: Diese verfluchte Fünfzigerjahre-Hausfrau und Antifeministin!

APHRODITE: Die ist total von sich eingenommen, sie prahlt andauernd, die alte Fotze.

PHÄDRA: Also, die hat ja auch dieses Buch gemacht, mit Fotos von ihren Titten.

APHRODITE: Kaum zu glauben, dass jemand so was tut.

PHÄDRA: Den Text hat natürlich jemand anderes geschrieben.

APHRODITE: Klar.

PHÄDRA: Trotzdem steht da hauptsächlich leeres Geschwätz über die Läden, in denen sie gern shoppen geht.

APHRODITE: Wahrscheinlich kann sie nicht mal lesen, sie ist ja so unliterarisch.

PHÄDRA: Sie hat so einen merkwürdig leeren Blick, als ob sich in ihrem Kopf überhaupt nichts bewegt. Sie guckt wie eine Rennmaus.

APHRODITE: Ätzend, dass sie immer dasselbe Make-up trägt.

PHÄDRA: Das ist bestimmt tätowiert.

APHRODITE: Und sie trägt Pelze!

PHÄDRA: Man sollte alle Pelzhuren umbringen!

APHRODITE: Genau!

So verläuft der Abend vergnüglich, bis Aphrodite einschläft. Da das Sofa ziemlich unbequem ist, trägt Phädra sie ins Bett. Das Laken wird ein bisschen mit Farbe beschmiert von Aphrodites besternten Brüsten, aber das macht nun wirklich nichts.

In der Küche holt Phädra ihr Notizbuch hervor. Sie beginnt, Wörter aufzuschreiben. Je weiter sie sich vom Leben entfernt, desto schwieriger wird das Schreiben. Sie schreibt Wörter wie Verzweiflung und Schnee. Schwarz. Tod. Nein, das streicht sie durch: Tod gibt es ohnehin schon genug.

Vielleicht Leben.

Vielleicht Schnee-Engel.

Sie sieht Aphrodite im Neuschnee. Lachend. Was für ein Klischee. Der Tod löscht die neuen Bilder in uns aus, nur die alten bleiben. Wie bei der Werbung im Fernsehen, wo sich jahrzehntelang dieselben Bilder und Sätze wiederholen. Vielleicht mit neuen Akzentuierungen und Einfallswinkeln, aber der Inhalt bleibt derselbe. Kauf Parfüm, dann bekommst du Sex. Kauf Zahnpasta, dann bekommst du Oralsex, nein: Anerkennung. Kauf Fertiggerichte, sie sind von Müttern zubereitete Hausmannskost. Kauf Fleisch, es stammt von einem lächelnden Ferkel, nein, nein, denk nicht an das getötete Tier. Feiere Weihnachten, das ist stimmungsvoll. Glückliche Menschen geben Geschenke und werden beschenkt. Vergiss nicht, Sport zu treiben. Ein anständiger Mensch treibt Sport. Für die blaue Menstruation die supersaugkräftige, von einem globalen Tierversuchskonzern produzierte geflügelte Binde, die in den nächsten hundert Jahren nicht zerfällt.

Mehr als genug, um einen Menschen in eine Psychose zu treiben. Schnee-Engel. In frisch gefallenem Schnee.

Doch Phädra hat vergessen, wie strahlend und unglaublich weiß frisch gefallener Schnee sein kann.

Kurz vor fünf legt sie sich neben Aphrodite ins Bett. Und da begreift sie, dass Liebe und Schönheit in höchsteigener Person zu ihr gekommen sind. Dann schläft sie ein.

Phädra hat seit Langem, seit einer Ewigkeit, nicht mehr so gut geschlafen. Meistens findet sie gar keinen Schlaf. Das heißt, im Tod findet ja niemand Schlaf; er ist das Privileg der Lebenden. Im Tod ist Schlafen wie das Schneegestöber im Fernsehen. Oder nicht einmal das. Eher Schneegestöber als Standbild. Ohne Ton. Und ohne Deutungsmöglichkeiten.

Als sie erwacht, sieht sie Aphrodite, die mit irgendetwas beschäftigt ist. Aphrodite liegt auf dem Bauch, ihre Füße wippen in der Luft, sie hat den Oberkörper auf die Ellbogen gestützt und hält in der rechten

Hand einen Stift, den sie immer wieder in den Mund steckt. Die Rundungen des Nackens, des Rückens, des Hinterns, der Oberschenkel, der Waden. In den Haaren Farbsprenkel, die Lippen immer noch schwarz.

Aphrodite schreibt.

»Was machst du?«

»Ich habe angefangen, ein Buch zu schreiben.«

Phädra kriecht aufs Bett, um die Sache zu betrachten. Aphrodite hat Phädras Notizbuch genommen, nur eine neue Seite aufgeschlagen. Die i-Punkte sind Herzen, und an den Rand hat sie Kussmäulchen und irgendwelche Häschen gekritzelt. »Einmal wurden einem Typen die Hoden abgeschnitten und ins Meer geworfen. Das ist nur deswegen interessant, weil damals Venus entstand. Sie war total herrlich und schön, als sie in einer Muschelschale aus dem Wasser stieg. Sie betrachtete die Welt, und die Welt betrachtete sie, denn sie war das Vollkommenste, was man je-je-jemals auf Erden gesehen hatte. Dann wollte sie erotische Abenteuer erleben. Sie ging ans Ufer, zog hochhackige Pumps an und traf Mars, der ihr erster Liebhaber wurde und sie bis an sein Lebensende anbetete. Ihr nächster Geliebter war …« Phädra hört auf zu lesen.

»Ist das autobiografisch?«

»Nein. Völlig fiktionisch.«

»Eine erfundene Geschichte?«

»Ja.«

»Keinerlei Übereinstimmungen mit Personen des wirklichen Lebens?«

»Natürlich nicht!« Aphrodite verliert fast die Nerven, ihre Beine schaukeln heftig. Sie fragt, ob Phädra sie etwa für egozentrisch hält. Phädra wird ernst und sagt, sie finde es toll und respektabel, dass Aphrodite schreibt. Sie glaube, dass Aphrodite viele Kenntnisse und Erfahrungen besitze, die den meisten abgingen, und es sei lobenswert, diese mit anderen zu teilen.

»Und … Wird Venus irgendwann sterben?«, fragt sie.

»Hmm. Darüber habe ich noch nicht nachgedacht. Ich glaube, eher nicht. Das wäre doch ein bisschen langweilig, oder?«

»Aber wie endet die Geschichte dann?«

»Tja. Der Tod wäre natürlich ein logisches Ende. Danach kann nichts mehr kommen.«

»Wirklich nicht?«

»Außer, wenn jemand sie aus dem Tod errettet!«

»Ach. Wer?«

»Jemand, der noch stärker ist als der Tod.«

»Ich dachte, die Liebe wäre stärker als der Tod.«

Aphrodite sieht sie mit leicht schräg gelegtem Kopf an und runzelt die Augenbrauen. »Nein. Hast du diese Geschichte nicht gesehen, mit dem Mädchen und dem Jungen, die Selbstmord begehen oder so?«, fragt sie.

»Doch, die habe ich gesehen.«

»Die Liebe ist nicht größer als der Tod. Wieso wäre ich sonst noch hier, Dummerchen?«

Würde sich diese Szene im Leben abspielen, dann würde Phädra jetzt sagen: »Ich geh Kaffee kochen, möchtest du auch welchen?«

Aphrodite würde antworten: »Ja klar.«

Am Frühstückstisch könnte man dann über andere Themen sprechen. Allerdings wäre der morgendliche Friede bereits zerstört. Und jemand müsste bald nach Hause gehen und dort einen einsamen grauen Sonntag verbringen.

Mutter sagt immer, die Liebe ist ewig, nur ihr Objekt wechselt. Aphrodite unterschreibt diese Behauptung hundertprozentig.

Phädra ist nett und bezaubernd, aber, äh, eine Frau. Und Aphrodite war immer vor allem, na, echt hetero. Und zwischen zwei Frauen kann doch nicht … also, das entwickelt sich ja unausweichlich zur Freundschaft.

»Hilfst du mir?«, fragt Aphrodite und lässt sich aufs Sofa fallen.

Die goldene Farbe auf ihren Brüsten ist schon ein wenig verblasst, und ihre Lippen strahlen wieder in natürlichem Korallenrot. Sie ist splitternackt, denn alle Slips sind in der Wäsche.

»Natürlich.« Phädra setzt sich neben sie. Sie hat ein glänzendes Unterhemd an, so eines, wie es eine Frau unter dem Kleid anziehen kann, damit der Büstenhalter sich nicht abzeichnet, aber sie trägt es wie ein Mafioso. Aphrodite wickelt sich eine Haarsträhne um den Finger.

»Ich will Adonis.«

»Aha.«

»Das würde Persephone so was von recht geschehen.«

»Ja.«

»Können wir ihn hierherholen?«

»Ich weiß nicht recht.«

»Nur zu Besuch! Nicht für immer. Nicht unbedingt.«

Aphrodite hat sich eine List ausgedacht, darin war sie immer schon groß. Die Geschichte geht so, dass Phädra angeblich von einem kürzlich verstorbenen Korsettmacher gehört hat, um den modische Fetischistenkreise und fetischistische Modekreise zutiefst trauern. Und dann erzählt Phädra Persephone davon, für den Fall, dass es sie interessiert. Aber falls Persephone kein Interesse zeige, sagt Phädra, dann würde sie mit der Nachricht zu Aphrodite gehen, die möglicherweise Interesse an sexy Dessous habe. Spätestens dann würde Persephone den Köder schlucken. Und Phädra würde sie zu dem weit entfernt wohnenden Korsettmacher bringen. Und inzwischen könnte Adonis zu seiner wahren Geliebten schlüpfen.

»Nicht schlecht, oder?«

»Wer ist der Korsettmacher?«

»Er ist nicht wirklich gestorben.«

Hier hat der Plan tatsächlich eine Lücke. Aphrodite verzieht den Mund und sieht sehr traurig aus. Phädra sagt, sie kenne einen Verlagslektor, der sich vielleicht überreden ließe, die Rolle des Korsettmachers zu spielen.

»Ja, ja, fantastisch!! Lass es uns sofort tun.«

Also wirft Phädra sich in Sonntagsstaat und macht sich auf, Persephone zu ködern. Das ist nicht schwierig. Persephone vermittelt mitunter den Eindruck, als sei sie in manchen Bereichen des sozialen Lebens auf der Entwicklungsstufe eines Kindes stehen geblieben.

Und kaum hat Persephone die Vordertür ihres Hauses geschlossen, als Aphrodite auch schon die Hintertür öffnet.

»Hallo«, sagt sie zu Adonis.

»Hallo«, erwidert er.

Sie laufen um die Wette zu Phädras Haus, wo sie sich zügellosen Liebesspielen hingeben.

Der ganze Tag vergeht darüber, dass sie verschiedene Stellungen ausprobieren. Es stört Aphrodite eigentlich nicht so fürchterlich, dass das, was früher von der Natur geformt gewesen war, jetzt ein Produkt der Sexspielzeugindustrie ist. Sie haben eine herrliche Zeit.

Doch als an die Tür geklopft wird, müssen sie aufhören. Adonis schleicht durch die Hintertür hinaus und läuft nach Hause, während Aphrodite die Vordertür öffnet. Auf der Terrasse stehen die strahlende Persephone und die erschöpfte Phädra.

»Hallo«, sagt Aphrodite zu Persephone.

»Hallo, liebste Freundin.«

»Ist etwas total Schönes passiert?«, fragt Aphrodite mit gespieltem, übertriebenem Interesse.

»Na ja, ich will dich ja nicht neidisch machen, aber ich bekomme in nächster Zeit absolut irrsinnig fantastische Lingerie-Sachen. Ich habe einen Hofkorsettmacher. Zu deinem Pech nimmt er keine anderen Kundinnen an.«

»Wie schön.«

»Ja, das war's!« Persephone macht auf ihren Stilettos kehrt und eilt nach Hause.

Phädra sieht ungeheuer erschöpft aus. Sie lässt sich aufs Sofa fallen und wirft Handschuhe und Perücke und Perlenohrringe von sich.

Aber Aphrodite ist so glücklich! Sie setzt sich mit gespreizten Beinen auf Phädras Schoß und küsst sie leidenschaftlich auf den Mund, das Gesicht und den Hals. Das passiert ihr manchmal: Wenn sie einmal in Fahrt kommt, fällt es ihr schwer, wieder aufzuhören. Die verblüffte Phädra beugt sich zurück, wehrt sich aber nicht lange. Sie zieht Aphrodite den Morgenmantel aus und findet darunter den nackten göttlichen Körper. Aphrodite reißt Phädra das alberne Kleid vom Leib. Sie vögeln auf dem Sofa. Phädra ist zweifellos sehr geschickt: Man bemerkt den Unterschied fast gar nicht. Im Tod kann man natürlich keinen Orgasmus bekommen, aber wenn man es könnte, hätte Phädra Aphrodite gewaltig zum Kommen gebracht.

Persephone war nur ein kleines Mädchen. Frauen sollten ihre Differenzen nicht mit kleinen Mädchen austragen. Genau wie Männer ihre Differenzen nicht mit Frauen austragen sollten. Die Frau ist ein übermächtiges Wesen. Wenn der Mann nicht darauf verfällt, die Frau zu töten, zersplittert sie ihn in Zillionen nichtiger Männeratome.

Persephone war nur ein kleines Mädchen, das keine Chance hatte, sich gegen eine ausgewachsene Frau zu behaupten.

Frauen sollten ihre Differenzen nur mit anderen Frauen austragen. Aphrodite hätte warten sollen, bis das Mädchen zur Frau herangewachsen ist, bevor sie zuschlug. Das wäre fairer gewesen. Obwohl ein Kampf zwischen Frauen nie fair ist. Er ist in allen seinen Erscheinungsformen hinterhältig. Die Frauen sollten sich ein Beispiel an den Männern nehmen. Männer kochen Ragout aus dem Kind ihres Feindes und locken den Feind dann an den Esstisch. Wenn sich alle nach dem Mahl den Mund abwischen, sagen sie, haha, rate mal, wo dein ältester Sohn ist. In deinem Verdauungstrakt! Das ist irgendwie geradlinig.

Wenn es nach Persephone ginge, würde Aphrodite das Reich des Todes nie verlassen. Aber natürlich geht es nicht nach ihr. In Isis' Augen ist Persephone immer noch ein kleines Mädchen, sowohl ihrem Wesen nach als auch, was ihren Einfluss betrifft.

Isis überlegt, warum sie sich auf diese Sache eingelassen hat. Sie kann Aphrodite ja nicht einmal besonders gut leiden.

»Sind wir bald da?«, drängt Ares.

Obendrein muss sie sich das Genörgel eines Mannes anhören.

»He?«

Andererseits ist der fragliche Mann ein interessanter Sexpartner.

»He, hörst du mich?«

Um das ewige Maulen aufzuwiegen, muss er allerdings ein wirklich interessanter Sexpartner sein. Außer Isis wäre nymphoman. Das ist sie sicher.

»Hörst du, he, hörst du?«, ruft Ares.

»Ja, verdammt.«

»Sind wir bald da?«

Sich im Tod zu bewegen ist so ähnlich wie durch Tiefschnee zu laufen. Es geht also wirklich langsam voran.

»Wann beginnt die Aktion?«, fragt Ares erregt.

»Wir sind im Tod. Hier agiert man nicht.«

»Brüll doch nicht so.«

Ein ätzender Typ, wieso verknallt sie sich überhaupt in so einen, er sieht obendrein ziemlich blöde aus, verdammte Ovulation.

»Hör mal. Es kann recht schwierig werden«, sagt Isis sachlich.

»Hä?«

»Ich weiß nicht, ob wir Aphrodite dazu kriegen mitzukommen.«

»Die geht doch vor Freude kreischend mit.«

Isis erwidert nichts. Ares schlingt die Arme um sie und küsst ihr Ohrläppchen. Superätzend.

Als Erstes holen sie Isis' Bruder/Ehemann. Er wohnt im Gebiet der Götter und Dichter, in einem Haus von derselben Art wie alle anderen.

Osiris kann sich nicht aus eigener Kraft bewegen. Er sitzt sabbernd im Schaukelstuhl. Ihm fehlt ein Bein. Im Haus riecht es nach altem Mann. Also fast nach einer Leiche.

»Na dann, ist alles gepackt?«, fragt Isis ihren Mann in einem Tonfall, den Ares von ihr noch nie gehört hat.

»Wäääääää.«

»Ja, ja.«

Ares fragt Isis, ob sie tatsächlich verstanden hat, was ihr Mann gerade gesagt hat.

»Natürlich. Er hat gesagt, schön, dass du schon kommst, mir ist langweilig.«

Wenn man sich egal welches Gestammel jahrtausendelang anhören muss, bei Menschen genügen oft schon ein paar Jahrzehnte, lernt man zwangsläufig, es zu verstehen.

»Jetzt gehen wir zum Kaffeeklatsch. Das heißt, ich gehe, ihr wartet im Wagen.«

Persephone öffnet Isis die Tür, strahlend wie immer.

»Bébé! Wie schön, dich zu sehen!« Persephone nennt sie immer Bébé. Das ist ein Wort aus ihrer kindlichen Sprache. Sie ist so kindisch und närrisch, dass Isis sogar über den toten Fuchs hinwegsieht, der ihr über die Schulter hängt. Sie umarmen sich und küssen sich auf die Wangen. Persephone lädt Isis zum Kaffee ein.

Der Kaffeeklatsch dauert tagelang. Erst als alle Neuigkeiten und Gerüchte ausgetauscht sind und Isis ihren Aufbruch schon mehrfach angekündigt hat, spricht sie den Satz aus, an dem sie stundenlang gefeilt hat: »Ach ja, beinahe hätte ich es vergessen: Weißt du zufällig, wo Aphrodite wohnt?«

»Wieso?«

»Ich habe was für sie.«

»Ach?«

»Na ja, bloß eine Kleinigkeit.«

»Worum geht's denn?«

»Sie hat vergessen, eine Sache zu erledigen, also …«

»Was denn?«

»Erwachsenengeschichten, Chérie.«

»Aha.«

Persephone nennt ihr die Adresse, Isis tätschelt ihr die Wange, und dann plaudern sie noch ein halbes Stündchen über Isis' Schuhe.

Auf der Rückbank schlägt Ares den Kopf gegen das Fenster. Isis steigt munter und energisch ein. »Lass das, Schatz. Das gibt hässliche Flecken.« Sie küsst ihn und fügt kühl hinzu: »An der Scheibe.«

Isis erinnert Ares an die Regeln: Es ist ungemein wichtig, dass er Aphrodite nicht sieht, bevor sie den Tod verlassen haben.

»Sie darf nicht einmal zu uns in den Wagen steigen. Sie muss uns zu Fuß folgen.« Na ja, diese Regel hat Isis gerade erst erfunden.

Ares sieht aus, als hätte er verstanden, was sie ihm gesagt hat. Aber bei Männern kann man nie sicher sein.

Sie fahren zu dem Haus, in dem Aphrodite wohnt.

»Guck in die andere Richtung«, mahnt Isis.

Sie selbst kann tun, was sie will, sie ist ja eine Göttin. Ohne anzuklopfen betritt sie das Haus. Auf dem Sofa findet sie Aphrodite mit zerzausten Haaren vor und ein ungewöhnlich aussehendes, knabenhaftes Mädchen in einem schwarzen Morgenmantel.

»Wir müssen gehen«, verkündet Isis.

»Jetzt schon?«, fragt Aphrodite weniger überrascht, als man annehmen würde.

»Ja.«

»Na gut.«

»Wie bitte?«, fragt Phädra.

»Es war doch zu erwarten, oder?«

Phädra antwortet nicht.

»Aber ich muss jemanden mitnehmen.«

Isis und Phädra sehen Aphrodite fragend an.

»Er ist der Grund, weshalb ich überhaupt hier bin. Mein Freund!«

»Nein«, sagt Isis.

»Dann komme ich nicht mit.«

»Okay, bleib halt hier.« Isis dreht sich um und will gehen.

»Nein, nein, warte!«

Aphrodite führt ein hitziges, wenn auch einseitiges Gespräch mit Phädra. Danach und teils auch schon währenddessen suchen sie Phädras Kleider und Perücke und so weiter zusammen.

»Gib uns fünf Minuten, dann können wir aufbrechen.«

Isis willigt ein. Aphrodite steckt Phädras Hände in Spitzenhandschuhe und schwenkt einen Lippenstift vor ihrem Gesicht.

»Und jetzt die Schuhe an und los, dalli, dalli.«

Phädra steht verloren da. Aphrodite weiß nicht, wie sie reagieren soll. Rasch umarmt sie ihre Führerin, setzt ihr strahlendstes Lächeln auf und sagt, sie werde ihr ewig dankbar sein. Dann schickt sie Phädra auf den Weg und läuft durch die hinteren Gärten zu ihrem Liebhaber.

Aphrodite braucht länger als fünf Minuten. Das war zu erwarten, ist aber dennoch ärgerlich. Schließlich kehrt sie mit Adonis zurück, und Isis weist sie an, ihr in vernünftigem Abstand zu Fuß zu folgen.

»Los geht's«, sagt sie zu dem Fahrer.

»Ein schönes Gefühl, etwas Wichtiges zu tun«, stellt Ares fest.

»Ja.«

»Sie wird mir dankbar sein.«

Isis erwidert nichts, sie starrt schweigend aus dem Fenster. Liegt ein kleines Lächeln auf ihrem Gesicht? Oder ist das nur die Form ihrer Lippen?

Der Wagen hält am Fuß eines Berges. Der Fahrer steigt aus, um den Passagieren die Tür zu öffnen.

»Oh, Scheiße, dafür habe ich nicht die richtigen Schuhe an«, stöhnt Aphrodite, als sie den Berg erblickt.

»Sollen wir lieber umkehren?«, fragt Adonis.

»Spinnst du?«

Dem Wagen entsteigen Isis und ihr Mann sowie der Herr Kriegsgott. Adonis zuckt zusammen. »Vielleicht sollten wir umkehren, he?«

»Pssst.«

Natürlich kehren sie nicht um, wer will schon lieber tot sein als lebendig? Sie klettern hinter den drei anderen den steilen Berg hinauf, dessen Gipfel irgendwo im Nebel liegt. Aphrodite kann nichts anderes denken als: Dreh dich nicht um, dreh dich jetzt bloß nicht um. Und, na ja, zwischendurch denkt sie auch: Warum muss man immer dann Sport treiben, wenn man am wenigsten darauf eingestellt ist? Und: Wandern ist der beschissenste Sport der Welt. Und dann wieder: Jetzt drehst du dich nicht um. Wenn du dich jetzt umdrehst, verdamme ich dich zur Impotenz.

Ein gewaltiger Felsblock unterbricht ihre Gedanken. Isis springt gewandt wie eine Katze beiseite, und Ares, der in Friedenszeiten auch als Feuerwehrmann gearbeitet hat, rettet Isis' gebrechlichen Mann. Adonis gerät in Panik, als der Stein auf ihn zurollt, und erstarrt. Aphrodite zieht ihn an sich, und der Stein rollt an ihren nackten Körpern vorbei.

»Danke für die mannhafte Rettung«, flüstert sie dem Jüngling zu.

»Mmm«, murmelt Adonis und noch einiges mehr.

Nach dem Stein kommt Sisyphos angerannt, der sich bei ihnen allen entschuldigt.

»Sorry, ehrlich, es ist nicht meine Schuld!«

»Immer dasselbe«, zischt Isis.

Doch die Hauptsache ist, dass Ares sich nicht umdreht. Ihm ist es wichtig, alles richtig zu machen und ein Held zu werden. Er sieht sich die ohnmächtige Aphrodite aus einem brennenden Haus tragen. Das ist noch nie vorgekommen, aber es ist sein ureigener Traum, dem er manchmal nachhängt, wenn er an Frauen denkt. Beinahe das Erregendste an den Frauen ist ihre Schwäche, ihre Sehnsucht, gerettet zu werden. Deshalb ist seine Beziehung zu Isis nie über Sex hinausgegangen. Isis ist nämlich keine Frau, die man retten könnte. Sie ist zu selbstständig, lässt der Mannhaftigkeit des Mannes keinen Raum.

»Ich höre deine Gedanken«, unterbricht Isis seine Grübelei.

»Aha.«

»Und die sind kein bisschen originell.«

Ja, sie ist zu selbstständig, vielleicht auch eine Spur zu zynisch. Zynismus hat noch keine Frau anziehender gemacht.

»Es ist kein Zynismus, wenn man jede Tat und jeden Gedanken eines anderen Menschen kennt«, fügt sie hinzu.

Männer sind da anderer Ansicht.

Nachdem sie diese ermüdenden und zu nichts führenden Gespräche viel zu lange geführt haben, erreichen sie zum Glück endlich den Berggipfel. Dort befindet sich eine Tür, die keine Klinke hat, sondern nur ein Schlüsselloch.

»Ich trete sie ein.«

»Nicht nötig, ich habe den Schlüssel.«

Mit dem großen Schlüssel, der ihr um den Hals hängt, schließt Isis die Tür auf. Und sie kommen nach: tja, nach Helsinki, in den Stadtteil Hinter-Töölö.

In uralten Zeiten waren die Frauen so wie die anderen Menschen: Sie wurden wütend und tobten ganz offen. Es gelang schon früh, den europäischen Frauen diese Sitte auszutreiben. Dann brachen Kolumbus und andere Blödmänner auf, um die Welt zu erforschen.

Auf dem neuen Kontinent, der in Wahrheit exakt so alt war wie alle anderen Kontinente, entdeckten sie Menschen. Unter den Ureinwohnern ärgerten sich vor allem die Frauen über die Großkotzigkeit der zu Schiff eingetroffenen Fremdlinge. Und die Entdecker waren zutiefst erschüttert über die Unweiblichkeit der Frauen. »Na schön, wenn ihr keine Frauen sein wollt, seid ihr auch keine Mütter«, sagten sie und schnitten allen Frauen, derer sie habhaft werden konnten, die Brüste ab.

Einige Frauen erschraken, ließen sich demütigen und gaben ihr aggressives Verhalten auf. Aber die anderen flohen in die Regenwälder.

Noch heute erdreistet man sich zu behaupten, diese wütenden Frauen hätten sich selbst die Brüste verstümmelt. Das haben sie wahrlich nicht getan, zum Teufel.

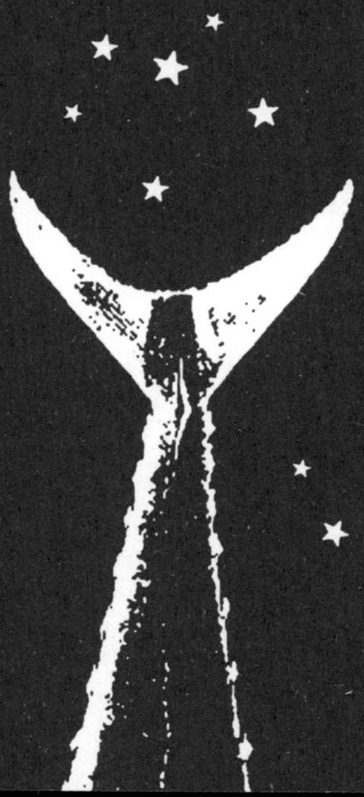

7.

I'M MISS WORLD, WATCH ME BREAK. AND WATCH ME BURN.

Im Leben kehrt die Zeit zum normalen Tempo zurück.

»Aah!« Isis schnuppert. Abgase. Nasser, schneeähnlicher Matsch fällt ihr auf den Kopf. »Trotzdem schön, wieder auf dieser Seite zu sein. Irgendwie.«

Eine Kirchenglocke beginnt zu schlagen. Isis blickt verärgert in die Richtung, aus der das Geräusch kommt. »Immer dieses Gebimmel. Aber trotzdem.«

Sie hebt ihr schönes Gesicht gen Himmel. Ein Schneeklumpen trifft direkt auf ihr eines Auge, die Wimperntusche verläuft über den Backenknochen und unter die Augenbraue. »Scheißdreck.«

Ihr Mann zittert in seinem Rollstuhl. Sie muss ihm neue Leichentücher kaufen.

»Was gibt's, Osi?«, fragt Isis.

»Rähhh«, antwortet ihr Mann.

»Nein, wir sind in Finnland. Wohin möchtest du denn in diesem Jahr auf Hochzeitsreise?«

»Paaa?«

»Nein, die Alpen sind irgendwo in der Schweiz oder so. Hier gibt es den Weihnachtsmann und Klamotten von Marimekko. Außerdem kannst du keine Abfahrten machen. Erinnerst du dich nicht, was letztes Mal passiert ist? Und die Kälte widert mich an.«

»Aaaaaaaaaaann.«

»Nach China?! Was gibt es denn da heutzutage!? Kommunismus und eine beschissene Speisenkultur. Ist das dein Ernst?«

»Aaaaa.«

»Mal sehen.«

»Aaa-aaa-aaann.«

Isis küsst ihren Mann auf die Stirn, Hautschuppen bleiben an ihren Lippen haften. Sie stimmt der Reise nach China zu und schiebt den Rollstuhl zum Flughafen. Nein, nein, doch nicht zu Fuß. Sie nehmen ein Invalidentaxi. Auf dem Flughafen sagt Isis, ja, ja, nach China, bucht aber einen Flug nach Thailand. Den Unterschied merkt er sowieso nicht, denkt sie, und damit hat sie sicher recht, wie immer.

Ares ist sich nicht sicher, ob er sich schon umdrehen darf. Er wartet auf ein Zeichen von Isis, die jedoch grußlos verschwindet. Nun überlegt er, wie Aphrodite jetzt wohl aussieht. Das heißt … Sie sieht ja immer gleich aus. Oder? Ares durchforstet sehr lange sein Gedächtnis, aber er kann sich Aphrodites Gesicht nicht in Erinnerung rufen. Blonde Haare hatte sie. Und Brüste, große. Make-up? Das haben die Frauen doch immer?

Ares beschließt, sich umzudrehen. Er ist ein Mann, und Männer treffen ihre Entscheidungen selbst.

»Das darf doch nicht wahr sein, zum Teufel!«

Da steht der Bubi, den er schon einmal umgenietet hat, genau so nackt wie damals. Neben ihm seine Geliebte, deren Gesicht er wieder nicht richtig ansieht.

»Verdammte verfluchte Scheiße!«

Ares ist aufbrausend, beherrscht sich aber so weit, dass er nicht Adonis, sondern die gläserne Reklamewand der Straßenbahnhaltestelle in Stücke schlägt. Die alten Damen, die auf die Bahn warten, funkeln ihn böse an. Eine von ihnen bezeichnet ihn als »verdammten Vandalen«. Eine andere sagt leise zischelnd auf Schwedisch, wenn jeder wegen einer Kleinigkeit derart ausrasten würde, wäre von der Gesellschaft bald nichts mehr übrig. Eine dritte knallt Ares den Regenschirm gegen die Knie. Dann kommt die Straßenbahn, und die Damen steigen ein, schubsen dabei die Aussteigenden rücksichtslos zur Seite und unterhalten sich erregt über die Verrohung der Gesellschaft und darüber, dass früher alles besser war.

Aphrodite zuckt träge mit den Schultern, während sie ihren Exliebhaber betrachtet. Zu Adonis sagt sie, Ares werde sich bald beruhigen.

Ares wird immer fuchsiger, er tritt das Schaufenster eines Ladens ein und knallt die Faust gegen eine Hauswand. Danach fühlt er sich bereits deutlich ruhiger, und rationales Denken scheint nicht mehr völlig unmöglich. Er setzt sich im Schneidersitz auf die Erde, verschränkt die Arme vor der Brust und stiert finster vor sich hin.

Aphrodite geht langsam zu ihm und stützt eine Hand in die Hüfte. »Jetzt sind wir quitt«, erklärt sie.

Ares weiß, dass sie irgendwie recht hat. Durch seine Tat hat er sein barbarisches Verbrechen aus Leidenschaft gesühnt. »Scheiße«, antwortet er.

»Wenn du willst, kannst du mit uns kommen.«

»Aha.«

»Mmm.«

»Okay.«

»Gut. Ach ja, und … Danke.«

»Nichts zu danken.«

Aphrodite reicht Ares die Hand.

Unterdessen in Karmillas Boudoir.

Freier: Hier.

Milla: Ach, du hast es in einen Umschlag gesteckt.

Freier: Ja.

Milla nimmt das Geld aus dem Umschlag und zählt es.

Milla: Eins, zwei, drei. Da fehlt einer.

Freier: Mjaa.

Milla: Ich hätte gern die ganze Summe.

Freier: Na, ehrlich gesagt, das ist meiner Meinung nach ein angemessenes Honorar.

Milla: Hör mal, du kannst nicht bei Stockmann in die Delikatessabteilung gehen und fragen, ob du die Fünf-Euro-Aprikosenmarmelade für 1,99 kriegen kannst, weil du das angemessener findest. Wenn du billige Marmelade willst, geh zu Lidl. Kapiert?

Der Mann antwortet nicht. Er verzieht das Gesicht und putzt seine Brille.

Milla: Na?

Freier: Okay.

Der Mann ist mit seiner Brille fertig, setzt sie auf und holt das fehlende Geld aus der Tasche seiner über der Stuhllehne hängenden Hose.

Freier: Ich finde das allerdings ziemlich teuer.

Milla: Bisher war es dir nicht zu viel.

Freier: Aber man muss die Umstände berücksichtigen, die Konjunktur und den Index.

Milla hätte nicht übel Lust, ihn anzuschnauzen, laber nicht rum, aber in einem kundenorientierten Beruf ist das in der Regel keine gute Verhaltensweise. Es ist jedenfalls ärgerlich, dass neuerdings alle feilschen.

Sie ist mitten in der Kundenbegegnung, als Milla hört, dass die Tür zu ihrer Wohnung geöffnet wird. Sie springt von dem Mann herunter und eilt in den Flur.

»Iiii!«, ruft sie, als sie Aphrodite erblickt.

»Iiii!«, ruft Aphrodite.

Sie laufen mit superkleinen Schritten und heftig schwingenden Armen aufeinander zu und umarmen sich.

»Oh, das ist die supertollste Überraschung!«

»Wie herrlich, wieder hier zu sein!«

Sie tauschen mindestens zehn Minuten lang Neuigkeiten aus.

»Wer ist da?«, ruft es aus der Bettnische.

»Oh, Scheiße«, flüstert Milla und kichert.

Freier: He? Ist da jemand?

Milla: Nee, hier ist keiner.

Freier: Irgendwas ist doch los.

Milla: Nee, die Post ist bloß gekommen.

Milla und Aphrodite kichern. Milla wird hysterisch. Aphrodite auch ein bisschen, aber sie sagt, Milla müsse ihren Job zu Ende bringen. Also geht Milla zu dem Mann zurück.

Milla: Ach je, so spät schon. Bald überziehen wir die Zeit!

Milla wird aktiv.

Freier: He, das ist aber ziemlich aggressiv.

Milla: Ach. Ich dachte immer, Männer mögen so was.

Freier: Nicht so herum.

Milla: Manche mögen es aber. Na also, dir hat es auch gefallen.

Freier: Ich hab bloß auf den mechanischen Reiz reagiert.

Milla: Macht nichts.

Freier: Könnten wir nicht noch eine Weile plaudern?

Milla: Ja, das könnten wir, wenn ich Therapeutin wäre, was ich aber nicht bin. Wie du dich vielleicht erinnerst, bin ich eine Hure, und nebenbei studiere ich Frauenforschung.

Freier: Ach, studierst du schon lange.

Milla: Zieh dich an.

Freier: Aber das ist alles so distanziert und kühl.

Milla: Schaff dir eine Freundin an.

Freier: Aber ich bezahl dich doch dafür, dass du lieb zu mir bist.

Milla: Nee, du bezahlst mich für Sex.

Freier: Aber …

Milla: Warum musst du immer so quengeln?

Milla öffnet die Balkontür und zieht dem Mann die Decke weg. Er muss sich anziehen, denn es wird kalt. Milla scheucht ihn in den Flur, wo Aphrodite, Adonis und Ares Statuen nachahmen.

Freier: Waren die immer schon da?

Milla: Stell dich nicht so an. Tschüss.

Sie schiebt den Mann ins Treppenhaus und knallt die Tür zu.

»Hiii!«, ruft Aphrodite.

»Hiii!«, ruft Milla.

Der Freier klingelt. »Pssst«, sagt Milla und bleibt regungslos stehen.

Freier: Mach auf, ich weiß, dass du da bist.

Milla steckt den Kopf durch den Türspalt.

MILLA: Was?
FREIER: Bei dir war eine Stimme zu hören.
MILLA: Nein.
FREIER: Doch.
MILLA: Nein, sicher nicht.
Sie schlägt dem Mann die Tür vor der Nase zu.

»Oje, der kommt bestimmt nie wieder«, sagt Aphrodite bedauernd.

»Macht nichts. Der ist mir von Anfang an auf den Geist gegangen.«

Milla verspricht Aphrodite und ihren beiden Liebhabern, dass sie bei ihr übernachten dürfen. Sie selbst wird die Nacht bei ihrer Nachbarin verbringen.

»Kannst du sofort zu ihr gehen?«, fragt Aphrodite mit anzüglichem Lächeln. Sie zerzaust ihre Haare und sieht jetzt aus wie ein Porno-Star.

»Na ja, okay. Bis morgen!«

Bei allen dreien läuft die Libido auf Hochtouren. Das kommt bei einer Wiedergeburt häufig vor. Sie treiben allerlei Lüsternes miteinander. Aphrodite und Ares. Aphrodite und Adonis. Aphrodite und Ares und Adonis. Und dann. Ja? Ares und Adonis. Ich weiß natürlich, dass die griechischen Männer traditionell eine starke Neigung zur Knabenliebe haben, aber ich hatte mir eingebildet, Ares wäre ein total homophober Trottel.

Ich verzichte darauf, ihr Tun zu beschreiben, denn über Sex zwischen Männern weiß ich kaum etwas, abgesehen von dem, was ein gewisser Antti mir erzählt hat. Es soll schön sein. Vielleicht ein bisschen unsauber.

Aphrodite merkt, dass zwischen den Männern kein Platz mehr für sie ist. Sie dreht ihnen den Rücken zu und stopft sich Stöpsel in die Ohren. Vielleicht benehmen sich die beiden am nächsten Morgen wieder normal und verehren sie.

Der Tag bricht an. Auf seine lakonische Art verkündet Ares, nun sei es genug mit dem Frieden: Er gehe zur Arbeit. Adonis kniet sich aufs Bett und betrachtet seinen nächtlichen Liebhaber mit großen Augen. Ares mustert Adonis' zarte, knabenhafte Erscheinung und reicht ihm dann seinen muskulösen Arm. »Du kannst mitkommen«, sagt er. Adonis springt vom Bett, zieht seine Calvin-Klein-Boxershorts an und sprüht sich Le Male auf die marmorweiße Brust. Dann verlässt er Aphrodite und folgt Ares.

»Ich brauche immer einen Lehrjungen«, erklärt Ares ein wenig frivol.

Auf einem glänzenden schwarzen Motorrad brausen sie davon. Aphrodite läuft auf den Balkon und wirft ihnen das Erstbeste nach, das ihr in die Hände fällt, eine schimmlige Biomülltüte, Milla hat schon wieder vergessen, den Müll wegzubringen. Die Tüte trifft nicht, sie zerplatzt und verbreitet ihren stinkenden Inhalt auf der Straße. Aphrodite starrt auf die braunen Bananen- und Apfelsinenschalen und überlegt, ob sie hinterherspringen soll. Doch die Vorstellung, dass ihr Körper zwischen fauligen Obstresten liegt, ist nicht gerade erhebend.

Als Milla hereinkommt, findet sie Aphrodite verweint vor. Ihr Make-up ist verlaufen und hat fast überall im Gesicht schwarze Streifen hinterlassen, nur nicht da, wo sie hingehören.

»Ist Homosexualität ein Verbrechen?«, fragt Aphrodite.

»In manchen Ländern ja.«

»Gut!«

»So darf man nicht reden.«

»Keiner hat das Recht, schwul zu werden, wenn er mein Liebhaber ist!«

»Na ja. Bei dem Neuen überrascht es mich eigentlich nicht. Und bei dem Älteren … ehrlich gesagt, so durchtrainierte Männer sind selten ganz hetero.«

Aphrodite zieht sich schluchzend die Decke über den Kopf. Milla fängt an zu backen, denn nichts ist so tröstlich wie Hefegebäck. Außer Mokkakuchen! Das Rezept stammt aus Tikkos Vegetarier-Blog.

Boden:

8 dl Weizenmehl
5 dl Zucker
4 TL Backpulver
8 TL Vanillezucker
5 EL dunkles Kakaopulver
8 EL starker Kaffee

200 g zerlassene Margarine
4 dl Wasser
2 dl in wenig Wasser aufgekochte geriebene Möhren

Glasur:
4 dl Puderzucker
4 TL starker Kaffee
6 EL dunkles Kakaopulver
5 EL Wasser
2 TL Rapsöl

Die trockenen Zutaten gut mischen, flüssige Zutaten und geriebene Möhren hinzufügen und zu einem glatten Teig verrühren. Auf ein mit Backpapier ausgelegtes Ofenblech streichen. Bei 175 Grad etwa 35 Minuten backen. Die Zutaten für die Glasur verrühren, etwas Wasser zugeben, wenn die Mischung zu fest ist. Den Boden aus dem Ofen nehmen, kurz abkühlen lassen und mit der Glasur bestreichen.

Während der Mokkakuchen an einem kühlen Platz durchzieht, geht Milla in die Videothek, um einen Bridget-Jones-Film auszuleihen. Oder vielleicht lädt sie ihn einfach aus dem Internet runter, obwohl man das nicht tun dürfte, weil die Künstler Geld brauchen. Auch die Filmkünstler. Doch das interessiert Milla herzlich wenig, sie ist ja eine Hure.

Dann essen sie den herrlich fettigen und übersüßen Mokkakuchen und verfolgen Bridgets Liebesleben. Wenn eine so hässliche Frau Männer abkriegt, schaffen das sicher auch alle anderen. Eigentlich würde Bridget ja gar nicht so schlecht aussehen, aber ihr Gesicht ist derart geschminkt, dass es glänzt, und obendrein hat sie sich so ein Doppelkinn wachsen lassen. Trotzdem will Hugh Grant lieber sie als eine ihrer attraktiven und sich normaler benehmenden Freundinnen.

Sie schauen sich in den nächsten Tagen alle für Frauen gedrehten Filmkomödien an, doch davon wird Aphrodite noch deprimierter. Und von der Völlerei wird sie nicht fröhlich, sondern nur fett. Und da sie sich weigert, die Wohnung zu verlassen, hat sie überhaupt keine Bewegung. Sie isst nur und schläft und guckt zwischendurch Fernsehen und schläft dann wieder mit geschlossenen und manchmal auch mit offenen Augen und bekommt von dieser ungesunden Lebensweise Pickel und dunkle Schatten unter den Augen, und ihr Gesicht schwillt an und glänzt, bis auch sie ein Doppelkinn hat. Es ist furchtbar.

Sie leidet unter einer nachwiedergeburtlichen Depression. Das Leben erscheint ihr leer und bedeutungslos. Sie hat ihre Liebe verloren und ihre Schönheit noch dazu, doch daran mag sie gar nicht denken. Sie verhängt Millas Spiegel mit schwarzem Stoff.

Sonnenlicht bedrückt sie und stört ihren Schlaf. Sie nagelt ein schwarzes Laken vor das Fenster.

Sie denkt an den Tod, der trostlose Scheiße war. Dann denkt sie an das Leben, das ebenfalls trostlose Scheiße ist. Ihr scheint, als wäre der Tod doch ein bisschen weniger trostlose Scheiße gewesen.

Obendrein nagt ein unbestimmtes Schuldgefühl an ihrer Seele und schnürt ihr das Herz zu. Dabei weiß sie überhaupt nicht, woher das Gefühl kommt. Denn sie ist doch diejenige, der Unrecht widerfahren ist, die mies behandelt und grausam verlassen wurde wie ein überflüssiges, schlechtes Geschöpf.

Und immer, wenn sie weint, verwandeln sich ihre Tränen in kleine Steinchen. Zuerst glaubt sie, es seien Diamanten, doch als sie genauer hinsieht, merkt sie, dass es Kiesel sind, von der Sorte, mit der man eisglatte Straßen streut.

Sie ist so deprimiert, dass sie anfängt, Gedichte zu schreiben.

Milla hat Mitleid mit Aphrodite. Aber nicht nur Mitleid. Aphrodites Zustand strengt sie auch ein bisschen an.

Als sie versucht, die schwarzen Vorhänge vor dem Fenster ein Stück zur Seite zu schieben, kreischt Aphrodite, es müsse dunkel sein, nur die Dunkelheit könne ihre Seele wärmen.

»Ach, ist dir kalt?«

»Der Strom meines Herzens ist zugefroren.«

»Okay.«

Als sie von der Arbeit kommt, schaltet Milla das Licht ein, aber es wird nicht hell. »Was zum Teufel?«

Am Fenster brennt ein Teelicht, sie geht darauf zu. Riks, raks knirscht es unter ihren Füßen. Zum Glück hat sie die Schuhe noch nicht ausgezogen: Aphrodite hat alle Glühbirnen herausgeschraubt und zertreten. Der Fußboden ist mit Glasscherben und diesen komischen Scheißsteinen übersät.

Aphrodites Wunden heilen von selbst, sie ist ja neuerdings unsterblich. Dagegen verschwinden die blutigen Fußabdrücke auf dem großen weißen Teppich nicht von selbst.

Milla holt den Staubsauger. Aphrodite kreischt, der fürchterliche Krach des Staubsaugers sei ein Inferno für ihre Ohren, nur die Stille allein sei eine sanfte Wiege für ihren misshandelten Körper.

»Aha. Na, zum Glück sieht man hier ja sowieso nichts.«

Die einzige akzeptable Lichtquelle sind Kerzen, vorzugsweise schwarze.

Außerdem ist der Dunst, der beim Kochen entsteht, unerträglich für Aphrodites übersensiblen Geruchssinn. Also bestellen sie jeden Tag Pizza bei dem türkischen Unternehmer im Erdgeschoss, der einfach nicht kapiert, dass Aphrodite keinen anderen Belag will als schwarze Oliven. Einmal hat er ein wenig Mozzarella über die Oliven gerieben. Aphrodite hat dem Türken die Pizza ins Gesicht geworfen und ihn bespuckt.

Als Aphrodite schwarze Müllsäcke an die Wände klebt, beschließt Milla zu handeln. »Du musst mal unter Leute kommen …«

»Keine Lust.«

»… deshalb habe ich Karten für uns gekauft!« Milla zeigt Aphrodite zwei pfefferminzgrüne Theaterkarten. »Ein lustiges Schauspiel heitert dich vielleicht auf, du bist doch die Göttin der Komödie.«

»Ich bin tragisch.«

»Nein, in der *Poetik* heißt es, die Komödie sei dein Ding.«

»Hast du Beweise?«

»Na … Nein.«

»Du bist so eine Ignorantin.«

»Und du bist so eine Elefantin.«

»Du hast mich Elefant genannt.« Aphrodite bricht in Tränen aus.

»Ich meinte Emigrantin. Entschuldige.«

Milla versichert Aphrodite, dass sie sich besser fühlt, wenn sie sich ein bisschen zurechtmacht und unter Menschen geht. »Fangen wir mit deinen fettigen Haaren an.«

Haarewaschen ist schwierig, wenn man es bei Kerzenlicht tut und aufpassen muss, dass kein Wasser in die Flamme tropft.

»Ich kämme dir eine hübsche Frisur.« Als Kind hat Milla davon geträumt, Friseuse zu werden, und auch jetzt überlegt sie manchmal, ob diese Arbeit angenehmer wäre als Ficken. Sie föhnt und toupiert Aphrodites Haare. Der Kamm verheddert sich in den Zotteln, und Milla muss ihn herausschneiden.

»Sorry, vielleicht bürste ich sie nur glatt.«

Dann ein wenig Make-up. Die Grundierung ist das A und O, das kann man in jeder Frauenzeitschrift lesen. Aber Aphrodites Haut ist so blass, dass die Make-up-Creme ziemlich grell wirkt. Eine dicke Puderschicht schwächt den orangen Farbstich ein wenig ab. Mascara und Rouge. Lipgloss.

»Nicht schlecht«, stellt Milla fest.

Aphrodite betrachtet das Resultat. Sie ist unzufrieden und malt sich breite schwarze Striche um die Augen.

Kleidung zu finden erweist sich als schwierig. Aphrodite besitzt nur winzige Fähnchen, in die ihre geschwollenen Maße nicht mehr passen. Milla findet ganz hinten im Kleiderschrank ein altes schwarzes Motörhead-Shirt, das Aphrodite akzeptiert. Alle anderen Kleidungsstücke schiebt sie verächtlich beiseite. Schließlich wählt sie eine Netzstrumpfhose und eine halblange Unterhose, weil die Shorts alle nicht dehnbar genug sind. Ihre geschminkten Augen verbirgt sie hinter einer großen Sonnenbrille.

»Rausschmeißen können sie uns wohl nicht«, sagt Milla.

Im Theater versammeln sich hauptsächlich gut gekleidete und reichlich parfümierte Menschen mittleren Alters. Sie glotzen Aphrodite an, die in träger Pin-up-Stellung auf der Garderobentheke liegt, sagen aber nichts. Nur ein älterer Herr macht eine Bemerkung, doch er hat ein wenig Kognak getrunken.

Milla hat Karten für die erste Reihe besorgt.

»Hier stinkt es nach alten Leuten«, beschwert sich Aphrodite, ohne die Stimme zu senken.

»Gar nicht wahr.«

Dabei stinkt es wirklich. Aber es ärgert Milla, dass Aphrodite ihre freundliche Geste nicht zu schätzen weiß.

Die Aufführung beginnt. Auf der Bühne sind viele Männer. Endlich kommt auch eine Frau hinzu. Sie spielt die Rollen der Mutter, der Dienerin und der Schlampe und hat kaum Dialog. Die Männer sprechen viel und schreien noch mehr.

»Wer sind diese Kerle?«, fragt Aphrodite.

»Keine Ahnung. Sei einfach still und guck zu.«

»Ich kapier nix.«

»Pssst«, zischt die Frau neben ihnen.

Sie sitzen eine Weile schweigend da. Aphrodite windet sich auf ihrem Sitz. Sie kann sich nicht entscheiden, ob sie das rechte Bein über das linke schlagen soll oder umgekehrt.

»Was für ein Mist.«

»Pssst«, zischt es vom Nebensitz.

Die Menschen lachen über irgendetwas, das auf der Bühne passiert.

»Worüber lachen die?«

»Über irgendwas. Ich hab's nicht mitgekriegt, weil du dauernd quasselst.«

»Psssssssst!!«, zischt die Frau neben ihnen, dass die Spucke sprüht.

»Was verstehst du denn von Komödien, ich bin verdammt noch mal die Göttin der Komödie!«

Milla muss Aphrodite festhalten, damit sie der aufreizend zischelnden Dame nichts antut.

»Mir ist nicht zum Lachen. Eine Komödie muss einen zum Lachen bringen.«

»Man hat mir gesagt, das Stück wäre warmherzig und lustig«, verteidigt sich Milla.

»Hast du mal 'n Bonbon?«

»Hier werden keine Bonbons verkauft.«

»Häh!?«

»PSSST!!«

»Du bist ein Nichts, also halt gefälligst die Schnauze!« Aphrodite klatscht der Dame das Programmheft ins Gesicht. Der Türschließer schleicht herbei und führt Milla und Aphrodite hinaus. Das ganze Publikum starrt ihnen nach. Die Schauspieler spielen weiter, denn es handelt sich um ein mittelmäßiges Stück, deshalb wollen sie so bald wie möglich nach Hause und keine Minute länger arbeiten als nötig.

»Finger weg!«, keift Aphrodite den Türschließer an.

»He, wir verpassen die Hälfte, kriegen wir nicht wenigstens einen Teil vom Eintrittspreis zurück? Die Karten waren ziemlich teuer.« Millas Frage stößt auf keinerlei Reaktion; so abgestumpft ist der Türschließer. Milla erkundigt sich, ob es beim Theater denn keinen Verbraucherschutz gebe.

»Genau, außerdem sollte das Stück lustig sein, und das war es nicht.« Vom Cafétisch im Foyer schnappt Aphrodite ein Stück Torte und reibt es dem Mann ins Gesicht. »Selbst das ist lustiger.«

»Raus jetzt«, befiehlt der sahnige Türschließer.

Aphrodite wird wütend. »Das Stück sollte mich zum Lachen bringen, hat es aber nicht, verdammte Scheiße!« Sie schmeißt Hefeteilchen und Lachspasteten durch das Foyer.

»Vielleicht gehen wir lieber«, schlägt Milla vor.

»Ich geh nicht, zum Teufel.«

Der Türschließer erklärt, er werde den Sicherheitsdienst anrufen. Milla zieht Aphrodite aus dem Theater.

»Wenn du es geschafft hättest, dich anständig zu benehmen, hätten wir die ganze Aufführung gesehen. Vielleicht wird sie zum Ende hin besser. Warum bist du so verdammt egoistisch?«

»Ich bin nicht egoistisch.«

»Wie du meinst.«

Milla lässt Aphrodite an der Treppe zum Theater stehen. Aphrodite erinnert sich daran, dass sie göttliche Kräfte besitzt. Sie schnippt mit den Fingern in Richtung des Theaters und sagt: FURCHTBARE SCHEISSE. Und in derselben Sekunde verwandelt sich das Gebäude in einen großen Scheißhaufen.

Milla bekommt nichts davon mit. Sie geht nach Hause, reißt die schwarzen Stoffbahnen ab, wirft den dreckigen Teppich in den Müll und saugt beim Licht des Fernsehers die Wohnung, weil sie vergessen hat, neue Glühbirnen zu kaufen. Aphrodites unmögliches Benehmen hat sie gekränkt. Es geht nicht darum, dass Aphrodite die Aufführung hätte loben sollen, die vielleicht wirklich nichts taugte, sondern darum, dass man ein Geschenk von einer Freundin, vor allem, wenn es sich um ein teures Geschenk handelt, zu schätzen hat.

Milla interessiert sich nicht groß dafür, was aus Aphrodite geworden ist. Manchmal gibt es Phasen in einer Freundschaft, in denen man kein Mitgefühl für die Freundin aufbringt, weil man der Meinung ist, dass sie es nicht verdient.

Wenn sie sich die Mühe machen würde, die vermischten Nachrichten zu lesen, wüsste sie, dass eine unter psychischen Problemen leidende Frau mittleren Alters unter dem Verdacht, ein gewisses Theater beschädigt zu haben, festgenommen wurde und dass diese Frau bereits polizeilich bekannt war. Doch Milla liest nur Artikel, die mit einem großen Foto illustriert sind. Oder mit einem kleinen, aber komischen Foto. Oder mit einem niedlichen Tierbild.

Schon seit einiger Zeit sehnt sich Milla nach einer Veränderung in ihrem Leben. Eine neue Wohnung zum Beispiel wäre ganz hübsch. Aber alles geht schief, jede Veränderung ist nur eine Verschlechterung.

Das goldene Zeitalter der Sexarbeiterinnen endete, als im Parlament irgendwer eine bewegende Rede hielt, in der gefragt wurde, ob wir wirklich wollen, dass man in unserer Gesellschaft eine derart unmoralische und unsittliche Tätigkeit ausüben darf; Familien zerbrechen, weil Väter und Ehemänner zu den Nutten rennen; die jungen Frauen ergreifen keinen anständigen Pflegeberuf mehr; die Kinder bekommen ein falsches Bild von der Sexualität. Und das Schlimmste: Die Würde der Frau verliert ihren Wert!

Auf diese Rede folgte eine Gesetzesvorlage zur Kriminalisierung der Prostitution. Einige waren der Ansicht, nur der Kauf von Sex solle verboten werden. Andere meinten, die Zuhälter seien die Quelle allen Übels. Eine lautstarke Minderheit peitschte jedoch ein Gesetz durch, das ausschließlich die Ausübung der Prostitution unter Strafe stellte. Die Zeitung brachte ein Foto der Politiker, die hinter diesem Gesetz standen. Milla erkannte zwei oder drei von ihnen als ihre Freier. Andererseits sehen alle Männer mittleren Alters gleich aus. Ebenso alle schnurrbärtigen Männer. Oder die Männer in Gangsterfilmen.

Na ja. Das ist Millas Meinung.

Das neue Gesetz hat zur Folge, dass sie kaum noch vertrauenswürdige Freier findet. Neue wagt sie nicht anzunehmen, denn die könnten auf die Idee kommen, sie zu erpressen. Und es gibt noch miesere Kerle. Keine Schläger, das denn doch nicht, aber Typen, die einfach gehen, ohne zu bezahlen, und anschließend in ihren Blogs damit prahlen.

Viele der Stammkunden versuchen, den Preis für die Dienstleistung herunterzuhandeln. Manche taktvoller, manche weniger taktvoll. Milla sieht sich gezwungen, ihre Preise um fünfzehn Prozent zu senken.

Und dann sind da noch die Polizisten in Zivil.

Der Mann wirkt nett. Na gut, er wirkt vor allem richtig hartnäckig. Schickt täglich mehrere Mails. »Es wäre so schön, dich zu treffen, du scheinst ein nettes Mädchen zu sein.« »Bitte, triff dich mit mir, du wirst es nicht bereuen.« »Ich zahle ein bisschen extra.«

Milla macht eine Ausnahme von ihrer Regel, keine neuen Kunden anzunehmen.

Der Mann kommt, gibt ihr Geld, hat Verkehr mit ihr. Und dann: zieht er die Hose hoch, legt Milla Handschellen an und belehrt sie über ihre Rechte. Milla bekommt eine Geldstrafe, und ihr Bild erscheint in der Zeitung auf der Seite, auf der die Fotos von Unzucht treibenden Frauen, pardon: Personen veröffentlicht werden.

Das Foto ist richtig gut und weckt bei vielen Männern Interesse. Sie suchen nach Millas Kontaktdaten, aber die meisten finden nur ihre Anschrift heraus. In den Wochen nach der Veröffentlichung des Fotos erhält Milla Hunderte von Postkarten.

Die Sparte ist eine der meistgelesenen, und die Firmen wetteifern darum, ihre Werbeanzeige neben den Hurenfotos zu platzieren. So überrascht es nicht, dass Millas Verwandte und entferntere Bekannte ihr Porträt in der falschen Gesellschaft entdecken. Per SMS teilen sie ihr mit, sie hätten immer schon gewusst, dass Milla eine dumme Schlampe sei, die in dieser Branche enden würde, weil sie zu nichts anderem fähig sei. Ihre Cousine ruft sie an und rät ihr, sich ehrliche Arbeit zu besorgen.

»Was bist du denn schon? Consultant, ha ha«, sagt Milla und legt auf.

Die größte Angst hat Milla vor dem unausweichlichen Anruf ihrer Oma Lotta. Sie meldet sich ganz leise. Doch Oma Lotta sagt, nee, zum Teufel, in ihrer Jugend hat doch fast jede allerhand getrieben, und du bist trotzdem ein gutes Mädchen und kriegst auch deinen Erbteil, wenn ich mal sterbe, immer vorausgesetzt, dass ich nicht alles am Spielautomaten verzocke.

Milla geht die Situation gewaltig auf den Keks. Sie macht sich daran, ein kleines Pamphlet zu verfassen, dem sie den Titel gibt: »Wieso soll Hurerei falsch sein?« Ihr fallen auf Anhieb eine ganze Menge schädlichere Berufe ein. Zum Beispiel verschmutzt die Papierindustrie die Umwelt. Die Ölindustrie verschmutzt die Umwelt. Die Tiimari-Kette verschmutzt die Umwelt, indem sie überflüssigen Kram verkauft. Hurerei verschmutzt die Umwelt nicht, der einzige Abfall, der dabei entsteht, sind Kondome. Milla berechnet den CO_2-Fußabdruck einer Sexarbeiterin und stellt fest, dass er weitaus kleiner ist als der eines Programmierers oder eines Bodypump-Trainers.

Das Schreiben inspiriert sie, und Milla überlegt, was sie zur öffentlichen Präsentation ihres Werks anziehen soll. Vielleicht ein Paillettenkleid. Sie muss mit ihrem Outfit Aufsehen erregen, weil das Thema so kontrovers ist.

Ihr fallen weitere gute Thesen ein. Was für ein blödes Wort. These. Klingt fast so, als hätte es etwas mit Tee zu tun. Dann schießt ihr plötzlich wie aus dem Nichts der Gedanke durch den Kopf, dass man Thesen an Kirchentüren zu nageln pflegt. Das hat doch auch Martin Luther getan, der Mann in Schwarz. »Fantastische Idee!«, jubelt sie und schreibt ihre Ansichten auf rosa Karton.

Am nächsten Morgen fotografieren die japanischen Touristen auf der Treppe zum Dom haltloser als gewöhnlich.

»Manko no e ga kaitearu!«, ruft einer.

»Finrandojin tte kimochiwarui«, sagt ein anderer.

Sie lachen, halten sich dabei aber die Hand vor den Mund. Als sie ihre Fotos im Kasten haben, beruhigen sie sich. »Dokode hirugohan taberu?«

Millas Thesen hängen einen halben Tag lang an der Kirchenwand, bevor sie abgenommen werden. Dabei muss man vorsichtig arbeiten, damit die Wand keinen Schaden nimmt, wenn man die neun Millimeter langen Schrauben entfernt. Zumal die Schrauben mit einem Schlagbohrer angebracht wurden. Eine Nachrichtenredaktion erscheint und filmt die Plakate, auf denen, aufgepeppt durch ein paar ausgewählte Bilder, die folgenden Behauptungen stehen:

Sex macht Spaß. Warum sollte das, was man beruflich tut, unangenehm sein?

Jeder sollte das Recht haben, seine speziellen Fähigkeiten zu Geld zu machen. Manche haben ein besonderes Talent zum Ficken.

Eine Hure verkauft ihrem Kunden etwas Echtes. Anders als z. B. ein Consultant, der etwas verkauft, das in Wahrheit womöglich gar nicht existiert.

Wenn Menschen miteinander Sex haben, tun sie nichts, was der Natur oder der Menschheit schadet. Schon gar nicht, wenn sie verhüten.

Huren achten mehr auf ihr Äußeres als andere Frauen. Huren sind also überdurchschnittlich schön. Es ist besser, schöner zu sein als hässlicher.

Sex verschmutzt die Umwelt nicht. Wenn man es im Dunkeln tut, verbraucht man auch nicht viel Strom.

Huren sind nicht unbedingt lüstern. Sie sind nur gewitzt.

Wenn eine Frau lieber Hure sein möchte als z. B. Putze oder Lehrerin, warum nicht?

Meine Fotze ist meine Fotze. Sie gehört mir, und ich mache mit ihr, was ich will.

Der Erzbischof kommentiert den Vorfall nur knapp: »Sehr bedauerlich.« Man beschließt, die Kirche vorsichtshalber mit Weihwasser und

Timo Soinis Pisse abzuwaschen, denn Harnstoff reinigt, vor allem katholischer Harnstoff. Man hofft, dass die Täterin, sofern sie gefasst wird, eine drakonische Strafe erhält. Der Erzbischof beschwichtigt die Leute und sagt, die Kirche würde sich mit einer finanziellen Entschädigung begnügen, die sich auf circa 4,2 Millionen belaufen könnte.

Der Vorfall löst eine irrwitzige öffentliche Debatte aus, die sich darauf zu konzentrieren scheint, dass es unangebracht ist, zu behaupten, Huren sähen besser aus als andere Frauen, denn alle Frauen seien auf ihre Weise hübsch, und innere Schönheit sei wichtiger als rasierte Beine und Schminke und feminine Kleidung, und eine saunafrische Frau sei nun mal die finnische, das heißt die gute Alternative. Außerdem wissen alle, dass zu schöne Frauen Huren sind.

Jemand fragt, ob bei der Gesetzesreform nicht vielleicht doch etwas falsch gelaufen ist, aber nach diesem Terroranschlag auf die Wertvorstellungen des ganzen Volkes richtet sich die öffentliche Meinung eindeutig gegen die Prostituierten. Ein Parlamentsabgeordneter namens Jussi erklärt, man müsse alle rot-grün angehauchten Feministinnen, die solche Meinungen äußern, vergewaltigen. Das sind ziemlich harte Worte, aber auch diesmal hat sein Kommentar keine strafrechtlichen Folgen.

»Zum Teufel noch mal, die Aktion hat die Lage nur verschlimmert«, sagt Kalla zu Milla.

»Meinst du?« Verstohlen schiebt Milla die fast neue Bohrmaschine tiefer unter das Bett.

»Wer tut bloß so was Dummes?«

»Hmm. Keine Ahnung.«

»Ich muss unbedingt richtige Arbeit finden.«

»Was wir machen, ist richtige Arbeit!«

»Nein, wir zahlen ja keine Steuern. Ohne Steuergelder funktioniert die Gesellschaft nicht.«

»Was kriegen wir denn von der Gesellschaft?«

»Na, erstens …«

Kallas Mann fällt etwas aus dem Mund, als er zu lallen beginnt. In seinem Gebrabbel sind einzelne Wörter und eine primitive Syntax zu erkennen.

»Bah, könnte der nicht woanders hingehen?«

»Er hat anscheinend etwas zu sagen.«

Kallas Mann folgt ihr überallhin. Er hat bereits halbwegs menschenähnliche Züge, aber manchmal vergisst er, den Mund zu schließen, und dann läuft irgendwelche Schmiere heraus. Er will sich am Gespräch beteiligen und die Berufsfrage kommentieren.

»Was hat er gesagt?«, fragt Milla.

»Er fände es schön, wenn ich wieder Kellnerin wäre. Seiner Meinung nach ist es irgendwie falsch, dass ich als seine Ehefrau für Geld mit anderen Menschen schlafe. Aber er versteht, dass es im Moment wirtschaftlich notwendig ist.«

»Aha.«

Milla ist wie Vitamin D. Ohne sie wäre das Leben ihrer Freier düster und blutleer. Aber wie das Vitamin D schätzt man Millas spezielle Qualitäten erst bei extremem Mangel.

Deshalb muss sie auch Freier empfangen, die sie nicht besonders mag.

Heute ist »Jani« an der Reihe. Milla weiß, dass Jani nicht sein richtiger Name ist, denn sie hat zufällig einmal seinen Führerschein gesehen, auf dem ein anderer Name stand, den sie aber vergessen hat. Deshalb ist der Mann für sie »Jani« oder manchmal auch der »sogenannte Jani« oder der »Freundinmann«. Oder gelegentlich auch einfach nur ätzende Scheiße. Ohne Gänsefüßchen.

Milla hat drei Gründe, »Jani« als weniger guten Freier zu betrachten:

1. Er versucht immer zu feilschen. Das hat er schon getan, als es noch nicht üblich war. Deshalb gibt Milla ihm keine fünfzehn Prozent Rabatt, sondern nur eine fünfprozentige Erleichterung. Auf den Preis.
2. Er hat die ärgerliche Angewohnheit, Milla als seine Freundin zu bezeichnen. Oder als seine »Freundin«. Wenn Milla die »Freundin« von irgendwem wäre, dann gewiss nicht die eines zehn Jahre älteren Fettwanstes mit Mecki-Frisur.

3. Er ähnelt ein wenig einem Schwein. Oder genauer gesagt, einem Menschen, von dem man sagt, er habe Ähnlichkeit mit einem Schwein. Schweine sehen ja letzten Endes ganz anders aus: niedlich und sympathisch. »Jani« hat eine rötliche Haut, hellblonde Augenbrauen und runde Backen. Und er riecht ein bisschen wie Babys.

Sie treffen sich in »Janis« Wohnung. »Jani« sagt, wenn Milla nicht so eine kostspielige Freundin (»Freundin«) wäre, könnten sie in ein Hotel gehen. So aber müssen sie sich mit seiner Wohnung begnügen, die man lediglich als neutral bezeichnen kann.

»Deine Wohnung hat genug Ähnlichkeit mit einem Hotel.«

»Danke.«

Doch das ist kein Kompliment. Es bedeutet nur, dass die Möbel ein wenig beige sind und an den Wänden Gemäldekopien mit Landschafts- oder Blumenmotiven hängen.

»Jani« setzt sich aufs Sofa und erzählt von seinem letzten Segeltörn. Der liegt zwar schon sechs Jahre zurück, aber er behauptet, er hätte im vorigen Monat stattgefunden, denn er möchte als Hobbysegler durchgehen. Milla zieht sich aus und fragt, wollen wir poppen? Sie lächelt dabei, damit es nicht unfreundlich klingt.

Milla reicht »Jani« ein Kondom und so weiter.

Zum Schluss will »Jani« es von hinten, und Milla kniet sich aufs Bett. Das ist eine gute Stellung, denn so braucht sie das Gesicht des Mannes nicht zu sehen. »Jani« tut irgendetwas hinter ihr.

»Was machst du?«

»Ich zieh bloß den Präser besser zurecht. So.«

Und wirklich hat »Jani« den Präser zurechtgezogen. Er hat ihn abgezogen. Als es ihm kommt, liegt das Kondom in seiner Faust, leblos und nutzlos wie altes Leder.

»Das hat gutgetan«, sagt »Jani«, als er sich auf dem Bett ausstreckt.

»Schön.«

Milla steht auf, um sich anzuziehen. Etwas rinnt ihr am Schenkel herunter. »Was ist das für eine Soße?«

»Das ist sicher so eine weibliche Ejakulation.«

»Aha.«

»Ja, das ist es.«

Milla geht nach Hause und denkt nicht weiter über die Sache nach. Außer insofern, als sie vielleicht keine Lust mehr hat, sich mit »Jani« zu treffen, weil er 4. immer so allwissend tut.

Einige Wochen später wundert Milla sich: »Wo bleiben meine Tage?«

Sie ruft Kalla an.

MILLA: Hallo, wie geht's?

KALLA: Carl Gustav ist gerade gekommen.

MILLA: Carl Gustav?

KALLA: Ja. Warum erfinden die immer so komische Decknamen?

MILLA: Bei mir nicht. Unter meinen Stammkunden sind vier verschiedene Jormas.

KALLA: Wie heißen wohl deren Kinder?

MILLA: Einmal ist es mir passiert, dass ein Pentti angerufen und ein Treffen ausgemacht hat, und dann haben wir uns getroffen, und ich habe festgestellt, dass der Typ sich früher Erkki genannt hat.

KALLA: He, lass das!

MILLA: Hä?

KALLA: Ach, die Arschfresse hat meinen Hausfrieden vom Balkon geworfen. Wolltest du über was Bestimmtes reden, Milla?

MILLA: Ach ja, richtig. Was meinst du, bin ich krank? Meine Tage kommen nicht.

KALLA: Vielleicht bist du schwanger?

MILLA (fröhlich lachend): Unmöglich!

Doch das Pflänzchen des Zweifels beginnt in ihr zu wachsen. Nach einer halben Stunde ist es bereits so groß, dass sie in die Apotheke geht und einen Schwangerschaftstest kauft. Die sind teurer, als sie erwartet hatte. Außerdem gibt es viele verschiedene Marken. Die teuersten sind vielleicht zuverlässiger, oder auch nicht.

Es ist fast unmöglich, den Test zu machen, ohne sich die Hände zu bepinkeln. »Wer entwirft die Dinger?« Milla ruft Kalla erneut an.

MILLA: Total unbrauchbar, diese Schwangerschaftstests.

KALLA: Was ist denn rausgekommen?

MILLA: Ach ja.

Milla holt das Röhrchen vom Klo.

MILLA: Warte mal eben, ich guck nach, was das bedeutet.

Sie schweigt lange.

KALLA: Bist du noch dran?

MILLA: Äh, ja. Sieht so aus, als wäre ich schwanger.

Kalla nimmt Furcht und Schrecken mit und geht zu Milla. Im Treppenhaus hört sie hinter sich den allein zurückbleibenden Mann heulen. Sie blickt sich um und überlegt, ob Gott oder irgendwer sie beobachtet. Vielleicht nicht.

»Wer ist der Vater?«

»Gute Frage!«

»Aber irgendwer muss es doch sein.«

Milla zuckt die Achseln und erklärt, sie nehme es mit der Verhütung sehr genau.

»Aber die Dinger können versagen.«

»Nein.«

Sie streiten sich eine Weile darüber, ob Kondome versagen können. Milla gewinnt.

»Wie kannst du dann schwanger sein?«

»Ich glaube, es ist eine ›unbefleckte Empfängnis‹.«

Kalla prustet los. Milla ist beleidigt.

»Das ist kein Witz. Denk doch nur an diese ganzen Göttergeschichten. So was ist doch möglich.«

»Was wirst du jetzt tun?«

»Ich weiß nicht. Eigentlich will ich kein Baby.«

»Aber wenn es von irgendeinem Gott ist?«

»Genau, so eines mag man doch nicht abtreiben.«

»Ja, denk bloß, wenn irgendein Jesus einfach …«

»Ja! Ja …«

Dear Eki. Ich bin ein Mädchen, 24 J., 165 cm / 65 kg, ist das okay? Was muss man tun, wenn man merkt, dass man schwanger ist? Antwort: Geh zum Arzt, der sagt dir, was du tun musst.

Milla vereinbart einen Arzttermin.

ÄRZTIN: Was fehlt dir?

Milla: Na ja, ich bin schwanger.

Die Ärztin schaut auf den Bildschirm ihres Computers.

Ärztin: Aha.

Milla: Ja, was soll ich jetzt tun?

Die Ärztin zuckt die Schultern.

Ärztin (nach einer längeren Pause): Ausgewogene Ernährung ist sicher das Richtige.

Milla: Und weiter?

Ärztin: Nicht rauchen.

Milla: Ich rauche nicht, Rauchen ist altmodisch.

Ärztin: Und nicht saufen.

Milla: Überhaupt nicht?

Ärztin: Na ja, wenn dir danach ist, kannst du ab und zu ein Gläschen trinken.

Milla: Wirklich?

Die Ärztin zuckt die Schultern.

Ärztin: In den Geschäften gibt es Baby-Magazine, lies die. Das tun alle.

Ein Baby. So schrecklich kann das eigentlich nicht sein. Alle richtig tollen Frauen haben auch Kinder gekriegt und sehen echt großartig aus mit ihnen. Milla beschließt, eine Hollywood-Mutter zu werden. Sie kauft eine große Sonnenbrille und ein T-Shirt, auf dem über der Brust steht: MILKING COW.

Die Köpfe der Frauen sind im Visier zu sehen.
»Was tust du?«
»Ich geb nicht auf.«
Die Männer rufen, die Hubschrauber knattern.
Ein einsamer Thunderbird in der Wüste.
Hans Zimmers Musik erklingt.
»Okay, hör zu, wir lassen uns nicht erwischen.«
»Was sagst du?«
»Machen wir einfach weiter.«
»Was meinst du?«
»Wir fahren.«
»Bist du sicher?«
»Ja. Ja.«
Sie küssen sich.
Der Thunderbird startet, unter den Reifen wirbelt Wüstenstaub auf.
Sie fahren zum Grand Canyon.
Sie fahren direkt auf den Grand Canyon zu.
Fassen sich an den Händen.
Das Auto fliegt.
Das Auto fliegt über den Grand Canyon.

8.

I WANNA BE LOVED BY YOU, JUST YOU, NOBODY ELSE BUT YOU.

Aphrodite schafft es nicht, den Tatort zu verlassen, bevor die Mitarbeiter des Wachdienstes eintreffen. Sie verschlimmert ihre Lage, indem sie die Männer schlägt und beißt. Und anschließend die herbeieilenden Polizisten kratzt und tritt. Sie wird in eine Zelle verfrachtet, und zeitig am nächsten Morgen wird die Anklage verlesen: Störung der öffentlichen Ordnung, Widerstand gegen die Staatsgewalt, Beschädigung öffentlichen Eigentums und generell schlechtes Benehmen. Aphrodite wird ins Gefängnis gebracht, wo sie auf ihren Prozess warten soll, über dessen Ausgang die ihr zugewiesene Verteidigerin sich keine allzu großen Hoffnungen macht.

Das Frauengefängnis hat mehr Ähnlichkeit mit einer Klinik als mit einer Haftanstalt. Der größte Unterschied zu einer Klinik sind die Gitter vor den Fenstern. In den Zimmern wohnen in der Regel zwei Frauen. Für ihre Bedürfnisse steht ein Eimer oder Kübel bereit.

Etwa die Hälfte der Frauen sitzt wegen Gewaltverbrechen ein. Die nächsthäufigen Gründe sind Eigentums- und Rauschgiftdelikte.

Fast drei Viertel der weiblichen Gefangenen haben in ihrer Paarbeziehung Gewalttätigkeit erlebt. Vor der Inhaftierung lebte etwa ein Drittel in einer Ehe oder eheähnlichen Gemeinschaft.

Das Durchschnittsalter der weiblichen Gefangenen in Finnland beträgt siebenunddreißig Jahre.

Ein großer Teil der weiblichen Häftlinge hat Alkohol- oder Drogenprobleme, viele auch psychische Probleme. Ihr Tag im Gefängnis beginnt mit der Medikamentenausgabe. Die Gefangenen sind natürlich nicht richtig verrückt, denn dann kämen sie nicht ins Gefängnis.

Habe ich im Netz recherchiert.

In der Kantine wird Aphrodite gefragt, was sie getan hat. Sie antwortet ehrlich. Die Frau, die sie gefragt hat, betrachtet sie eine Weile. »Ich war noch nie im Theater.«

»Na ja. Lohnt sich auch nicht unbedingt«, sagt Aphrodite.

»Ich hab meinen Kerl erstochen, weil er meinen Dobermann vom Balkon werfen wollte.«

»Okay.«

In der Werkstatt näht Aphrodite mit den anderen Frauen Schürzen. Die Scheren werden kontrolliert, nur die zuverlässigsten Gefangenen dürfen sie benutzen. Aphrodite hat nie zuvor eine Nähmaschine gesehen.

»Du bist neu hier«, stellt die Frau fest, die sich neben sie setzt. »Ich heiße Louise.«

Aphrodite gibt Louise die Hand.

»Ich sitze wegen Mord.«

»Ich hab auch alles Mögliche getan«, murmelt Aphrodite.

»Ach ja?«

»Ein Typ ist mir blöd gekommen …«

Louise lächelt verständnisvoll. Sie sagt, wenn Frauen sich aufraffen, das Gesetz zu brechen, tun sie es mit vollem Einsatz. »Die meisten hier sitzen für schwere Verbrechen.«

Verstohlen zeigt sie auf einige Mitgefangene und erzählt Aphrodite von ihnen. Dort am Fenster raucht Medea, eine vierfache Mörderin. Das da ist Frau Macbeth, Anstiftung und Beihilfe zum Mord. Ilsa, eine Kriegsverbrecherin, lange Haftstrafe. Louhi, wiederholter Betrug. Anna-Liisa, Kindsmord. Kate Austen und Klytämnestra sind Freundinnen, bei beiden Mord mit familiärem Hintergrund. Und natürlich Eva, verurteilt für das erste Verbrechen.

»Denen kommst du besser nicht in die Quere. Sie sind unberechenbar.«

Aphrodite wird hospitalisiert. Das gefällt ihr. Die Medikamente werden zu einer festen Zeit ausgegeben, Essen gibt es zu festen Zeiten, man wäscht sich zur festgesetzten Zeit. Die Türen braucht man nicht selbst zu öffnen, man wartet einfach, bis jemand aufschließt.

Die Depression lässt nach. Entweder liegt es an der Routine oder an den Stimmungsaufhellern.

Eines Tages wird das kleine, bescheidene Gefängnistor geöffnet, und eine junge Frau kommt herein, die als Erstes auf den Boden spuckt und dann sagt, Scheiße, leckt mich am Arsch. Einige haben sie schon in der Zeitung oder im Fernsehen gesehen. Aphrodite kennt sie persönlich. Es ist Athene.

»Wo zum Teufel ist mein Stoff?«, fragt Athene. Dann bezeichnet sie die Frau, die ihr am nächsten sitzt, als fettes, frigides Miststück.

Aphrodite bemüht sich, Athene nicht unter die Augen zu kommen. In ihrer Vergangenheit gab es ungelöste Konflikte. Außerdem ist Athene eine ätzende Schlampe. Und ätzend jung.

Athene zieht im Gefängnis eine permanente Show ab. Schon am Morgen nach ihrer Ankunft tauchen Fernsehkameras und Pressefotografen auf. Dem Gefängnisdirektor wird der Vorschlag unterbreitet, eine Reality-TV-Show über das Gefängnis zu produzieren, was sich auch auf das Gehalt des Direktors auswirken würde. Und selbstverständlich werde man einen Teil des Profits für die armen Insassinnen spenden. Da der Direktor es ganz nett fände, wenn in allen Zellen ordentliche Toiletten eingebaut würden, stimmt er zu.

Also wird das Leben der Gefangenen rund um die Uhr gefilmt, für den Fall, dass etwas Dramatisches passiert. Das kommt selten vor. Zum Glück will man in der Serie hauptsächlich zeigen, was für lustige und provokante Dinge Athene im Gefängnis macht. Sie klaut zum Beispiel jemandem die Telefonkarte, um am öffentlichen Apparat Störanrufe zu tätigen, oder beschimpft Mithäftlinge als fette Arschgesichter und dumme Lesben oder schneidert sich die Gefängniskleidung knapper und hübscher zurecht.

Aphrodite will keine Öffentlichkeit. In letzter Zeit hat sie ein wenig nachgedacht. Sie hat eine Detox-Kur angefangen. Morgens meditiert sie, mittags macht sie Yoga, und abends trinkt sie grünen Tee. Sie glaubt, seelischen Frieden gefunden zu haben.

Außerdem ist sie immer noch sauer auf die Medien.

Zufällig kommt sie jedoch gerade in dem Moment dazu, als das Filmteam dokumentiert, wie Athene eine Lebenslängliche quält, indem sie die Hand hebt, als wolle sie zuschlagen, wieder und wieder. Jedes Mal erschrickt die Frau. Athene kichert und schlägt gelegentlich tatsächlich zu. Die Frau geht nicht weg, weil sie furchtbar gern ins Fernsehen möchte.

»Hör auf, du hinterfotzige Spermabank!«, sagt Aphrodite, dabei hatte sie geglaubt, das Detox würde diese Art von Wortschatz tilgen.

Der Kameramann richtet die Linse auf die Hinzugekommene. Es scheint, als strahle diese Frau ein überirdisches Licht aus. Das kann allerdings auch durch Wintersonne verursacht sein, die durch die Fenster scheint. Der Produzent blickt von seinen Notizen auf und starrt die Erscheinung an wie einen himmlischen Engel.

»He, ist das nicht die … wer war sie noch gleich?«, fragt der Kameramann den Produzenten.

»Ja. Dreh weiter.«

Am nächsten Tag bringt die Zeitung eine Riesenschlagzeile: *Venus neu geboren: jetzt im FRAUENGEFÄNGNIS!!*

Auf der Titelseite prangt ein ziemlich gutes Bild von Aphrodite. Obwohl sie kaum geschminkt ist, wirkt sie irgendwie hübsch. Außerdem hat sie abgenommen, denn das Gefängnisessen schmeckt so schlecht, dass man es nicht jeden Tag ertragen kann: Aphrodite hält sich an das Prinzip, niemals schlechtes Essen zu sich zu nehmen und nie hässliche Kleider zu tragen.

»He, hallo, Scheiße!«, ruft Athene. Doch die Produktionsfirma schenkt ihr keine Beachtung mehr. Man hat über Athene bereits Filme produziert, als sie sich andernorts danebenbenommen hat, zum Beispiel auf einem Bauernhof, in einer Gastfamilie, im Büro und auf einer Reise. Offen gestanden interessieren ihre Streiche die Zuschauer nicht mehr allzu sehr. »Du bist so was von schon gesehen«, sagt der Produzent zu ihr.

Ganz anders wirkt dagegen eine tot geglaubte Unterhaltungskünstlerin vor den Kameras, lebendig im Gefängnis entdeckt. Und so strahlend schön. Geld, Ruhm, nun ja … Der Produzent konzentriert sich darauf, Aphrodite auf dem Bildschirm zu betrachten. Live. Im Schneideraum. Abends zu Hause.

Die Maskenbildner zaubern Aphrodite jeden Morgen ein fantastisches Make-up, und sie bekommt neue Kleider, die abgetragen aussehen, aber frisch von der Stange sind. Sie sitzen sehr eng. Aphrodite weiß nun wieder, wie es ist, sie selbst zu sein: Herrlich!!

Die Kameras laufen, während sie ein paar Schürzen näht, die ein bisschen schief ausfallen, weil sie die ganze Zeit mit der Kamera flirtet. Aber das schadet nichts, es handelt sich ja nicht um eine Handarbeitssendung. Die Kameras laufen, während sie in verführerischen Positionen ihre Meinung über alles zwischen Himmel und Erde äußert oder Mithäftlinge interviewt.

Sie fragt »Riitta«, was ihr Leben aus der Bahn geworfen hat. »Riitta« erzählt von ihrer Beziehung zu einem gewalttätigen Alkoholiker. »Er hat mich an den Haaren gepackt und meinen Kopf immer wieder auf den Boden geschlagen. Deshalb hab ich mir die Haare so kurz geschnitten.« Aphrodite lächelt mitfühlend. Sie ist so schön, wenn sie lächelt. Die Kameras lieben sie.

Athene wird nicht mehr an die Filmcrew herangelassen. Abends weint sie in ihrer Zelle, bis ihre Stubengenossin droht, ihre Haare anzuzünden, wenn sie nicht sofort aufhört. Athene hat sich in ihrem ganzen Leben nichts anderes gewünscht als ein bisschen Aufmerksamkeit. Ihr zurückgezogenes Leben wird als gutes Verhalten gedeutet. Die Behörden sind davon so beeindruckt, dass sie schon nach Verbüßung der halben Strafe entlassen wird.

Dazu hat eventuell auch die Tatsache beigetragen, dass ihr Vater eine sehr einflussreiche Persönlichkeit ist.

»Nun ist's genug«, faucht Athene Aphrodite an, als sie ihren persönlichen Besitz in eine Plastiktüte packt. »Ich gehe auf die Universität.«

Durch das vergitterte Fenster sieht Aphrodite, wie Athene über den Hof geht, durch das Tor tritt und in ein teures Auto mit Chauffeur steigt. Athene sieht glücklich aus, nicht nur schadenfroh.

Die Fernsehserie mit Aphrodite als Star ist ein Erfolg. Nur der Gefängnisdirektor ist unzufrieden. Um das Ansehen der Anstalt in der Öffentlichkeit zu heben, hat er für die Gefangenen Gruppentherapie und Aggressionskontrollkurse und morgendliches Qigong eingeführt, doch all das kommt in der Serie überhaupt nicht zur Sprache. Die Episoden konzentrieren sich in letzter Zeit fast nur noch darauf, die Gefangenen zu schminken und schick zu frisieren. Aphrodite ist der Meinung, dass alle Häftlinge Schönheit verdienen. Schönheit zieht Liebe an und umgekehrt.

In Wahrheit wurden die neuen inhaltlichen Schwerpunkte gesetzt, weil die Zuschauer es als bedrückend empfanden, dass die Häftlinge offen über ihr Leben sprachen. In den Leserbriefen hieß es, wieder würden die Männer schlechtgemacht, da fast jede Insassin davon erzählte, wie ihr Vater oder ihr Freund oder ihr Ehemann oder ein Dealer oder ein Unbekannter sie irgendwann einmal geschlagen oder vergewaltigt oder beides gleichzeitig getan hatte. Warum man nicht in ein Männergefängnis gehe und dort frage, wie viele Frauen den Männern übel mitgespielt hätten? Niemand antwortete, na darum, aber eine Schriftstellerin sagte im Fernsehen, dass die finnischen Männer gewalttätig SIND. Die finnischen Männer wurden wütend und bewiesen die Haltlosigkeit dieser Behauptung, indem sie der Autorin Morddrohungen schickten.

Man beschloss jedenfalls, dass die weiblichen Gefangenen nicht so wahnsinnig detailliert über ihr Leben zu sprechen bräuchten. Dem Direktor erklärte man, er solle doch zufrieden sein, dass man für die Mädels, pardon, die Frauen im Gefängnis einen Kosmetik-Sponsor aufgetrieben hatte.

Aphrodite fragt »Riitta« also nicht mehr nach deren Exmann, sondern überlegt gemeinsam mit der Friseuse, wie sich Riittas selbst geschnittene Haare in eine Glamour-Frisur verwandeln ließen.

Nach der ersten Staffel organisiert der Produzent eine Kampagne mit dem Ziel, Aphrodite aus dem Knast zu holen. Tausende unterstützen das Projekt auf Facebook. Dem Präsidenten wird ein Gesuch vorgelegt, in dem er gebeten wird, Aphrodite zu begnadigen, weil sie so schön und so gut ist. Der Präsident überlegt kurz und sagt dann: »In Ordnung.«

In einer feierlichen Zeremonie und vor laufender Kamera wird Aphrodite aus dem Gefängnis entlassen. Mit ihren schönen weißen Zähnen lächelt sie in die Kamera. Na gut, vielleicht sind sie ein bisschen gebleicht, aber warum auch nicht; gelbliche Zähne wirken ungepflegt. Sie trägt ein legeres T-Shirt, das allerdings an jeder anderen Frau zwickend eng wirken würde, Blue Jeans und eine Baseball-Kappe.

Der Produzent der Fernsehserie erwartet Aphrodite. Er hat seinem Starlet einen neuen glänzenden Sportflitzer gekauft und ist sehr stolz, den Chauffeur spielen zu dürfen; er wird sogar ein bisschen rot.

Aus dem Wagen winkt Aphrodite der jubelnden Volksmenge zu. Alles ist plötzlich so schön. Sie fahren aus dem Blickfeld der Kameras und des Publikums. Aphrodite betrachtet die vorbeiziehenden Äcker. Das Schweigen dauert lange.

Der Produzent wird nervös. Er muss irgendetwas sagen.

»Alle lieben dich.«

Aphrodite lacht glockenhell.

»Wirklich«, sagt der Produzent.

»Ja … Kann sein«, antwortet Aphrodite.

»Du warst so nett zu allen und so.«

Wieder langes Schweigen.

»Und du bist so schön«, fügt der Produzent errötend hinzu. Seiner Meinung nach gibt es nichts Besseres auf der Welt, als dieses Auto zu lenken, das dahinrollt wie im Traum und in dem die herrlichste Frau des Universums sitzt, die er persönlich entdeckt oder wenigstens wiederentdeckt hat. »Möchtest du Musik hören?«, fragt er.

»Was für Musik hast du denn?«

Der Mann streckt den Arm nach dem Handschuhfach aus, merkt aber, dass er Aphrodites festen Schenkeln ungebührlich nahe kommt. Deshalb öffnet er das Fach superschnell. »Da ist Verschiedenes drin«, murmelt er.

»Was sind das für Bands?«

»Na ja, ich habe die allerneuesten Platten gekauft. Ich wusste ja nicht, was dir gefällt.«

»Ach.« Aphrodite mag vor allem Hardrock aus den Achtzigern. In der Hinsicht ist sie verkorkst.

Schweigend fahren sie weiter, bis zu einem Reihenhaus. Der Produzent rüttelt Aphrodite, die eingeschlafen ist, vorsichtig wach. Sie schreit auf. Der Mann erschrickt. »Was hast du?«

»Was ist das?«

»Das ist … na ja, wir haben noch keine Wohnung für dich gefunden. Vielleicht könntest du eine Weile bei mir wohnen?« Der Produzent hatte das Thema eigentlich schon früher anschneiden wollen, aber irgendwie hat er es nicht geschafft.

»Ich weiß nicht recht«, sagt Aphrodite mit angewiderter Miene.

»Nur, bis sich etwas Hübsches findet …«

»Das erinnert ein bisschen an den Tod.«

»Na ja, es ist nicht so toll …«

Die Inneneinrichtung ist allerdings ziemlich geschmackvoll. Der Produzent eilt sofort in die Küche, um für Aphrodite frischen Saft zu pressen. Aphrodite entdeckt an der Wand ein gerahmtes Poster, das sie selbst zeigt. Sehr geschmackvoll. Ihre Brüste sehen auf dem Foto sehr geschmackvoll aus. Der Produzent kommt mit einem Glas Saft herein und schlägt seinen eigenen Rekord im Erröten. Er erklärt, er schätze das Werk dieses Fotografen.

»Aha. Fotografiert er nicht hauptsächlich für den *Playboy*?«

»Auch für andere Zeitschriften«, stammelt der Produzent.

»*Hustler*?«

»Bitte schön, dein Saft.«

Aphrodite steht auf dem Gipfel der Popularität. Die Presse verfolgt sie nicht mehr, eher wird sie um seriöse Interviews gebeten. Sie tritt in Talkshows und Modezeitschriften auf und spricht über Dinge, die ihr am Herzen liegen, sowie auch recht oft über Make-up und die Behandlung von Zellulitis, worüber die Frauenzeitschriften gern schreiben. Man fragt sie beiläufig, wer ihr neuer Freund sei, doch diese Frage quittiert sie mit einem Lachen. Sie hat wirklich keinen neuen Freund. Vorläufig wohnt sie bei ihrem Produzenten, der auch ihr Chauffeur ist. Und sich um alles kümmert. Sowie als eine Art Diener fungiert.

Dann kommen Anfragen von den Parteien. Man würde Aphrodite gern als Kandidatin für die Parlamentswahl gewinnen. Aber alle

Parteien sind so dumm und so miserabel. Aphrodite kom Idee, eine neue Partei zu gründen. Die Partei der Liebe. I machen einen gewaltigen Rummel darum, doch bei der die Leute ihre Stimme der Nationalen Sammlung, der Zentrumspartei, den Wahren Finnen und der SDP wie immer schon, weil sie so begriffsstutzig sind. Und die Grünlinken halten Aphrodite einfach für inkompetent und für zu attraktiv.

Das jüdisch-christliche Tal des Todes.

Hierher werden alle geschickt, die den Zorn Gottes auf sich gezogen haben.

Phädra spielt Dodelschach mit Hiob. Jedes Spiel geht unentschieden aus. Feiner roter Sand und Heuschrecken fallen auf Phädras blanke Muskeln.

Sie war zu Persephone geeilt. »Schnell, du musst das Korsett anprobieren.« Persephone kreischte und hüpfte. Sie zog sich die Lippen nach, dann brachen sie auf. Auf dem ganzen Weg sprach Persephone davon, wie wunderbar es wäre, wenn sie wieder einmal das ganze Reich bezaubern könnte. »Es passiert so selten etwas Schönes!« Phädra antwortete »mm-m«, »aha« und »ja«.

Sie erreichten den Eingang zu den unterirdischen Höhlen. Bei den bisherigen Konsultationen hatte Phädra den »Korsettmacher« an einen glaubhafteren Treffpunkt gebeten, doch diesmal war keine Zeit für irgendwelche Arrangements geblieben. Phädra war überzeugt, dass der Betrug sofort auffliegen würde, denn jeder, der sich im Tod auskannte, wusste, dass dies hier das Wohngebiet für Grafiker und Verlagsleute war. Doch Persephone sagte nur mit überraschend kindlicher Stimme: »Ziemlich dunkel.«

Phädra antwortete, sie müssten nicht hineingehen.

»Doch, ich will!«, erklärte Persephone und betrat tastend den halb dunklen Höhlengang.

Sie krochen durch die immer schmaler werdenden Gänge in die Kammer von Phädras Verlagslektor.

»Welche Überraschung!«, rief er.

»Ja …«, begann Phädra.

»Wo ist mein Korsett? Ist es wirklich schon fertig? Kann ich es heute mitnehmen? Zeig her, zeig her!!«

Der Mann sah sie verlegen an und kratzte sich am Ohr. Phädra gestand Persephone, dass er kein echter Korsettmacher war.

»Was?«, rief Persephone.

»Es gibt kein Korsett.«

»Vorläufig jedenfalls nicht«, merkte der Verlagslektor an.

»Weder jetzt noch später«, präzisierte Phädra.

Der Verlagslektor wünschte sich, dass sie ihren Satz ein wenig schonender formuliert hätte. Vielleicht auch etwas schwammiger, denn offene Äußerungen haben immer den Nachteil, dass man dafür zur Verantwortung gezogen werden kann. Phädra verschlimmerte die Sache noch, indem sie Persephone versicherte, sie sei betrogen worden.

Persephone schien Wut zu sammeln.

Der Verlagslektor war entsetzt. »Surprise!!« Mit ausgebreiteten Armen, im schönsten amerikanischen Stil, versuchte er die Situation zu retten.

Doch das reichte nicht. Persephone schlug ihn in Stücke. Sie sammelte die längsten Knochen des Mannes auf, betrachtete sie und befand sie für gut. Dann riss sie Phädra die Haut in einem Stück ab.

Aus den Knochen und der Haut nähte sie ein Korsett, als Schnüre nahm sie Muskelfasern des Verlagslektors. Das Korsett wurde ziemlich hässlich, aber selbst gemacht ist immerhin selbst gemacht.

»Mich bescheißt niemand«, sagte sie im Weggehen.

Weinen würde sie erst zu Hause.

»Könntest du mir mal helfen?«, bat der Verlagslektor, als die Herrscherin über den Hades gegangen war.

Phädra suchte in dem Fleischhaufen nach identifizierbaren Teilen. Sie hatte überall Schmerzen, wie jeder, der seine Haut verloren hat. Es war ein schreckliches Gefühl. Doch sie wusste, dass es nicht außergewöhnlich war. Zumindest, wenn man nicht als Mensch, sondern als irgendein anderes Tier geboren war. In China zog man Pelztieren bei lebendigem Leib das Fell ab. In Finnland brühte man lebende Schweine ab. Deshalb sollte man sich gut überlegen, welche Tätigkeiten man in seinem Leben unterstützen will.

Andererseits: Wenn man tot ist, fühlt sich alles weniger schlimm an als im Leben. Dafür dauert es natürlich ewig.

»Deine Finger sind hier, aber sie hat offenbar deine Armknochen mitgenommen. Vielleicht nähen wir die Hände direkt an die Schultern«, schlug Phädra bedauernd vor.

Der Verlagslektor weinte bitterlich. Eine bunte Schar Kollegen versammelte sich um ihn. Einer von ihnen hatte es geschafft, beim Sterben seine runde Brille mit dem Plastikgestell zu behalten. Der Verlagslektor tat ihm so leid, dass er ihm seine geliebte Brille schenkte. Natürlich erst, nachdem er die Nase und die Ohren des Verlagslektors gefunden und dort angebracht hatte, wo sie hingehörten.

Phädra war beim Zusammenbau nicht besonders sorgfältig vorgegangen. Die Grafiker begutachteten schweigend ihre Arbeit. Verstohlen brachten sie die Körperteile in eine symmetrischere Ordnung. Richtig menschlich wurde der Verlagslektor nicht mehr, aber immerhin konnte er sich bewegen, wenn auch mühsam.

»Entschuldigung«, sagte Phädra.

Sie verließ den Freund, den sie hintergangen hatte, und wanderte an den Ort, der für Leute ihres Schlages vorgesehen war.

Und Hiob sagte ihr nicht, wer ihn gehasst hatte. Und Phädra sagte ihm nicht, wer sie gehasst hatte. Sie spielten nur. Und Hiob wollte lieber die Null sein.

Aphrodite hat einen schrecklichen Traum.

Die Jahreszeiten wechseln furchtbar schnell, wie in Naturdokumentationen, aber in willkürlicher Abfolge und in steigendem Tempo. Dann stoppt das Bild im Winter. Im finnischen November, bevor der erste Schnee fällt.

Die Moderatorin heißt Aphrodite in ihrer Sendung willkommen. Im Studio herrscht Zwielicht, Aphrodite versucht vergeblich, die Kamera zu entdecken, in die sie blicken sollte. Durch das Fenster weht der Wind.

Die Moderatorin fragt sie, mit welchem Recht sie die Vorsitzende der Partei der Liebe sei. Sie antwortet, sie sei schließlich die Liebe selbst. Die Moderatorin lacht und fragt Aphrodite, wobei sie die Frage allerdings eher an das Publikum richtet, ob sie sich erinnere, wer für ihr egozentrisches Leben zahlen musste. Aphrodite vermutet zunächst, es gehe wieder einmal darum, was ihr Gefängnisaufenthalt die Steuerzahler gekostet hat. Doch die Moderatorin zeigt Aufnahmen von den Ereignissen im Tod.

Aphrodite sieht Phädra, die sagt, ich habe dich geliebt, und das hast du mir angetan. Meine Göttin, meine Göttin, fügt sie hinzu. Man hat sie ans Kreuz geschlagen, das muss schmerzhaft sein. Aphrodite weint. Sie stammelt, davon habe sie nichts gewusst. Ihr Gegenüber widerspricht, natürlich hast du es gewusst, du bist nicht so dumm, wie du dich stellst. Aphrodite ruft, doch, ich bin dumm. Die Moderatorin erwidert, das bist du nicht, du bist nur SCHLECHT und SELBSTSÜCHTIG. Nein, schreit Aphrodite.

Dann geh hin und rette sie, meint die Moderatorin. Unmöglich, antwortet Aphrodite. Bei Gott ist alles möglich, schreibt die Moderatorin mit Blut an die Wand. Aphrodite fragt, woher das Blut stammt. Ihre Gesprächspartnerin zeigt ihr, aus wessen Herz sie ein Tintenfass gemacht hat. Das ist ja mein Produzent, haucht Aphrodite überrascht. Bei Gott ist alles möglich, ruft die Moderatorin und schlägt mit den Flügeln.

Erst jetzt merkt Aphrodite, dass die Fernsehfrau eine riesige Straußenfeder auf der Stirn hat und ihr Blut über das Gesicht läuft, das auf der schwarzen Haut kaum anders aussieht als Schweiß. TU ES, brüllt die Moderatorin und reißt sich die perlgraue Feder aus, und daraus entsteht ein ganzer Straußenvogel, der in den zufrierenden See läuft und schreit: »It might as well, might as well hurt.«

Aphrodite erwacht in schweißnassen, kalten Laken. Der Produzent steht an der Schlafzimmertür und sieht sie besorgt und ein wenig erschrocken an. Er will fragen, ob alles in Ordnung ist, doch sie kommt ihm zuvor: »Liebst du mich?«

»Na, öh … Das ist wohl nicht …«

Auf eine solche Frage gibt es keine vernünftige Antwort. Der Produzent hofft, dass Aphrodite wieder einschläft und dieses peinliche Gespräch vergisst. Doch sie springt aus dem Bett und wühlt in den Kleiderschränken. Sie zieht ein Männerhemd und Wanderstiefel an. Der Produzent schluckt.

»Los geht's«, verkündet Aphrodite.

»Wohin?«

»Das wirst du bald sehen.« Aphrodite wirft den Produzenten zu Boden und vereinigt sich mit ihm. Dann schlägt sie ihre Fingernägel in sein Herz und reißt es ihm aus der Brust.

Sie warten auf die Fähre.

»Es tut mir leid«, sagt Aphrodite.

»Was ist das für ein Ort?«

»Irkalla. Ach, wie komme ich denn auf den Namen? Es ist das Jenseits, der Tod.«

Der Produzent sieht aus wie ein geprügelter Hund. Aphrodite nimmt ihn an der Hand. »Es war die einzige Möglichkeit«, sagt sie wie zum Trost.

Im Blick des Fährmanns liegen Überraschung und Hohn. Aphrodite nimmt ein paar Geldscheine aus der Tasche des Produzenten und bezahlt die Überfahrt. Sie setzen sich ins Boot. Tiefe Trauer überkommt Aphrodite.

An Land ruft sie Persephone an, die sie abholen soll.

Wegen des Misstrauens, das zwischen ihnen herrscht, ist es schwierig, das Gespräch zu beginnen. Die stolze Persephone verzeiht nicht so leicht, dass sie betrogen wurde.

Aphrodite schweigt so lange wie möglich. Dann entschuldigt sie sich. Sie sagt, sie sei unverschämt gewesen und habe falsch gehandelt. Sie habe Persephones Gastfreundschaft missbraucht. Wohl nie werde sie so entzückend aussehen wie Persephone und ganz gewiss nie einen derart feinen Geschmack in puncto Kleidung und allem anderen entwickeln. Dann erklärt sie, sie habe Persephone einen neuen Mann gebracht, als Ersatz für den vorigen.

Aphrodite: Ist der nicht viel mehr nach deinem Geschmack?

Persephone: Hm. Ich weiß nicht.

Aphrodite: Er hat sogar schwarze Haare.

Persephone: Das macht ihn nicht unbedingt zum Goten.

Aphrodite: Aber er ist trotzdem ganz niedlich.

Persephone: Na ja, vielleicht.

Der Produzent will sich nicht von Aphrodite lösen, doch sie schiebt ihn in Persephones Arme. Persephone nimmt ihn entgegen, sie hat sich ein bisschen einsam gefühlt. Eine Weile streichelt sie den Mann und prüft seine Eigenschaften genauer.

Persephone (überraschend): Was willst du?

Aphrodite: Ich bin gekommen, um Phädra zu holen.

Persephone: Wen?

Aphrodite: Meine Führerin.

Persephone: Die heißt nicht Phädra, Idiotin.

Aphrodite: Du weißt aber, wen ich meine.

Persephone: Warum willst du sie?

Aphrodite: Nur so.

Persephone: Warum?

Aphrodite: Darum. Bitte!

Persephone hat keine Lust, sich mit Aphrodite um etwas zu zanken, das ihr so wenig bedeutet. Sie nimmt den blassen Produzenten mit und schickt Aphrodite einen Raben als Führer.

»Fährst du den Scooter?«, fragt der Rabe. Er selbst kann nicht Scooter fahren. Er ist ja ein Vogel.

Phädra bietet einen traurigen Anblick. Und traurig wirkt auch Hiob, dem Aphrodite so unvermittelt die bisher ebenbürtigste Mitspielerin raubt.

»Wie heißt du wirklich?«, fragt Aphrodite, als sie ins Leben zurückkehren.

»Sarah.«

»Ist der Name eine Anspielung auf irgendwas?«

Sarah verneint.

Aphrodite führt sie in die Kosmetikabteilung eines Kaufhauses. Keine einzige Verkäuferin kommt an und fragt, womit sie ihnen dienen könne. Das ist gut so, denn Aphrodite hat kaum Geld. Eigentlich gar keins. Sie sucht das »Born Again Ultra Exclusive Re-Incarnating Anti-Millenia Life Eternal«-Serum und verteilt den Inhalt des Testers auf Sarahs Fleisch.

Die Haut wächst zuerst im Gesicht und am Hals. Dann auf den Brüsten, am Bauch und am Rücken. Zuletzt an den Handflächen und Fußsohlen. Aphrodite gibt Sarah ihr Hemd, das heißt, eigentlich gehört es ja dem Produzenten. Ihr selbst genügen die Schuhe als Kleidung.

Am Bahnhof schnorren sie das Geld für die Fahrkarte zusammen. Die Menschen geben es ihnen, weil sie glauben, es handle sich um einen Polterabend-Gag, und keine Spielverderber sein wollen. Mit dem Bus fahren die beiden zum Haus des dahingeschiedenen Produzenten. Auf dem Fußboden in der Diele liegen die Tageszeitung und ein Menschenherz. Aphrodite bringt beides in die Küche und presst für Sarah Orangensaft.

Sarah sagt, sie sei sehr müde. Aphrodite bezieht das Bett frisch und deckt Sarah zu. Endlich hat sie einmal richtig gehandelt.

Der Schöpfer hatte einen schlechten Tag. Nachdem er eine Weile herumprobiert hatte, schuf er die Farbe Schwarz. Dann schuf er alle schwarzen Wesen. Das Schwarze Wasserhuhn, die Krähe, die Schwarzdrossel, die Dohle, den Raben. Den Blutegel und den Kakerlak. Die schwarzen Schlangen, die schwarzen Pferde, die Schwarzen Panther und die schwarzen Schafe. Es blieb noch schwarze Farbe übrig. Der Schöpfer überlegte und überlegte. Er machte Skizzen, er improvisierte. Als die Dämmerung einsetzte, hatte er endlich eine Idee: Er formte eine schwarze Frau. So entstand der erste Mensch der Erde.

Nachdem er die schwarzen Wesen geschaffen hatte, war der Schöpfer irrsinnig gut gelaunt. Er betrachtete die schwarzen Pferde und schuf den Rhythmus. Er betrachtete die Schwarzdrosseln und schuf die Melodie. Und dann betrachtete er die schwarze Frau und schuf die Bewegung.

Die ganze Nacht tanzten und feierten der Schöpfer und die schwarzen Wesen. Als der Morgen dämmerte, stieß die Frau einen markerschütternden Schrei aus. Der Schöpfer fragte, was passiert sei. Die Frau rief, was ist das für ein schreckliches Licht, tu das weg. Der Schöpfer erklärte ihr, das sei die Sonne. »Ich ertrage sie nicht, sie sticht mir in die Augen und macht mir Angst«, jammerte die Frau.

Der Schöpfer hätte seinem Geschöpf gern einen Gefallen getan, doch alle anderen Wesen auf der Welt, mit Ausnahme des Raben, weigerten sich, eine ewige Nacht zu akzeptieren. So stand der Schöpfer vor einem kniffligen Problem. Schließlich fragte er den Raben, was er tun solle. Der Vogel schlug ihm vor, einen unterirdischen Ort zu schaffen, an den nie Licht drang.

Der Schöpfer schritt zur Tat, und bevor es Abend wurde, war die neue unterirdische Welt fertig. Die Frau betrachtete sie begeistert; sie würde diese Welt ganz für sich allein besitzen. Na schön, zusammen mit dem Raben, aber immerhin.

»Ich nenne diesen Ort Irkalla«, sagte die Frau. »Und mich kannst du von nun an Ereškigal nennen.«

»Ein schwieriger Name«, stellte der Schöpfer fest.

»Ja, aber ich mag ihn«, sagte die Frau.

Ereškigal und der Rabe zogen nach Irkalla. Von dort kamen sie des Nachts auf die Erde, um zu tanzen und zu singen und das Geschlecht der Raben sowie das der Menschen zu gründen.

Der Schöpfer bat die Schwarzdrossel, die Frau stets mit ihrem Gesang zu warnen, bevor die Sonne aufging, damit sie nicht versäumte, in ihr eigenes Reich zurückzukehren. Die Schwarzdrossel war furchtbar traurig, weil die Frau nicht bei ihr bleiben wollte. Noch heute zwitschert sie kurz vor Sonnenaufgang am allerschönsten, in der Hoffnung, dass Ereškigal eines Morgens lauschend verweilt, ihre Lichtscheu überwindet und auf der Erde bleibt.

9.

SOMETIMES I FEEL I'VE GOT TO RUN AWAY,
I'VE GOT TO GET AWAY FROM THE PAIN YOU DRIVE INTO
THE HEART OF ME.
THE LOVE WE SHARE SEEMS TO GO NOWHERE.
AND I'VE LOST MY LIGHT – I CAN'T SLEEP AT NIGHT.

Kalla trifft eine Entscheidung:

Mit dem Leben als Prostituierte muss Schluss sein.

Auf dem Arbeitsamt.

Kalla zieht eine Wartenummer und setzt sich. Sie sitzt eine Weile da, bevor sie an ihren Mann denkt. Der Mann ist vor dem Nummernautomaten stehen geblieben und drückt immer wieder auf die Taste. Kalla sammelt die überzähligen Zettelchen ein, legt sie oben auf den Automaten und führt ihren Mann zu der Bank. Mit ihrem von Lippenstift beschmierten Taschentuch wischt sie ihm den Geifer aus den Mundwinkeln.

Ein stattlicher schwarzer Mann starrt Kalla an. Sie hüstelt und schlägt die Beine übereinander. Dann holt sie ein Buch aus der Handtasche und beginnt zu lesen.

Es fällt ihr schwer, sich auf das Buch zu konzentrieren. Sie hat Lust, mit dem Mann zu flirten. Schließlich blickt sie auf und lächelt ihn an. Da wird ihr klar, dass er nicht sie anstarrt, sondern ihren Gatten, der halb auf den Fußboden gerutscht ist. Während der nächsten halben Stunde hält sie die Augen auf das Buch geheftet und bemüht sich, unbeteiligt zu wirken. Aus den Augenwinkeln sieht sie, wie ein niedliches Amtsmädchen zu dem Mann geht und ihn küsst. Die beiden kichern und gehen hinaus, wobei sie darüber sprechen, wo sie zu Mittag essen wollen.

Dann kommt das niedliche Amtsmädchen vom Lunch zurück. Sie ruft die nächste Nummer auf.

»Ich bin dran«, sagt Kalla zu ihrem Gatten. »Bleib brav sitzen.«

Die Beamtin begrüßt sie sachlich und fragt nach Arbeitszeugnissen, Schulzeugnissen, Gesundheitszeugnissen. Sie betrachtet die Papiere eingehend, reicht Kalla dann das Abiturzeugnis zurück. »Damit lässt sich leider nichts anfangen«, sagt sie teilnahmsvoll und setzt die Überprüfung von Kallas Lebenslauf und Arbeitszeugnissen fort. »Tja, öh. Hier steht nicht, was du gemacht hast, nachdem du deine Stelle als Kellnerin verloren hast.«

»Na ja.«

»Es ist nämlich ein Manko, nichts getan zu haben.«

»Tja, also …« Kalla senkt die Stimme. »Ich war Prostituierte.«

»Prostituierte!«, ruft die Beamtin.

Alle Kunden im Arbeitsamt sehen auf. Dann beginnen sie zu tuscheln. »Teuer oder billig? Luxus oder Standard? Aus Estland oder Russland? Krank oder gesund?«

»Entschuldige. Es ist bloß, ich habe noch nie mit einer von euch zu tun gehabt. Hast du ein Arbeitszeugnis?«

»Ich habe privat gearbeitet.«

»Das ist doch illegal.«

»Anfangs war es das nicht.«

»Jaa. Also Hu…, ich meine Prostituierte, wie aufregend … Aber wenn ich dich jetzt so ansehe, na ja …«

Kalla sagt, sie habe auch andere Jobs gehabt.

»Ach ja?« Die Beamtin vertieft sich wieder in die Unterlagen.

Auf einem Papier mit dem Stempel des BBQ Inferno steht, dass Kalla eine unqualifizierte Kellnerin gewesen sei und die Gaststätte in den Konkurs getrieben habe.

»Das sieht nicht so toll aus.«

Kalla schweigt.

»Aber gucken wir mal, ob wir nicht doch was für dich finden.« Die Beamtin schaut auf den Bildschirm ihres Computers. »Die Expertenjobs können wir wohl vergessen!«, sie lacht und scrollt über die ersten Seiten hinweg.

Nach fruchtloser Suche entdeckt sie eine Anzeige von Pimp & Pimp: »Möchtest du einen Job, der nicht so wichtig ist? Niedriges Gehalt, mickrige Vergünstigungen. Stellenbeschreibung vage und chaotisch. Keine Aufstiegschancen. Sicher ist nur die Unsicherheit!«

»Diese Personalvermittlung wäre bestimmt das Richtige für dich«, meint die Beamtin.

»Aber ist die Firma nicht …«

»Bei denen kriegst sicher sogar du einen Job.«

Ohne Abschiedsgruß drückt die Beamtin auf den Knopf, der den nächsten Besucher aufruft. Kalla macht ihm Platz. Neben der Tür sitzt ein fünfzigjähriger Türke, der Kalla anstiert. »You whore?«, fragt er. »Fucki fucki.« Er macht eine Fickgeste. Kalla marschiert zügig hinaus.

Erst auf dem Heimweg erinnert sie sich an ihren Mann und kehrt ins Arbeitsamt zurück. Der Türke glotzt sie wieder an und schnalzt obszön mit der Zunge.

Kallas Ehemann unterhält sich mit einer Beamtin mittleren Alters. Oder genauer gesagt, die Beamtin redet auf ihn ein. Kalla unterbricht sie. »Entschuldigung, den hab ich hier vergessen«, murmelt sie.

»Du, wir haben ihm schon einen Arbeitsplatz organisiert. Wir haben so eine Behindertenwerkstatt, wo Plastikschaufeln gemacht werden. Da würde er fast einen Zehner pro Tag verdienen. Er scheint davon sehr angetan.«

»Er ist nicht geistig behindert.«

»Ach so.« Die Beamtin wirkt enttäuscht.

»Ja, er ist nur irgendwie … so.«

»Dann solltest du unsere Zeit nicht mit ihm vergeuden.«

»Entschuldigung, es tut mir leid.«

Die Beamtin blickt demonstrativ auf ihren Monitor und nimmt keine Notiz mehr von ihr.

Im Personalvermittlungsbüro.

»Hach, biste arbeitslos, wie kommt dat denn!«, ruft die kalthändige Leiterin von Pimp & Pimp, als Kalla sich hingesetzt und ihr Anliegen vorgebracht hat.

»Ja.«

»Mir ham schon jeglaubt, du willst gar keenen Job.«

»Jetzt will ich einen.«

»Is recht. Gucken wir mal, wat wir tun können.«

Die Leiterin reicht Kalla einen Bogen, auf dem gefragt wird, welche Arbeiten sie übernehmen kann. Der Bogen sieht so aus:

☒ **Drecksarbeit**

»Okay«, sagt Kalla.

Die Leiterin setzt ihre Lesebrille auf und betrachtet das Papier. Sie sagt, möglicherweise werde sich Arbeit finden. Man werde Kalla anrufen, wenn etwas Passendes hereinkomme.

»Wie hoch ist der Lohn?«

»Acht Euro sechzich die Stunde. Abendzuschlach neunzich Cent. Exkrementezuschlach kriechste, wenn du Scheiße oder Kotze aufwischen musst.«

»Und bei Pisse?«

»Nur wennste beweisen kannst, dat et welche is.«

Die Leiterin nimmt den Arbeitsvertrag aus der Schublade und reicht Kalla ein Papiermesser.

»Wozu das?«, fragt Kalla.

»Du musst mit Blut unterschreiben.«

Kalla sticht sich in die Fingerkuppe und versucht zu unterschreiben. Der Finger blutet nicht ausreichend. Sie muss sich beide Handflächen aufritzen, bis sie ihren ganzen Namen schreiben kann.

Die Leiterin inspiziert den Vertrag und stellt fest, dass er bindend ist. Sie gibt Kalla die Arbeitskleidung: ein grellrotes T-Shirt, eine orange Weste und eine leuchtend gelbe Hose, die in der Taille und an den Knöcheln spannt, aber überall sonst zu weit ist. Dazu eine Schirmmütze mit dem Logo der Firma.

»Die musste dann tragen, klaro?«

Der junge Bursche am Empfang beschimpft Kalla als Schlampenhurenplattarschbrachse und wirft ihr ein Paket Gummihandschuhe zu.

Arbeit im Büro.

Kallas neuer Arbeitsplatz ist ein siebenstöckiges Bürogebäude. Ihre Aufgabe ist es, die Büroräume zu putzen. Es könnte viel schlimmer sein, denkt sie. Zum Beispiel in der Metro oder in einer Fleischfabrik zu putzen.

In der kleinen Putzkammer zieht sie ihre Uniform an. Als sie wieder heraustritt, betrachtet Silla, die Sekretärin am Empfangstresen, sie prüfend. Die beiden sind ungefähr gleich alt.

»Die Kappe fehlt. Die musst du tragen. Damit wir wissen, wer und woher du bist«, sagt die Sekretärin.

»Aha. Danke.«

Als Kalla den Fußboden in der Verwaltungsetage geschrubbt und den Mopp in die Putzkammer gebracht hat, stupst die Sekretärin ihren mit Kaffee gefüllten Pappbecher vom Tresen, plops, platsch.

»Oh!«

»Im Prinzip bräuchte ich die Stellen, die ich schon gewischt habe, nicht noch einmal zu putzen.«

Die Frau macht mit ihrem teuren Smartphone ein Foto von der Kaffeepfütze. »Das geht an deinen Arbeitgeber.«

Kalla holt einen Putzlappen und wischt den Kaffee auf.

Das Büro muss am Nachmittag und Abend geputzt werden, damit es vor Mitternacht sauber ist. Denn nach Mitternacht müsste man Kalla den doppelten Lohn bezahlen, und das kommt nicht infrage. In jeder Etage des Gebäudes gibt es zahlreiche Räume. Und in jedem Raum gibt es zahlreiche Computer und noch mehr Computerkabel. Und an jedem Computer sitzt ein etwa dreißigjähriger Mann.

Die Männer trinken Limo und essen Bonbons und Eis und Kuchen auf Kosten des Hauses. Mit Kalla reden sie nicht. Sie antworten nicht einmal auf ihren Gruß. Vielleicht konzentrieren sie sich so intensiv auf ihre wichtigen Aufgaben.

»Wie kommt man an so einen Job?«, fragt Kalla einen freundlich aussehenden, leicht übergewichtigen Computerheini, während sie das Fett von seiner Tastatur abwischt.

Der noch recht junge Mann mustert Kalla von Kopf bis Fuß, rümpft die Nase und spart sich die Antwort. Alle anderen blicken von ihren Bildschirmen auf. Sie prusten und flüstern miteinander. Als Kalla sich umdreht und gehen will, wirft ihr jemand eine Limodose ins Kreuz. Sie lachen alle schallend. Kalla hebt die Dose auf und legt sie auf ihren Putzwagen.

Auf jeder Etage des Bürohauses gibt es ein WC. Je weiter man in dem Gebäude nach unten kommt, desto dreckiger werden die Klos. In der obersten Etage liegen nur einige Papierhandtücher auf dem Boden. In der zweitobersten ist der Fußboden vom Papier grau und schleimig. Im drittobersten Stock finden sich nicht nur rund um die Kloschüssel Urinflecken. Auf dem Klo der untersten Etage wartet eine Überraschung auf Kalla. Jemand hat die Wände der Kabine und die Außenseite der Kloschüssel mit Kacke beschmiert. Kalla ruft bei Pimp & Pimp an, um sich zu erkundigen, was in einer solchen Situation zu tun ist.

»Na, du beißt die Zähne zusammen und putzt das weg.«

»Gibt's dafür diesen Exkrementezuschlag?«

»Na hör mal, dat is 'n Klo! Wenn die Leute auf'm Klo scheißen, kannste keine Zulage erwarten.«

So putzt Kalla also die Kabine.

Am nächsten Tag hat jemand dasselbe wieder getan.

Und am nächsten.

Und am nächsten.

Und am nächsten.

Und als sich herumspricht, dass jemand putzt, wenn man an die Wand kackt, wird diese Tätigkeit natürlich immer häufiger ausgeübt, denn die Menschen sind im Grunde schlecht.

»Mirkalla«, sagt der Mann.

Er wiederholt den Namen immer wieder.

Er sagt ihn zur Wand und zum Fenster und zum Esstisch und zur Badewanne. Furcht und Schrecken ärgern sich. Sie verziehen sich in den Kleiderschrank. Es ist ihnen unbegreiflich, dass dieser Mensch immer noch unter ihnen weilt. Weniger, weil er schon einmal aufgegessen wurde, als vielmehr deshalb, weil er ein Arschloch ist.

Kalla kommt von der Arbeit. Sie ist verschwitzt, schmutzig, müde und hasst die ganze verdammte Menschheit.

»Mirkalla«, sagt der Mann zu ihr.

»Vergewaltiger.« Kalla geht ins Bad und verriegelt die Tür.

Der Mann steht direkt dahinter. Kalla hört seine Stimme, die ihren Namen wiederholt. Eine Version ihres Namens. Den Hurennamen.

Kalla steigt in die Badewanne und dreht die Dusche auf. Das rauschende Wasser dämpft die Stimme des Mannes. Lange steht sie unter der Dusche. Sie will ertrinken, einfach ertrinken, und lässt sich das Wasser in den Mund laufen, als wäre er ein Becken. Sie stellt sich Fische vor, die an ihrem Fleisch nagen. Seeschlangen, die sich durch die Augenhöhlen winden. Schlick, der den Körper langsam bedeckt. Und in der Strömung wogen ihre Haare wie Algen.

»Mirkalla«, hört sie, als sie das Wasser abgedreht hat. Sie wartet eine Weile, bevor sie die Badezimmertür ein wenig zu forsch aufstößt. Der Mann fällt auf den Hintern. Er hält sich die blutende Nase und sieht Kalla an wie ein Kind.

Kalla empfindet echtes, schreckliches Mitleid. Wenn sie den Mann nicht schon einmal getötet hätte, würde dieses Gefühl sie dazu bringen, es zu tun. Kaltblütig, vorsätzlich, ohne Reue.

Sie hilft dem Mann auf und befiehlt ihm, schlafen zu gehen.

Kalla wird davon wach, dass ihre Fußsohlen massiert werden. Sie erschrickt. Iih! Tritt!

»Aua«, sagt ihr Ehemann, klingt aber gar nicht böse.

»Was machst du da, zum Teufel?«

»Ich dachte, das würde dir gefallen. Alle Frauen mögen Fußmassagen. Das habe ich in vielen Quellen gelesen.«

»Ich mag es nicht, dass du mich berührst.«

Der Ehemann setzt eine betrübte Miene auf. Er sagt, all die Missverständnisse täten ihm unendlich leid. Er hoffe, dass sie einen neuen

Anfang machen könnten. Es sei nie seine Absicht gewesen, Kalla zu kränken oder zu verletzen. Er habe sich einfach nicht zurückhalten können, weil Kalla so schön und so verletzlich gewesen sei.

»Pfui Deibel«, sagt Kalla.

Der Ehemann sieht immer trauriger aus. Das heißt – sieht er wirklich traurig aus, oder guckt er nur ein wenig mehr von unten herauf, starrt er nur eine Spur intensiver? Er sagt, sie sollten wenigstens versuchen zu genießen, was das Leben ihnen gegeben hat. Und eigentlich sei er ein guter Mann.

Und Kalla werde ihn ohnehin nie los.

»Ich verlasse dich nie.«

Der Ehemann hat ein wenig nachgedacht. Sie brauchen eine größere Wohnung. In dem kleinen Einzimmerapartment ist zu wenig Platz für zwei Menschen, seien sie noch so verliebt ineinander. Und was, wenn passiert, was er sich wünscht, und sie ein Baby bekommen? »Ich bin sicher, dass ich ein hervorragender Vater wäre.«

Also hat der Mann eine Wohnung gesucht. »Ziehst du dich bitte an, Liebes? Die Besichtigung beginnt gleich.«

»Ja, und wie steht es mit der finanziellen Situation?«, fragt der Vermieter.

»Bestens, bestens«, antwortet der Mann.

»Haben Sie beide eine feste Stelle?«

»Meine Frau ist Putzfrau. Früher war sie Prostituierte.«

Der Vermieter räuspert sich.

»Ich denke, wir nehmen die Wohnung«, erklärt der Mann.

Zum Einzugsfest werden Freunde und Verwandte des Mannes sowie Milla eingeladen.

Die Gastgeber empfangen die Gäste an der Tür. Der Mann hat einen Arm um Kalla gelegt und heißt die Leute herzlich willkommen. Kallas Haustiere drücken sich verlegen zwischen ihnen herum. Der Mann hat ihnen Overalls aus Plüsch schneidern lassen, damit sie hübscher aussehen. Die Gäste betrachten die Tiere wie missratene Kinder. Jemand fragt höflich, wie sie heißen. »Hoffnung und Sicherheit«, antwortet der Mann. Kalla kommt nicht zu Wort.

Es herrscht eine nette, gemütliche Stimmung. Die Freunde des Mannes sind allesamt langweilig, nervend oder spießig.

»Komm mit mir aufs Klo«, sagt Milla zu Kalla.

Kalla setzt sich auf die Waschmaschine, Milla aufs Klo. Sie muss neuerdings ständig pinkeln. »Und furzen, verdammte Scheiße.«

»Das kommt sicher von der Schwangerschaft«, sagt Kalla.

»Ist das nicht ein bisschen seltsam?«

»Das Furzen?«

»Nein. Oder das auch, aber ... Hattet ihr anfangs nicht irgendwelche, äh, Unstimmigkeiten?«

»Vielleicht.«

»Ich meine, sogar sozusagen juristisch?«

»Vielleicht.«

»Na also, ist das hier dann nicht ein bisschen merkwürdig?«

»Ich weiß nicht.«

»Lass uns gehen.«

Kalla springt von der Waschmaschine.

»Nicht bloß vom Klo. Ganz und gar«, präzisiert Milla.

»Ich kann nirgendwohin«, erwidert Kalla.

Jemand klopft an die Tür.

»Wer ist da?«, fragt Milla.

»Ich«, antwortet Kallas Ehemann und öffnet die Klotür. Milla fragt, wie zum Teufel er das gemacht hat. »Wir haben einen Generalschlüssel«, erklärt er. Kalla zuckt die Schultern. »Du kannst jetzt nicht auf dem Klo hocken, meine Eltern kommen«, erklärt ihr Mann.

Die Schwiegereltern machen ein Foto von ihrem Sohn und seiner Frau, das sie rahmen und ins Bücherregal stellen wollen. Kalla ist sehr schön. Es wäre allerdings gut, wenn sie fast so gebildet wäre wie unser Sohn, denkt die Mutter. Der Vater findet, mit ihrer Berufserfahrung sei Kalla eine ausreichend kompetente Frau.

Die Gäste gehen und lassen das junge Paar allein. Der Mann sagt, er sei unglaublich glücklich. »Aber eines müssen wir noch regeln. Zeig mal deine Zähne.«

Kalla öffnet den Mund, und der Mann stülpt ihre Oberlippe hoch. »Sie sind wieder gewachsen.«

Die Eckzähne.

Der Mann feilt ihre Zähne kurz und stumpf.

»Gehen wir ins Bett«, schlägt er dann vor.

»Okay.«

»Glaubst du, dass wir auch, krhm, Liebe machen könnten?«

»Nein.«

Der Mann seufzt und sieht teilnahmsvoll aus. Das heißt – sieht er wirklich teilnahmsvoll aus oder legt er nur den Kopf ein bisschen schräger als sonst?

»Ich verstehe, dass ich dir wehgetan habe und dass du das Gefühl hast, gedemütigt und missbraucht worden zu sein. Darf ich dich wenigstens angucken, während ich masturbiere?«

Da es schwierig ist, eine solche Bitte mit Ja oder Nein zu beantworten, antwortet Kalla nicht. Der Mann deutet ihr Schweigen als Zustimmung. Den Blick auf Kalla geheftet, masturbiert er und spritzt ihr schließlich sein Sperma auf die schwarzen Haare.

»Sorry. Das war keine Absicht«, sagt er und schläft ein.

Kalla fragt im Personalvermittlungsbüro, ob andere Putzobjekte verfügbar sind. Zum Beispiel ein Einkaufszentrum oder eine Klinik oder ein Treppenhaus. »Egal was.«

»Nein.«

»Ich könnte auch als Kellnerin arbeiten.«

»In deinen Papierchen steht, dass du fürn Kundendienst nich dat jeeignete Matrial bist. Und da steht auch, dass du dat Fleisch verdirbst und die Milch sauer machst.«

»Aber dafür gibt es eine gute Erklärung!«

»Hör mal. Auch Dumme und Minderbejabte können putzen. Du guckst bloß, oho, Schmutz, wischst drüber und guckst, oho, jetz isset sauber. Echt simpel.«

Kalla erhält ein neues Paket Einweghandschuhe, wird beim Verlassen des Bürogebäudes Unfruchtbarekuhfrigidesau genannt und kehrt zum Putzen in das siebenstöckige Bürogebäude zurück.

»Hmh«, sagt Silla, als Kalla sie grüßt.

Silla ist die Projektsekretärin der Firma. In ihren Verantwortungsbereich gehören der Empfangstresen und viele andere wichtige Dinge. Manchmal hat sie ein paar Tage Urlaub. Dann fliegt sie zum Shopping nach London oder Paris. Sie trägt zur Arbeit hohe Pumps und bildet sich ein, alle Nerds zu sexuellen Fantasien anzuregen. Unter ihrem Schalter stehen dreizehn Paar Schuhe für drinnen und schlammbespritzte Stiefel für draußen. An ihrem Arbeitsplatz hängt sie Fotos von ihren Freunden und von ihrer Französischen Bulldogge auf. Sie trägt Markenjeans oder einen knielangen Rock. Freitags zieht sie einen etwas kürzeren Rock an. Dann ist es okay, sich *business casual* zu kleiden.

Kalla trägt jeden Tag dieselbe Kleidung und dieselbe Kappe. An den Füßen hat sie alte, stinkige Turnschuhe.

»He, vergiss nicht, unter meinen Pumps zu putzen«, mahnt Silla, weil Kalla nicht sorgfältig genug arbeitet.

»Könntest du mal kurz Platz machen?«

»Was? Wirklich nicht, ich steck mitten in einer wichtigen Arbeit.« Silla rührt sich nicht vom Fleck, Kalla muss zu ihren Füßen unter dem Tisch herumkriechen.

Piks, Silla tritt Kalla mit ihrem spitzen Absatz.

»Au!«

»Was ist?!«

Kalla presst die Hand auf die Hüfte, das Blut dringt durch die Kleidung.

»Na so was«, sagt Silla. »Ich bin so sportlich, dass ich die ganze Zeit mit den Beinen schlenkere. Komm mir also lieber nicht in die Quere.«

Eines Tages ist Silla nicht zu sehen. Kalla schrubbt ihren Arbeitsplatz in Windeseile und putzt dann anderswo weiter. Zum Schluss schiebt sie ihren Karren zu den Klos. Auf dem Männerklo gibt es nichts Außergewöhnliches, aber das Damenklo ist besetzt. Kalla wartet ein paar Minuten, bevor sie klopft. »Ich muss da putzen«, ruft sie.

»Verschwinde!«, kommt nach kurzer Stille die Antwort aus der Kabine. Sillas Stimme.

»Du bist mindestens seit einer halben Stunde da drin. Was treibst du denn?«

»Nichts.«

»Na, dann komm raus, ich muss putzen.«

Silla erledigt alle dienstlichen Angelegenheiten mit dem Handy, das ihr die Firma gegeben oder eigentlich geliehen hat. Jetzt hat sie wieder auf der Toilette gearbeitet.

Es hat sich vielleicht ungefähr so abgespielt: Silla hat auf dem Klo gesessen, das Handy zwischen Ohr und Schulter geklemmt. Sie hat etwas aus ihrer Handtasche gebraucht. Deshalb musste sie den Kopf heben, das Handy ist unter dem Ohr hervorgerutscht und zwischen ihren Beinen ins Klo gefallen. Sie hat lange überlegt, ob sie einfach abziehen soll, obwohl sie dann das Handy bezahlen muss und als Ersatz wahrscheinlich ein älteres Modell bekommt, oder ob sie versuchen soll, es irgendwie rauszufischen. Sie weiß bloß nicht, wie, denn iih, Scheiße, da steck ich doch meine Hand nicht rein. Sie hat noch einmal in ihrer Handtasche gekramt und die Tüte aus dem Pornoladen gefunden, die ihr witziges Geschenk zum Polterabend ihrer besten Freundin enthält: so einen echt großen, geäderten schwarzen Dildo. Den hat sie ausgepackt und versucht, mit ihm das Handy rauszuangeln. Aber dann ist auch er irgendwie ins Klo geplatscht, und sie hatte den Eindruck, als stiege das Wasser. Schließlich beschließt sie abzuziehen, egal was passiert. Das hat zur Folge, dass das Wasser weiter steigt, denn das Klo ist offenbar irgendwie verstopft.

Silla öffnet die Tür. »Die ist verstopft«, sagt sie und zeigt auf die Kloschüssel.

Kalla blickt hinein. »Pfui Deibel«, sagt sie.

»Genau.«

»Hast du das zustande gebracht?«

»Natürlich nicht.«

Aber in der Firma arbeiten außer ihr keine Frauen! Nur die eine Asiatin im zweiten Stock, aber die hat in der Verwaltungsetage nichts zu suchen.

»Was willst du, dass ich tue?«, fragt Kalla.

»Bring es in Ordnung.«

»Dafür brauchen wir vielleicht einen Klempner.«
»Nein!«
»Was krieg ich, wenn ich es mache?«
»Was willst du?«
Kalla will, dass Silla sie ungestört arbeiten lässt. »Und dass du den Leuten sagst, sie sollen aufhören, alles mit Kacke zu beschmieren.«
»Ja gut, ich schicke eine Mail rum und hänge Zettel auf die Klos. Und bei der Sitzung mache ich ein Briefing für alle. Aber du sagst kein Wort ... okay?«
Kalla streift Gummihandschuhe über. Das schmutzige Wasser läuft in die Handschuhe, als sie die Hände in die Schüssel taucht. Als Erstes zieht sie den schwarzen Dildo heraus. Sie hält ihn für irgendein entsetzliches Meerestier und schleudert ihn angeekelt weg. Kalla hat zwar auch einen Dildo, aber das ist so ein niedliches rosa Ding. Der Dildo zuckt heftig unter dem Waschbecken. Kalla schneidet Silla eine Grimasse. Nach dem Plastikschwanz bekommt sie Sillas tolles Handy zu fassen. Sie reicht es seiner Besitzerin, die es einseift und abspült wie ein Neugeborenes. Der eigentliche Grund der Verstopfung ist ein faustgroß aufgequollener, blutiger Tampon.
Danach werden in den Toiletten Zettel angebracht, auf denen zweisprachig steht: »Please do not shit on the wall. Bajsa ej på väggen.« Eine Weile hängen die Zettel unbehelligt, doch dann erscheinen mit Tusche geschriebene obszöne Bemerkungen darauf.
Nachdem irgendwer auf Sillas Zettel geschrieben hat »no dildoes also in toilets«, schneidet Kalla sich an einem im Papierkorb versteckten zerbrochenen Sektglas die Hand auf. Auch anderer Verdruss häuft sich an. Auf den Teppichläufern in den Fluren werden Kaugummis festgetreten, Wasserhähne werden nicht zugedreht, das Öldressing vom Hühnersalat wird auf den Küchenboden geschüttet.
Kalla mag sich nicht bei Silla beschweren. Vielleicht wird es nicht noch schlimmer, denkt sie und hält die andere Wange hin.

Silla versucht zu arbeiten. Es ist ein bisschen schwierig, sich zu konzentrieren, wenn diese Idiotin schnaufend vor ihrem Schreibtisch rumkraucht. »Was machst du da?«, schimpft Silla.

»Auf dem Läufer klebt ein Kaugummi«, antwortet Kalla.

Verärgert schreibt Silla weiter an ihrem Memorandum. Die Putze ist eine arrogante, nervende … Hure. Sie hätte eine … Lehre verdient. Vielleicht sogar … eine Strafe. Man könnte sie zum Beispiel … töten.

Silla steht vom Schreibtisch auf und geht mit klappernden Absätzen zu Kalla. Die hockt da auf allen vieren wie ein Tier. Silla tritt auf Kallas Hand. Sie verlagert ihr ganzes Gewicht, in Kilo circa sechzig plus, auf ihre Ferse und lächelt. Der Absatz durchbohrt Kallas Hand.

Kalla schießen Tränen in die Augen, doch sie ist nicht fähig zu schreien. Beide starren auf das Blut, das auf den schmutzigen Teppich sprudelt.

Silla hat noch nie etwas so Faszinierendes gesehen.

»Hey guys, I've got something for you. It's better than Pepsi or Coke«, ruft sie in das Zimmer der Computerheinis.

Aus dem Büro kommen einige untersetzte und einige nicht untersetzte Ingenieure. Silla tritt mit dem anderen Fuß auf Kallas Handgelenk, um ihren Absatz herauszuziehen. Einer der Männer packt Kalla an den Beinen und schleift sie in das Arbeitszimmer. Kalla wird auf den Projekttisch gelegt. Ihre Kleider werden in Fetzen geschnitten. Die Schere hinterlässt überall an ihrem Körper Wunden. Jemand tackert Heftklammern in ihre Haut. Die Männer sagen nichts, sie kichern bloß. Einer schlägt Kallas Brüste mit einem Zirkel, ein anderer pinkelt auf sie, ein dritter holt Chlor aus der Besenkammer und gießt die ganze Flasche auf Kallas Haut. Jemand knallt ihr den Briefbeschwerer ein bisschen zu fest an den Kopf. Kalla verliert das Bewusstsein.

»Did she die?«, fragt einer. Die Antwort ist allgemeines Gelächter.

Kalla kommt wieder zu sich, als man sie die Treppe hinunterträgt. Sie versucht sich zu sträuben, doch sie ist in schwarzes Plastik gewickelt und kann sich nicht bewegen. Am Hallen der Schritte erkennt sie, dass sie den Keller erreicht haben. Sie will schreien, doch sie kann den Mund nicht öffnen.

Der Mann öffnet die schwere Klappe zur Müllpresse, schiebt Kalla hinein und drückt auf den Execute-Knopf. Die Maschine rattert und poltert. Der Mann muss immer noch ein bisschen lachen. Er ist derjenige, der damals die erste Dose warf.

Die Maschine hört auf zu rumpeln. Nun zischt sie. Der Mann will gehen, doch siehe: Aus der Presse flutet entsetzliches, helles Licht, das ihm für den Rest seines Lebens die Sehkraft raubt.

Der erblindete Mann schweigt über den Unfall, und niemandem fällt die Veränderung auf. Die neue Putzfrau tilgt die Spuren des Ereignisses, und die Müllabfuhr bringt den Inhalt der Presse auf die Halde. Die Arbeit im Büro geht weiter wie bisher.

Etwas passiert allerdings.

Schon in der ersten Nacht erscheint an der Tür zum Bürogebäude ein Graffiti. Das sorgfältig gemalte Bild zeigt eine sehr schöne nackte Frau, deren Körper grausam gefoltert wurde. Um den Kopf der Frau ist ein goldener Strahlenkranz gemalt. Für den Körper wurde schwarze, weiße und rote Farbe verwendet. Die Frau auf dem Bild hebt eine Hand, deren Handfläche durchbohrt ist. Ihre Lippen sind zusammengeheftet, die Schamlippen ebenfalls. In der anderen Hand hält sie eine Sprühflasche.

Das Bild wird gleich am Morgen entfernt, aber irgendwer malt es in der folgenden Nacht erneut hin. Auch das wird entfernt, doch über Nacht erscheint es wieder. Die weggewaschenen Bilder werden immer wieder gemalt und dann entfernt, sodass die Wände des Bürohauses von den Reinigungsmitteln immer poröser werden.

Vom Bürogebäude aus verbreiten sich die Graffitis in der ganzen Stadt wie eine Pandemie. Als die Einwohner eines Morgens erwachen und zur Arbeit oder zur Schule gehen, stellen sie fest, dass jemand eine riesige Frau mit Strahlenkranz an die Wand des Einkaufszentrums gemalt hat. An die Stelle, wo sonst meist die Reklame einer Modekette hängt. Man will das Bild sofort entfernen, aber keiner weiß, wer für die Kosten aufzukommen hat.

So bleibt das Bild vorläufig, wo es ist, obwohl es sich für Kinderaugen nicht schickt. Die Modekette wittert ihre Chance und schlägt vor, die große Frau mit Kleidern aus ihrer Kollektion zu bemalen. Zuerst erhält sie nur Unterwäsche. Dann werden allmählich Accessoires und Kleidungsstücke hinzugefügt, bis die Frau auf dem Gemälde schließlich goldene Leggings und eine türkis-rosa gemusterte Tunika trägt.

Erbost über diesen Eingriff stellt sich im Dunkel der Nacht der Künstler ein, entkleidet sein Modell und malt ihm blutende Wunden. Die Modekette begnügt sich damit, die Frau mit Dessous auszustatten und sich bei deren Auswahl um extremen Minimalismus zu bemühen. Und bald weiß niemand mehr, weshalb das Bild entfernt werden sollte.

Die gemalte Frau wird Heilige Miracle getauft, nach der Marke des Putzmittels in ihrer Hand.

Ich heiße Maria. Ihr glaubt vielleicht, mich zu kennen. Aber was wisst ihr denn von mir? Ihr wisst, wessen Mutter ich bin. Und wer mein Mann war. Wie würde es einen Mann ankotzen, wenn er in einem relativ populären Werk vorkäme und die Leute trotzdem nur seine Frau und sein Kind kennen würden.

Ich erzähle jetzt einmal von mir.

Ich wurde in eine jüdische Familie geboren. Zur Schule durfte ich nicht. Als Kind lernte ich, irrsinnig leckeres Brot zu backen und nach Jasmin duftendes Haaröl herzustellen.

Als ich meine erste Menstruation bekam, bin ich zu einem Mann gezogen.

Mit zwölf wurde ich vergewaltigt. Das heißt, der Täter betrachtete es nicht als Vergewaltigung, und damals gab es den Begriff noch gar nicht. Ich wurde schwanger und habe ein Kind geboren. Mein Mann wollte ein eheliches Leben führen, aber da war irgendetwas, weswegen ich keine weiteren Kinder mehr gekriegt habe. Das war gut so, denn mein Erstgeborener hatte eine wahnsinnig rege Fantasie und bereitete mir große Sorgen. Aber er war ziemlich selbstständig, so blieb mir Zeit, mich weiterzuentwickeln.

Mit zwanzig habe ich mich in einen Typen verknallt, wir hatten fast ein Jahr lang ein Verhältnis. Aber dann ist er an Lepra erkrankt und schließlich gestorben. Ich habe ziemlich um ihn getrauert.

Um diese Zeit bekamen wir einen Maulesel. Der war lieb, ich nannte ihn Isaak und lernte reiten. Es war herrlich. Aber Josef musste ihn bald wieder verkaufen. Wir hatten finanzielle Probleme und mussten in eine kleinere Wohnung ziehen.

In der Pubertät war mein Sohn wirklich schwierig, aber längst nicht so schwierig wie als Erwachsener. Ich hatte kaum Kraft für irgendwas anderes. Mir blieb ein bisschen Zeit, um die Kabbala zu studieren, aber irgendwie hat sie mich nie ganz überzeugt.

Männer interessierten mich nicht mehr, nachdem mir wegen einer Entzündung die Gebärmutter entfernt worden war.

Als mein Sohn hingerichtet wurde, lernte ich einige Frauen kennen. Unter ihnen war eine Araberin, die mich in die Mystik ihrer Heimat einführte. Dazu gehörten verschiedene Riten und so. Mein Leben wurde interessant.

Mit fünfzig zog ich allein in ein kleines Haus am Jordan. Einmal schlief ich ein, während ich darauf wartete, dass das Brot fertig buk. Das Feuer erfasste die Stoffe, und ich verbrannte mit meinem Zuhause. Es gibt schlechtere Arten zu sterben.

10.

YOU AND ME, WE USED TO BE TOGETHER.
EVERY DAY TOGETHER, ALWAYS.
I REALLY FEEL THAT I'M LOOSING MY BEST
FRIEND. I CAN'T BELIEVE THIS COULD BE THE END.

MILLAS KARRIERE WELKT DAHIN. Ein Freier nach dem anderen erklärt ihr, eine trächtige Hure sei irgendwie, weißt du, unerregend. Sie sagen, sie kämen auf die Sache zurück oder, hehe, zur Sache, sobald Millas Zustand sich normalisiert.

Der Bauch wächst, das Geld geht aus.

Sie bittet auf dem Arbeitsamt um Arbeitslosenhilfe. Die Beamtin lacht lange und aggressiv und fragt, ob das Fräulein Steuern gezahlt habe, aha, also nicht. Sie drückt Milla eine Visitenkarte von Pimp & Pimp in die Hand und wünscht ihr alles Gute.

Milla gibt klein bei. Sie steigt in die Straßenbahn und fährt ins Zentrum zum Personalvermittlungsbüro.

Zuerst hält sie das Bild für eine besonders barbarische Reklame. Dann übergibt sie sich. Die Menschen sehen sie missbilligend an. Milla drängelt sich durch die Menge und steigt aus der Bahn. Sie ruft bei Kalla an, doch eine Frauenstimme sagt, unter der gewählten Nummer gebe es keinen Anschluss. Also ruft sie Kallas Mann an. »Sie ist zur Arbeit gegangen und nie zurückgekommen, aber du kannst mich besuchen, wenn du willst«, sagt der Mann. Milla legt auf.

Sie vergisst die Personalvermittlung und macht sich auf den Heimweg. An der Metrostation, an Hauswänden, an den Ladentüren, überall Bilder von Kalla mit zugetackerten Lippen und Schamlippen. Von Bild zu Bild wachsen Furcht und Schrecken in Millas Innerem. Kalla ist zur Arbeit gegangen und nie zurückgekommen. Natürlich nicht. Kalla ist nicht mehr.

KALLA IST ERMORDET WORDEN.

Milla erinnert sich an diesen einen Film, in dem Johnny Depp mitspielt und jemand die Huren in der Stadt umbringt. Irgendein verrückter sadistischer Frauenhasser hat Kalla ermordet. Milla will nicht sterben. Und zugetackert will sie auch nicht werden. Denn dann würde es sie bei der Geburt zerreißen. So wie die Frauen, die man zugenäht hat.

Milla ist ganz allein auf der Welt. Sie sucht keine Arbeit. Sie verlässt ihre Wohnung nicht mehr. Sie isst Makkaroni. Als die Makkaroni alle sind, isst sie Haferbrei. Als auch die Haferflocken alle sind, isst sie Nonpareilles.

Wenn sie schläft, hat sie Albträume, in denen Kalla Milla ihren Arbeitsplatz zeigt: Sie führt Milla in den Keller, zu den mahlenden Kiefern der Müllpresse. Kalla hat Erde unter ihren langen Acrylnägeln. Die Müllpresse verwandelt sich in ein schwarzes Ungeheuer. Es reißt das Maul auf und verschlingt Kalla. Milla läuft weg. Sie findet die Damentoilette und verriegelt die Tür. Doch dann wird ihr Bauch ganz hart. Sie sieht, wie der Fötus sich unter ihrer Haut windet, er will raus, kann aber nicht, obwohl Milla die Beine spreizt. Der Fötus bohrt seinen Kopf durch ihre Bauchdecke und zwängt sich heraus und sieht genauso aus wie die Müllpresse, nur kleiner.

Milla liest Werbeprospekte, um sich abzulenken und wach zu bleiben: »Analysewaage: 29,90. PS3 Move XB360 Kinect Wii Zumba Fitness-Spiel: 39,90. Gesichtsmassierer. Die dazugehörenden Pflegepads enthalten Collagen und Retinol, deren Wirkung durch die Ionisierung intensiviert wird. Furchen und Falten bilden sich zurück, die Haut regeneriert sich. Festigt die Gesichtsmuskeln. Batterieantrieb. Zwei Jahre Garantie: 99,90.« Die Augen fallen ihr zu, sie versetzt sich eine Ohrfeige.

»Alphadite Goddess of Shopping Kuh, Höhe ca. 20 cm: 39,90 …« Sie schläft ein. Aber gerade als die Müllpresse Kalla zermalmt, klingelt es. Milla schreckt hoch. Ihr Puls beschleunigt sich, und sie erstarrt. Auf leisen Sohlen schleicht sie zur Tür. Kurz bevor sie den Türspion erreicht, klingelt es erneut. Milla schreit auf.

»Ich weiß, dass du da bist!«, hört sie. Sie öffnet die Tür.

Als sie hereinstürmt, prallt Aphrodite gegen Millas dicken Bauch. Sie erschrickt und kreischt auf. Dann befühlt sie den Bauch und lacht ihr herrliches Liebesgöttinnenlachen. Sie umarmt Milla, und Milla vergisst ihren Groll. Sie ist unglaublich glücklich: Rettung ist da.

»Eine Schwangerschaft sollte eine Frau schöner machen«, sagt Aphrodite, während sie die Schuhe auszieht.

»Ja. Aber ich hab nicht richtig gegessen. Und nicht richtig geschlafen. An die frische Luft müsste ich wohl auch, aber ich traue mich nicht einmal auf den Balkon.«

»Wirst du diskriminiert?«

»Nee, ich habe bloß eine Scheißangst.«

»Ach?«

»Bist du nicht gekommen, um mir zu helfen?«

»Tja. Ich weiß nicht.«

»Scheiße, ich hab niemanden«, weint Milla.

»Wo ist denn deine Freundin? Habt ihr euch gestritten?«

»Fick dich, du egoistische Kuh! Schaust du denn nie um dich, verdammt?«

Na ja, Aphrodite sieht sich nicht um, das stimmt schon. Trotzdem waren das hässliche Worte. Aber Milla scheint außer sich zu sein. Aphrodite umarmt sie und bittet sie, ihr zu erzählen, was passiert ist. Milla entschuldigt sich: »Du bist keine Kuh.«

Sie erklärt, dass Kalla jetzt vielleicht eine Märtyrerin ist. Dass sie verschwunden und bestimmt tot ist, ermordet. Und die Bilder! Und die Heftklemmen! Und die Müllpresse.

»Ach Schätzchen. Es ist doch nichts Neues, dass eine junge Frau zu Tode gefoltert wird.«

»Aber das kann mir auch passieren.«

»Wieso sollte es?«

»Es könnte einfach passieren.«

Für Gewalt gibt es selten rationale Erklärungen.

»Ich beschütze dich«, erklärt Aphrodite.

»Wirklich?«

»Ja. Ich bin die Göttin der Fruchtbarkeit. Es ist meine Pflicht, dich zu beschützen.«

Milla beruhigt sich. Aphrodite holt eine knisternde Chipspackung aus ihrer gelben Einkaufstüte. Sie fragt, ob sie es sich auf dem Sofa bequem machen und Chips futtern können wie in alten Zeiten.

»Ich muss dir etwas erzählen.«

»Hat es irgendwie mit mir zu tun?«

»Nein. Hör einfach zu. Okay?«

Wahre Freunde sind Menschen, denen man das Allerschrecklichste erzählen kann. Milla verspricht zuzuhören und tut es auch, allerdings nehmen die herrlichen, fettigen, salzigen Chips mindestens die Hälfte ihrer Aufmerksamkeit gefangen.

Aphrodites Erzählung von Liebe und Verlust

Aphrodite musste in den Tod zurückkehren, um ihr Vergehen an einer Frau wiedergutzumachen. »Eine gewisse Sarah. Obwohl ich immer noch nicht ganz sicher bin, ob sie so heißt.«

Sie suchte im Tal des Todes nach der Frau. Beinahe wäre sie achtlos an ihr vorbeigelaufen. »Sie war kaum wiederzuerkennen. Weil sie keine Haut mehr hatte.« Doch Sarah erkannte sie.

Sarah legte den Stift beiseite und sah Aphrodite an. Ihre Augen waren unverkennbar, obwohl die Lider fehlten. Aphrodite ging zu ihr und küsste sie auf den Mund.

Die Liebe besiegte den Tod, und sie kehrten ins Leben zurück.

»Einfach so?«, fragt Milla.

»Ja.«

Es ging tatsächlich überraschend leicht.

Sarah schlief, bis sie wieder so stark und nett wurde wie damals, als Aphrodite sie kennengelernt hatte. Es war nicht schwer zu verstehen, warum Aphrodite sich, hmm, in sie verguckt hatte.

Sie lebten ziemlich glücklich und verließen das Haus nur selten. Es gab auch gar keinen Grund auszugehen. Aphrodite besaß kein Telefon, und nachdem der Akku vom Handy des Produzenten leer war …

»Wessen Handy?«, unterbricht Milla.

»Egal.«

Hinter dem Haus schuf Aphrodite einen Garten. Exotische Früchte. Nussbäume, Ölbäume, einen Olivenbaum. Cherubim, die aus den Trauben Wein stampften.

Der Garten war eine der schönsten Kreationen Aphrodites. Bald fanden sich Vögelchen und Waldtiere ein. Hier herrschte ewiger Friede. Der Luchs durfte die Kohlmeise nicht verschlingen und der Fuchs das kleine Kaninchen nicht behelligen. Die Raubtiere gewöhnten sich an Mangos, Datteln und Oliven. Sie freuten sich ganz besonders, wenn man die Oliven kullern ließ und sie ihnen nachjagen durften. Die Tiere waren so niedlich. Vor allem der Luchs, der Sarah oft auf den Schoß sprang und schnurrte und sie mit seinen großen Pfoten trat.

Dann waren plötzlich in der Nähe Schüsse zu hören, und eines Tages kam einer der Füchse nicht mehr in den Garten. Sie wussten beide, dass irgendwer ihn erschossen hatte. Dennoch versicherten sie sich, er werde bald wieder auftauchen. Doch dann verschwand auch der zweite Fuchs. Ihm folgten der Dachs, der Vielfraß und ein Wurf Marderhunde.

Sarah hoffte, der Luchs würde nicht in den Wald laufen. Aber er tat es doch, denn der Wald war sein Zuhause. Und er kehrte nicht zurück. Bis auf die Vögel waren alle Tiere verschwunden. »Sie sind ermordet worden«, sagte Sarah, und es tröstete sie überhaupt nicht, dass die Früchte groß und reif waren. »Alle werden getötet«, klagte sie. »Welchen Sinn hat es, in einer solchen Welt zu leben?«

Aphrodite meinte tröstend, neues Leben werde geboren.

Doch Sarah war nicht zu trösten. »Neues Leben entsteht, und dann wird es auch getötet.«

Mit der Zeit sprach Sarah immer weniger. Sie fühlte sich im Garten nicht mehr wohl, denn dort hörte man die Schüsse aus dem Wald. Sie begann wieder zu schreiben. »Das ist wirklich schön«, sagte Aphrodite, als Sarah einen Gedichtentwurf auf dem Küchentisch liegen gelassen hatte. Sarah riss ihr das Gedicht aus der Hand und schrie, das ist nicht schön, es ist schrecklich, nichts als Tod und Entsetzen und Trauer. Aphrodite legte die Arme um sie.

Sarah kam nicht über den Tod der Tiere hinweg. Auch Aphrodite war traurig, aber man kommt über alles hinweg, wenn man es ernsthaft versucht. Doch Sarah versuchte es gar nicht erst. Sie sagte, es sei sinnlos. Das Leben sei nur eine Serie erschütternder Verluste.

Aphrodite warf alle scharfen und spitzen Gegenstände in den Müll und spülte alle bedenklich aussehenden Pillen und Flüssigkeiten im Klo herunter. Sie versuchte, nachts mit Sarah zu wachen, aber tiefer, schwarzer Schlaf verschloss ihr die Augen. Und eines Nachts, als sie aufschreckte, sah sie Sarah an der Strebe über der Schlafzimmertür baumeln. Mit Schnürsenkeln erhängt.

Der Tod ist so veranlagt, dass er aus purem Vergnügen jemanden freilässt, wenn er weiß, dass er ihn bald doch wiederbekommt. Deshalb war es so leicht gewesen, Sarah ins Leben zurückzuholen.

Mehr gibt es dazu nicht zu sagen.

»Habe ich das richtig verstanden? Deswegen hast du einen deiner Liebhaber geopfert?«, fragt Milla als Erstes.

»Nein, nein, er war mein Produzent.«

»Gut, aber er war in dich verliebt.«

»Natürlich, sonst hätte ich ihn doch nicht um ein solches Opfer bitten können!«

»Du hast ihn also gefragt, ob er einverstanden ist?«

»Nicht direkt.«

»Also hast du ihn kaltblütig getötet, um zu bekommen, was du wolltest.«

»Na ja. So kann man es auch sehen.«

»Du musst ihn um Verzeihung bitten!«

»Ich mag nicht.«

»Du rufst sofort da an. Bei der Frau, zu der du ihn gebracht hast.«

»Nein.«

»Doch.«

Das Handy klingelt lange. Aphrodite will schon aufgeben, doch Milla sagt, es handelt sich immerhin um das Jenseits, da sind die Leitungen lang. Endlich meldet sich die Frau. Aphrodite grüßt und fragt, wie es ihr geht. Die Frau antwortet kurz angebunden. Dann schweigen beide eine Weile. Schließlich fragt Persephone, ob Aphrodite irgendein Anliegen hat. Aphrodite bittet, mit dem Produzenten sprechen zu dürfen. Persephone überlegt eine Weile, dann hört Aphrodite, wie sie mit ihrer fraulichen Stimme den Namen des Produzenten ruft. Aphrodite hört den Namen zum ersten Mal. Sie hat wohl gedacht, der Mann hätte keinen. Oder nein, sie hat nicht einmal das gedacht. Sie hat einfach keinen Gedanken auf ihn verschwendet.

Produzent (mit leiser Stimme): Hallo?

Aphrodite (munter): Grüß dich, wie geht's?

Produzent: Aphrodite?

Aphrodite: Ja.

Es wird still. Aphrodite hört nur ihren eigenen Atem in der Leitung.

Produzent: Was willst du?

Es ist, als wäre seine Stimme tiefer geworden.

Aphrodite (stotternd): Na. Vielleicht … na vielleicht will ich mich entschuldigen.

Produzent: Dann ist natürlich alles wieder gut.

Aphrodite (ehrlich froh): Wirklich wahr!?

Wieder Stille. Unerträglich.

Aphrodite: Tja, das hast du wohl nicht ernst gemeint …

Produzent: Du hast mir das Herz gebrochen und aus der Brust gerissen. Entweder in dieser oder in der umgekehrten Reihenfolge. Ich will nie wieder von dir hören.

Damit legt der Produzent auf.

»Was hat er gesagt?«, fragt Milla.

»Er hat gesagt, es ist ganz okay, und alles ist in Ordnung, und wir hören voneinander.«

Milla runzelt die Stirn. »Das hat er bestimmt nicht gesagt!«

»Nee, aber so könnte er es gemeint haben.«

»Du bist an die hundert. Solltest du nicht allmählich erwachsen werden?«, schnaubt Milla.

»Ich bin die Göttin des Spiels und des Vergnügens.«

»Deshalb brauchst du aber nicht die Göttin des Infantilismus und der Selbstsucht zu sein.«

»Niemand ist vollkommen.« Aphrodite ist den Tränen nahe, obwohl sie zu lächeln versucht. Darauf kann sie nichts erwidern, sie ist schlecht, ganz eindeutig.

Milla fischt den letzten Chipskrümel aus der Tüte. Es tut ihr ein bisschen leid, dass sie so grausam war.

»Du hast es sicher gut gemeint«, sagt sie schließlich.

»Glaubst du?«

»Ja. Du meinst es nicht böse. Du hast nie schlechte Absichten.«

Aphrodite zieht den Rotz hoch, Tränen rinnen über ihre Wangen.

»Du kannst die Patentante meines Babys werden.«

»Wir müssen herausfinden, wer der Verrückte ist, der diese Bilder malt«, sagt Milla zu Aphrodite.

»Wie denn?«

»Irgendwie.«

Zum Glück hat Aphrodite sowohl Einfluss als auch die Fähigkeit, listige Intrigen zu spinnen.

Sie ruft die für Finnland zuständige Marketingchefin der großen Modekette an. »Ich möchte, dass die Heilige Miracle ein Abendkleid bekommt«, erklärt sie.

»Warum?«, fragt die Marketingchefin.

»Weil bald Silvester ist und entsprechend gefeiert wird.«

»Ich weiß nicht …«

»TU ES«, befiehlt Aphrodite. Die Marketingchefin ist ganz still und ein wenig entsetzt. »Tu es, und ich trage dasselbe Kleid bei der Werbeveranstaltung.« Aphrodite zeigt sich kompromissbereit.

Die Marketingchefin gehorcht ihr, denn Aphrodite ist immerhin eine Mode-Ikone. Und in der Branche hat man bereits gelernt, dass es nicht ratsam ist, ihr zu widersprechen.

Blitzlichter zucken, als der Heiligen Miracle ein feuerrotes langes Satinkleid angelegt wird. Das gleiche Modell, in das sich auch Aphrodite gehüllt hat.

»Glaubst du, es funktioniert?«, fragt Aphrodite Milla, während sie in die Kameras lächelt.

»Vielleicht.«

»Na, wenigstens krieg ich das Kleid umsonst!« Aphrodite streicht mit der Hand über ihren Körper, dem der Satin definitiv schmeichelt.

Die Fotografen und Fernsehleute verziehen sich, nachdem sie genug fantastische Aufnahmen von Aphrodite gemacht haben. Allmählich verschwindet auch das Publikum.

»Wir müssen unauffällig sein«, mahnt Milla vor dem Kaufhaus. Sie reicht Aphrodite einen langen schwarzen Mantel. »Wir wollen doch nicht, dass er uns sieht.«

»Wer?«, fragt Aphrodite.

»Der Mörder natürlich.«

»In dieser Kutte möchte ich von keinem gesehen werden.«

Es wird Nacht. Gegen einen Stromkasten gelehnt, hockt Milla in ihrem Schlafsack und umklammert das Pfefferspray. Sie warten. Das heißt, Aphrodite ist offenbar eingeschlafen. Seit die Bars geschlossen haben, sind keine Taxis mehr unterwegs. Die Obdachlosen haben in Tunnels und Parkhäusern Unterschlupf gesucht. Niemand rührt sich in der kalten, dunklen Stadt.

Außer.

Milla rüttelt Aphrodite wach. »Guck mal«, flüstert sie.

An der Ecke des Einkaufszentrums hat sich wie aus dem Nichts eine Schar kleiner, schwarzhaariger Mädchen versammelt. Allerdings keine gewöhnlichen Mädchen: Sie haben Flügel. Nicht etwa Engelsflügel. Eher solche, wie sie Fliegen haben. Sie sind so leicht, dass die Flügel sie tragen. Die Mädchen haben Farbdosen in der Hand. Sie fliegen senkrecht auf und machen sich fauchend und kreischend daran, die Heilige Miracle zu restaurieren. In ihrer Wut fliegen sie gegen die Wand und schlagen sich blutig. Sie beschmieren die Wunden der Heiligen Miracle mit ihrem Blut, aber so, dass das Resultat sehr malerisch wirkt.

»Erinnyen«, wispert Aphrodite.
»Fürchtest du dich vor ihnen?«
»Sie sind furchterregend.«
»Warum hätten sie Kalla verletzen sollen?«
»Das haben sie sicher nicht getan.«
»Wir müssen mit ihnen reden.«

Aphrodite versucht, Milla zurückzuhalten, doch Milla hat das Einkaufszentrum bereits erreicht. Es hilft nichts, Aphrodite muss ihr folgen. Der Mantel wickelt sich um ihre Beine und fällt zu Boden, und im Abendkleid kommt sie auch nicht schnell vorwärts. Aphrodite begreift nicht, warum es lange Mäntel und lange Röcke geben muss.

»He! Hallo, Mädchen, he!«, ruft Milla.

Die geflügelten Mädchen werden auf sie aufmerksam. Im Bruchteil einer Sekunde schießen sie aus mehreren zehn Metern Höhe herab wie große schwarze Projektile. Sie zischen und krächzen, röcheln und knattern. Milla versucht, mit ihnen zu kommunizieren, doch sie spucken nur eine schwarze Schmiere aus, die an Altöl erinnert.

»Rede du mit ihnen, ihr seid doch aus derselben Gegend«, bittet Milla Aphrodite.

Aphrodite spricht die Mädchen auf Altgriechisch an, doch sie versprühen weiterhin Öl und geben knackende Geräusche von sich. »Die verstehen nichts.«

Vom Hügel her nähert sich ein Wagen der Securitas. Die Fliegenflüglerinnen erschrecken. Sie sammeln sich zum Schwarm und steigen auf. Milla schafft es gerade noch, eine von ihnen am Bein zu packen, und wird mit hochgezogen. Es ist zum Kotzen, einfach entsetzlich! Die Leute von der Wachgesellschaft sehen nur Aphrodite, die allein vor dem Kaufhaus steht und in den Lichtkegel der Taschenlampen starrt. Sie legt die Hand an die Stirn, um die Wachmänner zu betrachten. Nur der eine der beiden sieht halbwegs gut aus, aber er ist möglicherweise eine Frau. Aphrodite reißt sich das Kleid vom Leib, steht einen Moment nackt da und verwandelt sich dann in eine weiße, na ja, eher grau gefleckte Taube. Sie fliegt hinter den Mädchen und Milla her. Das feuerrote Kleid fällt vor den Sicherheitsleuten auf die Erde.

Die Mädchen fliegen nur zwei Kilometer weit. Sie landen auf einer schmalen Straße vor einem kleinen Geschäftslokal. Die Tür ist mit Unmengen von Weihnachtslichtern dekoriert, und im Schaufenster sitzt eine goldene Katze, die mechanisch mit ihrer Pfote winkt. In Buchstaben aus goldenem Klebeband steht am Fenster: »KANYAS MASAGE SALONG 30 min. 20 Euro.«

Das Mädchen, an dessen Bein sich Milla geklammert hatte, ist wütend. Es zerkratzt ihr Gesicht, spuckt und krächzt böse. Aphrodite landet ebenfalls und verwandelt sich wieder in eine Frau. Sie zieht das tobende Mädchen von Milla weg, nicht gewaltsam, sondern sehr, sehr mütterlich. Sie zeigt auf Millas Bauch und droht dem Mädchen mit dem Zeigefinger. Die Kleine starrt sie aus ihren schwarzen, asiatischen Augen an und dreht sich dann plötzlich um: Jemand öffnet die weihnachtlich leuchtende Tür. Die Mädchen stürmen hinein. Milla und Aphrodite folgen ihnen.

»Business geschließt jetz«, sagt eine wundervoll gebaute Asiatin, sicher Kanya selbst.

»Wir sind nicht deshalb hier«, beginnt Milla.

»Was ihr wollen?«, fragt die Frau.

Milla erklärt ihr, wie ihre beste Freundin verschwunden ist und dann an den Hauswänden Bilder von dieser Freundin aufgetaucht sind und man auf den Bildern sieht, dass sie grausam gefoltert wurde. Daher habe Milla herausfinden wollen, wer die Bilder malt, weil sie glaubte, es sei der perverse Mörder, und dann hätten sie die Erinnyen entdeckt, und deshalb seien sie jetzt hier. Vielleicht könne Kanya irgendwie erklären, was passiert ist.

Die Frau lacht leicht meckernd und bietet ihnen witzig aussehende Kekse an. »Sie sind kein Fairytale«, sagt sie dann resolut. »Sie sind dort gewesen Huren.«

Kanya holt einen Stapel primitive Zeichnungen hervor. Die erste zeigt ein Haus mit vergitterten Fenstern, in dem ein Mann auf einem Mädchen liegt. Zwölf andere Mädchen werfen Sachen aus dem Koffer des Mannes und schlüpfen hinein. Auf dem nächsten Bild nimmt der Mann seinen Koffer, während das dreizehnte Mädchen in eine Zollfrei-Tüte hüpft, die der Mann ebenfalls mitnimmt.

Auf dem dritten Bild wird eine Frau, die den Koffer öffnet, in Stücke gerissen. Die letzte Zeichnung zeigt ein Badezimmer, wo ein nackter Mann in klitzekleine Fetzen zerrieben und durch den Abfluss in die Kanalisation gespült wird.

Milla fragt, warum die Mädchen so aussehen. Und wer mit Prostituierten, die eine so merkwürdige Gestalt haben, Sex möchte.

Kanya erklärt, im Bordell hätten die Mädchen noch nicht so ausgesehen. Sie waren liebreizende, zierliche Mädchen. Im Alter zwischen acht und dreizehn. Was man ihnen antat, nachdem sie aus ihren Familien entführt worden waren, hat tiefe Spuren hinterlassen. »Inside come outside now.«

»Gibt es noch mehr von ihnen?«, erkundigt sich Aphrodite.

»Hier alle, dreizehn.«

»Warum malen sie Bilder von Kalla?«, fragt Milla.

»Nicht weiß, very bad communication.« Die Mädchen sind erst seit einigen Tagen bei Kanya. Sie sprechen nicht, zeichnen nur. »Maybe wir never erfahren.«

Nachdem sie den Sextouristen und seine Frau in Stücke gerissen hatten, entdeckten die Mädchen, dass ihnen Flügel gewachsen waren. Fliegen konnten sie noch nicht, denn die Flügel waren feucht und mit Blut beschmiert. Sie ließen sie einen Tag lang trocknen. Als der Abend kam, zerschlugen sie ein Fenster in der Wohnung des Ehepaars und flogen hinaus in die Stadt und in die Dunkelheit.

Wie ein Vogelschwarm wurden sie von einem ganz bestimmten Ort angezogen. Es handelte sich um ein hohes Gebäude, das zur Straße hin eine ganz normale Fassade hatte, während die Wand zum Innenhof aus Glas war. Sie versammelten sich jeden Abend, um das Gebäude und die Ereignisse im Innern zu betrachten. Sie lernten, die leuchtend bunte Frau wiederzuerkennen, die den anderen diente. Mit ihren langen schwarzen Haaren war sie ihnen ähnlich. Eine größere Version ihrer selbst.

Sie konnten sich genau vorstellen, was in dem Gebäude gesprochen wurde, obwohl sie die Worte nicht hörten, und selbst wenn sie sie gehört hätten, wäre ihnen die Sprache unverständlich gewesen. Sie sahen, wie die andere Frau mit der grellbunt Gekleideten redete. Und wie die Grellbunte zu Füßen der anderen herumkroch. Und wie die Männer die Grellbunte behandelten.

Sie erwarteten, dass die Grellbunte nicht mehr in das Haus ginge. Dass sie sich rettete. Aber vielleicht begriff sie nicht, was ihr bevorstand.

Sie waren auch dort, als die andere Frau die Grellbunte schwer verletzte. Und sie sahen alles, was der Grellbunten danach angetan wurde. Wie man ihr die Kleider vom Leib schnitt und wie ihre nackte Haut die Farbe wechselte und mit ihrem Blut beschmiert wurde. Sie sahen auch, wie man sie in einen schwarzen Plastiksack stopfte und einer sie nach unten trug. Sie flogen an der Glasfront hinunter, aber schließlich verschwanden der Mann und der Sack aus allen Fenstern.

Sie schubsten sich gegenseitig bei dem Versuch, vom untersten Fenster aus dem Mann hinterherzuspähen. Kurz darauf schoss unter dem Haus ein heller Lichtstrahl hervor, der sie auf den Rücken warf. Da wussten sie, dass die Frau beseitigt worden war. Das hatte man auch ihnen oft angedroht.

In dieser Nacht stoben sie Öl verspritzend durch die Stadt, bis sie ein paar Wandbekleckser entdeckten. Sie erschreckten die Burschen fast zu Tode, klauten ihnen eine Tüte Spraydosen und begannen, überall in der Stadt Bilder von der grellbunt gekleideten Frau zu malen.

Wie Kanya erzählt, ist eine der Fliegenflüglerinnen ihre Cousine Isra. Milla erkennt in ihr das Mädchen, an dessen Bein sie sich beim Abflug vom Einkaufszentrum geklammert hatte. Isra hat noch kindlich runde Gliedmaßen, während einigen der anderen Mädchen stattdessen schwarz gepanzerte Arme und Beine gewachsen sind.

Isra wurde entführt, sagt Kanya. Die Verwandten erzählten ihr über Skype, dass Isras Mutter die Polizei gedrängt hatte, ihre Tochter zu suchen, doch man hatte ihr gesagt, die Beamten könnten nicht hinter jedem Kind herlaufen. Und außerdem trage die Mutter doch selbst die Schuld am Verschwinden des Mädchens: Man dürfe ein Kind eben nicht allein in den Wald gehen lassen. Daraufhin stellte die Mutter Vermisstenanzeigen ins Netz, in ihrer Verzweiflung auch auf Seiten, die, wie sie wusste, von Kinder liebenden Männern besucht wurden. Die Verwandten schickten auch Kanya ein Foto von Isra, damit sie die Vermisstenmeldung in den asiatischen Geschäften in ihrer Stadt aushängen konnte.

Nachdem sie das Skype-Gespräch beendet hatte, sah Kanya auf die matschige, von schwarzen Schneeklumpen bedeckte Straße und hatte das Gefühl, eine glückliche und privilegierte Frau zu sein. Auch sie musste für Geld allerlei tun, aber wenigstens war sie keine Sklavin. Und sollte ihr etwas Schlimmes zustoßen, würde die Polizei ihr helfen. Davon war sie überzeugt.

Eines Tages hörte sie es vor der Tür ihres kleinen Salons schaben und rascheln. Sie dachte, es wäre eine Katze oder ein Luchs. Oder gar der Mumintroll. Als sie die Tür öffnete, entdeckte sie die Mädchen auf der Straße. Die Sonne ging gerade auf, ihr Licht blendete Kanya, und sie sah nur die Silhouetten der Kinder. Zwischen den zwölf anderen trat Isra hervor. Ihr Gesicht war noch wiederzuerkennen, es hatte noch die Züge des Zahnspange tragenden, lächelnden Schulkindes, dessen Bild neben dem Eingang zum Massagesalon hing.

Kanya erzählt niemandem, dass die Mädchen bei ihr aufgetaucht sind. Von Tag zu Tag werden Isras Gesichtszüge immer fremder. Vielleicht könnte ihre Mutter sie noch erkennen. Aber welche Mutter möchte ihr Kind so sehen? Vielleicht ist es das Beste, wenn sie den Kindern einfach Unterschlupf gewährt.

Milla fragt, ob Isra mit Kanya gesprochen hat. Kanya schüttelt lächelnd den Kopf. Isra spricht nicht, aber sie zeichnet mehr als alle anderen. Viele der Mädchen sind nicht einmal zu dieser Art der Kommunikation fähig. Wenn man ihnen Papier gibt, spucken sie schwarze Schmiere darauf und zerknüllen es. Oder stecken es in den Mund.

Oder reißen es in Sekundenschnelle in Fetzen. Der traurigste Fall ist das kleinste Mädchen mit den größten Augen. Wenn man sich ihr zu nähern versucht, schreit sie gellend und spuckt um sich. Sie entfernt sich nie aus dem Kreis der Geflügelten. Wenn die anderen schlafen, sitzt sie mit dem Rücken an die Wand gelehnt, wacht und kratzt sich dabei Arme und Beine auf, die bereits von schrecklichen Narben übersät sind.

Aphrodite bringt es nicht über sich, die Mädchen anzusehen. Sex ist ein Akt der Liebe. Sie persönlich hat den Geschlechtsverkehr als Liebesakt geschaffen. Fleischliche Lust und Befriedigung verbreiten ein schönes, heißes Licht. Sex ist immer eine Geste der Anbetung, die den Ausübenden auf bessere Daseinsebenen erhebt, wodurch er Aphrodites herrlichen Namen wispert wie ein lauer Wind oder sie wie ein berauschendes Parfüm empfindet. Zum Pimmel noch mal, denkt sie, ich habe mich geirrt. Sich geirrt zu haben ist für einen Menschen furchtbar, für eine Göttin aber tausendmal schlimmer. Zum Glück sind es nur dreizehn Mädchen. Was, wenn es dreißig wären. Oder dreihundert. Aber trotzdem! Diese dreizehn Mädchen hat sie durch ihre Finger gleiten lassen, und sie sind auf die Erde gefallen wie … wie irgendwelche zu kleinen Dinge, die man … die man nicht rechtzeitig zu fassen bekam.

Aber was ist das für ein Ort, an dem Liebe und Schönheit so schamlos in den Schmutz gezogen wurden? An welchem Ort wurden Aphrodites Gaben an die Menschheit so unverfroren geraubt, verzerrt und befleckt?

»Ich muss missionieren gehen«, sagt sie.

»Dabei ist noch nie etwas Gutes herausgekommen«, wendet Milla ein.

»Diesmal klappt es.«

Die Menschen in diesem schrecklichen Land haben vergessen, was Liebe bedeutet. Oder sie haben es vielleicht nur komplett falsch verstanden.

Aphrodite bricht auf, um aufzuklären, um die Freudenbotschaft zu verbreiten. Unter den Menschen. Die Menschen sind im Grunde nicht böse. Sie sind nur dumm!

»Nach Indochina!«

»Nach China?!«

Kanya holt einen großen Weltatlas und zeigt auf ihr Heimatland.

»Ich weiß Bescheid, du brauchst es mir nicht zu zeigen!«, ruft Aphrodite. »Könntest du mir etwas zum Anziehen leihen? Ich bin in Eile.«

Aphrodite hat nur ein paar Federn von ihrem Taubenkostüm am Leib. Kanya gibt ihr eines ihrer Massagekleider. Es besteht eigentlich nur aus schwarzen Schnüren: Um den Hals liegt ein Band, von dem zwei Schnüre abgehen. Sie laufen über die Brüste zu einem Taillenband und von dort zum Slip. Aphrodite kokettiert vor dem Spiegel. »In diesem Outfit werde ich kein Glaubwürdigkeitsproblem haben!«

Auf der Paradiesinsel wohnte die kleine Sue,
sie hatte einen süßen kleinen Mund, weißt du.
Und manch ein Mann wollte gerne blechen,
um jeden seiner Zentimeter reinzustecken.
Doch bald genügt der kleine Mund nicht mehr,
jetzt muss auch etwas anderes her.
Die Verhütung vergisst so mancher Tourist,
wenn junges Fleisch seinen Pimmel umschließt.

Bald ist sie schwanger, die kleine Sue.
Ihr Zuhälter tobt, er schreit und schlägt zu.
Eine trächtige Hure, für den Profit nur Mist,
zum Glück ist der Zuhälter Opportunist.
Er postet im Netz eine große Reklame:
»Für 'n Tausender gehört sie euch, die Dame.«
»Das zahlen wir gern«,
sagt eine Schar ausländischer Herr'n.

Sex reichte ihnen längst nicht mehr,
sie kamen mit allerhand Krankem daher.
Behielten den Kopf, boten die Organe zum Kauf,
den Rest fraßen am Morgen die Möwen auf.
Auf der Paradiesinsel starb die kleine Sue,
und so was passiert immer wieder, weißt du.

II.

ALL I WANNA DO IS:
(BANG BANG BANG BANG)
AND: (KKKAAAA CHING)
AND TAKE YOUR MONEY.

Isra und ihre Mutter wohnten in der Nähe des Waldes Himmapan in einem hübschen modernen Haus. Beim Spielen im Wald hörte Isra eines Tages ein leises Klagen. Sie hatte keine Angst, weil ihr nie etwas Beängstigendes passiert war. Also ging Isra auf das Geräusch zu und fand ein Tier, das mit dem Hinterlauf in eine Eisenfalle geraten war. Es war gehörnt, und auf seiner Haut wuchsen Schuppen. Es erinnerte an einen Stier. Aber auch ein wenig an einen Löwen. Und groß war es, vielleicht so groß wie Isras Haus.

Isra berührte die trockene Schnauze des Tiers. Sie war ein starkes Mädchen, und es kostete sie wenig Mühe, das Fußeisen aufzubiegen. Das Tier kam frei, doch sein Bein war schwer verletzt.

Da ihre Mutter Ärztin war, wusste Isra einiges über die Heilkunst. Sie riss ein Blatt von einem Busch ab und strich seinen Saft auf die Wunde. Im Wald von Himmapan ist vieles größer und stärker als andernorts; das gilt auch für die Heilstoffe der Pflanzen.

Das Tier sah dem Mädchen in die Augen und hinkte dann fort, hinein in den tiefen Wald.

Auf dem Heimweg hörte Isra das Motorengeräusch eines großen Wagens. Es kam ihr gar nicht in den Sinn, sich vor dem Fahrzeug zu verstecken. Der Lieferwagen hielt an, ein Mann stieg aus, den Isra nicht kannte. Sie grüßte ihn und wollte weitergehen. Doch der Mann schlug sie zu Boden. Er fesselte ihre Arme und schob sie in den rückwärtigen Teil des Lieferwagens, wo bereits einige andere Mädchen kauerten.

Sie wurden viele Nächte und viele Tage transportiert. Ihr Geschäft mussten sie in einen Eimer verrichten, der einmal täglich geleert wurde.

In einer fremden Stadt wurden die Mädchen in ein Haus gebracht, wo man sie schlug und beschimpfte. Wenn sie weinten oder baten, nach Hause zu dürfen, oder überhaupt um irgendetwas baten, wurden sie noch heftiger geschlagen und beschimpft. Sie bekamen schlechtes Essen, und als Toilette diente ihnen immer noch der Eimer.

Phueng, eins der größeren Mädchen, schlug einmal zurück und versuchte zu fliehen. Daraufhin kippten die Wärter den Fäkalieneimer aus und zwangen sie, alles aufzuessen, was darin gewesen war. Phueng sagte, das sei die beste Mahlzeit, die sie in diesem Haus bekommen hatte.

Sie verbrachten vielleicht eine Woche, vielleicht einen Monat in dem Haus. Dann durften sie sich zum ersten Mal seit langer Zeit waschen. Man klebte ihnen neue Fingernägel an und schnitt ihnen modische Frisuren. Ihre alten Kleider wurden weggeworfen, und stattdessen bekamen sie neue, sehr kurze, glänzende Kleider, die nur wenig verhüllten. Man lehrte sie, sich zu schminken. Unter Phuengs Anleitung spielten sie MTV, wenn die Erwachsenen nicht dabei waren.

Dann begann die Arbeit.

Isras erstes Mal war nicht so schrecklich wie bei vielen anderen. Wie bei Phueng beispielsweise. Aber Phuengs rotgesichtiger Liebhaber kam auch nicht ganz unversehrt davon.

In aller Welt dachten die Menschen, das sei nun mal ein Phänomen, das zur thailändischen Kultur gehört. Daran kann man nichts ändern. Und in Thailand lächeln die Einheimischen doch ständig und wollen zu Diensten sein. Auch die kleinen Mädchen! Außerdem, wenn sie nicht im Bordell arbeiten würden, müssten sie bestimmt im Elend leben. Viele schlechte Alternativen. Und mancher Tourist, der sich in einem ganz normalen Freudenhaus wähnte, besann sich doch ganz gewiss beim Anblick eines Kindes und gab der Kleinen fünf oder zehn oder hundert Dollar ohne jeden Gegendienst und schwor sich, nie wiederzukommen. Bestimmt taten das viele. Und natürlich war niemand nur in dieses exotische Land gekommen, weil er sich hier mehr erlauben konnte als zu Hause. Also seid still und lasst uns die Affen bestaunen.

Isra und ihre jungen Kolleginnen mussten bald feststellen, dass ein Mensch von außen noch so weiß sein konnte und innerlich dennoch aus nichts als Scheiße bestand.

Sie hätten für den Rest ihres Lebens im Bordell bleiben müssen, also so lange, bis sie ein nutzloses Alter erreicht haben würden und jemand sie erwürgte oder erschlug. Doch sie entschieden sich anders.

Vielleicht lag es an der in ein goldenes Kleid gehüllten, schönen, katzenäugigen blonden Frau, die vom Balkon des gegenüberliegenden Hotels direkt in ihr vergittertes Fensterchen blickte. Sie sagte in der Sprache der Mädchen »Kämpft« und dann »Rrrevolüsioon«, enthüllte ihre Brust und schwenkte eine schwarze Fahne.

Oder vielleicht lag es an etwas anderem. Doch plötzlich spürten sie, dass ihr Leben und ihr Leid tatsächlich existierten und dass die Minderwertigkeit ihres Geschlechts vielleicht doch keine objektive Tatsache war.

Und als würde ein in Zeitlupe laufender Film plötzlich zur normalen Geschwindigkeit zurückkehren, wussten sie nun, dass sie fliehen mussten. Wenn sie sich nicht selbst retteten, würde es niemand tun.

Die dreizehn kleinen Mädchen, die in dem kleinen Bordell lebten, schmiedeten einen Plan. Sie warteten auf den passenden Freier. Als er kam, nahm Phueng ihn in ihre Obhut. Unterdessen vergifteten die anderen die Bordellmutter und machten den Laden dicht. Dann versteckten sie sich im Koffer des Sextouristen und verließen das Land, Phueng in der Tüte mit dem zollfreien Schnaps.

Danach veränderten sie sich, wie sich Larven verändern, wenn sie ihren Kokon durchbrechen.

Aphrodite steht während des Fluges unter Narkose, Milla dagegen darf kein Schlafmittel nehmen. Ihr ist vom Start an übel. Sie schreit, die Geburt setzt ein, jetzt setzt die Geburt ein. Die Stewardessen und die Mitreisenden sind entsetzt und zum Schluss auch ziemlich wütend, denn trotz ihres Geblökes kommt kein Kind.

Die kleine Isra benimmt sich im Flugzeug wie ein Engel. Wie ein schwarzer, fliegenflügeliger Engel, aber immerhin! Nur ein einziges Mal spuckt sie einen Schwall Tinte aus, und auch nur deshalb, weil man sie neben eine Gruppe männlicher Touristen setzen wollte. Isras Tat bringt den Männern Plätze in der ersten Klasse ein, als Entschädigung.

Die anderen Fliegenflügeligen sind in Finnland geblieben, nur Isra wollte Milla und Aphrodite begleiten. Niemand versteht, weshalb sie sich von dem Schwarm trennen und in das Land zurückkehren wollte, in dem man ihr so übel mitgespielt hat. Vielleicht ist sie nur ein ungewöhnlich gutmütiges und vergebendes Mädchen.

Bangkok, Stadt der Engel, sechs Millionen Einwohner.

Sie treffen in der Hauptstadt Thailands ein. Die Lufttemperatur beträgt dreißig Grad, in den Häusern ist es vielleicht noch wärmer. Von der feuchten Hitze, der Schwangerschaft, den Menschenmassen und dem hellen Licht überall wird Milla ganz schwindlig. »Ich halte das nicht aus.«

Aphrodite spritzt Milla Sonnencreme ins Gesicht. Manchmal tun ihr die Finnen, für die fast jedes Wetter schrecklich ist, ein wenig leid.

Sie verbringen die erste Nacht im Hotel. Aphrodite gönnt sich eine Maniküre. Isra beobachtet den Vorgang schreiend und fauchend, bis Milla mit ihr nach draußen geht, zum Swimmingpool. Dort starren alle auf Millas Bauch, aber sie ist daran gewöhnt, angestarrt zu werden. Sie ermuntert Isra, in das warme Wasser zu springen. Isra sinkt wie ein Stein auf den Grund. Als sie wieder hochkommt, spuckt sie schwarzen Schlamm ins Becken, und sie werden gebeten, den Poolbereich zu verlassen. Die restliche Zeit verbringen Isra und Milla im Hotelzimmer, wo sie die Klimaanlage und die exotischen Früchte genießen, die Milla noch nie gesehen hat, nicht einmal im Katalog von Stockmann.

Am nächsten Morgen fahren sie mit dem Bus nach Pattaya. Isra ist total aufgeregt. Im Bus läuft sie nach vorn und presst Gesicht und Handflächen an die Windschutzscheibe. Der Fremdenführer bittet die Sorgeberechtigten, das Kind sofort auf seinen Platz zu holen.

Pattaya ist wie ein Gemälde von Bosch.

Isra gleicht einem Hündchen, das ständig vorwärtszerrt. Sie fliegt auf, wagt aber nicht, die Frauen allzu weit hinter sich zu lassen. Sie faucht. Zischt. Knurrt. Quakt. Knackt.

Dann hält sie an. Bevor Milla oder Aphrodite eingreifen können, geht sie mit den Fäusten auf einen Touristen los, der sich gerade eine Zigarette anzündet, und entreißt ihm das Feuerzeug.

Hierher musste sie zurück. Dies ist das Ziel. Das Bild am Fenster des kleinen Freudenhauses zeigt zwei kniende Nymphen, die die Köpfe senken und deren Körper ein Herz formen. Isra schwingt sich in die Lüfte. Sie stürzt sich gegen das Fenster, bis die Scheibe zersplittert. Dann spuckt sie einen schwarzen Schwall durch das zerbrochene Fenster, schleudert Feuer hinterher und das Haus flammt auf, wuhhhh.

Isra fliegt über den Flammen und versprüht auch auf die umliegenden Häuser dieses schwarze Zeug, was ist das, ist es Öl? Ja, es ist Öl, stellt Milla fest. Die Menschen drängeln, Panik kommt auf. Scooter stoßen zusammen, aus den Gassen traben Hunde herbei, in den Straßenküchen kippen die Töpfe um. Pattaya ist plötzlich ein wogendes Flammenmeer.

»Komm raus da, verdammtes Schätzchen«, ruft Milla, doch Isra fliegt nur immer tiefer hinein. »Tu doch was!«, schreit Milla nun, und Aphrodite verwandelt sich in eine riesige Flugeidechse. »Scheiße!« Milla springt auf den Rücken der Aphrodite-Eidechse, und sie tauchen in die Flammen.

Die Hitze ist entsetzlich. Milla denkt an ihr Baby. Kann der Fötus traumatisiert werden? Kann der Fötus Brandwunden davontragen? Ist er noch ein Fötus, wenn er voll entwickelt ist? Oder ist er schon ein Baby?

Sie sehen, wie Isra sich immer näher an die Flammen heranwagt. Jetzt fliegt das Mädchen auf eine brennende Mauer zu. Milla schreit, sie befiehlt Isra, anzuhalten, doch ihre Stimme geht im Lärm unter.

Die Aphrodite-Eidechse forciert das Tempo, bleibt für den Bruchteil einer Sekunde in unnatürlich senkrechter Position in der Luft stehen und packt das kleine Mädchen mit ihren Klauen. Isra zappelt und schlägt um sich, aber Aphrodite hat sie fest im Griff und ist außerdem viel größer: Flügelspannweite zwölf Meter, während sie bei Isra vielleicht einen Meter oder anderthalb misst.

Sie lassen die zerstörte Stadt hinter sich und fliegen davon.

»Such mal die Adresse heraus«, fordert Aphrodite mit Eidechsenstimme. Milla zieht den kleinen rosafarbenen, nach Jasmin duftenden Zettel aus ihrem BH, dessen Körbchengröße mittlerweile ihren persönlichen Rekord bricht. Dabei hat sie sich in jüngeren Jahren gegrämt, weil sie sich kein Implantat leisten konnte! Sie liest laut ab, was auf dem Zettel steht.

Unter ihnen erstrecken sich hohe Berge und ein großer Wald, der aussieht, als habe ihn nie ein Mensch mit seinen schweren Maschinen gerodet. Am Rand des Waldes liegt ein kleines Dorf. Dort landen sie.

Auf der Erde nimmt Aphrodite wieder menschliche Gestalt an. Das geht nicht so schnell, die Flügel wollen sich nach dem langen Flug nicht in Arme verwandeln, und die Knie sind nach hinten verdreht wie bei Natalie Portman.

Isra erhebt sich benommen, ihre Flügel sind nur noch versengte Stummel. Sie versucht aufzufliegen, fällt aber mit dem Gesicht auf die Erde. Milla hebt sie auf und umarmt sie.

Eine Frau kommt aus einem kleinen Haus. Sie nähert sich, langsam zuerst, dann beginnt sie zu rennen. Als Isra die Frau erblickt, reißt sie sich von Milla los und flieht wimmernd in den Wald.

Isra läuft, gerät beinahe ins Stolpern und springt über ein kleines Hindernis. Die Baumwurzeln werden immer dicker und knorriger, je weiter das kleine Wesen vordringt. Es ist, als ob es den Wald kennt, obwohl es in seinem Menschenleben nie so tief hineingelaufen ist.

Die Frau verfolgt es. Sie ist nicht so gewandt, hat aber längere Beine. Die Frau ist gut und wichtig, das kleine Wesen muss sie loswerden. Entsetzliche Scham treibt es an. Man hat es beschmiert, beschmutzt, besudelt. Es ist schlecht und dreckig.

Es läuft, springt, weicht aus. Sieht sich um. Die Frau fällt auf den Rücken. Sie ist gegen den unsichtbaren Zaun geprallt, der sie nicht auf diese Seite hinüberlässt.

Das Wesen schaut der Frau in die Augen, aus denen reines Wasser strömt. Dann dreht es sich um und läuft tiefer und immer weiter und für alle Zeiten in den Wald hinein.

Seine zerrissenen Insektenflügel und sein geschwärzter Körper. Seine versengten Haare. Seine Metamorphose. Es wird nie mehr zur Larve werden, die von den anderen geschützt oder verletzt wird.

Hier ist es allein. Dies ist der einzige Ort auf der Welt, wo es existieren kann.

Es kauert sich zwischen die Wurzeln eines tausendjährigen Baums und schläft sich die Qual, den Schmerz und die Trauer aus dem Leib.

Die Erde bebt wie der Fußboden in einem Nachtclub. Es erwacht, kauert sich ängstlich zusammen, verbirgt den Kopf unter den Armen. Dann herrscht plötzlich vollkommene Stille.

Nur ein Atem, schwer und warm, pustet ihm die Augen auf.

Das kleine Wesen ist anders als die großen, vielleicht hausgroßen Tiere, die ihren feuchten Atem auf seine Haut blasen. Es hat Arme und Beine, sie haben vier Beine. Es hat oder hatte Flügel, sie haben Hörner. Es hat keinen Schwanz, sie haben Löwenschwänze.

Sie nehmen es in ihr Rudel auf. Irgendwie wirken sie bekannt, doch diese Bekanntschaft liegt sehr weit zurück. Trotzdem hat es das Gefühl, dass sie es beschützen. Nicht, weil es klein und schwach ist, sondern weil es Schutz verdient.

Womöglich gebäre ich jetzt, denkt Milla. Da geht ihr plötzlich auf, wie unangenehm das sein wird. »Wie gebärt man?«, fragt sie Aphrodite.

Soweit Aphrodite sich erinnert, ist daran nichts Besonderes. Sie tröstet Milla, es gehe schnell und tue überhaupt nicht weh.

Die Frau kehrt aus dem Wald zurück, sie hat Schürfwunden im Gesicht und an den Händen. Sie weint und klagt, gestikuliert verzweifelt. Dann sieht sie Milla. »Ich bin Ärztin«, ruft sie und läuft zu den Frauen hin.

Sie sagt, sie heiße Devi, und dankt den Frauen dafür, dass sie ihre Tochter in die Heimat zurückgebracht haben. Denn wohin Isra auch gelaufen sein mag, dort muss es besser sein als da, woher sie gekommen ist.

»Sorgst du für eine sterile Umgebung?«, bittet sie Aphrodite und führt die beiden in ihr kleines Haus.

Die Geburt ist alles andere als leicht. Sie dauert zwölf Stunden und ist einfach grauenhaft. Devi muss Milla Morphium geben.

Endlich wird ein Junge geboren, viertausenddreihundertfünfundzwanzig Gramm.

»Ein Junge!?« Aphrodite hatte etwas anderes erwartet. »Aber es ist wohl auch ganz in Ordnung.«

Milla antwortet nicht, sie ist vom Morphium immer noch benommen. Die Ärztin näht ihren Dammriss.

Devi reicht Aphrodite die Plazenta und trägt ihr auf, sie möglichst weit wegzutragen und zu vergraben, tief in der Erde. Warum, fragt Aphrodite. Eigentlich möchte sie nicht nach draußen, denn dort ist es stockdunkel. Devi sagt, es muss aber sein.

Aphrodite geht nur ein kleines Stück vom Haus weg. Sie fürchtet, nicht mehr zurückzufinden, wenn sie sich zu weit entfernt. Sich immer wieder umschauend, gräbt sie mit den Zehen ein kleines Loch in den Sand, legt die Plazenta hinein und schiebt Kiessand darüber.

Nachdem sie sich umgedreht und etwa zehn Meter zurückgelegt hat, hört sie ein widerliches Geräusch in der Luft. Als ob wabbelnde nackte Schenkel gegeneinanderklatschen. Sie richtet ihre kleine Taschenlampe auf das Geräusch. Am Grab der Plazenta lässt sich gerade eine Frau nieder. Allerdings ist es gar keine Frau, sondern nur ein Kopf, an dem eine Reihe innerer Organe hängt: Luftröhre, Lunge, Magen, Därme, Gebärmutter, allerlei Gedöns.

Der Kopf hat lange Raffzähne. Er verschlingt die Plazenta, sein Mund ist mit Blut und Schleim beschmiert.

Aphrodite übergibt sich und läuft gleichzeitig zum Haus, sodass die Kotze auf ihre Hüfte, den einen Arm und die Beine fliegt. Zum Glück trägt sie nicht so schrecklich viel oder eigentlich überhaupt keine Kleidung.

Der Kopf verschlingt den Rest der Plazenta und fliegt Aphrodite nach.

»Was für ein widerliches Ding!!«, kreischt Aphrodite, als sie ins Haus rennt.

Devi erwartet sie an der Tür. »Kra-Sue«, sagt sie.

Das Wesen schreit gellend, seine Lunge füllt sich mit Luft und leert sich wieder. Es will ins Haus, dort ist ein Leckerbissen, nammm, mehr von der Sorte, ein ganzes Neugeborenes. Wenn Kra-Sue es verschlingen könnte, würde es in die Gebärmutter rutschen, und dann wäre es da, wo es hingehört.

Devi sieht Aphrodite tadelnd an. Aber Aphrodite konnte doch nicht wissen, was passiert, wenn man die Plazenta nicht weit genug wegbringt, verdammt!

Devi nimmt ein Skalpell und reckt es drohend. Sie spricht in ihrer eigenen Sprache mit dem Wesen. Aphrodite steht hinter Devi in der Türöffnung und hält einen Besen hoch. Devi erklärt, wenn Kra-Sue nicht sofort verschwinde, müsse sie ihr die Lunge aufschneiden. Das sei gar nicht angenehm. Das Wesen krächzt. Es versteht durchaus. Aber der Neugeborenengeruch ist so stark, dass es sich nicht zügeln kann. Es ist auf den Geschmack gekommen, es will einen frischen kleinen Menschen.

Wie eine blutige Rakete saust Kra-Sue an Devi vorbei ins Haus. Sie hält kurz an, wittert und eilt dann in das Zimmer, in dem Milla und das Baby liegen. Kra-Sue ist so gierig, dass sie dem kleinen Jungen als Erstes einige Zehen abbeißt, statt sich sofort auf die delikateren Teile, auf Arme, Bauch und Beine zu stürzen. Aphrodite stürmt in das Zimmer. Sie packt das Wesen am Gedärm und reißt den schreienden Kopf von dem Baby weg. Nachdem sie Kra-Sue auf den Boden gerollt hat, stellt sie sich auf ihren Magen und bohrt ihr den Besenstiel durchs Herz.

»Das hättest du nicht tun dürfen«, ruft Devi, die in dem Moment hereinkommt, als das Monster aufgespießt wird.

»Warum nicht?«

»Es war nur ein bemitleidenswertes Mädchen. So etwas hat es nicht verdient.«

»Es hat versucht, das Baby zu fressen, und zum Teil hat es das auch geschafft.«

Devi erwidert nichts, doch ihre Miene verrät, dass Aphrodite einen schweren Fehler gemacht hat. Sie verbindet den Fuß des kleinen Jungen, an dem die beiden äußersten Zehen fehlen, deckt das Baby und Milla zu, geht zu Bett und schläft mehr als vierundzwanzig Stunden lang.

Aphrodite schläft nicht. Sie trägt Kra-Sue hinaus, schließt ihr die Augen und legt eine rosa Anemone neben das Gesicht des Wesens. Sie bleibt sitzen und wartet auf die Sonne, die die Überreste des jungen Monsters zu Asche verbrennt.

Als der Tag angebrochen ist, putzt Aphrodite den Fußboden. Sie betrachtet das Baby und denkt über seine Zukunft in dieser Scheißwelt nach. Berührt den Fuß des Kindes, die Stelle, an der ihm nun ihretwegen Zehen fehlen. Aphrodite küsst den Fuß, und statt der fehlenden kleinen Zehen wachsen Vogelkrallen nach. Sie besieht sich, was sie zustande gebracht hat, und seufzt so schwer wie seit Jahrtausenden nicht. Das Beste, was die Göttin der Liebe und der Fruchtbarkeit im Moment tun kann, ist wohl, über das Baby zu wachen.

Auch daran scheitert sie. Sie schläft auf dem Stuhl ein, und das Erste, was das Baby beim Aufwachen sieht, sind Aphrodites fettige blonde Haare, die ihr Gesicht verhüllen wie ein schmutziger Vorhang.

Milla schreckt aus dem Schlaf hoch und weiß im ersten Moment nicht, ob die Wirklichkeit noch da ist oder woanders. Das Vogelgezwitscher, das von draußen hereindringt, bringt sie in die richtige Zeit und an den richtigen Ort zurück. Sie betrachtet ihren Bauch. Er ist immer noch groß. Ist das Kind doch nicht herausgekommen? Es muss gekommen sein. Bleibt der Bauch so? Muss sie trainieren wie verrückt, um ihn loszuwerden? Steckt ein zweites Kind darin? Man sagt doch, dass der Körper bei jungen Menschen schnell seine Form zurückgewinnt. Ist sie in dieser Hinsicht noch jung? Oder in ganz normalem Alter? Ist sie jetzt eine junge Mutter?

Sie hat in der vorigen Nacht einen neuen Menschen geboren. Eine Person, die früher nicht existierte und jetzt da ist.

Sie überlegt, wie das Baby wohl aussieht. Ob es niedlich oder verschrumpelt ist. Ob es große Augen hat oder einem alten Mann gleicht. Blau im Gesicht oder normal. Ist es überhaupt richtig weiß oder andersrassig?

Glatze oder lange Haare? Groß oder klein?

Mädchen oder Junge?

Gesund oder behindert?

Milla steht zu schnell auf. Der Schmerz wirft sie aufs Bett zurück. Sie spannt alle Muskeln an, verzieht das Gesicht und erhebt sich erneut. Ihr tut der ganze Körper weh, als wäre sie beim Body Pump gewesen. Sie schleicht an die Wiege, vor der Aphrodite in unbequemer Haltung schläft.

Milla zieht das Moskitonetz beiseite. Da liegt ihr kleines Baby. Na ja, so richtig klein ist es nicht, vielleicht so groß wie eine Katze. Es hat runde Wangen, einen großen Kopf und riesige violette Augen. Es ist definitiv das schönste Baby, das Milla je gesehen hat.

Und es ist ihres! Hihi! Nichts hat ihr jemals so sehr gehört.

Ihre Brüste wiegen sicher zehn Kilo. Also, normalerweise wiegen sie nicht so viel, falls da jemand falsche Vorstellungen hat. Sie nimmt das Baby in die Arme und kehrt mit ihm ins Bett zurück. Sie stillt es.

Aus ihren Brüsten kommt Milch!

Pfui Deibel!

Wie krankhaft!

Wie wundersam!

Aphrodite erwacht. Sie erschrickt, als sie die leere Wiege sieht. Milla winkt ihr vom Bett aus zu. Aphrodite betrachtet die Symbiose von Mutter und Kind. Der Anblick ist rührend, auch wenn sie die fleischliche Liebe zwischen zwei Erwachsenen immer auf den ersten Rang gesetzt hat.

»Wie soll es heißen?«, fragt Aphrodite.

»Darüber habe ich noch nicht nachgedacht.«

»Dann musst du jetzt nachdenken.«

»Warum?«

»Wenn es überraschend stirbt, muss es sonst namenlos in den Tod gehen. Das ist ein entsetzliches Schicksal.«

»Morpheus.«

»Morpheus?«

»Wegen dem Morphium.«

»Okay. Das ist ganz okay.«

Die Erinnyen gelten als verbitterte Frauen. Sie sind nicht verbittert. Sie sind gerecht.

Als die Hölle erschaffen wurde, endeten alle Frauen automatisch dort. Die Frauen waren ja von Natur aus sündig und verführerisch, obwohl sie andererseits nicht einmal fähig waren, Sex zu genießen. Die Männer dagegen waren von Natur aus vernünftig und moralisch, doch andererseits konnte der bloße Anblick eines Frauenknöchels oder Frauenarms sie zu irrationalen, leidenschaftlichen Taten veranlassen. Jedenfalls wurden einige Männer der Freuden des Himmels teilhaftig, andere schmorten in der Hölle, wobei das Kriterium in der Regel ihr irdischer Wohlstand war.

Die Erinnyen trauerten über das Los der Frauen in der Hölle. Das ist wider alle Vernunft, dachten sie. Auch die Frauen mussten das Recht haben, in den Himmel zu kommen. Sie führten Kampagnen und kämpften, und schließlich wurde beschlossen, dass auch Frauen in den Himmel dürfen, wenn sie die entsprechende Qualifikation vorweisen können.

Die Erinnyen feierten und hielten Reden. Bald stellten sie jedoch fest, dass zwar die Hälfte der Menschen Frauen waren, dass ihr Anteil an der Bevölkerung des Himmels aber weitaus geringer war. Zwischen Himmel und Hölle war das Fegefeuer geschaffen worden, in dem viele Frauen stecken blieben. Was zum Teufel, überlegten die Erinnyen und begannen, den Menschen nachzuspionieren.

Es zeigte sich, dass die Männer zu einem gewissen Grad den Aufstieg der Frauen in den Himmel sabotierten, sich aber vor allem gegenseitig unterstützten. Die Frauen dagegen wetteiferten gegeneinander um die Gunst der Männer, denn sie glaubten, mithilfe der Männer leichter in den Himmel aufzusteigen.

Seht ihr, hier liegt der Kern des Problems, erklärten die Erinnyen den Frauen. Einige begriffen und nahmen den Rat ernst. Sie verbündeten sich und unterstützten einander. Die Männer fuchste es ein bisschen, dass sie aus diesen Frauengruppen ausgeschlossen waren. Sie konnten jedoch nicht verhindern, dass es diesen Frauen schließlich gelang, sich selbst und ihren Verbündeten den Weg in den Himmel zu bahnen.

Hah, wir haben es geschafft, jubelten die Erinnyen. Doch seltsamerweise war die Verteilung der Geschlechter im Himmel immer noch ungleich. Jetzt ist Selbstreflexion angesagt, stellten die Erinnyen fest. Aber der

Fehler lag nicht bei ihnen. Wieder mussten sie den Blick auf die Menschen richten.

Sie erkannten, dass nicht alle Frauen zu Zusammenschluss und gegenseitiger Hilfe bereit waren, sondern einander im Grunde genau so behandelten, wie sie von den Männern behandelt wurden.

So ist das also, riefen die Erinnyen. Sie wurden derart wütend, dass sie in der Hölle eine eigene Abteilung einrichteten, für Frauen, die einander nicht helfen. Dort sollten diese Verräterinnen eine ganze Ewigkeit lang sexistische Witze hören, sich auf den Busen starren lassen, Kaffee kochen und Fürze riechen.

12.

'CAUSE I MAY BE BAD, BUT I'M PERFECTLY GOOD AT IT.
SEX IN THE AIR, I DON'T CARE,
I LOVE THE SMELL OF IT.
STICKS AND STONES MAY BREAK MY BONES,
BUT CHAINS AND WHIPS EXCITE ME.

Es kommt die Nacht, in der Mirkalla nicht nach Hause zurückkehrt.

Der Mann wacht bis zur Morgendämmerung und denkt, die Frau habe ihn verlassen. Wie peinlich! Wie soll er das seinen Eltern und seinen Freunden erklären, die alle finden, diese Frau sei fast zu gut für ihn? Und er wollte doch nur beweisen, dass er seiner Frau würdig ist.

Das ist er.

Früher war der Mann vielleicht ein Arschloch, aber Mirkalla hat einen guten Kerl aus ihm gemacht. Der er seiner Meinung nach freilich tief in seinem Inneren immer schon war. Sie hat seinen guten Kern nur freigelegt.

Die Frau kommt am Morgen nicht zurück, den ganzen Tag über nicht und nie mehr.

Der Mann ruft mindestens tausendmal bei Mirkalla an, hört aber nur Rauschen. Schließlich dann die Ansage, die gewählte Nummer sei nicht vergeben.

Tage vergehen, er erstattet Vermisstenmeldung. Ruft so oft bei der Polizei an, dass seine Anrufe schließlich nicht mehr angenommen werden.

Wo sich Mirkalla aufhält, weiß nicht einmal das rothaarige Mädchen, das den Mann kaum grüßt, vermutlich aus Schüchternheit. Der Mann hofft, dass sie sich als Bekannte in dieser Zeit des Verlusts gegenseitig trösten, doch das Mädchen versteht ihn offenbar nicht.

Er hängt Vermisstenmeldungen in der Stadt aus. Auf den schwarzweißen Kopien ist ein Foto seiner fantastischen Frau, die wie ein Model aussieht, obwohl sie blass ist und nicht lächelt. Ach ja, richtig, so sind Models heute. Über dem Foto steht »VERMISST«, an den unteren Rand hat er seine Kontaktdaten geschrieben und darunter »Belohnung!!!!«.

Er steht an einer Bushaltestelle und streicht sorgfältig Leim auf die Rückseite seines Aushangs. Dann klebt er das Papier an den Abfallbehälter, gerade und präzise, damit sich keine Luftblasen bilden.

»Sie hat nie gelernt, sich zu verteidigen«, sagt jemand. Dem Mann ist es unangenehm, von Fremden angesprochen zu werden. Er tut, als hätte er nichts gehört, und pfeift vor sich hin.

»Hallo, du Arschloch«, es ist eine heisere Frauenstimme. Der Mann blickt von seinem Papierstapel auf. Eine grauhaarige Frau mit schwarzer Mütze starrt ihn an. Sie sieht fast wie ein Gerippe aus. Der Mann erschrickt beinahe.

Die Frau zieht an ihrer Zigarette und deutet mit der freien Hand auf die Glaswand der Haltestelle. Auf das Glas ist das Bild einer Frau gesprayt, künstlerisch, in Schwarz, Weiß und Rot. Sie sieht seltsam aus. Ein bisschen erschreckend. Eindeutig leblos. Schrecklich gefoltert. Aber gefoltert wirkende Frauen sieht man ja überall. Es macht Spaß, sie zu betrachten.

Ohne Lächeln, aber nicht ausdruckslos. Wie ein Fotomodell.

Eher schmale, aber sinnliche Lippen. Dicke Brüste.

Vom Nacken schlängelt sich eine schmale Kreuzotter zwischen die Brüste. Sie sieht genauso aus wie Mirkallas Tätowierung!

Ja. Tatsächlich, du liebe Güte: Das Bild zeigt keine andere als seine schöne Frau. Tot und mit einem Strahlenkranz gekrönt.

Und nackt, was seine Gefühle im ersten Moment am meisten in Wallung bringt.

Die rauchende Frau sieht ihn verächtlich an, wobei der Mann ihren Blick allerdings als mitfühlend deutet, wirft ihm die Kippe vor die Füße und steigt in den Bus.

Immer mehr Bilder finden sich in der Stadt, und sie werden immer größer. Dann erscheint das allergrößte Bild.

Der Mann leidet. Entweder, weil seine Frau entehrt wird, oder weil die Bilder womöglich dokumentarisch sind. Na, aus beiden Gründen! Niemand weiß, was Mirkalla zugestoßen ist. Wenn sie noch lebte, wäre sie doch längst nach Hause gekommen! Und wenn sie tot wäre, würde sie nie wieder nach Hause kommen!!

Er teilt der Presse mit, dass die Heilige Miracle seine Frau ist, doch keine Zeitung, die etwas auf sich hält, ist bereit, eine derartige Behauptung zu drucken. Nicht, dass die Medien kein Interesse an Skandalen hätten, aber dies ist die falsche Art Skandal. Man mag sich nicht vorstellen, dass die Heilige Miracle eine gewöhnliche Frau gewesen sein könnte. Die Existenz des Mannes würde den Glanz des heiligen Wesens schwächen. Als Nächstes würde vermutlich berichtet, dass sie ein Kind und ein Auto und irgendeinen gewöhnlichen, banalen Job hatte.

Außerdem wirkt der Mann durchgeknallt, und die Presse hat es allmählich satt, über die Taten geisteskranker Männer zu berichten, weil man darüber ohnehin ständig schreiben muss. Und obendrein: Der Mann ist gewöhnlich. Die Heilige Miracle ist vollkommen.

Das ist sie wahrhaftig. Lange, schwarz glänzende Haare, über denen sich ein Strahlenkranz ausbreitet. Ein schöner, wenn auch misshandelter Körper. Perfekte Brüste. Ein Knochenbau, wie er nur wenigen beschieden ist. Eine majestätische, ägyptische Haltung.

Natürlich bringen die zahlreichen, an prominenten Stellen tätigen Chauvinisten es nicht fertig, sich aus der Debatte herauszuhalten. Auch ihrer Ansicht nach ist die Heilige Miracle eine absolut perfekte Frau: makelloser Körper, versiegelte Lippen und mit Putzen beschäftigt. Sie hat nur einen wesentlichen Fehler: die zugetackerte Vagina. Aber vielleicht könnte man sie für den Gebrauch öffnen. Und dann wieder verschließen! In manchen Kulturen tut man das doch. Seltsam, dass ein so genialer Brauch sich nicht bei allen Völkern eingebürgert hat!

Der Mann hört die Leute über seine Frau reden wie über irgendeinen Gegenstand. Über seine geliebte, einzigartige Frau, die gut, schön und überaus real ist. Als hätte dieses Gesindel das Recht, auch nur Mirkallas Namen auszusprechen. Er hätte nicht übel Lust, jemanden umzubringen, obwohl er kein gewalttätiger Mann ist.

Er wandert tagelang draußen herum, manchmal auch nachts. Keine Spur von Mirkalla.

Dann hat er einen Traum. Jedenfalls denkt er später, dass es ein Traum war.

Er wird wach, weil jemand ans Fenster klopft und kratzt. Er steht auf und öffnet es. Nichts zu sehen, nur Dunkelheit. Doch dann ist ihm, als flattere direkt vor seinem Gesicht ein großer schwarzer Flügel. Vielleicht ein Rabe, wenn es die in der Stadt gäbe. Nur ist es gar kein Flügel, sondern ein Schwall schwarzer Haare, die ihm nass und klebrig über das Gesicht wischen.

Das Wesen mit den nassen Haaren zwängt sich durch das kleine Fenster ins Schlafzimmer. Der Mann kann und will es wohl auch nicht daran hindern. Er weicht zurück, bis er mit dem Rücken an der Wand steht. Die schwarzen Haare schlagen ihn wie eine dünne Lederpeitsche oder junge Kreuzottern. Sie scheinen in jeden Winkel des Raums zu fliegen.

Als die Haare zur Ruhe kommen, sieht er das Gesicht seiner Frau. Mirkalla ragt groß und verdreht vor ihm auf. Sie streckt ihre Glieder, die wie ausgerenkt wirken. Erst bringt sie den einen Arm in die richtige Position. Dann den anderen. Danach zieht sie die Beine gerade und dreht sie richtig herum.

Die Lippen der Frau sind immer noch zugeklammert, und ihre Haut ist ganz weiß. So weiß, dass sie in dem dunklen Zimmer zu leuchten scheint.

Mirkalla richtet ihre schiefe Hüfte. Sie blickt den Mann mit ihren eisigen Augen an. Der Mann will sie berühren, traut sich aber nicht. Vielleicht erwartet Mirkalla jedoch, dass er sie berührt. Er streckt die Hand nach ihr aus. Doch da reißt Mirkalla den Mund auf, ohne Rücksicht auf die Heftklammern, die ihre Oberlippe zerfetzen. Sie sperrt den blutigen Mund weit auf, und der Mann sieht die riesigen Reißzähne.

Mirkalla wirft sich auf den Mann und küsst ihn mit blutigen Lippen. Ihr Mund schmeckt nach Erde, doch das Blut ist dick und süß und läuft dem Mann in die Kehle wie Honig.

Der Mann erwacht von dem Gefühl, zu ersticken. Ihm ist furchtbar kalt, obwohl er in voller Bekleidung geschlafen hat. Es ist noch nicht Morgen, draußen ist es immer noch dunkel. Das Fenster steht offen, hoffentlich kriegt er keinen Schnupfen. Zu kraftlos, um aufzustehen, sinkt er erneut in tiefen Schlaf bis in den Nachmittag.

Als er sich aus dem Bett gekämpft hat, überkommt den Mann das Gefühl, dass etwas fehlt. Er sieht in der Küche, im Bad und sogar auf dem Balkon nach, kommt aber nicht darauf, wer oder was verschwunden ist. Auch den Kleiderschrank inspiziert er, doch da sind nur Kleider.

Ohne etwas gegessen oder getrunken zu haben, begibt sich der Mann wieder auf die Suche nach seiner Frau. Wenn doch alles wieder so würde wie früher.

Völlige Dunkelheit.

»Und ob ich schon wanderte im finsteren Tal, Baby, fürchte ich kein Unglück, denn dein Stoff und deine Storys trösten mich … Mmmmm …«

Die Stimme schallt im Kopf oder von außen. Innen oder außen. Es ist schwierig, das zu unterscheiden. Als wäre der Schädel zerbrochen wie eine Eierschale und hätte das Innere nach außen und das Äußere nach innen gelassen.

Kalla, Kalla, Kalla mein,
wie fühlt es sich an, so tot zu sein?

So endet also das Leben, in völliger Dunkelheit? Wenn das Grauen vorbei ist, wird alles gleichgültig.

Ein dumpfes Lachen, von außen?

»Mädchen … Du hast die verbotene Frucht vom Baum der Erkenntnis gepflückt. Hast einen Schluck vom Wasser des Lebens getrunken.

Die Ewigkeit inhaliert wie einen guten Joint. War er gut? Vermutlich ja.« Die Stimme dehnt das letzte Wort, wird miauend.

Vielleicht ist das eine Sinnestäuschung, denkt Kalla. Oder der Himmel.

Pure Dunkelheit, wie unter einem großen Schirm. Als würde man schlafen und vielleicht ein wenig träumen. Als ließe man einen Seewurm durch die Augenhöhlen kriechen.

»He, Mädchen!«

Kalla öffnet die Augen so weit wie möglich, doch sie sieht ebenso wenig Licht wie mit geschlossenen Augen. Sie könnte nicht sagen, ob sie geöffnet oder geschlossen sind. Scharfeinstellung. Schärfer. Noch schärfer.

Ein Aufblitzen. Weiß und golden.

Sie versucht zu sprechen, kann aber den Mund nicht öffnen. Sie will die Lippen berühren, aber ihre Hände sind nicht erreichbar. Sie sind nicht zu fühlen. Als wären sie nicht da, wo sie sein sollen.

»Ich heiße Ereškigal-AH.« Der Name endet in einem sinnlichen Seufzer. »Erhebe dich von den Knien und gehe.«

Die weiche Frauenstimme spricht pompös wie in alten Bibelfilmen. Oder in irgendeinem Streifen mit Elisabeth Taylor, in dem die Farben einem grell in die Augen knallen.

Die Augen explodieren! Der Sack wird aufgerissen: entsetzliche Helligkeit. Kalla blinzelt, sucht ihre Hand, um sie über die Augen zu legen. Alles ist schwarz und weiß.

Vor ihr steht ein sechs oder sieben Meter großes Wesen mit einem riesigen Kopf. Nein, es ist nicht der Kopf, sondern die Frisur. Übergroße goldene Ketten. Schwarzer Satin umhüllt die prallen schwarzen Gliedmaßen. Und das Lächeln gewaltige vergoldete Zähne.

»Ereškigal«, wiederholt die hochgewachsene Frau mit etwas weniger Druck auf der letzten Silbe und hebt die Arme, die gar keine Arme sind, sondern silbergraue Flügel. »Willkommen in der Ewigkeit«, sagt sie.

Sie beugt sich zu Kalla herunter, sammelt deren Körperteile aus dem Müll und fädelt einen goldenen Faden in eine goldene Nadel ein.

»Ich brauch 'ne Tasse Tee, die Welt brennt. Oje, was für ein Tag«, sagt Ereškigal lächelnd.

Die Schwarzdrossel singt, und sie gehen in den Schatten.

Der Mann spaziert durch den Park, in dessen Nähe er Mirkalla einmal begegnet ist. Kurz bevor sie getraut wurden. Er war schon damals verliebt, obwohl die Frau sich ein wenig verwirrend benahm. Dann geschahen irgendwelche schlechteren Sachen. Aber schließlich wurde alles gut! Er konnte Kalla sogar den niederträchtigen Augenraub verzeihen, der ihn aus seinem früheren Leben geworfen, ihn vom rechtswissenschaftlichen Institut als Koch in eine mittelmäßige Pizzeria gebracht hatte. Vielleicht war es die Vorsehung.

»Gib mal ne Mark.«

Der Mann blickt zur falschen Seite, nach rechts, und hört von links dasselbe: »Gib mal ne Mark.«

Die das fordert, ist eine Frau mittleren Alters. Langer Steppmantel, Bubikopf, bunte Mütze. »Gib mal ne Mark«, wiederholt sie.

Der Mann zieht die Geldbörse aus der Hosentasche und gibt der Frau einen Euro. Die Frau betrachtet die Münze. »Gib mir 'nen Schein.«

Er gibt ihr einen Fünfer. Die Frau betrachtet das Geld und fragt ihn nach seinem Namen.

»Anders«, antwortet der Mann.

»Gib mir mehr, Anders.«

»Nein.«

Er geht weg, doch die Frau folgt ihm mit ausgestreckter Hand und ruft seinen Namen. »Bist du ein guter Mensch, Anders? Gib Geld.«

Der Mann verdrückt sich im Laufschritt, doch die Mutti bleibt ihm auf den Fersen. Sie setzt ihm kilometerweit nach. Durch die Stadt. Aus der Stadt hinaus. Bis zum Ödland.

Der Mann entdeckt die Müllhalde. Sie ist von einem hohen Zaun umgeben, über den wird die Alte nicht kommen. Er klettert über den

Zaun und lässt sich auf die Müllsäcke fallen. Dann versteckt er sich vor der Bettlerin, kauert sich hinter ein mit getrocknetem Blut und Kotze bedecktes altes Sofa.

Die Frau läuft zum Zaun, rückt die Mütze gerade und wischt sich die feuchte Stirn. »Anders! Gib mir mehr!« Sie wartet einen Moment, dann wirft sie sich gegen den Zaun und rüttelt daran. Als sie damit nichts erreicht, beginnt sie den vor der Halde liegenden Abfall einzusammeln, um sich daraus eine Treppe zu bauen.

Der Mann begreift, dass er seine Verfolgerin nicht so leicht loswird. Lautlos macht er sich auf die Suche nach einem besseren Versteck.

In der Luft wimmelt es von Möwen. Ihre Schreie übertönen die Rufe der zurückbleibenden Schnorrerin. Vielleicht gibt es am anderen Ende der Müllhalde einen Ausgang.

Die Deponie ist viel größer, als er dachte. Es dämmert, und er sieht immer noch nur ungeheure Abfallhaufen, die teilweise wie Berge aufragen. Unter seinen Füßen knackt es: Die durchsichtigen Plastikpackungen wirken wie eine Eisschicht, die zwischen der Erde und seinen Schuhen knirscht.

Als es stockfinster wird, verschwinden die Möwen. Er ist jetzt ganz allein auf der Müllkippe. Wenn er nach unten blickt, scheint es, als würde der Erdboden sich bewegen. Rattenlegionen flitzen durch die Abfälle.

Er nimmt sein Handy als Lichtquelle und folgt den Ratten. Vielleicht führen sie ihn zum Ausgang oder wenigstens zu etwas einigermaßen Essbarem. Er merkt plötzlich, dass er sehr hungrig ist.

Die Ratten steuern auf einen immer schlimmer werdenden Gestank zu. Nur verdorbenes Essen kann so schlecht riechen.

Er hat seine Aufmerksamkeit auf die Tiere zu seinen Füßen konzentriert und merkt nicht, dass er beobachtet wird.

»Anders, Geld!!« Die Bettlerin hat ihn eingeholt und trippelt auf ihn zu mit ihren kurzen Beinen, die Hand ausgestreckt.

Dann geht alles sehr schnell. Etwas schwach Leuchtendes springt zwischen den schwarzen Müllsäcken hervor, stürzt sich auf die Bettlerin, reißt ihr den Kopf ab und trinkt das aus dem Hals sprudelnde Blut.

»Mirkalla!«, ruft der Mann, zitternd vor Entsetzen und Bewunderung.

Die weiße Frau blickt auf. Die schwarzen Haare durchschneiden die Luft und verspritzen Blut. Von Mirkallas zerfetzten Lippen rinnt eine dicke, dunkle Flüssigkeit, die wie eine zweite Schlange über ihren schönen Körper gleitet.

»Mirkalla!«

Die Frau zögert nicht. Sie rennt in die entgegengesetzte Richtung davon. Der Mann folgt ihr, doch Mirkalla ist viel schneller. Als die leuchtende Gestalt aus seinem Blickfeld verschwindet, folgt er ihren blutigen Fußspuren. Sie führen zum Tor der Mülldeponie.

Und vor dem Tor sieht er einen Baum, an dem Früchte hängen. Sie sehen ein wenig wie Äpfel aus, sind aber keine. Der Mann pflückt eine Frucht, spaltet und verschlingt sie. Die Kerne rutschen in seinen Magen. Und alle wissen ja, was passiert, wenn man Obstkerne verschluckt.

Als der Mann erwacht, ist seine Kehle rau. Ein Schnupfen im Anmarsch, verflixt. Oder vielleicht hat er sich auf der Müllkippe irgendwelche Bazillen eingefangen.

Auf der Müllkippe?

Pfui.

Er versucht wach zu werden. Noch befindet er sich in dem Zustand, wo man glaubt, wach zu sein, aber nur vom Aufwachen träumt. Allerdings verhält es sich in seinem Fall umgekehrt: Er ist wach, glaubt aber, noch zu schlafen.

Er hat Husten. Ihm ist übel. Irgendwelche Bazillen.

Ein unerträglicher Zustand. Er überlegt, ob er seine Mutter oder das Ärztezentrum anrufen soll. Er entscheidet sich für das Ärztezentrum.

Mann: Hallo, ich brauche einen Termin.

Angestellte: Wenn es eilig ist, kommen Sie morgen früh zum Bereitschaftsdienst.

Mann: Nein, nein, ich brauche sofort einen Termin.

Angestellte: Wir haben aber keinen.

Mann: Dann organisieren Sie einen.

Angestellte: Aber.

Mann: Ich muss jetzt sofort zum Arzt.

Angestellte: Na, zum Arzt können Sie jetzt wirklich nicht.

Mann: Dann zu einer Krankenschwester.

Angestellte: Na. Moment mal.

Angestellte (nach langer Unterbrechung): Die Krankenschwester hat in einer halben Stunde Mittagspause, kommen Sie her, dann nimmt sie Sie in der Pause dran.

Mann: Gut.

Die Krankenschwester ist eine müde Frau um die vierzig. Sie lächelt dem Mann zu. »Es stört Sie wohl nicht, wenn ich nebenbei eine Banane esse?«, fragt sie.

Der Mann überlegt kurz, sagt dann aber, dass es wohl in Ordnung geht. Die Frau fragt ihn nach den Symptomen und isst dabei die Banane, von der sie immer dann abbeißt, wenn der Mann antwortet.

»Dann gucken wir mal.« Die Frau steht auf, wäscht sich die Hände und streift Einweghandschuhe über. »Machen Sie den Mund auf und sagen Sie aaa.«

Der Mann findet das ein wenig kindisch, tut es aber trotzdem. Die Krankenschwester leuchtet mit einer Taschenlampe in seinen Mund.

»Sie haben Haare im Hals«, sagt sie in sachlichem Ton.

»Ja, so fühlt es sich an.«

»Nein, da sind wirklich welche.«

Die Frau packt das Haar mit einer Pinzette und zupft es aus. Der Mann schreit vor Schmerz. Aus seinem Mund kommt ein schwarzes, einen Meter langes Haar. Sie starren es an. Erst nach einer Weile spricht die Krankenschwester wieder. »Haben Sie vielleicht etwas Falsches gegessen?«

Der Mann überlegt und antwortet dann, das sei möglich. Die Frau ist so müde, dass sie schon vergessen hat, wovon die Rede war. Sie bittet um eine genauere Erklärung. Der Mann antwortet, es sei möglich, dass er etwas Falsches gegessen habe. Die Krankenschwester sagt, danach habe sie nur im Scherz gefragt, ihr Blutzucker sei ein wenig niedrig. Sie entschuldigt sich.

Dann erklärt sie, der Mann brauche einen Arzttermin. Der Arzt werde sich die Sache ansehen und möglicherweise zu einer Operation raten. Da gebe es allerdings eine lange Warteliste. Es könne sein, dass er ein halbes Jahr auf die Operation warten müsse. Einen Termin beim Arzt könne er dagegen vielleicht schon in einem Monat bekommen.

Der Mann ist zutiefst verzweifelt. Ihm passiert etwas Schreckliches, und niemand kann ihm helfen. Er bricht in Tränen aus. Die Krankenschwester sagt, so ist es leider, und isst ihre Banane auf.

Die nächsten Monate sind die reine Qual. Der Mann spürt seltsame Schmerzen in den inneren Organen und ruft beim Ärztezentrum an. Dort erklärt man ihm, es sei sicher nur Sodbrennen. Eine merkwürdige Müdigkeit und Kraftlosigkeit. Weder im Traum noch im Wachzustand kommt er Mirkalla auf die Spur.

Keine Nahrung hilft gegen seine Schwäche. Er ist blass. Seine Muskeln schrumpfen. Er ist überzeugt, dass er stirbt. Aber das macht ihm kaum noch etwas aus. Er hat keinen Grund zu leben.

Als der Tag der Operation endlich gekommen ist, bringt ihn ein Krankenwagen in die Klinik.

Die Chirurgin sieht ihn verärgert an. Eine Frau. Die rächen sich doch an den Patienten dafür, dass sie ihren männlichen Kollegen nicht das Wasser reichen können.

»Oje. Haben Sie einen Splitter im Fuß? Männer ertragen einfach keine Schmerzen.«

Vielleicht ist es klüger, nicht zu antworten. Die Chirurgin befiehlt ihm, sich auf den schmalen OP-Tisch zu legen. »Es wird wahrscheinlich kein großer Eingriff.«

Er bekommt eine örtliche Betäubung und spürt bald darauf seinen Hüftenbereich nicht mehr. Absurde Kastrationsangst durchzuckt ihn.

Die Ärztin erklärt ihm die ganze Zeit über, was sie tut. Sie sagt, sie mache einen kleinen Schnitt am Bauch, um an die Ursache des Problems heranzukommen.

Dann sagt sie etwas, das man als Patient am allerwenigsten hören möchte: »Oho!«

Sie erklärt: »Allem Anschein nach haben Ihre inneren Organe und die Muskulatur in letzter Zeit gelitten.« Weiter kommt sie nicht, denn jemand packt sie an den zwei Fingern, die im Bauch des Mannes stecken. Sie schreit völlig unprofessionell auf und versucht die Hand herauszuziehen. Mit der Hand kommt aus dem Innern des Mannes eine Miniaturfrau, die militärisch gekleidet und mit einem winzigen Sturmgewehr bewaffnet ist. Sie springt auf die Schulter der Chirurgin und droht, sie zu erschießen, wenn sie Dummheiten mache.

»Guck weiter innen nach«, befiehlt sie.

Die Ärztin vergrößert den Schnitt und hebt die Haut an wie eine Decke. Zwischen den inneren Organen stürmt eine ganze Armee von Miniaturterroristinnen hervor. Alle sehen gleich aus. Manche haben die schwarzen Haare unter den Helm gestopft, bei anderen hängen sie lang herunter, bis zum Schaft ihrer Springerstiefel.

Die erste Kämpferin springt auf den OP-Tisch und geht zum Gesicht des Mannes.

»Mirkalla«, sagt der Mann.

»Nur Kalla«, antwortet die Soldatin.

»Ich liebe dich.«

»Ich dich nicht, du Arschfresse.«

Die Miniatur-Kalla spuckt dem Mann ins Gesicht und erteilt ihrer Truppe Kommandos.

Als sie die Klinik verlassen, sind sie bereits zu normal großen Frauen herangewachsen. Das reicht natürlich nicht. Es hat noch nie ausgereicht.

Sie wachsen weiter, bis sie Riesinnen sind und selbst die höchsten Hindernisse überwinden können.

»Wir erklären dem Patriarchat den Krieg«, sagt die Riesen-Kalla im Fernsehen.

»Warum denn bloß?«, fragt der Interviewer.

»DARUM!«, ruft Kalla und wirft den Mann allein durch die Lautstärke um. Der Reporter ist auf das Dach eines achtundzwanzigstöckigen Hochhauses gestiegen, um die verdammt langbeinige Anführerin der als Furcht der Knaben und Schrecken der Männer bezeichneten Armee zu interviewen.

»Wie willst du das Patriarchat denn finden?«, fragt er.

»Du hast sicher bemerkt, dass ich ziemlich weit gucken kann, du Idiot«, entgegnet Kalla.

»Ja. Aber wie steht es mit der Nahsicht?«

»Was zur Fotze meinst du damit?« Kalla legt das Kinn auf das Hausdach, und der Reporter weiß nicht, was er tun soll. Er verlegt sich auf Schmeicheleien, die wirken bei Frauen meistens: »Du hast … riesig große Zähne.«

Kalla packt den Mann und steckt ihn in den Mund wie eine Krabbe. Die Fernsehkameras laufen weiter. Nachdem sie den Bissen hinuntergeschluckt hat, blickt die Riesen-Kalla in die Kamera, ohne zu lächeln. »Dies ist keine Manöverübung«, erklärt sie. »Wir werden das Patriarchat und alle, die mit ihm sympathisieren, vernichten. Ihr seid entweder auf unserer Seite oder gegen uns.«

Kalla hängt sich das Sturmgewehr über die Schulter. Dabei zertrümmert die Waffe die obersten Etagen des Wolkenkratzers. »Oho«, sagt sie.

In Wahrheit haben sie keine Ahnung, wo sich das Patriarchat befindet. Also rufen sie Isis an und vereinbaren ein Treffen.

Sie treffen sich in Isis' Heimat. Früher flossen dort zwei große Ströme, doch inzwischen ist da nur noch Wüstenland. Für Frauen, die so groß sind wie Isis und die Kalla-Soldatinnen, ist die Sandwüste nur ein Spielplatz.

»Ich will den Kerl kriegen«, erklärt Kalla.

»Was willst du mit ihm machen?«

»Ihn vernichten.«

Isis lacht auf. »Der Kerl ist bloß ein Repräsentant, völlig austauschbar.«

»Ich dachte, er ist Gott«, sagt Kalla.

»Gott ist nur ein Allgemeinbegriff, der hat nichts zu bedeuten.«

»Zur Fotze noch mal, ich hab es satt. Ich will Rache!«, schreit Kalla und stampft so heftig auf, dass eine Sandwolke ganz Kairo bedeckt.

»Ich erzähl dir mal was über den Komplex, den du suchst.«

Die Geschichte des Patriarchats gemäß Isis

Es entstand, als die Menschen dazu übergingen, Landwirtschaft zu betreiben und Sachen zu besitzen. Ungefähr vor sechs-, sieben-, acht- oder sogar zehntausend Jahren. Die Männer sagten zu den Frauen, so ist es jetzt, und ihr müsst gehorchen. Ganz am Anfang lachten die Frauen darüber, doch dann kamen die Männer auf die Idee, den attraktivsten Burschen einzusetzen, um den Mädchen ein paar Fakten klarzumachen.

Die Männer erfanden das Patriarchat. Die Frauen glaubten daran und pflegten es.

Nur irgendwann stellte irgendwer das System ein bisschen infrage. Wollte den sehen, der die Regeln erfunden hatte. Weil die Typen aber längst gestorben waren, musste man jemanden erschaffen, der die Macht hatte, Regeln aufzustellen und umzustoßen. Eine unangreifbare Autorität.

Ein Kerl, ich habe seinen Namen vergessen, wurde in die Berge geschickt. Da hockte er ganz allein, bis er Gott erfand. Dieser Gott war ein total kranker Typ. Er jagte sogar der Göttin Manat Angst ein, und Manat ist nicht so leicht zu erschrecken.

Diesen Gott gibt es immer noch, er wohnt irgendwo hier im Nahen Osten, sieht ungepflegt aus und stinkt nach Kamelmist. Aber es ist nicht der, den du gesehen hast.

Irgendwann begriffen die Menschen nämlich, dass sie doch keinen verrückten Gott wollten. Sie erfanden einen neuen. Und dann wieder einen neuen. Inzwischen gibt es schon ziemlich viele neue. Es ist ein bisschen verwirrend, weil sie sich nicht die Mühe gemacht haben, ihnen anständige Namen zu geben. Sie nennen sie alle Gott, behaupten aber, es gäbe nur einen.

Na ja, ich bin vom Thema abgekommen. Gott oder alle Götter zusammen spielen keine Rolle mehr. Vor zweihundert Jahren hättest du vielleicht noch zu einem Typen marschieren, ihn umbringen und sagen können, du hättest das Patriarchat vernichtet. Es wurde komplizierter, als Telegraf, Telefon, Fernsehen und Internet erfunden wurden. Das Patriarchat verbreitete sich in einheitlicher Gestalt in der ganzen Welt; es schwoll an wie … na, du weißt schon.

Jetzt ist es überall. Es ist wie ein Betriebssystem. Es steckt sogar in deinem Kopf.

»Es interessiert mich nicht, was es ist. Mich interessiert nur, wie ich es zerstören kann«, sagt Kalla.

»Das weiß ich nicht.«

»Doch.«

»Na ja. VIELLEICHT ist es möglich, diese Instanz zu finden, die dieses System aufrechterhält. VIELLEICHT ist es möglich, diese Instanz zu stoppen. VIELLEICHT.«

»Wo ist sie?«

»Dort, wo die großen Männer nach dem Tod hingehen.«

Sie bekommen eine Landkarte von Isis. Kalla sammelt ihre Truppe. Neben ihr laufen zwei Tiere: ein großes und ein sehr großes. In ihnen lebt der Tod von hundert Einzelnen. Sie erinnern sich an all das Schreckliche, das diesen Knochen, Muskeln, Fetten und Geweben widerfahren ist. Die Tiere sind mindestens so sehr auf Rache aus wie die Frauen.

Die Armee marschiert über den ausgezehrten Kontinent und durch das verschmutzte Meer bis in die Neue Welt. An der Küste liegt eine Stadt, in der das Patriarchat in seiner Dummheit selbst einen Sprung in seine Schale geschlagen hat.

Die Frauen und Männer in der Stadt schauen kurz zu Kalla und ihrer Armee auf, starren ihnen aber nicht nach: Sie sind daran gewöhnt, dass von Zeit zu Zeit riesige Dinge durch ihre Straßen poltern. Außerdem bleibt nur ein Idiot im Gedränge stehen. Sie machen weiter mit dem Ein-ein-einkaufen und dem Ver-ver-verkaufen. Carrie trinkt einen Americano und denkt an ihren künftigen Ehemann.

Die Armee lässt sich Soldatin für Soldatin durch das frauengroße, rauchende Loch in der Erde fallen. Unter der Erde folgen sie den Wegweisern in Richtung Phallustein. Dort wohnen die verstorbenen großen Männer.

Wenn man tief und weit genug geht, kommt man an ein goldenes Tor. Dieses Tor hat nicht nur einen, sondern gleich zwei Bögen. An dem einen steht: »Arbeit macht frei!« Und an dem anderen: »I'M LOVING IT!«

Hinter dem Tor liegt ein Garten mit millimeterkurz geschnittenem Rasen. Jenseits des Gartens ragt ein hohes Steingebäude mit Kuppeldach auf. Kalla schnaubt.

Die Armee betritt das Gebäude und läuft die Treppe zum Turm hinauf. Man hört das Rascheln der Tarnanzüge und das Stampfen der Militärstiefel, aber keine Spur von Atemlosigkeit. Kallas keuchen nicht.

An der Tür am obersten Treppenabsatz steht »Verwaltung«. Kalla drückt auf den Summer, die Tür öffnet sich mit einem Klick. Hinter dem Empfangsschalter sitzt eine Frau. Ihren Kopf bedeckt eine Kapuze mit einem schmalen Schlitz für die Augen. Als die Frau aufsteht, ist zu sehen, dass sie nichts weiter am Leib hat als Schuhe in circa Größe dreißig. Die Frau muss sich am Tisch festhalten, sie kann nicht richtig stehen.

Kalla zieht der Frau die Kapuze vom Kopf und fragt, warum sie sich so kleidet.

»Aus freiem Willen«, antwortet die Frau mit dünner Stimme.

»Warum will sich irgendwer so anziehen?«, fragt Kalla.

»In meinem Herzen fühle ich, dass es das Richtige ist. So ehre ich …«

Der Satz bleibt unvollendet, die Frau fällt tot zu Boden. Kalla senkt das Gewehr. Sie hat die Frau von ihrem Leid erlöst.

Neben dem Empfangszimmer befindet sich eine Küche. Dort kleben Schilder mit der Aufschrift »Women only«. An der Wand neben der Tür zur Küche hängt ein Pin-up-Kalender. Das Novembermädchen hat eine Sprechblase: »Ich bin deine Sklavin.« Hinter der Küche entdecken sie einen kleinen Raum voller Putzlappen und Wischmopps. Kalla stellt die Flammenwerferfunktion an ihrer Waffe ein und zündet die Putzkammer an.

Als Nächstes finden sie einen Raum, der als »Control Room« beschildert ist. Kalla tritt die Tür auf. In dem Raum ist niemand. Dort stehen nur Tausende von Monitoren, die Aufnahmen von Schlachtungen, Steinigungen, Beschneidungen, Ehrenmorden und allerhand anderen blutigen und ekligen Vorgängen zeigen. Dazu Videos von Gottesdiensten, Zeremonien, Konferenzzimmern und Unterrichtsstunden. Einen Moment lang hat Kalla das Gefühl zu ersticken. Sie schüttelt es ab und schließt die Tür zum Kontrollraum.

Denn gehen sie weiter den Flur entlang, bis sie eine große Glastür erreichen. An der mit Fingerabdrücken übersäten Scheibe ist ein Schild angebracht, auf dem steht: »Hier wird alles beschlossen.« Daneben hängt ein gelber Post-it-Zettel mit dem Bild eines ejakulierenden Penis.

In dem Raum sitzen etwa dreißig Männer an einem langen Tisch. Sie haben Kommunikatoren, Computer, Smartphones und Steintafeln vor sich.

Kalla tritt gegen die Tür, doch die zerbricht nicht, sondern bebt nur leicht, und Kalla fällt durch die Wucht ihres Trittes auf den Rücken. Die Männer richten in aller Ruhe den Blick auf sie. Ein Mann mit einem Stetson auf dem Kopf, auf dessen Namensschild Ronald Reagan steht, öffnet die Tür.

»Ist dies hier das Patriarchat?«, ruft Kalla.

Ein langbärtiger Mann schlurft mit langsamen Schritten zur Tür und fragt: »Was ist los, Mädchen?« Er heißt Moses.

Kalla tritt ihm gegen das Kinn. »Das hast du davon«, sagt sie und steht auf.

»Na, was haben wir denn da, eine kleine Terroristin?«, fragt Osama und bringt Mohammed zum Lachen. »Frauen können nicht einmal richtig treten«, murmelt Moses und hält sich das Kinn. Adam und der Prophet Joseph Smith, beide in altertümlichen Gewändern, staunen. »Die haben Waffen«, stellt Joseph fest. »Ha, ha, von wegen, Schwerter sind richtige Waffen, das da ist gar nichts«, Adam lacht laut. René

Descartes putzt sich die Nase und setzt seine ungemein wichtige Denkarbeit fort, die durch Nichtigkeiten nicht gestört werden darf.

Milton Friedman wirft mit einer halbvollen Cola-Dose nach Kalla. Die Soldatinnen schießen sie im Flug ab. »Ich hab die Schnauze voll von euch und euren Systemen«, schnaubt Kalla. Sie presst den Lauf ihres Gewehrs an die Stirn eines sympathisch wirkenden alten Mannes. »Wer zur Fotze bist du?«, schreit sie den Opa an.

»Mein Name ist Carl N. Karcher«, antwortet der Mann leicht zitternd.

»Aha«, schreit Kalla. »Und du hast Schiss, hä?«

»Nein. Ich habe Parkinson.«

Kalla sieht Carl in die Augen. Dieser Mann, den sie da mit der Waffe bedroht, war für irgendwen Vater und Ehemann. Er war irgendwann einmal ein kleiner Junge. Er hat seine Enkel geliebt. Ist auf seine Erfolge stolz gewesen. Hat an seine Sache geglaubt und dafür gekämpft. Vielleicht war er humorvoll, hat sich für gutmütig gehalten. Hat manche Dinge genossen, andere gefürchtet. Er heißt Carl, und Kalla kann nicht abdrücken. Keine einzige Kalla kann abdrücken.

Die Tiere werden unruhig, als die Kalla-Armee die Waffen senkt. »Ich kann das nicht«, murmelt Kalla.

»Na also, wir wussten doch, dass ihr nicht das Zeug dazu habt«, stellt General Sandels fest. »Aber als Stubenmädchen seid ihr sicher ganz brauchbar.«

Kalla nickt, alle Kallas nicken. Das große Tier sieht sein Frauchen an und knurrt. Das noch größere Tier springt die Männer an. Blut spritzt an Fenster und Wände. Die Tiere entdecken in diesem Scheißhaufen nichts Sympathisches. Von Carl, der sein Leben den Hamburgern geweiht hat, bleibt nur ein Matschfleck.

Die Kallas starren die rasenden Tiere an. Was sollen sie tun? Wie konnte das passieren? Verflixt und zugenäht. Ich kann gar nicht mit einer Knarre umgehen.

Da kriecht Aristoteles, der sich hinter dem Flipchart versteckt hatte, zu ihnen, schnappt sich ein Sturmgewehr, fummelt kurz daran herum und durchlöchert dann die Tiere: Töten ist eine seiner Lieblingsbeschäftigungen, er ist schließlich ein Mann. Nachdem er die Tiere erledigt hat, wirft er ihre Überreste zum Fenster hinaus.

Aristoteles betrachtet das blutige Schlachtfeld. »Da ich offenbar der Last Man Standing bin, brauchen wir das Konferenzzimmer nicht mehr«, sagt er und wischt sich die Hände am Saum seines sackartigen Gewandes ab. »Zum Glück habe ich überlebt, ich bin ja der Weiseste von allen.«

Wer ist das? Und was hat der an? Irgendein ... komisches Outfit, aus Rom oder so? Kenn ich den aus einer Fernsehserie? Ja, das kann sein.

»Mein Name ist Aristoteles«, erklärt der Mann. »Weil das Wort für euren kleinen Frauenverstand zu schwierig ist, könnt ihr mich Meister nennen.«

Zum Schöpfer kam der Mann.

MANN: Ich bin der Herr.

SCHÖPFER: Nein, der bin ich.

MANN: Du bist genau das, was ich dich sein lasse.

Der Schöpfer schwieg.

MANN: Die Sache ist die, dass ich mit deiner Arbeit nicht zufrieden bin.

Der Schöpfer schwieg immer noch.

MANN: Es geht um die Frau.

Die Frau hieß Nacht, und der Mann hieß Mensch, und mit den beiden klappte es nicht.

MANN: Die Frau muss vernichtet werden. An ihrer Stelle muss eine bessere gemacht werden. Sie darf gern auch ein bisschen kleiner ausfallen.

Denn die Frau, die Nacht hieß, war elf Meter groß. Und der Mann, der Mensch hieß, maß einen Meter und sechsundsiebzig Zentimeter.

MANN: Tu, was ich dir gesagt habe.

SCHÖPFER: Ja.

Doch dem Schöpfer tat es um sein Geschöpf leid, denn es war wahnsinnig cool. Und so nahm ihm der Schöpfer Arme und Beine, ließ es aber am Leben.

Und so entstanden die Schlangen, und durch sie die Dinosaurier und die Evolution.

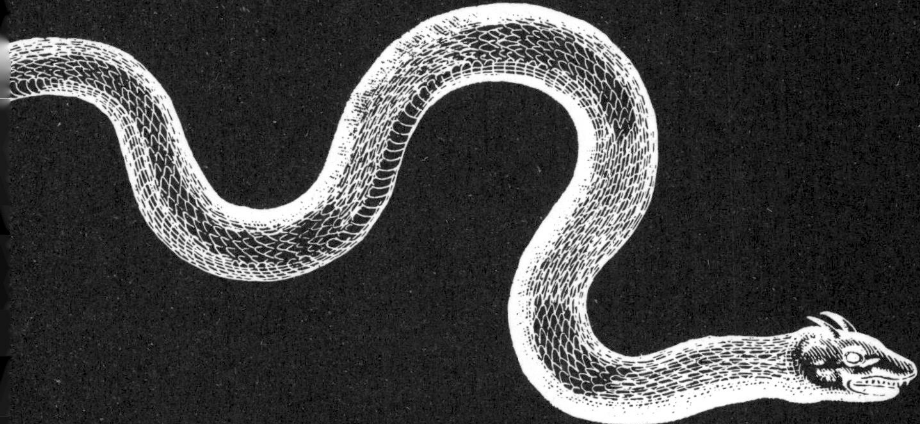

13.

FALL FOR THE LOVE OF ME, CRAWL FOR THE LOVE OF ME, DROOL FOR THE LOVE OF MY VIRULENT SWAY

IM ALTER VON ZWEI MONATEN beginnt Morpheus bereits zu lallen. Das Geräusch dringt in Millas Schlaf, und sie wähnt sich in einem fremden, exotischen Land.

Ach ja, in so einem Land ist sie ja tatsächlich.

Gähnend steht sie auf und tritt an die Wiege ihres Sohnes. Milla hat immer geglaubt, Babys würden beim Lallen lächeln, aber Morpheus macht ein ernstes Gesicht. Er sieht wie ein Politiker aus, vielleicht wie Paavo Lipponen oder wen es da sonst noch so gibt. Milla muss lachen. »Komm und hör dir das an!«, ruft sie Aphrodite zu. »Er lallt schon, er ist begabt.«

»Mmm. Eigentlich lallt er nicht. Er spricht Altgriechisch«, erwidert Aphrodite.

»Wahnsinn! Echt?«

Aphrodite erklärt, das Kind erzähle, es sei in der vorigen Nacht im Königreich Phallustein gewesen und habe dort die Amazonen angetroffen. »Die Amazonen wurden zu Dienerinnen gemacht«, erklärt Morpheus, den Tränen nahe. »Sie haben ihre Waffen niedergelegt und sind demütig und schwach geworden.«

»Wo liegt Phallustein? Irgendwo in Deutschland?«, erkundigt sich Milla.

Aphrodite fragt das Kind.

»Weißt du das nicht?«, antwortet Morpheus, das heißt, er antwortet nicht, sondern er fragt zurück.

»Nein, ich glaube nicht.«

Der Junge sagt, es sei unten, tief, tief, tief unten.

Morpheus spricht von den Amazonen und von ihrer Anführerin Penthesilea, die Homer zufolge von Achilles getötet und geschändet wurde. »Homer war ein Lügner«, sagt Morpheus und wird knallrot, wie immer vor einem Schreianfall. »Die Amazonen wurden nicht unterworfen, oder?«

»Ach, liebstes Kind, oje, weine doch nicht.« Aphrodite schwenkt eine Rassel mit einem aufgemalten Smiley vor dem Gesicht des Kindes. »Guck mal, wie süß.«

Morpheus gluckst eine Weile, erinnert sich dann aber wieder an den Ernst des Lebens. »Tante Aphrodite, sie sind doch nicht unterworfen worden?«

»Ich bin mir nicht sicher.«

»Warum sind die Männer so beschissen?«

»Das sind sie nicht, jedenfalls nicht alle. Und du bist, also du gehörst ja auch zu diesem Geschlecht.« Morpheus bekommt einen Schreianfall, der bis nachmittags anhält.

»Du hättest es ihm wohl nicht sagen sollen«, flüstert Milla.

»Was?«

»Dass er ein Junge ist.«

»Vielleicht. Aber was ist denn schon dabei? Ist das wirklich so schlimm?«, fragt Aphrodite.

»Er nimmt es ziemlich schwer.«

Die Gutenachtgeschichte fällt aus, weil Morpheus wieder von den versklavten Amazonen anfängt. Er berichtet, dass sie unter dem Kommando eines Mannes stehen, der eine seltsame Frisur und eine barsche Miene hat. Er redet den Amazonen ein, dank seines Verstandes könne er alles Wissen deduzieren. Der Mann erklärt: »Nehmen wir zum Beispiel diesen Fakt: Die Männer sind höhere Wesen. Dann Fakt Nummer zwei: Ich bin ein Mann. Daraus folgt, dass ich das höchste Wesen bin.« Dann erklärt er: »Die Frauen neigen von Natur aus zu Maßlosigkeit und Zügellosigkeit, die Männer dagegen sind rational. Also müssen die Männer über die Frauen herrschen.«

»Das klingt wirklich nach einer lückenlosen Schlussfolgerung«, sagt Aphrodite zu dem Kind.

Wütend schleudert Morpheus sein Fläschchen an die Wand. »Kapierst du nicht, dass er lügt? Er ist ein Schwindler! Warum lassen Frauen sich so leicht betrügen?!«

Aphrodite überlegt eine Weile und antwortet dann: »Na ja, ich weiß es nicht.«

Morpheus erklärt, man müsse etwas tun.

»Ach, mein kleines Schätzchen. Weißt du, was Hamartie ist?« Nach kurzem Überlegen antwortet Morpheus, das wisse er nicht. »Das ist, wenn man etwas Gutes zu tun versucht, aber am Ende etwas Böses dabei herauskommt. Das ist mir in letzter Zeit ziemlich oft passiert.«

»Aha.« Der Junge denkt eine Weile nach. »Und deshalb soll es besser sein, überhaupt nichts zu tun?«

»Ja. Ich würde sagen, dass es besser ist.«

Das Kind sieht die Göttin grimmig an. »Komm heute Nacht mit.«

Im Traum wird Aphrodite von dem bereits erwachsenen Morpheus empfangen. Umwerfend! Er hat ziemlich langes Haar, eine Stupsnase und eine sehr ernste Miene. Aphrodite kichert unwillkürlich und weiß nicht, wie sie sich drehen und wenden soll. Sie streicht sich die Locken aus dem Gesicht.

Morpheus bringt der intensive Blick seiner Patentante in Verlegenheit. Mürrisch fragt er: »Was ist?«

Aphrodite schüttelt lächelnd den Kopf. Es fällt ihr schwer, die Augen von dem ernsthaften, reizenden jungen Mann abzuwenden. Allein für diesen Anblick lohnt sich der Ausflug!

Morpheus führt sie in die siebtunterste Etage der Welt. Aphrodite überlegt, wie alt der Traum-Morpheus sein mag.

Sie betreten den Hof des Schlosses mit dem hohen Turm. Aphrodite erschrickt, als sie zu ihren Füßen zwei zuckende Fleischhaufen entdeckt. »Was zum Teufel ist das?!«

»Ach die«, sagt Morpheus gleichgültig.

»Was soll das sein?« Aphrodite sieht nur blutiges Fleisch.

»Erkennst du sie nicht?«

Aphrodite schweigt.

Sie gehen ins Haus.

»Das ist ja die Heilige Miracle!«, ruft Aphrodite.

»Nein, das ist die Armee der Amazonen.«

»Und ich habe doch recht«, erwidert Aphrodite beharrlich. Und sie hat recht: Da kriecht Kalla, vervielfältigt, seltsam gekleidet und zahnlos. Aphrodite legt unwillkürlich eine Hand vor den Mund, als sie dieses letztgenannte widerwärtige Detail entdeckt.

Morpheus berichtet, den Frauen seien Zähne und Fingernägel entfernt worden wie gefährlichen Haustieren oder Nutztieren. »Außerdem wollte der Typ beweisen, dass Frauen weniger Zähne haben als Männer.«

Aphrodite schleicht sich hinter den leger in eine dunkle Kutte gehüllten Mann, um zu sehen, was dieser auf das aus Menschenhaut hergestellte Pergament zeichnet. Die Zeichnung trägt den Titel »Next Season«. Sie zeigt eine Frau in einem sackartigen schwarzen Kleid mit einer Art Kapuze, die nur die Augen freilässt.

MANN: Es ist besser, die Frauen künftig so zu kleiden, damit man ihren fehlerhaften Körper nicht anzugucken braucht.

»Er meint es ernst«, versichert Morpheus. Aphrodite kippt Tinte auf die Zeichnung. Auf dem Bild breitet sich ein braunroter Fleck über den Leib der Frau aus. Der Mann starrt eine Weile darauf und stellt dann fest, dass dies eine grandiose Idee ist: Der Fleck sieht exakt aus wie eine Vagina, von der alle äußeren Teile entfernt worden sind.

MANN: So ist es für den Mann leichter und angenehmer, seinen Samen in die Frau zu pflanzen. Und die Geburt verläuft auch effektiver.

»Man würde also die Schamlippen und die Klitoris und alles entfernen?«, fragt Aphrodite entsetzt.

MANN: Zum Beispiel mit einem scharfen Stein! Das heißt, heute gibt es ja auch andere, vernünftige Instrumente, Rasierklingen und so weiter.

»Keine Mutter wird zulassen, dass man ihrer Tochter so etwas antut!«

MANN: Hmm, seltsam, es ist, als ob der Wind mir Worte zuträgt. Wenn ich richtig gehört habe, sagt er: Tu es zuerst bei der Mutter, dann wird sie es bei ihrer Tochter tun.

»Herrgott noch mal!«

»Hast du genug gesehen?«, fragt Morpheus.

Ja, Aphrodite hat mehr als genug gesehen. Sie brechen auf. Aber auf dem Hof bleibt Aphrodite kurz stehen, um die zitternden, wimmernden Fleischkindchen ... -haufen zu betrachten. Warum hat sie gerade an Kindchen gedacht? Sie weiß es nicht. »Bloß weg hier.«

»Es muss etwas geschehen«, sagt Aphrodite, sobald sie erwacht.

»Hä?« Milla springt erschrocken aus dem Bett.

»Wenn wir nicht sofort handeln, wird alles total pimmelig.«

Aphrodite erzählt Milla, was sie gesehen hat. Das heißt, alles erzählt sie ihr nicht. Sie erwähnt nicht, dass die Amazonen in Wahrheit Millas beste Freundin sind. Und auch von den Fleischdingern spricht sie nicht.

»Also gut. Normalerweise kaufen Patentanten dem Kind ja einen Löffel oder so, aber du willst mit deinem Patensohn die Welt retten?«

»Es muss sein.«

Aphrodite kommt nur eine Lösung in den Sinn: Sie muss das mächtigste Wesen der Welt zu Hilfe rufen.

»Irgendeinen Gott?«, fragt Milla.

»Nein.«

Das mächtigste Wesen der Welt ist kein Gott. Denn die Götter sind Erfindungen der Menschen. Aber die Menschen sind Erfindungen der Götter und deshalb viel stärker als die Götter selbst. Das älteste und mächtigste Wesen hat viele Namen. Einer lautet Schlange, ein zweiter Lilith. Diesen Namen kennen alle. Aber kaum jemand kennt ihre wahre Geschichte.

Lilith ist eine extrem zurückgezogen lebende Person und sehr schwer zu erreichen. Sie weigert sich, moderne Technik zu benutzen. Aphrodite bleibt nichts anderes übrig, als ein Fax zu schicken. Stunden später kommt die Antwort: »Warum sollte ich helfen?«

»Du musst. Du musst ganz einfach. Sei so gut, es ist wichtig, bitte!«

Aus dem Faxgerät kommt eine barsche Antwort: »Willst du ernst genommen werden? Lern endlich zu sagen, was Sache ist.«

Aphrodite beißt sich auf die Lippen und schreibt: »Die Sache der Frauen ist unser aller Sache. Wir haben die Pflicht, für unsere Schwestern zu kämpfen und gegen Unterdrückung vorzugehen. Es lebe die feministische Revolution.«

Den ganzen Tag über kommt keine Antwort von Lilith. Aphrodite hat nur noch ein Ass im Ärmel. Sie schreibt das letzte Fax: »Wie wäre es mit Rache?« Denn gegen Hass hilft nur Rache, und Liliths Hass ist bodenlos.

Eine halbe Minute später windet sich eine absolut teuflisch große Schlange vor Aphrodite. Milla springt kreischend aufs Bett. Aphrodite verbeugt sich und macht rasch einen Knicks.

APHRODITE: Wir müssen nach Phallustein, das Patriarchat zerstören.

LILITH: Da kann ich nicht hin.

APHRODITE: Natürlich kannst du. Da können alle Unsterblichen hinein, die nicht an den häuslichen Herd gebunden sind. In der Praxis also diejenigen, die eine Waffe tragen, und du. Und Manat. Aber die hat sich ja längst aus dem ganzen System ausgeklinkt.

LILITH: Dasss isst ssso gebaut, dasss ich nicht reinkomme.

APHRODITE: Meinst du das symbolisch?

Lilith schnaubt.

LILITH: Glasssplitter, Nadeln, Nagelteppiche.

APHRODITE: Ach so. Richtig. Du hast ja keine Beine. Verdammt! Wieso vergesse ich das immer? Mist. Was machen wir jetzt?

LILITH: Warum fragssst du nicht die Amazonen?

APHRODITE: Na, die sind gewissermaßen schon drin.

LILITH: Wirklich?

APHRODITE: Na, ähem, ja.

LILITH: Esss gibt natürlich eine Alternative. Ich brauche Menschengestalt.

Milla legt das Kind an die Brust.

MILLA: Ich bin nicht verfügbar. Nur zur Information, falls ihr an mich denkt.

APHRODITE: Andere Menschen sehe ich hier nicht.

LILITH: Und die Schriftstellerin?

APHRODITE: Schriftstellerin?

MILLA: Laura?

LILITH: Genau.

Die Sache ist so wichtig, dass ich nicht ablehnen kann, obwohl ich eigentlich arbeiten müsste und so. Ich sage zu und gehe hin.

Als Allererstes frage ich, wo Isras Mutter ist. Milla sagt, sie hätte geglaubt, ich wüsste es.

»Na ja, eigentlich nicht.«

»Sie ist eines Tages einfach weggegangen.«

»Vielleicht setzt sie ihr Medizinstudium fort«, schlage ich vor.

»Ach, war sie denn noch gar keine Ärztin?«

»Nein. Die Fakultät hat sie rausgeschmissen, als sie schwanger wurde. Wusstet ihr das nicht?«

»Nein. Aber sie ist trotzdem ganz gut zurechtgekommen.«

Wir betrachten Millas Baby. Es ist nicht gerade niedlich, aber das sind Babys wohl selten. Hauptsache, sie haben zwei Nasenlöcher, zwei Augen und einen Mund. Damit kommt man schon weit. Arme und Beine sind natürlich auch ganz gut, aber nicht so lebenswichtig. Morpheus hat Arme und Beine, nur zwei Zehen fehlen. Ein ganz passabler Mensch.

»Findest du, dass du für diesen Job qualifiziert bist?«, fragt Aphrodite.

Na klar, antworte ich, denn meiner Meinung nach bin ich meistens für alles Mögliche qualifiziert.

»Dasss isst schon viel wert«, sagt die ausgesprochen große Anakonda.

Eine Weile schweigen wir alle und lächeln irgendwie nicht so ganz befreit. Davon abgesehen, dass die Schlange natürlich nicht lächelt, weder angespannt noch locker. Sie sagt, na dann, an die Arbeit. Ich frage, wie es vor sich gehen soll.

»Normal mache ich dasss umgekehrt. Aber jetzt mussst du mich schlucken.«

»Ich bin vegan.«

»Sssolange du kein Imam bissst.«

Die Anakonda Lilith kriecht an meinem Körper hoch bis zum Mund. »Nee, da muss ich kotzen«, sage ich.

»Entweder ssso oder von unten.«

»Aha. Verstehe.«

Und so verschlucke ich Lilith, und mein Körper wird ihr Körper: Wir sind eins.

Morpheus verabschiedet sich von uns. Das heißt, eigentlich verabschiedet er sich nur von Aphrodite, denn außer ihr versteht niemand, was er sagt. Mir geht auf, dass die Göttin der Liebe uns durchaus alle hinters Licht führen kann.

»Er sagt, er wartet am Ziel auf uns«, erklärt Aphrodite. Dann ermahnt sie Milla noch, über den Schlaf ihres Kindes zu wachen.

Um ins Patriarchat zu gelangen, müssen wir einen Riss in seiner stählernen Ummantelung finden. Aphrodite erinnert sich an das Ferienparadies, das Isra zerstört hat: Dieser Gewaltakt hat garantiert einen Eingang in die Diktatur von Phallustein gefräst.

Lilith weist Aphrodite an, sich in eine vogelschnabelbewehrte Flugeidechse zu verwandeln. »Wir wollen die Sache stilvoll durchführen.«

Mir befiehlt sie, mich umzuziehen. Mein neues Outfit ist so ähnlich wie das, in dem Aphrodite nach Thailand kam: ein schwarzes Halsband, von dem ein zweites Band senkrecht nach unten zum Waffengurt und zum Slip führt. Schwarzer BH, Strings und schenkellange Strümpfe. Hohe rote Stiefel. Als Accessoires trage ich einen roten Handschuh an der rechten Hand und auf der rechten Schulter eine Art Schutzschild, den ich unter der linken Achsel festbinde. Schon als Kind habe ich davon geträumt, mich so anzuziehen. Und einem Dinosaurier zu begegnen.

»Ich bin keiner, Flugeidechsen sind keine Dinosaurier«, stellt Aphrodite richtig.

Whatever!

Ich fliege bereits auf dem Rücken der Aphrodite-Flugeidechse durch die Lüfte, als Lilith unter meinem Brustbein stechend zischt.

»Was ist?«, frage ich.

»Dasss Schwert issst nicht dabei.«

»Wir schaffen es nicht, noch einmal umzukehren und es zu holen«, ruft Aphrodite. Wir sind derselben Ansicht.

Wo früher Pattaya war, ist nun ein großes, rauchendes Loch in der Erde. Man könnte sogar von einem Canyon sprechen. Ich habe allerdings noch nie einen Canyon gesehen, weiß insofern also nicht, wovon ich rede. Es riecht nach einem Vernichtungslager oder einer Wurstfabrik. Aphrodite landet am Rand des Abgrunds und verwandelt sich wieder in eine Göttin. »Ich kann nicht mit runterkommen. Ich kann keine Waffen tragen, das ist nicht mein Ding«, sagt sie. »Du musst allein gehen.«

Ich schlage einen Eisenhaken in den erstarrten Schwefelstein und befestige ein starkes Seil daran. So etwas gibt es in Läden mit Trekkingbedarf. Nehme ich an.

Bevor ich mich hinunterlasse, fasst Aphrodite mich am Arm, an dem, der nicht von dem roten Minischild bedeckt ist. »Könntest du … also … da unten sind zwei, na ja, Viecher … könntest du die vielleicht bitte mitbringen?«, fragt sie. Es ist wohl eine Frage. Ich nicke.

Der Weg nach unten ist weit. Als ich auf dem Grund des Kraters ankomme, sehe ich Aphrodite nur noch als kleinen Punkt oben am Rand. Das heißt, eigentlich sehe ich nur ihre Beine, die über der Schlucht baumeln.

Um mich herum herrscht völlige Dunkelheit. Dann taucht von irgendwo ein ziemlich gut aussehender junger Mann auf. Ich überlege, ob ich ihn grüßen soll, doch er kommt mir zuvor.

»Wer bist du?«, frage ich.

Der Junge antwortet, er sei Morpheus.

»Aha«, sage ich.

Eine Weile gehen wir wortlos nebeneinanderher. Morpheus bricht das Schweigen, indem er meine Kleidung lobt. Er meint, sie stehe mir besser als erwartet.

»Aha, fein«, antworte ich. Ich weiß nicht, wie die Bemerkung gemeint war. Vielleicht als Kompliment. Manchmal werde ich aus den Männern nicht schlau. Das liegt wahrscheinlich an meiner Mutter, die meinte, Männer könne man nicht verstehen.

»Pass auf!«, ruft Morpheus.

»Was? Autsch, zum Teufel!«

»Ja, genau das meinte ich.«

Ein Dorn des Nagelteppichs hat die Sohle meines roten Stiefels durchbohrt: Mein Fuß hinterlässt eine blutige Spur auf dem Pflaster. Bei jedem zweiten Schritt macht es plitsch.

»Hier muss man echt vorsichtig sein.«

»Was du nicht sagst.«

Wenn man den Weg genauer betrachtet, merkt man, dass er mit allerlei spitzen und ekligen Dingen vermint ist. Immer wieder muss ich rostigen Nägeln, zerbrochenen Flaschen und Injektionsnadeln ausweichen.

»Ist deine Tetanusimpfung noch aktuell?«, erkundigt sich Morpheus.

»Tja-a, gute Frage.«

Bestimmt nicht.

Während wir weitergehen, reden wir kaum miteinander. Mir fällt nie etwas ein, worüber ich mit Menschen sprechen könnte, schon gar nicht mit attraktiven Männern. Außer wenn ich betrunken bin, dann rede ich oft zu viel. Ich überlege, wie der BH eigentlich hält, er hat ja gar keine Träger. Genau genommen besteht er bloß aus Körbchen. Vielleicht hätte ich sie festkleben sollen. Aber selbst dann wären sie keine große Stütze. Man sollte die Kleiderwahl nie einer Anakonda überlassen. Eigentlich wären ein Sportbüstenhalter und Turnschuhe die beste Kleidung für dieses Unternehmen.

Aber ich würde es natürlich auf keinen Fall erzählen, wenn ich mich so trostlos angezogen hätte.

»He, Morpheus. Warum ist Lilith so mächtig?«, frage ich.

Toll, ich habe Gesprächsstoff gefunden.

»Der Mensch kann alles leugnen, was er erfunden hat, das ist schon vielen passiert, vor allem Göttinnen. Lilith kann niemand leugnen. Sie existiert bis ans Ende der Welt.«

»So ähnlich wie Plastik?«

»Plastik ist eine Erfindung des Menschen.«

»Ach ja. Und Atommüll?«

»Lilith existiert sogar noch länger als der Atommüll.«

»Wow.«

Vor uns ragt eine schwarze Burg auf. Morpheus sagt, wir seien am Ziel. Die Burgtürme erheben sich Hunderte von Metern hoch. Davor fühle ich mich superklein. Morpheus erklärt, genau das wolle das ständig anschwellende Gebäude erreichen. »Aber es ist nur ein Haus. Auch ein großes Haus ist immer nur ein Haus.«

»Okay.«

Ich höre ein leises Quietschen. »Warst du das?«, frage ich.

Morpheus schüttelt den Kopf.

»Aber ich habe ganz bestimmt ein Geräusch gehört.«

Ich versuche, so weit zu spähen, wie es im Zwielicht und ohne Brille möglich ist. Zwischen den schwarzen Steinen bewegt sich etwas. Unter getrocknetem Blut und Fleisch zucken zwei Wesen, wie Vogel- oder Hasen- oder Menschen- oder Froschjunge, aber formlos, augenlos, ohne Nüstern, armlos, beinlos. Münder haben sie. Oder irgendwelche Öffnungen, aus denen das Wimmern kommt.

»Sollen wir die mitnehmen?«, frage ich.

Morpheus antwortet nicht, verzieht aber ganz leicht das Gesicht.

»Das sind Babys«, sage ich. »Und selbst ein hässliches Baby ist ein Baby. Du bist auch nicht gerade der schönste Säugling der Welt. Gewesen.« Ich stecke die kleinen Viecher vorsichtig in meine leere Schwertscheide.

In der Burg finde ich die Kallas. Sie sehen elend aus. Ich begreife nicht, warum sich irgendjemand so unterdrücken lässt wie sie. Aber auch eine Frau, die eine dumme Entscheidung getroffen hat, ist immer noch eine Frau, also ein Mensch.

Ich frage sie, wer für ihre derzeitige Lage verantwortlich ist.

»Natürlich wir selbst.«

»Unsinn. Wer hat euch gezwungen, das zu tun und so auszusehen?«

»Niemand musste uns zwingen. Wir …«

Ein charmanter älterer Mann, dessen Gewand eine Brustwarze dandyhaft unbedeckt lässt, unterbricht mein Gespräch mit Kalla. »Frauen sind keine vernunftbegabten Wesen, Sprechen erfordert Verstand. Ergo: Frauen sollten nicht sprechen«, sagt er.

Der Mann hat eine angenehme tiefe Stimme. Er klingt intelligent. Er sagt, er wisse alles über alles oder jedenfalls mehr als irgendwer sonst. Er versteht es, seine Worte richtig zu betonen. Seine Rede schreitet rational voran, logisch, langsam.

Ich könnte ihm endlos zuhören.

Ein kleiner, zahnloser Mund zwickt mich an der Taille. Ich blicke hinunter und erinnere mich an die auf den Hof geworfenen Babytiere, die ich bei mir trage. Jetzt begreife ich: So geschliffen der Typ auch redet, seine Worte sind Mist und Lügen. Er ist ein durch und durch schlechter Mensch, total unfähig, andere Menschen zu respektieren.

Ich: Du bist ein ausgemachtes Arschloch.

Mann: Wie bitte?

Ich: Ich bin hier, um deiner Tätigkeit ein Ende zu setzen.

Mann: Hahaha. Tätigkeit ist etwas Aktives. Nur Männer sind zu Aktivität fähig.

Ich: Was versuchst du da zu erklären?

Mann: Dir etwas zu erklären wäre so nützlich, als wollte ich einem toten Hasen das Wesen der Kunst nahebringen. Über das ich übrigens alles weiß.

Ich: Ich bin ein erwachsener Mensch, so wie du.

Mann: Du bist gar nichts.

Ich sehe Morpheus an, er zuckt die Schultern. Lilith zischt nicht einmal. Ich muss meinen eigenen Verstand einsetzen.

Ich: Du hast bestimmt einen kleinen Penis, deshalb plusterst du dich so auf.

Mann: Wie bitte?

Ich: Du hast bestimmt einen kleinen Penis, deshalb plusterst du dich so auf.

Mann: Auch David hatte einen Phallus von stark begrenzter Länge.

Ich: Stimmt nicht.

Mann: Woher willst du das wissen?

Ich: Ich habe ihn gesehen.

Mann: Die Statue hat jedenfalls einen kleinen.

Ich: Der wurde extra so gefertigt, damit die Kleinschwänzigen keinen Minderwertigkeitskomplex bekommen.

Mann: Was ist das?

Ich: Das bedeutet, dass ein Mann, der ein kleineres Glied hat als ein anderer, sich dem anderen unterlegen fühlt.

Der Mann schweigt lange. Ich bin zufrieden. Aber dann, heiliger Arsch, wirft er sein Gewand ab.

Mann: Mein Penis ist nicht klein, guck her, überzeug dich selbst.

Ich blicke nicht hin.

Mann: Mein Glied hat Regelmaß. Nun guck schon.

Ich lasse ihn stehen.

Ich gehe zu den Kallas, um sie zur Vernunft zu bringen. Aber meine vernünftigen Worte erreichen sie nicht. Ich versetze ihnen einen Klaps ins Gesicht. Dann befehle ich ihnen, sich genau anzusehen, von was für einem impotenten, mickrigen Blödmann sie sich herumkommandieren lassen. Ich fordere sie auf, sich zusammenzureißen. Ich versichere ihnen, dass unsere Menschenwürde nicht annulliert wird, wenn jemand uns als dumm und hässlich und fett und minderwertig und Untermensch und Sklavin und Hure tituliert. Dabei ereifere ich mich nicht. Ich spreche ganz ruhig. Oder so ruhig, wie es mir möglich ist, wenn ein Exemplar der antiken Helden versucht, meine Aufmerksamkeit auf sein Geschlechtsteil zu lenken. Die Männer waren also schon vor Beginn unserer Zeitrechnung so. Es ist keineswegs der Fall, dass ich nichts für Penisse übrighätte. Nur sind die meisten einfach meiner Meinung nach ästhetisch nicht sonderlich interessant.

Ich: Würdest du freundlicherweise mitsamt deinem verdammten, schmierigen Pullermann verduften!

Und der Mann geht, haha, ich habe Superkräfte!

Ich erkläre den Kallas, dass sich auch die besten Frauen schon einmal von Männern haben bescheißen lassen. Es ist nicht zu spät, ihren Irrtum einzugestehen. Zum Glück hat die Kalla-Armee wenigstens noch nicht angefangen, ihre Wahnvorstellungen auszusäen, zum Verdruss und zum Schaden anderer Frauen. »Wie zum Beispiel die ECHTEN Frauen in Kanada, die sowohl in ihrem eigenen Land als möglichst auch international durchsetzen wollen, dass die Subventionen für Abtreibungskliniken, Beratungsstellen für Vergewaltigungs- und Inzestopfer und Asyle für misshandelte Frauen abgebaut und die Beihilfen für alleinerziehende Mütter gestrichen werden. Oder wie Mutter Teresa, die mit ihrer katholischen Propaganda und der Idealisierung des Leids bestimmt mehr Elend über benachteiligte Frauen in aller Welt gebracht hat als irgendeine andere einzelne Person in den letzten Jahrzehnten. Oder Phyllis Schlafly. Oder Sarah Palin. Oder Michele Bachmann. Oder diese Frau von den Jungen Konservativen in Finnland, der nicht einleuchtet, wieso Vergewaltigung in der Ehe ein Verbrechen ist. Oder die rechtspopulistischen Frauen. Die Chefredakteurinnen von Frauenillustrierten. Die Fürsprecherinnen des Hausfrauendaseins. Bestimmt sogar ich selbst!«

Ich schweige einen Moment und denke über mein verzerrtes Frauenbild nach.

»Jedenfalls habt ihr bisher nur euch selbst erniedrigt! Das ist eine Dummheit, die man schnell aufgeben kann.«

»Er will nur unser Bestes«, sagt Kalla.

»Da liegt ihr total falsch. Wenn er euer Bestes wollte, hätte er euch nicht die Zähne und die Fingernägel ausgerissen. Er will euch und anderen von eurer Art Böses. Er will sich Frauen und Kinder und Tiere und die Natur und das Schicksal untertan machen. Er will der Herr sein. Und dafür braucht er Sklavinnen.«

»Wir sind gern seine Sklavinnen.«

»Das seid ihr nicht!«

»Doch!«

Wenn eine Frau nicht glauben will, dass sie grob missbraucht worden ist, kann man sie kaum davon überzeugen. Toben ist sinnlos. Manipulation hilft nicht. Man kann weder an den Verstand noch an die Gefühle appellieren. Aber auf keinen Fall darf man sagen, dann mach doch, was du willst, es kümmert mich nicht.

»Ihr seid vielleicht beschissen! Zum Teufel mit euch und mit der Welt und überhaupt mit allem.«

Der Mann hat seine Toga gegen ein verhüllenderes Modell getauscht. Er kehrt hoch aufgerichtet und selbstbewusst zurück, als wäre nichts Besonderes vorgefallen. Steht vor mir und starrt mich von oben herab an. Ausgerechnet in dem Moment fällt der Planungsfehler-BH ab.

MANN: Ha-ha!

ICH: …ße.

MANN: Du blöde Hure, deine Brüste sind nicht mal symmetrisch. Mit anderen Worten, sie sind hässlich. Was bildest du dir eigentlich ein, in diesem Aufzug unter Menschen zu gehen? Nicht einmal die Bikinizone hast du dir rasiert. Außerdem hast du Zellulitis, du Fettarsch. Du solltest dich was schämen!

ICH: Frauen scheinen ein echtes Problem für dich darzustellen.

MANN: Frauen sind mir vollkommen gleichgültig.

ICH: Deshalb suchst du mit aller Macht nach Gründen, weshalb Frauen angeblich schlechter sind als Männer.

MANN: Frauen sind ganz einfach schlechter als Männer. Wenn es keine Frauen gäbe, könnten die Männer sogar noch besser sein. Falls das überhaupt möglich ist.

ICH: …

MANN: Vielleicht könnte man ein Medikament erfinden, mit dessen Hilfe auch die Frauen im Mutterleib voll ausreifen, das heißt, sich zu Männern entwickeln.

ICH: …

MANN: Außerdem begreifen die Frauen die Schönheit der Mäßigung nicht und sind unfähig, bei der Sache zu bleiben. Deshalb sollte ihnen niemals erlaubt werden zu schreiben, falls sie es geschafft haben, sich diese für sie nutzlose Fertigkeit anzueignen.

ICH: Das ist deine Meinung.

MANN: Nein, das ist die richtige Meinung, weil ich sie geäußert habe.

Auf dem Tisch steht ein Miniaturmodell von einer Art Kathedrale. Das packe ich und knalle es dem Mann in die Fresse. Ich kann meine Kraft nicht richtig einschätzen, denn in mir stecken hundert Kilo Anakonda, und überhaupt ist diese Situation für mich sehr ungewohnt. Vom Kopf des Mannes bricht ungefähr ein Viertel ab, das Gehirn verspritzt grünen Matsch. Das eiserne kleine Gotteshaus poltert auf den Steinfußboden, als der Mann tot umkippt.

»Oho«, sage ich.

»Was hast du mit unserem Herrn gemacht!«, schreit Kalla auf. Die Frauen scharen sich um die Leiche, kauern sich zusammen, heulen und ringen verzweifelt die Hände.

Ich frage Morpheus, was jetzt zu tun sei. Er reicht mir den BH und sagt, es sei vollbracht.

»Was?«

»Das, wofür wir hergekommen sind.«

Morpheus gibt mir Sprengstoff und Streichhölzer.

»Glaubst du etwa, ich könnte damit umgehen?«

»Lies die Gebrauchsanleitung.«

Ich verteile den Sprengstoff in der ganzen Burg. Dann zünde ich die Lunte an und befehle Kalla und ihrer Armee, das Gebäude unverzüglich zu verlassen. »Wir wollen mit ihm verbrennen«, erwidert Kalla.

»Unsinn, jetzt gehen wir!«, ruft Morpheus, der herbeigerannt kommt. Er versucht, Kalla mit sich zu ziehen.

»Die wollen nicht mit. Aber hier kracht es gleich. Wir müssen raus«, sage ich.

Morpheus weint und will mir nicht zuhören.

»Komm, kleines Schätzchen, bitte, sei brav. Milla, weck ihn auf!«

Morpheus verschwindet. Ich renne aus der Burg und aus dem ganzen Phallustein. So schnell ich kann, springe ich über Glassplitter und Stacheldraht und Angelhaken, doch die schreckliche Druckwelle hat mich schon beinahe erreicht. Da recken sich zwei kleine Köpfe aus meiner Schwertscheide und pusten dagegen. Die Welle erstarrt zu einer durchsichtigen Wand.

Ich finde zurück zu der Stelle, an der die Reise begonnen hat. Der Abstieg war schwierig und beängstigend, aber sich am Seil hochzuziehen ist noch beschissener. Es dauert wahnsinnig lange.

»Oho, du hast es überlebt!«, ruft Aphrodite, als ich aus der Schlucht klettere. Beinahe umarmen wir uns sogar.

»Mir ist schlecht«, bringe ich noch heraus, bevor sich die zehn Meter lange Schlange aus meinem Mund windet.

Lilith dankt mir.

»Nichtsss zu danken«, sage ich. »Sss, Scheiße.«

»Sssorry«, sagt Lilith.

Deshalb spreche ich das S heute noch zischelnd.

Lilith verabschiedet sich knapp von uns und erklärt, sie gehe weit weg und sei froh, dass sie nicht als Frau leben müsse. Als sie in das ruhige Meer eintaucht, singt sie, eine Spur Zufriedenheit in der Stimme: »I grow more massster the fassster the day.«

Aphrodite und ich bleiben allein zurück.

Ich: Na ja. Vielleicht geh ich dann auch mal.

Aphrodite: Ja, mmm-m.

Ich: Ja …

Aphrodite: Na ja.
Ich: Okay, du, es war nett.
Aphrodite: Ja, das war es. Schön, dass du kommen konntest!
Ich: Klar.
Aphrodite: Man sieht sich.
Ich: Ja! Tschüss!

In Bangkok ereignete erst kürzlich sich Folgendes: Unter dem Fußboden eines buddhistischen Tempels fand man zweitausend abgetriebene Föten in Plastiktüten. In dem Tempel war eine illegale Abtreibungsklinik tätig gewesen, denn in Thailand war es sehr schwierig, die Erlaubnis für einen Schwangerschaftsabbruch zu bekommen. Die Frau, die die Klinik betrieben hatte, wurde angeklagt. Man fragte sie, warum sie etwas so Furchtbares getan habe. Sie antwortete, sie habe es als ihre ethische Pflicht empfunden, den Frauen zu helfen, die in den legalen Kliniken nicht behandelt wurden.

Alle empörten sich über diese unverschämte Dreistigkeit.

Doch dann bebte und grummelte die Erde. »Bloß nicht wieder ein Tsunami oder dergleichen!«, schrien die Menschen.

Aber es war kein Tsunami und kein Erdbeben und kein Atomunfall. Es war das Patriarchat,

das knacks zerfällt
und besser wird die Welt.

»Was soll das?«, fragten sich die Menschen. »Warum wird diese Frau angeklagt? Eigentlich hätte sie einen Tapferkeitsorden verdient: Sie hat das Recht verteidigt, als das Gesetz es leugnete.«

Die Föten wurden aus dem Polizeigebäude auf einen großen Platz gebracht und verbrannt.

Die ganze Stadt reinigte der Rauch,
die ganze Welt danach dann auch.
Er stieg den Menschen in die Nasen,
Guten und Bösen gleichermaßen.

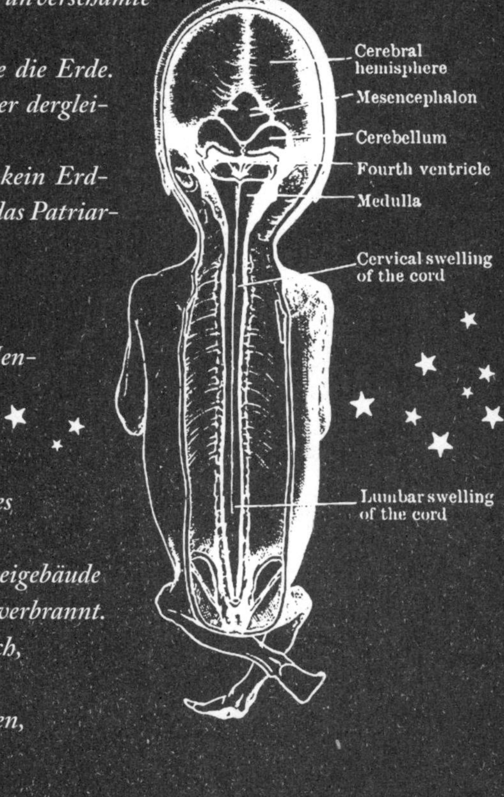

14.

IMAGINE SOMETHING OF YOUR VERY OWN,
SOMETHING YOU CAN HAVE AND HOLD.
I'D BUILD A ROAD IN GOLD,
JUST TO HAVE SOME DREAMING.

Die Sonne wärmt herrlich, Aphrodite spürt, wie ihre Haut glüht. Sie schaut zum Himmel hinauf und sieht einen Vogel, dessen Flügel von reinem Licht gefärbt sind. Dasselbe Licht durchströmt auch sie. Sie fühlt sich ungeheuer glücklich. Als sie den Mund öffnet, fliegt ein Schwarm hellblaue Schmetterlinge heraus, wobei sie deren Flügel am Gaumen kitzeln. Als Nächstes sprudeln Dutzende Kirschkerne aus ihrem Mund, fallen auf fruchtbaren Boden und wachsen zu großen, blühenden Bäumen heran. In ihrer Kehle prickelt es immer noch ein wenig. Sie hustet, und eine Bienenkönigin fliegt aus dem Hals. Aphrodite kichert und wischt sich mit dem Finger die Mundwinkel ab.

Am Wegrand steht ein weißer Stier. Aphrodite läuft zu ihm und streichelt sein weiches Maul. »Was ich mit dir gemacht habe, tut mir leid«, sagt der Stier. Aphrodite ist völlig verdattert. Was in aller Welt hat sie mit dem Stier getrieben, wann, und wie betrunken war sie?

»Also … ich bin in Wahrheit Zeus«, erklärt der Stier. Aphrodite verschränkt die Arme vor der Brust. »Die Scheidungspapiere sind schon fertig, nur deine Unterschrift fehlt noch.« In der Aktentasche, auf die der Stier zeigt, findet Aphrodite die offiziellen Dokumente, die sie aus der Ehe mit Hephaistos befreien. »Auch er hat endlich eingesehen, dass man einen anderen Menschen nicht besitzen kann.«

Aphrodite setzt ihre Unterschrift auf die Scheidungsurkunde und legt sie in die Aktentasche zurück.

»Wohin willst du?«, fragt der Stier.

»Ich habe hier noch eine Aufgabe zu erfüllen.«

»Was für eine?«

»Na ja, es ist so eine Art ... Missionstätigkeit.«

Als Geste der Versöhnung bietet der Stier Aphrodite an, sie in die Stadt zu bringen. Der unverbesserliche Frauenheld Zeus unternimmt zumindest einen kleinen Versuch, die bezaubernde Göttin der Liebe zu verführen. Und es kann sein, dass er auch ein bisschen Erfolg hat, aber das ist definitiv eine Nebenhandlung.

Aphrodite und der Stier kommen nach Bangkok. Auch hier steigt Rauch auf, wie in Pattaya. Aber der Rauch stammt nicht von abgebrannten Häusern. Irgendwer erzählt, es würden Föten verbrannt. Aphrodite regt sich auf: »Wie weit seid ihr Menschen jetzt schon wieder gegangen?« Man sagt ihr, nein, nein, das sei eine gute Sache. Endlich sei die Verdorbenheit der verzerrten Abtreibungsgesetze ans Tageslicht gekommen.

Aphrodite spaziert durch die Straßen von Bangkok. Die Bordelle sind in Bauernläden verwandelt worden, in denen man zum Beispiel Mangosprösslinge kaufen kann. In den Striptease-Bars sind kostenlose Gesundheitszentren entstanden. In den Massagesalons wird echte, traditionelle Thaimassage angeboten, und die Personen, die dort arbeiten, sind voll bekleidet.

Aphrodite betritt einen dieser Massagesalons. »Guten Tag«, sagt sie. »Was bedeutet Sex für Sie?«

Die Frau unterbricht ihre Arbeit und sagt, Sex sei das Schönste und Tollste, was zwischen zwei Menschen geschehen könne. Er sei eine göttliche Handlung, ein Akt der Liebe und ein Freudenfest der Körperlichkeit.

»Ich bedanke mich für die Antwort«, jubelt Aphrodite.

Die Stadt ist voll von Menschen, die gesund und zufrieden aussehen. Fast wie auf den Paradiesbildern der Zeugen Jehovas. »Moment mal, das ist doch nicht etwa Jehova-Kram?«, fragt Aphrodite einen Mann auf der Straße.

»Ganz und gar nicht, wir haben die männlichen Götter und all das abgesetzt.«

Aphrodite sucht ein Internet-Café, um die Nachrichten aus aller Welt zu lesen. Es stellt sich heraus, dass auch in anderen Ländern Asiens große Veränderungen eingetreten sind. Man hat anerkannt, dass die Frauen ebenso vollwertige Menschen sind wie die Männer, und deshalb beschlossen, in ihre Ausbildung und Gesundheit zu investieren. Die chinesischen Waisenhäuser erhalten beträchtliche staatliche Subventionen und haben qualifiziertes Personal eingestellt. Die indischen Ehe- und Erbgesetze sind von Grund auf umgestaltet worden, weil man festgestellt hat, dass sie unvorstellbar frauenfeindlich waren. Der Anteil der lesekundigen Frauen soll innerhalb der nächsten fünf Jahre überall auf hundert Prozent gehoben werden.

Auf der Straße trifft Aphrodite ein Mädchen und einen Jungen, die Gummitwist spielen. Sie fragt die beiden, welches das höchste Gut sei.

»Ich weiß nicht, aber wirtschaftlicher Gewinn auf keinen Fall«, antwortet das Mädchen.

»Vielleicht die Freiheit«, schlägt der Junge vor.

»Aber sag mal, bist du nicht die Göttin der Liebe?«, ruft das Mädchen. »He, kommt mal alle her, hier ist die Göttin der Liebe!!«

Und alle kommen. Die Menschen bitten Aphrodite um ein Autogramm und wollen mit ihr fotografiert werden. Aphrodite bleibt eine Weile bei ihnen. Doch dann überkommt sie das Heimweh.

Ich denke, ich gehe nach Hause, denn jetzt ist ja alles gut, sagt sie zu dem Mann, mit dem sie das Hotelzimmer geteilt hat. Der Mann antwortet, heutzutage sei eine Frau auch zu Hause in Sicherheit. »Ich meinte mein Heimatland«, präzisiert Aphrodite.

»Auch das Heimatland ist jetzt ungefährlich für die Frauen«, erwidert der Mann lächelnd und sieht so süß aus, dass Aphrodite noch einmal mit ihm schläft.

Aphrodite geht ans Ufer, sagt der Paradiesinsel Adieu und schwimmt, bis sie einer Delfinschule begegnet. Ihrer Bitte, sie nach Hause zu bringen, kommen die Tiere jubelnd nach. Denn mehr als alles andere ist Aphrodite die Göttin der Delfine.

Milla wacht auf und reckt sich genüsslich. Was für einen seltsamen Traum hatte sie in der Nacht? Sie verwandelte sich in einen gehörnten Dämon und flog wie ein eisiger Wind, um ihren Sohn zu retten, bevor alles rot und gelb wurde, als hätte jemand einen wahnsinnig großen Pickel zum Platzen gebracht.

Sie streicht dem neben ihr schlafenden Kind über die Haare. Ich bin eine ganz gute Mutter geworden, denkt sie.

In der Küche gießt sie sich ein Glas Saft ein. Ihr ist, als ob er irgendwie besonders süß schmeckt und außerdem, na, undefinierbar.

Die anderen sind nicht zurückgekehrt. Doch Milla macht sich keine Sorgen. Sie entwickelt keine Schreckensbilder, was alles schiefgegangen sein könnte. Ihnen kann nichts Schlimmes passiert sein: Schließlich sind eine Göttin, die erste Frau und eine Schriftstellerin dabei. Mit dem Urteilsvermögen der drei steht es vielleicht nicht zum Besten, aber einen starken Willen hat jede von ihnen. Wahrscheinlich feiern sie noch irgendwo.

Milla zieht einen goldenen Bikini an und geht auf die Veranda. Es scheint, als strahle die Sonne heute an einem etwas klareren Himmel!

In der Zeitung steht, man habe endlich die schmerzfreie Geburt erfunden, eine Methode, die die Geschlechtsorgane der Frau nicht zerreißt, wenn das Kind zur Welt kommt.

»Zum Glück habe ich keine Erinnerung an die Geburt!«

Außerdem wurde eine Anti-Baby-Pille für Männer entwickelt. Und eine von Nebenwirkungen freie Pille für Frauen. Dazu ein Mittel gegen Menstruationsschmerzen.

»Das wurde aber auch Zeit.«

Es gibt jetzt Slips, die nicht zwischen die Pobacken rutschen, aber trotzdem nicht schrecklich aussehen. Unzerreißbare Strumpfhosen. Pumps, bei denen man die Absatzflecken nie zu ersetzen braucht.

»Da spare ich ja viele Tausend Euro! Ich kann mir sogar ein Haus kaufen.«

Man hat eine angenehme Behandlung gegen Klimakteriumsbeschwerden entdeckt. Und eine Methode, Brustkrebs zu verhindern. Außerdem gilt Hausarbeit jetzt offiziell als ebenso wertvoll wie Berufstätigkeit.

»Man könnte beinahe von Fortschritt sprechen.«

Die Vögel singen. Auf die Veranda des Nachbarhauses tritt ein junger Mann. Auch er ist Finne. Er war früher als Schneeschaufler tätig, hatte aber genug davon und zog in dieses schneelose Land. Aber er ist nicht jener finnische Schneeschaufler, der seine gesamte bewegliche Habe und die seiner Frau an den Meistbietenden verkaufte, Frau und Kind in der leeren Wohnung sitzen ließ und sich nach Thailand absetzte, um wer weiß was zu tun. Dieser hier ist ein ganz anderer.

Milla lächelt dem Mann zu. Auch der Mann lächelt. Sie müssen beide lachen. Der Schneeschaufler sieht komisch aus, aber durchaus nicht in negativem Sinn. Er hat ein hübsches Lächeln und herrliche grüne Augen.

MILLA: Hallo.

SCHNEEMANN: Hallo.

MILLA: Hast du schon gehört, dass gestern die Pille für Männer erfunden wurde?

SCHNEEMANN: Ja, hab ich gerade gelesen. Ich dachte, ich hol mir ein Rezept. Im Moment habe ich zwar kein Sexleben, aber für alle Fälle. Obwohl ich bei flüchtigen Abenteuern natürlich weiterhin ein Kondom verwenden würde. Aber für eine feste Beziehung ist so ein Produkt optimal.

MILLA: Hihi.

SCHNEEMANN: Hehe.

MILLA: Du, wenn du die Pille gekriegt hast, kommst du dann zu mir und testest, ob sie wirkt?

SCHNEEMANN: Oho, der Vorschlag ist ganz schön verantwortungslos! Stell dir vor, sie wirkt nicht und du wirst schwanger. Aber ich habe dein Kind ja schon gesehen. Es ist ganz wohlproportioniert. Du kriegst also gute Kinder. Ich meine, wenn du welche willst.

MILLA: War das jetzt ein Ja oder ein Nein?

SCHNEEMANN: Ich komme gern. Und ich habe auch keine Geschlechtskrankheiten oder so, du kannst also unbesorgt sein.

MILLA: Gut. Ich habe auch keine! Obwohl ich früher Hure war.

SCHNEEMANN: Oho, das wurde bestimmt besser bezahlt als das Schneeschaufeln.

Milla: Stell dir mal vor, während du bei irgendeinem reichen Furz auf dem Dach gestanden und den Schnee runtergeschoben hast, war ich vielleicht gerade im Haus und habe dem Typen einen geblasen.

Schneemann: Tatsächlich. Oho.

Milla: Ich bin übrigens echt gut im Blasen.

Schneemann: Ach ja? Ich auch. Bei Mädchen, meine ich. Was denkst du: Kann man sagen, dass man einer Frau einen bläst?

Milla: Keine Ahnung. Ich find den Ausdruck sowieso ein bisschen blöd. Wieso blasen, hä? Da pustet doch keiner.

Schneemann: Passt es dir in ein paar Stunden? In der Apotheke ist bestimmt eine riesige Warteschlange.

Milla: Ja, ich stille inzwischen. Bis nachher!

Der Schneeschaufler kehrt zurück, nachdem er das revolutionäre Medikament bekommen hat. Milla lässt für Morpheus ein Video mit einer Kindersendung laufen. Das Kind sagt etwas, aber Milla versteht seine Sprache immer noch nicht.

Milla: He, kannst du zufällig Altgriechisch?

Schneemann: Ja. Der Junge sagt, er möchte lieber die Kriegerprinzessin Xena gucken als die Teletubbies.

Milla: Oh, natürlich! Du bist echt ein patenter Mann. Trotzdem möchte ich, dass Morpheus lernt, nicht nur eine tote Sprache zu sprechen.

Während Morpheus Xenas Abenteuer verfolgt, haben Milla und der Schneeschaufler supertollen Sex. Der Schneeschaufler ist ein richtig guter Mann. Er zweifelt nicht an seiner Männlichkeit, ist aber auch kein blöder Prahlhans.

Milla: Sollten wir uns vielleicht zusammentun?

Schneemann: Ja!

Milla: Yeah!

Schneemann: Yeah!

Milla: Und du könntest dann auch das männliche Vorbild für mein Baby sein. Bisher hat es nämlich ein ziemlich schlechtes Bild von den Vertretern seines Geschlechts.

Schneemann: Das wundert mich nicht.

Milla: Und ich will nicht, dass aus ihm einer von diesen Männern wird, die ihren Müttern vorwerfen, sie hätten sie so erzogen, dass kein Mädchen sie haben will. Natürlich kann er auch schwul werden. Na, ich weiß nicht.

Dann sexeln sie noch ein bisschen, bis Milla sagt, sie habe Hunger.

Schneemann: Machen wir uns was zu essen. Ich bin ein guter Koch.

Milla: Ich esse vegetarisch.

Schneemann: Das ist echt klasse. Wusstest du übrigens, dass die Lieblingsspeisen der Finnen Hackfleischsoße, Fleischklößchen und Steak mit Pommes sind? Die Speisenkultur war einer der Gründe, warum ich von dort wegwollte. Und weißt du was, einmal plante man eine Untersuchung über Essgewohnheiten, bei der eine Gruppe Finnen und eine Gruppe Italiener jeweils nach dem Speiseplan der anderen Gruppe leben sollten, aber die italienischen Ärzte fanden das unethisch. Also, ich koche dir so viele vegetarische Gerichte, wie du magst.

Milla hat den perfekten Mann gefunden.

Milla, das Baby und der Schneeschaufler leben glücklich in Thailand. Der Schneeschaufler ist tatsächlich ein ausgezeichneter Koch. Er erfindet die ausgefallensten Gerichte, die durch Nüsse, Mandeln und Kokosmilch herrlich cremig oder, auf Finnisch gesagt, fettreich werden. Fast unmerklich sammelt sich unter Millas goldenem Bikini, zwischen Unter- und Oberteil und rundherum, mehr Fleisch an. Das stört weder den Schneeschaufler noch Milla selbst, denn sie haben den altmodischen Begriff Schönheitsideal schon vergessen.

Doch dann geschieht etwas Unerwartetes.

Milla: Stell dir vor, ich habe Lust auf Roggenbrot, Salmiak und Salzgurken.

Schneemann: Mach keine Witze.

Milla: Und auf Senf und finnisches Mineralwasser und Light Cider.

Schneemann: Auf dieses Gift!

MILLA: Genau! Und auf Kossu-Schnaps.

SCHNEEMANN: Pfui Teufel!

MILLA: Auf Kossu-Battery! Die Version mit dem Battery light. Und Brennnesseltee.

SCHNEEMANN: Soll ich dir Roggenbrot backen?

MILLA: Nein, es muss das mit dem Loch in der Mitte sein. Die Sorte, die immer hart und zäh ist und einem am Zahnfleisch wehtut.

SCHNEEMANN: Was können wir da tun?

MILLA: Lass uns nach Hause fahren.

SCHNEEMANN: Nee du.

MILLA: Doch, doch, doch!

Milla gibt nicht auf, bis der Schneeschaufler schließlich sagt: »Na gut.«

MILLA: Du brauchst nicht gleich eingeschnappt zu sein.

SCHNEEMANN: Bin ich doch gar nicht.

MILLA: Ein bisschen schon.

SCHNEEMANN: Weil ich dich nicht verstehe. Zu Hause ist alles beschissen und im Arsch. Das hast du selbst gesagt. Gestern oder vorgestern.

MILLA: So was hab ich nie gesagt.

SCHNEEMANN: Aha. Aber eines ist sicher: Wenn wir nach Finnland ziehen, wird Morpheus in der Schule gemobbt.

MILLA: Warum?!

SCHNEEMANN: Weil er so einen komischen Namen hat.

MILLA: Aber nicht, weil seine Mutter eine fette Exhure ist?

SCHNEEMANN: Nicht deshalb.

MILLA: Jeder wird wegen irgendetwas gemobbt.

Im Bikini kann Milla nicht nach Finnland reisen. Sie muss richtige Kleidung kaufen. »Meine Güte, wie fett ich bin«, stellt sie vor dem Spiegel im Geschäft fest. Eine Verkäuferin eilt herbei. Sie ist sehr zufrieden mit ihrem Leben, seit sie endlich genug verdient, um ein Auskommen zu haben. Die Verkäuferin stellt sich so neben Milla, dass sie beide im Spiegel zu sehen sind. Die Frau ist ungefähr halb so groß wie Milla. Nein, sie kann höchstens zwanzig Zentimeter kleiner sein.

Sie legt ihr Vogelgesicht schräg. »Wir haben keine Kleider in deiner Größe«, sagt sie.

»Mist«, seufzt Milla.

Doch die Verkäuferin ist erfinderisch. Sie führt Milla zu einem Laden für Touristen. Dort werden bunte T-Shirts verkauft. Milla sieht sich die Stapel an. Auf einem Shirt steht auf Finnisch: BALD FICKEN WIR. Milla zeigt der Verkäuferin das Teil und fragt auf Thai: »Was zum Teufel?!« Die Verkäuferin erklärt, dass diese Hemden für finnische Pauschalreisende angefertigt wurden und sehr populär waren.

»Wenn finnische Männer so etwas tragen, trag ich es auch«, sagt Milla und kauft das Shirt.

Der Schneeschaufler spült gerade ab, als sie in ihrem neuen Outfit nach Hause kommt.

Schneemann: Findest du das gut?

Milla: Natürlich nicht. Aber was auf den anderen T-Shirts stand, konnte ich nicht lesen. Außerdem ist das Ding kultig.

Schneemann: Inwiefern?

Milla: In dem Laden haben sie mir ein Foto aus einem finnischen Pornoheft gezeigt, auf dem ungefähr zwanzig fette Kerle zu sehen waren, die alle so ein T-Shirt anhatten.

Schneemann: Aha.

Milla: Ja, denk mal darüber nach.

Schneemann: Das tue ich.

Doch der Schneeschaufler ist so verliebt, dass nicht einmal Millas seltsame Kleidung die Liebe erkalten lässt. Außerdem ist Ficken mit Milla das Schönste, was er sich vorstellen kann.

Flughafen Helsinki-Vantaa.

Milla steckt die Sonnenbrille in die Handtasche.

Milla: Hier ist alles so, öh, gleichförmig.

Schneemann: Hauptsache, es liegt kein Schnee.

MILLA: Ja. Kommt um diese Jahreszeit eher selten vor.

Der Schneeschaufler trägt den vom plötzlichen Klimawechsel geschockten Morpheus im Tragetuch. Von der nächsten Nacht an taucht der Kleine in Millas Träumen auf und fragt sie, was er denn so Schlimmes getan habe, dass seine Mutter ihn in diese Eishölle gebracht hat.

MILLA: Oho, fast fünfzehn Grad plus. Und dabei ist noch nicht einmal Mai.

SCHNEEMANN: Übrigens, wo sollen wir eigentlich übernachten?

MILLA: Oje. Nein, schon gut, ich habe eine Idee.

Am Fenster des Salons der thailändischen Masseuse mit dem tollen Körper steht jetzt AKUPUNKTURSTUDIO. Die Weihnachtsbeleuchtung ist jedoch geblieben, sie flackert immer noch in Türkis und Rosa. Die goldene Katze winkt mit der Pfote.

Die Frau öffnet die Tür. »Was kann ich für Sie tun?«, fragt sie. Milla umarmt sie vor lauter Freude, ein bekanntes Gesicht zu sehen. »Ich bin es!«, ruft sie.

»Aber du bist so groß wie damals, obwohl das Kind schon da ist.«

»Ja, ja, aber jetzt sind die Pfunde ein bisschen gleichmäßiger verteilt.«

Man hatte der Masseuse angeboten, einen Finnischkurs zu besuchen und eine Ausbildung zur Unternehmerin zu machen. Sie hat den Beruf der Naturheilerin gewählt. Außerdem hat sie den Namen Pikachu angenommen, weil sie ihren früheren Namen, der einfach Mädchen bedeutet, satthatte. »Ich habe keine Lust mehr, immer Mädchen genannt zu werden«, sagt sie.

Sowohl Milla als auch der Schneeschaufler schweigen eine Weile.

SCHNEEMANN: Wie bist du auf die Idee gekommen, dich ausgerechnet Pikachu zu nennen?

PIKACHU: Hat mir eben gefallen. Und ja, gut, ich war es nicht gewöhnt, dass ich selbst über mich bestimmen kann. Ich habe ein paarmal über die Stränge geschlagen. Zum Beispiel habe ich eine Menge Cider getrunken und dann in dieses Wasserbecken gepinkelt, das sie zu Ehren irgendeines toten Mannes errichtet haben. Und das Video davon hab ich auf Youtube gestellt.

MILLA: Na, Pikachu ist doch immerhin ein ganz hübscher Name.

SCHNEEMANN: Aber du bist doch gar keine Japanerin.

Pikachu: Hier behandeln sie mich jedenfalls wie eine Chinesin.

Milla: Du, sag mal! Wo sind die Fliegenmädchen?

Pikachu: Tja ... Die sind im Zoo.

Milla: Aber?

Milla hatte sich eingebildet, das Ende des Patriarchats bedeute zugleich das Ende jeglicher Unterdrückung. Gleichberechtigung wäre nicht nur die Gleichberechtigung von Mann und Frau, sondern auch die von Menschen und Tieren.

Milla: Na ja, ach so.

Milla, Morpheus und der Schneeschaufler ziehen vorläufig in Pikachus Büro. Dort hat sie früher selbst gewohnt und gelegentlich auch Verwandte und Kolleginnen untergebracht. Und natürlich die Fliegenmädchen. Jetzt hat sie eine eigene Wohnung.

Pikachu: Wieso trägst du eigentlich dieses schreckliche Hemd? Genau solche hatten diese Idioten damals vor vielen Jahren an, als ich noch in Thailand gelebt habe und ein normales junges Mädchen war. Die haben besoffen auf der Straße randaliert und alle Frauen belästigt, die ihnen über den Weg liefen.

Milla: Ein alter finnischer Urlaubsbrauch.

Pikachu: Na klar.

Sie wohnen bei Pikachu, bis die Stadt ihnen eine eigene Wohnung zuweist. »O nein«, seufzt Milla, als sie die Adresse liest. »Das ist das Haus, in dem ich früher gewohnt habe. Und dieselbe Wohnung. Vermutlich.«

Schneemann: Wieso vermutlich?

Milla: Ich habe die Wohnungsnummer vergessen.

Tatsächlich handelt es sich um dieselbe Wohnung. Mit dem einen Unterschied, dass man die Trennwand zwischen zwei Einzimmerapartments entfernt und die Räume zu einer gemütlichen Zweizimmerwohnung zusammengelegt hat.

»Kalla hat früher auch hier gewohnt«, sagt Milla traurig. Der Schneeschaufler streichelt ihr übers Haar.

Besorgt betrachtete die Göttin der Geburt die Welt. Sie würde bald wieder eine Katastrophe schicken müssen, denn die Welt begann sich erneut mit allen möglichen Wesen zu füllen. Sie überlegte gerade, ob sie die Welt diesmal mit Eis, Wasser oder flüssiger Lava überziehen sollte, als ihr ein Gedanke durch den Kopf schoss.

Der Gedanke schlüpfte zu ihrem Ohr heraus und sagte: »Ich bin die Göttin des Todes, und ich bin gekommen, um dein Problem zu lösen.«

»Großartig!«

Die Göttin der Geburt schickte an alle Wesen der Welt den Aufruf, sofort zur Göttin des Todes zu gehen und zu wählen, wie sie sterben wollten.

Seiner Gewohnheit getreu hatte das Monster die Einladung nicht gelesen. Es lehnte sich an einen Kaktus und dachte sich neue Schauerlichkeiten aus. Allmählich begann es jedoch, sich zu wundern und vor allem zu ärgern: Vom frühen Morgen an flitzten alle Arten von Lebewesen an ihm vorbei. Schließlich fragte das Monster eine Ameise, wohin sie alle rannten. »Wir sind auf dem Weg zur Göttin des Todes, um uns eine möglichst gute Todesart auszusuchen«, antwortete die Ameise.

»Wer will denn sterben?«, fragte das Monster.

»Niemand, aber jetzt ist es eben so, dass alle sterben müssen. Wir können nur noch entscheiden, wie ein jeder sein Leben lässt«, erklärte die Ameise und eilte weiter.

Das Monster überlegte einen Augenblick, aber nur einen. Dann sprang es auf die Beine, zertrampelte die Ameise und rannte zur Göttin des Todes.

Unterwegs ermordete es jedes Tier, das ihm begegnete. Deshalb bekamen die Tiere nie eine Chance, ihre Todesart zu wählen. Das Monster erreichte dank seiner faulen Tricks als erstes Wesen die Göttin des Todes.

»Bitte, triff deine Wahl«, sagte sie.

»Ich will überhaupt nicht sterben!«, rief das Monster.

»Du musst.«

Das Monster überlegte lange, bevor es antwortete: »Also gut. Wenn ich wirklich sterben muss, dann soll es erst geschehen, nachdem man mich durchbohrt, amputiert, gekocht, gebraten, in Stücke geschnitten und in Weihwasser ertränkt hat.«

»Ein ziemlich großer Wunsch.«

»Aber ich bin als Erster gekommen. Dafür steht mir ein Bonus zu.«

Und so erfüllte die Göttin des Todes den Wunsch des Monsters, und es ist bis heute noch nicht getötet worden.

15.

THE PHONE RINGS IN THE MIDDLE OF THE NIGHT.

MY FATHER YELLS:

»WHAT YOU GONNA DO WITH YOUR LIFE?«

OH, DADDY DEAR, YOU KNOW YOU'RE STILL NUMBER ONE,

BUT GIRLS, THEY WANNA HAVE FUN.

Libyen, Syrien oder wie die alle heißen.

Scheiße, diese ewige Warterei, denkt Fräulein Nono. Sie fummelt an den Gurten ihrer Handschuhe aus schwarzem Leder. Dehnt die Finger, knacks, knacks. Streicht sich den Pony aus der Stirn und holt einen kleinen Johnny aus der Minibar. Puh. Ob rot oder blau, er schmeckt beschissen. Sie gießt Cola zum Whisky, kippt den Alkohol schließlich weg und trinkt die Cola pur.

Auf dem großen Hotelbett liegen zwei riesige schwarzweiße Hunde, Bane und Tyranny. Die Namen hat ihr Vater sich ausgedacht. Nono kann die beiden nicht immer auseinanderhalten. Deshalb hat der eine Swarowski-Steine am Halsband, der andere Nietnägel.

Ich habe jahrhundertelang Krieg geführt und viele Männer getötet, denkt Nono, während sie gesalzene Erdnüsse gegen den Fernseher schnippt, in dem die Nachrichten laufen. Und bei jedem Einzelnen habe ich mich vergewissert, dass das Leben in seinen Augen erlosch. So tötet ein Held.

Die heutige Kriegsführung ist nicht heldenhaft. Ferngelenkte Bomber und Cruise Missiles. Es war doch noch etwas anderes, als Mann gegen Mann kämpfte; Fleisch stieß auf Eisen, und die Uniform wurde vom Blut des Feindes durchtränkt. Diesen Krieg der Individuen vermisse ich. Leibliche Begegnungen. Leidenschaft, Haut, die man durchbohrt und zerreißt.

Bei den Kämpfen heutzutage treffen sich nicht einmal die Blicke des Tötenden und des zu Tötenden.

Die können mich nicht einmal sehen.

Moderne Kriegsführung ist vor allem Warten. Und sie mag nicht mehr warten.

»Ich will, dass man mich sieht«, sagt sie laut. Die Hunde spitzen die Ohren. Es sind die größten Hunde, die sie finden konnte. Hunde müssen groß sein. Vorzugsweise unnatürlich groß. Irgendwer hat ihr gesagt, große Hunde seien krank und würden früh sterben. Dann schaffe ich mir neue an, hat sie erwidert.

»Ich muss hier raus.«

Die Hunde springen vom Bett. Vielleicht könnte ich Erwerbsunfähigkeitsrente beantragen. Das tun die jungen Frauen doch heutzutage. Wenn ich meinem Vater und überhaupt allen sagen würde, dass ich deprimiert bin und in meiner sogenannten Arbeit keinen Sinn mehr sehe? Nono lacht laut. Sie ist kein schwaches Stück Scheiße. In Rente geht sie nicht. Aber sie wird ihren Vater um Versetzung bitten. Sie wird ihm sagen, dass sie den Frieden am besten mit dem Schwert verteidigen kann.

Nono hat ihren Vater lange nicht gesehen. Er fühlt sich in unfruchtbaren Sandwüsten am wohlsten. Er mag Wärme.

Mit dem Motorrad fährt Nono zum Militärstützpunkt. Genau das ärgert sie: Die Kerle führen so distanziert Krieg, dass sie riesige Gebäude und Verwaltungszentren errichten müssen. Solche Dinger baut man für die Bürokratie, nicht für den Kampf.

Das mit dem Sternenbanner geschmückte Tor wird geöffnet, alle wissen, wer sie ist. Nono mustert die Soldaten. Ihre Uniformen lassen keinen Streifen Haut frei. Von den Gesichtern ist gerade so viel zu sehen, dass man erkennen kann, ob es sich um Schwarze, Weiße, Beige, Latinos oder Asiaten handelt.

»Was liegt an?«, wird sie gefragt.

»Ich will zu meinem Vater«, antwortet Nono.

»Ist ein Treffen vereinbart?«

»Nein. Es ist nichts vereinbart.«

»Dann musst du warten.«

Das hat sie gelernt.

Eine Baracke mitten in der Wüste ist schweißtreibend, vor allem, wenn man schwarzes Latex trägt. Nono setzt sich auf einen Klappstuhl. Ein Trupp Soldaten kommt vorbei. Sie lachen. Nono hört sie sagen: »Freaky bitch«. Sie senkt den Blick, verbirgt ihr Gesicht hinter den dunklen Haaren. Sekundenlang wünscht sie sich, so sein zu können wie alle anderen.

Nono weiß, dass sie lange warten muss. Sie denkt an ihren Geliebten. An den verdammten Kotzbrocken.

Nonos Liebesgeschichte

Der Mann war älter und erschreckend größer als sie. Er hatte herrliche eisgraue Augen, schmutzig blonde Haare und rötliche Bartstoppeln. So prachtvolle Männer findet man nur im Norden.

Odin. Schneidende Lust durchzuckt Nonos Herz. Der Mann hieß Odin. Besser gesagt, so heißt er sicher immer noch, denn er ist nicht tot. »Aber für mich ist er gestorben«, flüstert Nono vor sich hin. Für mich bist du tot.

Odin rief sie zum Kampf. Nono kam und tötete alle. Doch Odin ließ sich nicht blicken. Mit bluttriefendem Bajonett, in das Fleisch ihrer Gegner gekleidet, stand Nono inmitten der Leichen und wartete.

Endlich, als die Bomben den Nachthimmel erhellten, sah sie den Mann am Horizont. Odin ritt auf seinem achtbeinigen Pferd auf sie zu, zwei zahme Wölfe neben sich.

»Ich habe deine Bitte erfüllt. Bist du jetzt befriedigt?«, fragte Nono.

»Noch nicht«, antwortete Odin mit satanischem Lächeln. Er riss Nono in seine Arme und aß ihr die Kleider vom Leib.

In einem Fjell-Hotel hatten sie acht Tage und neun Nächte leidenschaftlichen, fast krankhaften Sex. »Ich habe mich in dich verliebt«, sagte Nono am letzten Morgen nach der letzten Nacht.

Odin nahm sie hoch und trug sie auf den großen Balkon. Der kalte Nordwind fuhr durch ihren dünnen Babydoll. Der Mann hielt sie über das Geländer und fragte, ob sie ihm vertraue. Natürlich, antwortete Nono. Da lachte Odin und ließ sie fallen.

Nono lag zwischen kalten Felsen auf dem gefrorenen Boden und spürte ihren Unterleib nicht mehr. Erst in der Morgendämmerung fand sie die Kraft, den Hügel hinauf und in die Hotelrezeption zu kriechen, wo Hilfe herbeitelefoniert wurde.

»Soldatinnen mangelt es einfach an beruflichem Können«, sagte ihr Vater, als er sie im Feldlazarett besuchte. »Eine Soldatin wiegt vielleicht ein Viertel eines männlichen Soldaten auf. Aber es steht fest, dass eine verkrüppelte Soldatin nicht einmal so viel wert ist.«

Auf ihre Arme gestützt, stand Nono auf. Sie befestigte Reihenfeuerwaffen an ihren Krücken und sagte zu ihrem Vater: »Ich bin schon wieder ganz fit.«

Der Vater marschierte zu seinem Jeep. Nono folgte ihm mühsam. »Heute noch!«, brüllte ihr Vater, der bereits am Steuer saß. Schweigend fuhren sie zum Schlachtfeld, bis der Vater brummte: »Dir ist hoffentlich klar, dass er dich ausgenutzt hat.«

»Was?!«, rief Nono.

»Er wollte bloß seine besten Krieger ins Land des Todes schaffen. Dort kämpfen sie jetzt seine Schlachten, und er selbst brauchte nur ein bisschen Süßholz zu raspeln. Und hat als Dreingabe auch noch …«

»Du irrst dich!«

Da lachte der Vater. »Glaubst du, du wärst das erste Mädchen, das Odin reingelegt hat?«, fragte er.

Die Ärzte und der Vater behaupteten, Nono werde nie wieder laufen können. Doch sie ging unermüdlich zur Physiotherapie, bis ihre Beine wieder funktionierten. Zur Belohnung kaufte sie sich Armadillo-Panzerschuhe, in denen sie fast so groß war wie ihr Vater.

Odins Bild brennt immer noch in ihrer Brust wie eine im Feuer erhitzte Klinge. Scheiße, eines Tages räche ich mich an dir, denkt sie. Und sie denkt auch, dass sie alles dafür geben würde, dass Odin noch einmal …

Ein junger Mann rennt an Nono vorbei und betritt das Zimmer ihres Vaters, ohne anzuklopfen. Er sieht nicht nach einem Soldaten aus. Nono hört die Stimme ihres Vaters: »He, wir sind hier mitten in …« Gleich darauf wird die Tür aufgestoßen, und einige hochrangige Kriegsherren marschieren heraus. Nono steht auf, schleicht sich an die angelehnte Tür. In dem Zimmer sind nur noch ihr Vater und der junge Mann.

Vater: He, du, im Ernst.

Junger Mann: Ich langweile mich.

Vater: Na aber … das ist nun mal mein Job.

Junger Mann: Fuck, na und?

Vater: Hör mal, ich müsste jetzt wirklich …

Junger Mann: Du bist nicht zum Aushalten!

Vater: Was kann ich denn für dich tun?

Junger Mann: Nichts, du kannst gar nichts, du bist ein Niemand, ein elendes Stück Scheiße.

Vater: Entschuldige. Ehrlich, es tut mir leid.

Junger Mann: Mir egal!

Vater: He, geh nicht weg! Bitte bleib. In Ordnung?

Doch der junge Mann gehorcht ihm nicht. Nono lässt ihn vorbei. Er bleibt kurz stehen und sieht sie an. »Du bist hübsch«, sagt er zu Nono und geht dann zügig hinaus.

Fräulein Nono betritt das Zimmer ihres Vaters. »Vater?«, sagt sie. Der Vater blickt sie an. Nono hat nie zuvor Beunruhigung in seinen Augen gesehen.

»Ich bin nicht schwul«, sagt er.

»Papa, es macht doch nichts, wenn du schwul bist. Das kommt in deinen Kreisen häufiger vor, als man zugeben will.«

»Bist du taub? Ich sagte, ich bin nicht schwul! Das bedeutet, dass ich es nicht bin. Blöde Kuh.«

Nono überlegt kurz, dann streicht sie sich die Haare aus der Stirn. »Mit welchem Recht nennst du mich blöde Kuh?«, fragt sie.

»Was? Ich kann dein Gepiepse nicht hören!«, der Vater lacht.

»Ich habe …« Nono hebt die Stimme. »Ich habe gefragt, mit welchem Recht du mich blöde Kuh nennst.«

Ihr Vater winkt schnaubend ab.

»Im Kampf bin ich dir ebenbürtig. Mindestens«, sagt Nono. Ihr Vater lacht wieder. Sie zieht ein Messer aus dem Stiefelschaft. »Wir werden ja sehen«, meint sie. »Wähl deine Waffe.«

»Dich mach ich mit bloßen Händen fertig!«

Doch da irrt er sich. Nono greift schnell und frontal an und stößt ihrem Vater das Messer bis zum Griff ins Herz. »Ich habe dir doch gesagt, Papa, dass ich dir ebenbürtig bin, mindestens.« Aus Ares' Mund sprudelt Blut in Nonos Gesicht. Nono wischt es nicht ab. Sie sieht dem sterbenden Mann in die Augen und sagt: »Bestell der kleinen Nutte schöne Grüße. Jetzt hast du die ganze Ewigkeit, um sie flachzulegen.«

Nono leckt das Messer sauber ab. Sie muss den Stützpunkt verlassen, bevor der Vatermord entdeckt wird. Sie läuft zu den Hubschraubern und kapert einen.

Damit fliegt sie auf das Dach ihres Hotels. Geht in ihr Zimmer und packt ihre Kleider ein. Überlegt, welche Waffen sie mitnehmen soll. Wählt schließlich die Tachis, die Katanas und die Wakizashis. Die sind schwer, kommen aber nie aus der Mode. Dann läuft sie mit ihren Hunden zum Hubschrauber zurück. Setzt die Pilotenbrille auf und fliegt davon. Über die türkisfarbenen Wellen des Mittelmeers.

In Griechenland gibt es herrliche Straßenunruhen. Fräulein Nono reißt irgendwem einen Arm ab und sticht einem anderen ein Auge aus. Sie mag wilde Spiele, genau wie die Männer in ihrem Heimatland. Deshalb toben sie so oft.

Doch dann endet die sinnlose Gewalt völlig überraschend. Nono rennt mit einem Baseballschläger aus dem Hotel auf die Straße. Dort schlägt ihr nur widerlich schwüle, stickige Luft entgegen. Die griechischen Sommer sind unberechenbar und ziemlich schrecklich, seit Demeter, die ewigen Winter ausgerufen hatte, in die Irrenanstalt gesteckt wurde. Das ist doch nicht mein Fehler, denkt Nono und streicht über ihre nassen Haare.

»Wo sind die ganzen Leute?«, fragt sie einen Gemüsehändler, der an der leeren Straße steht. Er zeigt auf ein Plakat an der gekalkten Hauswand. »Der Zirkus kommt in die Stadt«, liest Nono.

Von diesem Tag an reden die Leute im Fernsehen, in den Zeitungen und auf den Agoren nur vom Zirkus. Und vor allem von seiner strahlenden, supersexy Direktorin.

Eines Morgens wird Nono vom Schreien und Kreischen der Menschen geweckt. »Es ist Krieg!«, jubelt sie und läuft auf den Balkon. Doch niemand scheint zu kämpfen. Anstelle von Waffen tragen die Menschen Plakate mit aufgemalten Herzen und den Worten WE LOVE YOU, WE NEED YOU.

Nonos Hotel gegenüber steht ein schöneres und höheres Hotel. Die Leute lassen den obersten Balkon nicht aus den Augen. Rhythmisch rufen sie einen Namen.

Endlich betritt eine schillernde, in Gold und Kupfer glänzende Frau den Balkon. Ein Raunen geht durch die Menge: Seufzer, Aufschreie, Liebesbekenntnisse. Die Frau sieht aus wie eine Skulptur. Sie stützt sich auf das Geländer und betrachtet das Menschenmeer zu ihren Füßen. Dann erklingt Musik. Die Frau wirkt gefährlich und sexy. Sie hebt die Arme und lässt die Hüften kreisen. Sie tanzt, und jede ihrer Bewegungen ist perfekt.

Nono hat noch nie etwas so Gelungenes gesehen. Tränen strömen ihr aus den Augen. Die Frau kehrt in ihr Zimmer zurück, und die Menschen zerstreuen sich, aber Nono steht noch lange da. Sie ist verzaubert. Erst am Nachmittag kommt sie wieder zu sich und geht zurück in ihr Zimmer. Sie betrachtet ihr Spiegelbild in der Messerklinge. Dann geht sie hinunter auf die Straße, sucht einen Frisiersalon und bittet die Friseuse, ihre schwarzen Haare so blond zu färben wie die der strahlenden Zirkusfrau.

Adam ist ein passiv-aggressiver Alkoholiker. Doch sein Banausentum wird durch sein Aussehen kompensiert: Er ist auf primitive Weise attraktiv. Die Frauen verknallen sich schnell in ihn, sie glauben, sie könnten ihn durch ihre Liebe zu einem anständigen Menschen machen. Da irren sie sich.

»Ich bin Gottes Sohn. Örrörrö. Also fast Gott selbst«, prahlt Adam vor Dionysos im Darts Pub. »Ich bin sein wahrer Sohn rörrörrör …« Er greift nach seinem Glas und lässt die Hälfte des Biers über seine nackte Brust laufen.

»Besser auf der Erde als im Mund eines Gottlosen«, sagt irgendwer. Adam braust auf. »Nennst du mich gottlos? Ich sage dir, du sollst den Namen des Herrn nicht grundlos in meinen … deinen … in den Mund nehmen.«

»Adam, hör auf, dich mit den Wänden zu streiten«, mahnt Dionysos seinen einzigen Gast.

»Du schmeißt mich nicht raus, rörrör … Du bist so ein rörrör … Du traust dich nicht an mich ran. Ich bin der Sohn des Vaters. Rörrör. Der lässt den Blitz in deine Bar fahren, wenn du gemein zu mir bist!«

Dionysos sagt leise: »Whatever«, und spült die Gläser. Er ist nicht sehr sorgsam. Das sind seine Kunden auch nicht.

»Ich will hier drinnen rauchen!«, ruft Adam. »Warum darf ich hier nicht rauchen, hä?« Dionysos antwortet, Adam rauche doch gar nicht. »Erssähl du mir nicht, was ich tu, rörrör …«

Im Fernsehen beginnt eine Nachrichtensendung. »Schalt sofort zurück zum Spiel!«, brüllt Adam und schüttelt die Fäuste. Dionysos sagt, das Spiel sei wegen einer Sondermeldung unterbrochen worden. Adam steht auf und kippt den Tisch um. Das Feigenblatt vor seinem Geschlechtsteil fällt zu Boden. Adam hebt es auf und klatscht es wieder auf sein Gemächt. Und siehe! Es hält ganz von selbst.

In den Nachrichten geht es um den Sturz des Patriarchats. »Was zum rörrörröö?« Der Reporter interviewt eine blonde Frau, die mit ihren weißen Zähnen strahlend lächelt. »Gott ist tot. Ich habe ihn sozusagen getötet«, gurrt die Frau.

»HUURE!!!«, brüllt Adam. »Wer ist diese Hure?«

»Das ist Aphrodite. Erkennst du sie nicht?«, meint Dionysos und stellt den Ton lauter.

»Hure. Wer ist die Huure?!«, wiederholt Adam.

»Du hast sie bestimmt schon mal gesehen. Sie stammt aus dieser Gegend. Liegt gern in der Sonne. Du hast sie sicherlich schon gesehen.« Denn Adam sind die Sonnenanbeterinnen an den Mittelmeerstränden bestens bekannt. Mehr als eine hat ihn schon wegen Belästigung angezeigt.

»Röööö!«

»Jetzt, wo die Welt in Ordnung ist, werde ich nach Hause zurückkehren«, erklärt Aphrodite im Fernsehen und wirft die Haare zurück.

»Sag noch etwas«, bittet der Reporter schüchtern.

»Na ja, was könnte ich sagen, hm, hihi. Na, vielleicht: Gott ist tot, es lebe die Liebe!«

»Oh, das hast du wundervoll gesagt.« Dann blickt der Reporter in die Kamera und meint, hoffentlich sehen wir alle eines Tages so wunderschön aus wie Aphrodite. Zum Schluss lehnt Aphrodite sich vor und wirft der Kamera eine Kusshand zu.

»Wenn du jetzt nicht aufhörst, kriegst du Hausverbot«, brüllt Dionysos.

Adam schmeißt die Gläser von der Theke und pinkelt auf den Boden. »Ich brauch rörrörröö deine blöde Bar nicht …«

Adam torkelt nach draußen und schläft drei Meter vor dem Lokal ein. Aber als er am Morgen erwacht, ist sein Kopf nüchtern und klar.

Frauen sind Adams Leidenschaft. Er hasst Frauen leidenschaftlich.

Er erhebt sich aus dem Straßengraben. »Dein Reich komme«, knurrt er zum Himmel. In der Bibliothek leiht er das Buch *Grundlagen der Missionsarbeit* aus, setzt die Lesebrille auf und beginnt zu buchstabieren. Na gut, er buchstabiert nicht, er kann sogar sehr gut lesen.

Sag, dass Gott dich gesandt hat. »Hat er ja auch«, stellt Adam fest.

Halte die Objekte deiner Missionstätigkeit prinzipiell für schlechter und minderwertiger als dich selbst hinsichtlich ihrer Intelligenz und ihrer Menschlichkeit. »Das sind sie ja auch. Eine leichte Aufgabe.«

Baue einen Brunnen oder eine andere lebenswichtige Anlage und erkläre, dass alle sie gern benutzen dürfen, sofern sie Gott und Jesus in ihr Herz lassen. »Hö …«

Wenn all das nicht wirkt, versklave und vergewaltige die Objekte der Missionsarbeit und zerstöre ihre Häuser. Der Verlust bringt sie dazu, Gott zu lieben. »Na, vergewaltigen werde ich jedenfalls nicht. Das hatte noch nie gute Folgen für mich«, brummt Adam.

Adam kauft ein Auto und fährt nach Athen. Er hätte auch den Bus nehmen können, aber die Dinger verschmäht er grundsätzlich. In der Stadt sprengt er die Wassertürme und sagt, diejenigen, die Gott in ihr Herz aufnähmen, bekämen Wasser aus den Reservoirs, deren Bau er plane. Die klatschnassen Athener jagen Adam wütend nach, so weit sie laufen können. Und sie können laufen. Auf das Auto muss er verzichten, weil irgendeine Blondine einen brennenden Pfeil in den Benzintank schießt. »Verfluchte Hexe!«, schreit Adam, während er vor der brüllenden Menschenmenge herrennt.

»Das hat nicht ganz geklappt«, stellt er fest, als er sich in Sicherheit gebracht hat. »Aber ich schwöre dir, Vater, dass ich die Völker wieder zu deinen Kindern machen werde.«

Er muss die Aufgabe nur in kleinerem Maßstab angehen.

Adam baut eine Hütte am Strand. Dann errichtet er zwei Straßensperren und verwehrt Lastwagen mit Erfrischungsgetränken die Durchfahrt. Er geht in die Dörfer und erklärt, ihr handelt ab jetzt nach meinem Befehl, oder ihr verdurstet. Die Leute wägen die Alternativen ab und sagen dann: »In Ordnung.«

Adam: Ich erzähle euch jetzt von meinem Vater. Ihr könnt ihn Gott nennen.

Er schickt die Frauen hinaus.

Adam: Die Küche ist der geeignete Ort für eine Frau. Solange es keine Barküche ist.

»Und die Freudenhäuser?«, wird er gefragt.

Adam: Was ist mit denen?

»Dürfen die Frauen dort sein?«

Adam überlegt, was er darauf antworten soll. Er versteht nicht ganz, warum irgendwer in Freudenhäuser gehen will, die sind doch voll mit infizierten Frauen. Er kommt zu einem Entschluss.

Adam: Nein. Sex ist schmutzig und eklig. Frauen ebenfalls. Nur Frauen interessieren sich für Sex. Die Männer sind besser. Die Männer sind rein. Es wäre auch gut, wenn die Männer sich ein Stück von der Vorhaut abschneiden würden.

»Warum?!«

Adam: Weil ich es sage.

Vor lauter Machtgefühl wird ihm schwindlig: Er kann befehlen, was er will, und die anderen gehorchen ihm.

Adam: Und wenn die Frauen ihre Monatsblutung haben, müssen sie weggehen und dürfen nicht auf denselben Stühlen sitzen wie gesunde Menschen!

Adam: Und die Frauen müssen schweigen!

Adam: Und die Frauen müssen sich die Körperhaare rasieren!

Adam: Und die Frauen müssen einteilige Badeanzüge tragen, keine Bikinis!

Man unterbricht ihn: »Deine Regeln beziehen sich ziemlich oft auf die Frauen. Was ist mit den anderen Dingen?«

Adam: Welche anderen?

»Na, generell.«

Adam: Wenn die Frauen unter Kontrolle sind, ist alles unter Kontrolle.

»Und was ist mit Alkohol?«

Adam: Was soll schon sein. Frauen dürfen ihn nicht trinken. Sie nerven, wenn sie besoffen sind.

»Wir anderen dürfen trinken?«

Adam: Ja … Außer, wenn die Flasche ein rotes Etikett hat. Dann muss man den Inhalt wegschütten. Ein blaues Etikett ist okay.

Nono jagt dem Terroristen weiter nach, als die Athener nach gut vierzig Kilometern schlappmachen. Sie hält erst an, als der eine Hund aufheult. Der mit dem Nietenhalsband. »Bane!«, ruft Nono und hockt sich zu dem Hund, der kraftlos auf der Erde liegt. »Bane, Baby, ach Schätzchen, stirb noch nicht!« Doch der Hund macht einen letzten Schnaufer und schwebt in den Hundehimmel, den einzigen richtigen Himmel.

Nono hockt weinend auf dem staubigen Feldweg. Dann trägt sie Banes Leiche auf einen hohen Hügel. »In Wahrheit will ich keinen neuen kaufen«, flüstert sie, bevor sie ihren Hund begräbt.

Tyranny bellt auf. Nono geht zu ihm und streichelt seinen großen schwarzweißen Kopf. Er bellt erneut. Nono blickt vom Hügel hinunter. »Oh, das ist ja wie ein Kino, bloß ohne Dach.«

Am Abhang sind steinerne Sitzreihen angebracht, die auf eine gewaltige Bühne ausgerichtet sind. Nono läuft nach unten. »Stell dir mal vor, die Ränge wären voller Menschen«, sagt sie zu Tyranny und zieht ihre Waffe. »Die könnten mir beim Kämpfen zugucken!« Geschickt ficht sie gegen die Luft.

»Oder … sie könnten mich ansehen wie die Zirkusfrau. Ich könnte so sein wie sie.«

Nono lässt das Schwert sinken und schaltet ihr kleines tragbares Tonbandgerät ein.

Die Delfine bringen Aphrodite an die vertrauten Mittelmeerufer.

Aphrodite: Ich bestelle in Delphi Grüße von euch.

Die Delfine lachen.

Aphrodite: Von da stammt ihr doch …

Die Delfine lachen wieder. Aber die lachen ja immer und über alles! Aphrodite wirft ihnen eine Kusshand zu. Die Delfine machen einen Luftsprung und gleiten dann aufs offene Meer hinaus.

Die letzte Strecke zum Strand schwimmt sie. Brust, nicht Kraulstil: Sie mag das Gespritze nicht. Nur Kinder und ätzende Machos spritzen mit Wasser, das weiß jeder, der jemals ein Schwimmbad besucht hat.

Schließlich berühren ihre Zehen den sandigen Meeresboden. Sie watet an Land. Ihre Beine haben sich so an das Wasser gewöhnt, dass sie sie auf festem Boden nicht tragen. Sie fällt in den Sand, und weil es dort so schön und warm ist, schläft sie ein, ganz leicht, aber genussvoll, wie man schläft, wenn man von einer langen Reise zurückgekehrt ist.

Im Traum kommt ein junger Mann zu ihr. Ein herrlicher Junge, den sie kennt. Der die Jeans auszieht und … Hmm. Aber ich bin deine Patentante, murmelt Aphrodite.

Da erwacht sie von dem Geräusch, das entsteht, wenn eine Pistole entsichert wird. Jemand steht als dunkler Schatten zwischen ihr und ihrer Sonne. Wie ein schwarzer Phallus. Oder eine Säule. Aphrodite sieht das Gesicht des Unbekannten nicht, sie nimmt nur die schwarze Silhouette wahr.

APHRODITE: Pardon, du nimmst mir die Sonne.

UNBEKANNTER MANN: Ich lösche dich aus, wie die Wellen dir die Schminke vom Gesicht waschen.

APHRODITE: Die ist wasserfest, nur dass du's weißt.

UNBEKANNTER MANN: Hure.

Der unbekannte Mann drückt ab. Die Kugel durchbohrt Aphrodites Brust. Aphrodite holt sie hinter ihrem Rücken hervor.

APHRODITE: Du hast da was fallen gelassen.

UNBEKANNTER MANN: Wieso bist du nicht gestorben?

APHRODITE: Weil ich schon einmal gestorben bin. Liest du keine Zeitung, du Arsch? Ich bin unsterblich.

Aphrodite kehrt ihm den Rücken zu und schläft ein. Als sie erwacht, erinnert sie sich nicht daran, wo sie ist. Sie hat etwas Seltsames geträumt. Irgendetwas von wasserfester Schminke. Sie überprüft ihr Gesicht im Taschenspiegel. Alles ist perfekt, wie immer.

Von irgendwoher dringt Gloria Gaynors Song an ihr Ohr. Sie ist zu Hause! Sie läuft in die Ewige Disco.

Die Glitzerkugel hängt immer noch an der Decke. Alles ist genau wie früher. Aber ohne Zigarettenqualm. Und ohne den süßlichen Schnapsgestank.

Aphrodite schaut sich verwundert um. Schließlich fällt ihr Blick auf die Theke. Penelope! »He, du darfst nicht hinter der Theke stehen!«, ruft Aphrodite. Penelope lacht. Ihr Lachen klingt kraftvoll, nicht so heiser und atemlos wie früher. Ihre Haare sind glatt und gepflegt, ihr Körper wirkt durchtrainiert und ist schlank. Sie trägt ein Designerkleid.

Penelope schnappt sich eine Limonadeflasche, geht zu Aphrodite und erklärt ihr, sie sei jetzt die Besitzerin der Ewigen Disco. Geübt öffnet sie die Flasche und reicht sie Aphrodite, die sich nicht die Mühe macht nachzusehen, ob das Getränk light oder nicht-light oder geradezu heavy ist.

APHRODITE: Wie geht es dir? Was ist passiert?

Penelope lächelt.

PENELOPE: Willst du es hören?

Aphrodite nickt.

Penelopes Scheidungsgeschichte

Odysseus war zehn oder zwanzig Jahre weg gewesen. Dann kam er eines Tages nach Hause. Stiefelte einfach rein und rief: »Honey, I'm home!«

In Gedanken hatte ich den Moment bestimmt hunderttausendmal durchlebt. Manchmal fiel ich ihm um den Hals und wir vögelten, manchmal zerkratzte ich ihm das Gesicht und wir vögelten erst dann. Aber als es jetzt wirklich passierte, saß ich einfach da und horchte auf seine Schritte im Haus. Ich trank einen Schluck Rosé, weil es erst Vormittag war, und holte meine Handarbeit unter dem Bett hervor. So habe ich dann gewartet, dass er mich findet. Schließlich kam er in mein Zimmer und sah aus, als ob er erwartet, dass ich mich ihm an den Hals werfe, ohne ein Wort über sein kleines Meeresabenteuer zu verlieren.

Na, das habe ich nicht gemacht.

Er hat mich gefragt, ob ich ihm treu geblieben sei. Vor dem Haus trieben sich nämlich alle möglichen Burschen herum, wer weiß, aus welchen Arschlöchern die gekrochen waren. Ich habe ihn bloß angeguckt, das weiß ich noch, weil ich so früh am Tag noch nicht total besoffen war, und gesagt, es will mir nicht in den Kopf, wieso du denkst, ich könnte dir nicht untreu sein, aber so unglaublich es klingt, ich bin dir treu gewesen.

Der Kerl war übrigens immer noch high, keine Ahnung, wovon. Erst hat er blöd geguckt, aber dann kam er ans Bett und fing an zu grapschen. Ich hab gesagt, Scheiße, du verdammtes Arschloch, eines Tages tut's dir mal so weh wie mir. Er darauf, lass das doch. Und ich hab gesagt, ich verlasse dich. Unsere Ehe ist vorbei.

Er fing an zu schreien, das kannst du nicht machen, du dreckige Hure, ich komme von einer langen Reise, und meine Alte meckert bloß und ist negativ, und wenn du das nicht sofort zurücknimmst, bringe ich dich um.

Na, ich bin mir nicht ganz sicher, was dann passiert ist, aber irgendwann lag er vor dem Bett, eine Stricknadel im Herz, und hat nicht mehr geatmet.

Und ich habe gedacht, gut.

Die Polizei ist natürlich gekommen, und dann gab's einen Prozess. Ich hatte einen guten Anwalt, der wirklich viel über die neuesten Gesetzesänderungen wusste. Der hat auf Selbstverteidigung plädiert. Das geht in diesen Fällen ja meistens nicht durch, aber dann haben sie die neueste Auflage des Gesetzbuchs studiert und festgestellt, dass man mir kein Verbrechen vorwerfen kann. Sie konnten mir bloß für zehn Jahre verbieten, Nähzeug zu benutzen, und alle Stricknadeln und alles Garn in meiner Wohnung beschlagnahmen.

Aphrodite: Echt gut!

Penelope: Vom Erbe habe ich die Disco gekauft. Obwohl ich mich vielleicht auch zu Hause wieder wohlgefühlt hätte, nachdem die ganzen Gammler vertrieben wurden. Die Polizei hat gesagt, die hätten kein Recht gehabt, auf meinem Grundstück zu lagern.

Aphrodite: Fantastisch, ich freu mich so für dich. Gut, dass du den Eierkopf los bist. Und vom Alk bist du auch runter?

Penelope: Ja, ich hab mit dem Saufen aufgehört und mit Pilates angefangen.

Ein kichernder Junge platzt herein, gefolgt von einem Gleichaltrigen. Beide tragen unglaublich kleine Lendenschurze und Riemensandalen im Gladiatorenstil.

Aphrodite: Ist das …

Penelope: Tele, ja.

Aphrodite: Er sieht so anders aus.

Telemachos: Mutter, kannst du zwei Cosmo mixen? Bitte!

Er sieht Aphrodite an.

Telemachos: Bist du das Original?

Aphrodite: Äh … wieso?

Telemachos: Ich habe mal eine Drag-Queen gesehen, die als du verkleidet war. Also, falls du das Original bist.

Penelope: Ja, Tele, sie ist das Original.

Telemachos trinkt einen Schluck Cosmopolitan.

Telemachos: Jetzt, wo Papa von uns gegangen ist, kann ich so schwul sein, wie ich will.

Aphrodite: Du vermisst ihn offenbar auch nicht?

Telemachos: Der war ja nie richtig zu Hause. Außerdem hat er Argo umgebracht.

Aphrodite: Argo!? O nein, das war der liebste Hund der Welt.

Penelope: Na ja, er war doch schon alt. Vielleicht mehrere Tausend Jahre. Niemand hat gesehen, was passiert ist, aber er wurde an dem Abend tot im Garten gefunden.

Telemachos: Es war Papas Schuld.

Penelope: Ja, sicherheitshalber geben wir ihm die Schuld. Nun sag, wie war denn deine Reise?

Aphrodite erzählt von ihrer Reise, von der Wärme des Meeres, von den treibenden Müllhaufen, aber auch von den leuchtenden Korallen, die sie mancherorts gesehen hatten und über die sie und die Delfine sich so freuten, dass sie tagelang dort blieben und unter Wasser spektakuläre Musicals aufführten. Alle Fische konnten mitsingen, während ihre Stimme in der Luft überhaupt nicht trägt. Und das ist schade, denn so gut wie die Fische singt keiner.

Sie erzählt von den Walen und Haien, die sie getroffen hat und die ihr sehr reserviert begegneten, bis sie ihnen klarmachte, dass sie kein Mensch, sondern eine Göttin ist. Sie berichteten ihr von ihrer Not und baten sie, ein gutes Wort für sie einzulegen. Aphrodite versprach es, obwohl Worte in solchen Fällen selten helfen. Ein Hammerhai, der einen ziemlich schwarzen Humor hatte, schlug ihr vor, sie könne ja die ganze Menschheit vernichten. Alle lachten, obwohl jeder wusste, dass es vielleicht der einzige Weg war, die armen Tiere der Ozeane zu retten.

Aphrodite: Es war eine lehrreiche Reise. Aber es ist schön, wieder zu Hause zu sein.

Penelope: Und hast du das bekommen, was du holen wolltest?

Aphrodite: Was denn?

Penelope: Den jungen Mann.

Aphrodite: Ach den … Na ja. Aber dann brauchte ich ihn nicht mehr.

Penelope mixt hinter der Theke einen Smoothie, als ein Mann die Ewige Disco betritt. Er sagt etwas, aber der Mixer ist so laut, dass Penelope es nicht verstehen kann. Der Mann redet weiter. Penelope zeigt auf den Mixer und zuckt die Achseln. Der Mann spricht lauter. Penelope hört immer noch nichts. Schließlich verliert der Mann die Nerven, springt über die Theke und zieht den Stecker heraus.

Mann: Wenn ich spreche, hörst du zu!

Penelope: Okay. Aber hier gilt die Regel, dass man mehr am Körper tragen muss als ein Salatblatt, wenn man meine Bar betreten will.

Mann: Ich heiße Adam, ich verwende keinen Salat, und du machst mir keine Vorschriften, sondern ich dir.

Penelope: Verpiss dich.

Der Mann versetzt ihr einen Faustschlag ins Gesicht.

Mann: Hiermit beschlagnahme ich dieses Lokal, denn hier werden die allgemeinen Regeln missachtet, sprich: Weiber als Gäste und als Wirtin, außerdem Getränke mit rotem Etikett. Und dich beschlagnahme ich auch, weil du keine sogenannten Menschenrechte mehr hast.

Penelope hält sich die blutende Nase und fragt, was das soll. Adam knallt ihr eine große Bibel auf den Schoß.

Adam: Hier sind die Beweise. Du bist bloß ein Nebenprodukt. Ein Stiefkind. Ein Überrest.

Penelope schlägt das Buch an einer beliebigen Stelle auf und versucht den Text zu entziffern. Obwohl sie sich anstrengt, erkennt sie die Buchstaben nicht. Sie hat das Lesen verlernt! Was hat das zu bedeuten, fragt sie.

Adam: Das bedeutet, dass du jetzt tust, was ich sage.

Der Mann packt ungewöhnlich hart zu, aber irgendwie ist er auch echt heiß. Vielleicht ist er nicht wirklich aggressiv, sondern nur ein bisschen jähzornig.

Aphrodite liegt in der Sonne, als Telemachos wütend vorbeisprintet, dass der Sand aufwirbelt.

Aphrodite: Was hast du?

Telemachos: Scheiße!!

Aphrodite: ?

Telemachos: Meine Mutter ist eine Dirne!

Gott sei Dank habe ich keine Kinder, denkt Aphrodite. Jedenfalls keine anwesenden.

Aphrodite: Was hat deine Mutter denn Schlimmes getan?

Telemachos: Sie hat mir erklärt, dass Adam sagt, Schwule sollten gesteinigt werden. Ich muss hetero werden oder weggehen oder sterben. Die blöde Hure.

Schluchzend läuft Telemachos davon.

Aphrodite nimmt ihr Handtuch und geht zur Ewigen Disco. Davor wird sie von einem Türsteher angehalten.

»Was willst du?«, fragt er.

»In die Bar gehen«, antwortet Aphrodite und will an ihm vorbei. Der Wärter stößt sie die Treppe hinunter. »Ich will mit der Besitzerin sprechen!«, ruft sie.

»Der Besitzer hat gewechselt.«

»Wo ist Penelope?«

»Wenn du zu der Frau willst, geh durch die Küchentür. Im Lokal hast du nichts zu suchen. Prostituierte haben hier keinen Zutritt.«

»Leck mich doch am Arsch!«

Aphrodite geht durch die Küche ins Haus. »Was geht hier vor?«, fragt sie. Penelope antwortet, sie bereite das Essen zu. Sie habe einen Mann kennengelernt, der streng sei, aber irgendwie gefalle es ihr, dass ein anderer ihr die Regeln diktiere. Sie habe sich nie so ganz an die Selbstständigkeit gewöhnt.

»Doch, sehr gut sogar!«, ruft Aphrodite.

Penelope fragt, ob Aphrodite sich nicht mit ihr freuen könne. »Adam sagt, das ist mein Platz in der Welt. Das ist das Richtige. Und Adam sieht gut aus. Es könnte funktionieren.«

»Ich begreife das nicht«, seufzt Aphrodite. Penelope sagt, sie solle lieber gehen, Adam mag es nicht, wenn sie mit Fremden redet.

Nachdem Aphrodite gegangen ist, stiefelt Adam in die Küche, holt ein Würstchen aus dem Kühlschrank und lässt die Tür offen stehen.

Adam: Mit wem hast du gesprochen?

Mit niemandem, antwortet Penelope.

Adam: Lüg nicht!

Er schlägt Penelope so heftig, dass sie mit dem Kopf an die Tischkante knallt. Penelope entschuldigt sich. Sie sagt, sie habe nur mit einer Aphrodite geplaudert.

Adam: Mit der?! Für die habe ich Schlimmeres vorgesehen als den Tod. Wohin ist sie gegangen?

Zur Tür hinaus, antwortet Penelope. Adam tritt ihr in den Bauch und zum Schluss ins Gesicht.

Lange und ausgiebig hat Adam überlegt, wie er sich an Aphrodite rächen soll. Er hat die Annalen der Inquisition, die westliche Literatur und die Geschichte des Films, vor allem der Pornografie, studiert. Aphrodite mag unsterblich sein, aber sie kann dennoch Leid empfinden. Und Adam wird ihr ewiges Leid und nie endenden Schrecken bescheren. Hahaha.

Es wird bereits dunkel. Aphrodite wandert an den Ufern und durch die Ruinen ihrer Heimat. Sie würde gern gegen die Steine treten, aber das wäre unklug: Dabei würde sie sich nur die Zehen aufschlagen, die aus den Sandalen ragen.

»Dummkopf«, flüstert sie.

»Selber dumm«, zischelt jemand. »Dumm, dumm«, eine andere Stimme. »Mein Liebhaber hat seine Frau nicht verlassen, obwohl ich es mir gewünscht habe. Da habe ich mich getötet. Ich hätte groß sein können«, das ist schon die dritte Stimme. Die vierte wispert: »Meine Frau hat mich wegen einem anderen Mann verlassen. Ich habe sie umgebracht. Dann unsere Kinder. Und zuletzt mich selbst.« Und die fünfte: »Rutsch mir den Buckel runter, du Hure!« Und die sechste: »Mein Leben ist kaputtgegangen, weil ich mich in eine zu junge Frau verliebt habe.« Und die siebte: »Mein Leben ist kaputtgegangen, weil ich mich in einen zu jungen Mann verliebt habe.«

Dutzende zischelnder Stimmen umgeben Aphrodite. »Iih, wer seid ihr?«, fragt sie.

»Es ist deine Schuld, dass ich gestorben bin, ich hätte groß sein können.«

»Ich hätte auch groß sein können. Aber dann bin ich auch gestorben. Auch das ist deine Schuld.« Alle Stimmen geben Aphrodite die Schuld an ihrem Tod und erklären, sie hätten weltberühmt werden können, wenn sie nicht wegen der Liebe zu früh gestorben wären.

»Widerwärtige Schuldzuweisungen«, faucht Aphrodite. »Glaubt ihr, ich hätte es leicht gehabt?«

Ohne es zu merken, hat sie die Überreste eines uralten Theaters erreicht. Die Seelen der Bühnenkünstler hören nicht auf, sie zu quälen, bis Aphrodite sie mit Parfüm besprüht. Die Seelen sind extrem geruchsempfindlich und ergreifen kreischend die Flucht.

Aphrodite setzt sich in den steinernen Zuschauerbereich. Sie zupft den abgesplitterten Lack von den Fingernägeln und merkt nicht, dass unten auf der Bühne eine menschliche Gestalt erscheint. Erst als die Musik schon eine Weile läuft, schaut sie hin. »Du lieber Himmel!«

Auf der Bühne wirbelt eine Gestalt in einem bodenlangen roten Vinylgewand herum. Aphrodite weiß nicht, ob es sich um einen Mann oder um eine Frau handelt. Sie ist daran gewöhnt, an solchen Orten nur Männer zu sehen.

»Es ist ein Mädchen«, stellt Aphrodite fest, als die Gestalt sich bis auf die Unterwäsche auszieht. »Was tut sie da?« Das Mädchen dehnt sich. Dann sucht sie die passende Musik aus und beginnt zu tanzen.

Wieder und wieder übt sie dieselben Schritte. Bei jedem kleinen Fehler beginnt sie von vorn. Nie erreicht sie den Refrain.

Vollkommenheit ist etwas Seltsames, überlegt Aphrodite. Man erlangt sie nicht, indem man sie anstrebt, sondern sie entsteht aus Versehen … Sie kann den Gedanken nicht weiterspinnen, denn jemand legt ihr seine behaarte Hand über den Mund und schleppt sie zwischen die Bäume.

Nono zuckt zusammen, als sie die Geräusche hört. »Idiotin!«, schimpft sie mit sich selbst. Warum hat sie nicht überprüft, ob die Zuschauerränge leer waren? Womöglich hat jemand ihre Unvollkommenheit gesehen. Nono will gern von allen gesehen werden, aber erst dann, wenn sie so vollkommen ist wie die bronze schimmernde Frau vom Zirkus. Bisher haben nur sterbende Menschen Nonos Fähigkeiten erlebt. Von ihnen ist keine Bewunderung zu erwarten.

Und keine Liebe.

Sie schaltet das Tonband aus.

Wenn ich so bin wie diese Frau und Odin mich sieht …, überlegt Nono, während sie die steinernen Sitzreihen hinaufsteigt. Und gleich darauf denkt sie: Scheiße, Scheiße, Scheiße, denn von Odin zu träumen steht auf der Verbotsliste. Ganz oben. Nur Rachefantasien sind erlaubt. Aber die nehmen manchmal merkwürdige Formen an.

Auf den Zuschauerrängen ist niemand. Nono seufzt erleichtert auf. Dann nimmt sie einen Geruch war, der ihr irgendwie bekannt und anheimelnd vorkommt, und sie wird wieder nervös: Gerade eben muss jemand hier gewesen sein, das Parfüm liegt noch deutlich wahrnehmbar in der Luft.

Irgendwer war hier und ist lachend weggegangen. Warum sehen die Sterbenden meine Erfolge und die Lebenden meine Misserfolge, zum Teufel!?

Nono läuft zurück auf die Bühne, zieht ihr Vinylkleid an und hebt mit eleganter Handbewegung ihr Samuraischwert auf.

Aber irgendetwas an dem Geruch verwirrt ihre soldatisch geordneten Gedanken.

Aphrodite kommt in völliger Dunkelheit zu sich. Ihr Körper fühlt sich ramponiert an. Sie renkt sich ihre Knochen wieder ein, legt die Finger an ihren Oberschenkel und spürt, wie sich die klaffende Wunde schließt. »Iih«, wispert sie.

Irgendwo knackt etwas. Aphrodite erstarrt und lauscht. Es folgt kein zweites Knacken. Sie atmet auf.

Die Erde um sie herum ist felsig und ein wenig feucht. Es stinkt. Als sich ihre Augen an die Dunkelheit gewöhnt haben, sieht sie vor sich einen grünen Punkt. Aphrodite kriecht darauf zu. Der grüne Punkt gehört zu einer kleinen Videokamera. Sie stellt die Kamera auf Nachtaufnahme ein und betrachtet ihre Umgebung durch den Sucher. Wie komme ich hier weg?!

Aus den Augenwinkeln sieht sie etwas Helles und Krummes. »Scheiße!« Aphrodite erschrickt. Das hier ist irgendein schrecklicher Ort. Schrecklicher als der Tod. Sogar schrecklicher als Finnland. Sogar dunkler als Finnland.

Sie hebt die Kamera möglichst lautlos vor das Gesicht. Das Bild zeigt eine missgestaltete menschenähnliche, nackte, glatzköpfige Gestalt, deren Augen zugeschwollen sind. Sie steht auf allen vieren wie ein Tier, zehn Meter von ihr entfernt.

Der Schrei will heraus, bleibt ihr aber in der Kehle stecken: Sie ist so entsetzt, dass sie nicht einmal atmen kann.

Wenn ich, wenn ich, wenn ich … was, zum Teufel … Aphrodite muss atmen, sonst wird sie ohnmächtig. Sie legt die Hand vor den Mund, atmet in die Handfläche. Das blasse Wesen bleibt stehen, legt lauschend den Kopf schräg.

Etwas Nasses fällt Aphrodite auf die Schulter. Da schreit sie los und schreit und schreit!

Aphrodite wirft die Kamera weg, sie will das nicht sehen. Das Tier oder der Mensch, oder was immer es ist, wirft sich auf sie, versucht sie in den Hals zu beißen. Sein Atem stinkt entsetzlich, und seine Haut ist schleimig und kalt. Aphrodite gräbt die Fingernägel in sein Gesicht.

Als sie wieder schreit, füllt sich ihr Mund mit einer dicken, klebrigen Schmiere. Der Mann, Aphrodite erkennt jetzt, dass es ein Mann ist oder vielmehr war, fällt mit seinem ganzen Gewicht auf sie. Oder genaugenommen, mit seinem ganzen Gewicht minus Kopf, denn jemand ist hinter ihn getreten und hat ihm den Kopf abgeschlagen.

Der Kopf liegt leblos neben ihrem Gesicht. Sie stößt den glitschigen Körper von sich.

Vor ihr steht eine Frau in einem roten Vinylkleid. Sie trägt eine Stirnlampe, genauer gesagt eine Kristallkrone, und hält ein Samuraischwert in der Hand, von dem Blut tropft.

Aphrodite holt tief Luft und fragt: »Wer bist du?«

Da stürmen von allen Seiten weitere bleiche Monster heran. Oder sollte man sie Menschen nennen? Jedenfalls sind sie widerwärtig und entsetzlich.

Fräulein Nono schlachtet jeden der herbeikriechenden schleimigen Gnome mit einem gezielten Schwertstreich ab. Die Kristalle an ihrer Stirn klirren leise.

Als das Blutbad beendet ist, fasst Nono Aphrodite am Arm. Aphrodite erschrickt, obwohl die Hand der jungen Frau warm ist.

»Ich muss dich etwas fragen«, sagt Nono und zieht Aphrodite mit sich.

Doch in den Stunden, Tagen oder Wochen, die sie daraufhin im Labyrinth verbringen, beginnt Fräulein Nono kein Gespräch. Sie konzentriert sich darauf zu töten. Nono tötet alles, was ihnen über den Weg läuft, wie der Held eines Videospiels.

Schließlich bricht Aphrodite das Schweigen.

Aphrodite: Warum hast du mich gerettet?

Im selben Moment taucht ein Dutzend bläulich-weiße Monster auf. Whoom, wham, wusch, Nono tötet sie alle.

Nono: Du hast mir nachspioniert.

Slash.

Aphrodite: Nicht mit Absicht.

Nono: Du hast gesehen, wie ich geprobt habe?

Slash.

Aphrodite: Pfui.

Nono: Was hast du gesagt!?

Aphrodite: Ich meinte diese Typen.

Nono: Du hast meine Probe gesehen.

APHRODITE: Ääh, ja …

Slash.

NONO: Und?!

APHRODITE: Was und?

NONO: War ich miserabel?

Crack, smash.

APHRODITE: Wo?

NONO: Da auf der Bühne. Beim Tanzen.

APHRODITE: Ach so!

Wham!

APHRODITE: Darauf kommt es doch nicht an. Hauptsache, es macht einem Spaß.

NONO: Scheiße!

Slash.

APHRODITE: …

NONO: …

APHRODITE: Also …

Smash.

NONO: Wer will sich so was schon angucken?

Splam.

NONO: Niemand!

APHRODITE: Aha.

NONO: Keiner guckt gern zu, wenn eine da rumturnt, obwohl sie es gar nicht kann, und wenn es ihr noch so viel Spaß macht.

APHRODITE: Du hast dich wohl noch nie in deinem Leben amüsiert.

Blast, crash, urgh.

NONO: Mein Vater hat mich gelehrt, dass Spaßhaben völlig überbewerteter Quatsch ist und außerdem …

Klot klot klot.

NONO: … die Arbeitsmoral zerstört.

APHRODITE: Haha! Du scheinst einen kompletten Idioten zum Vater zu haben!

NONO: …

APHRODITE: Also, das geht nicht gegen dich, wir können uns unsere Väter ja nicht aussuchen. Wenn wir das könnten, dann wären sicher alle in derselben Situation wie ich und hätten überhaupt keinen Vater … Aber wir können uns aussuchen, mit wem wir vögeln. Es wäre besser, nicht mit Idioten zu vögeln. Und vor allem, sich von Idioten keine Kinder machen zu lassen. Noch mal, das geht nicht gegen dich, aber ich begreife nicht, wie manche Frauen überhaupt nicht darauf achten können, mit wem sie rummachen … Und dann auch noch ohne Verhütung.

Splash.

Nono: Mein Vater war der Kriegsgott Ares.

Vor ihnen schimmert ein heller Streifen.

Aphrodite: Mit welcher abgefuckten Hure …

Nono schlitzt einem Feind, der sich von der Decke fallen lässt, von den Lenden bis zur Nase den Bauch auf.

Nono: Was hast du gesagt?

Aphrodite: Nichts.

In fünfzig Metern Entfernung ist eindeutig Tageslicht zu sehen.

Aphrodite: Warum sind wir nicht einfach da raus, wo wir reingekommen sind?

Nono: Zu anspruchslos.

Das ist eine Lüge. Als sie den Schrei gehört hatte, war Nono völlig desorientiert losgerannt. Sie hat sich verlaufen.

Nono: Nun komm.

Nono zieht Aphrodite einen steilen Knochenhaufen hinauf. Die Sandalen, die Aphrodite während der ganzen Zeit im Labyrinth nicht verloren hat, rutschen ihr jetzt von den Füßen und verschwinden zwischen Schenkel- und Hüftknochen und Rippen. Nono zieht Aphrodite hoch und durch einen schmalen Spalt nach draußen. Dort steht Aphrodite nun neben Nono, die sie um fünfzehn Zentimeter überragt.

»Mach mal auf«, sagt Nono und dreht ihr den Rücken zu. Aphrodite hebt Nonos von Schmutz und Blut schweres Haar an und öffnet ihr das Kleid. Es fällt herunter wie eine Schlachterschürze. Unter dem roten Kleid kommt noch mehr Gummi zum Vorschein, ein schwarzer Catsuit mit nur einem Träger. Aphrodite findet ihn eine Spur provokativ.

Nono: Nun sag mir mal, was du meinst.

Aphrodite: Dein Tanz hat nicht ganz befreit gewirkt, tut mir leid.

Nono: Nicht dazu. Zu dieser Persephone.

Aphrodite: Wir kennen uns flüchtig. Sagen uns höchstens guten Tag und so.

Nono: Was hältst du davon, dass Hades sie geraubt hat?

Aphrodite: Das war von seiner Seite kein ungewöhnliches Verhalten.

Nono: Es war mein Verdienst.

Aphrodite: …

Nono: Wusstest du das nicht?

Aphrodite: …

Nono: Freust du dich?

Aphrodite: Wer ist deine Mutter?

Tränen laufen Nono über das mit Blut und Schmutz beschmierte Gesicht. Ihre künstlichen Wimpern lösen sich zur Hälfte, sie blinzelt. Aphrodite zupft die Wimpern zärtlich ab. »Für die gibt es einen besseren Klebstoff«, murmelt sie. »Ich habe ihn nicht bei mir, aber…«, sie überlegt, was sie sagen soll, »… ich kann ihn dir leihen, wenn wir hier wegkommen.«

Nono schnieft, ihr läuft Rotz aus der Nase. »Mutter«, sagt sie, »wer hat dich da reingeworfen? An dem werde ich mich rächen.«

Die Tür zur Disco wird aufgetreten. In der Türöffnung steht Fräulein Nono mit ihrem japanischen Traditionsschwert. »Du bist tot, Bursche«, sagt sie zu Adam.

Adam lacht auf und winkt träge seine beiden Aufpasser heran, die Nono an den Armen packen und ihr das Schwert entwinden. Nono zappelt und tritt und setzt alle Selbstverteidigungstricks ein, zu denen sie fähig ist, aber manchmal treffen wir auf einen Gegner, der einfach zu groß ist, in physischer Hinsicht.

Aphrodites Herz rast. Soll ich einfach verschwinden?, überlegt sie. Sie betrachtet das schimmernde Schwert und denkt an die sexy Uma

Thurman und die superheiße Lucy Liu. Aber ich bin die Göttin des Sex, nicht der Gewalt.

Das Stöhnen des Sicherheitsmannes reißt sie aus ihren Gedanken. Nonos Mund ist blutverschmiert. Dem Mann fehlt ein Stück Wange. Sein Kollege drückt dem Mädchen eine elektrische Keule an den Hals. Nono zuckt, fällt aber nicht. Der Mann mit dem Loch in der Backe packt sie an den Haaren und knallt ihr Gesicht auf die Bartheke.

»Scheiße«, flüstert Aphrodite. So was kann zu einem Nasenbruch führen! Sie ergreift das Schwert und zieht es mühsam zu sich heran, es ist unverschämt schwer. Sie kann kaum das Gleichgewicht halten, schwankend steht sie mit der Waffe an der Tür. Könnte man die Dinger nicht aus leichterem Material herstellen?

Die Sicherheitsmänner achten nicht auf Aphrodite. Ihnen ist gerade eingefallen, was sie mit der kleinen Schlampe im Gummianzug anstellen könnten. Aphrodite zögert immer noch: Ihr fehlt die Aggressivität, die man für solche Aktionen braucht. Doch dann sieht sie, dass die Aufpasser ihre Hosenschlitze öffnen. Sie wollen Sex als Gewaltmittel einsetzen. Das werdet ihr nicht tun, denkt sie. Ungeheurer Hass überkommt sie, der wie ein weißes Feuer brennt, er wärmt ihre Glieder und verleiht ihr gewaltige Kräfte.

Das Schwert über die Schulter gelegt, springt Aphrodite in den Lichtkegel. Sie läuft kreischend auf Adam zu, der in seiner Verblüffung nicht einmal auf die Idee kommt, sich Penelope, die gerade Kaffee serviert, als menschlichen Schutzschild zu krallen. Aphrodite schwingt das Schwert und schafft es, Adam in Längsrichtung zu halbieren. Dann schlägt sie noch einmal zu und zerteilt den Mann horizontal.

Adams vier Teile geraten durch den überraschenden Angriff außer Rand und Band. Jeder rennt in eine andere Richtung davon: die rechte obere Seite nach Süden, die linke obere Seite nach Norden, die rechte untere Seite nach Osten und die linke nach Westen. Und sie laufen und laufen, bis sie einander schließlich begegnen. Doch darüber vergeht viel Zeit, und wir brauchen uns deshalb noch nicht zu grämen. Es kann ja sein, dass Adam dank alldem an Menschlichkeit gewinnt und seinen Kampf gegen die Frauen einstellt. Das ist allerdings unwahrscheinlich, denn menschliche Individuen entwickeln sich kaum.

Die Sicherheitsmänner unterbrechen ihre Tätigkeit. Die von Blut geschwärzte Aphrodite sieht sie mit tierischer Miene an. »Das ist meine Tochter«, knurrt sie.

»Entschuldigung«, entgegnet der eine Türsteher furchtsam.

»Was hattest du mit meiner Tochter vor?«

Der Mann schnappt ein paarmal nach Luft, bevor er antwortet, das wisse er nicht so genau. Vielleicht habe er daran gedacht, sie zu vergewaltigen. So sei der Krieg nun mal.

»Wenn der Krieg so ist, schaffe ich ihn ab«, erklärt Aphrodite bestimmt.

Der andere Mann, dessen Zähne man durch das Loch in der Backe sehen kann, lacht auf. »Verpiss dich, alte Fotze«, sagt er.

Aphrodite bohrt ihm das Schwert durch den Hals. »Wieso lernen die einfach nicht, wie man mit einer bewaffneten Frau spricht?«, schnaubt sie.

Der andere Mann ist jetzt ganz still. Aphrodite setzt ihm das Schwert auf die Brust.

»Ich tu so was nie wieder«, stammelt der Mann. »Es war eine Ausnahmesituation.«

Aphrodite: Das ist keine Entschuldigung.

Sie hebt das Schwert und spaltet den Oberkörper des Mannes. »Autsch!«, schreit sie und presst eine Hand auf ihr Ohr. Blut läuft ihr über die Finger.

»Mutter!«, ruft Nono. »Alles in Ordnung?«

»Natürlich, es ist bloß ein Kratzer.«

Nono hebt Aphrodites Ohr vom Fußboden auf. »Du hast etwas verloren …« Aphrodite starrt auf das Stück Fleisch und fällt in Ohnmacht.

Nono steht am Bett ihrer Mutter. Aphrodite schlägt die Augen auf.

Nono: Vielleicht wächst es nach.

Aphrodite: Ich bin doch keine Eidechse.

Nono: Nee, klar. Aber jetzt … Jetzt bist du unvollkommen. So wie ich.

Aphrodite ist so konsterniert, dass sie aufsteht.

Aphrodite: Sag so etwas nie wieder. Ich bin eine Göttin, und ich habe dich perfekt gemacht, Baby. Ich mache keine Fehler.

Nono: Aber ich bin nicht gut genug.

Aphrodite legt die Hände um das Gesicht ihrer Tochter und erklärt, Nono sei die Beste und sie sei schön, so wie sie ist. »Du brauchst nichts anderes zu werden als die, die du schon bist.«

»Mutter, ich habe Papa getötet«, sagt Nono. Aphrodite schweigt. »Mit voller Absicht«, fährt Nono fort. »Nicht mit Vorsatz, aber trotzdem mit Absicht.«

Nach langem Schweigen beginnt Aphrodite zu sprechen: »Ich war eine schlechte und verantwortungslose Mutter. Und mein Liebhaber, also dein Vater, war ein Schweinehund. Wenn ich noch einmal von vorn beginnen könnte, würde ich wahrscheinlich ganz genauso handeln. Ein Glück, dass es nicht nötig ist.«

Aphrodite begreift, dass sie Ares nie mehr den salzigen Schweiß vom muskulösen Hals lecken wird. Und auch von keinem anderen Körperteil. Das ist natürlich ein Verlust. In gewisser Weise hat sie alle ihre Geliebten verloren. »Aber jetzt kann ich mich auf mein zweites Kerngebiet konzentrieren«, sagt sie.

»Was ist das?«, fragt Nono.

»Die Mutterschaft. Und mit dir fange ich an.«

Nono braucht ihrer Mutter nicht von der Zirkusfrau zu erzählen und auch nicht von ihren zwölfstündigen Tanzproben oder davon, dass sie eigentlich ziemlich schüchtern ist, sie braucht nicht einmal über ihr problematisches Verhältnis zu älteren Männern zu sprechen. Aphrodite versteht, was Nono wirklich braucht. »Liebe und Achtung. Macht und Aufmerksamkeit. Medienpräsenz.«

Aphrodite sagt, so etwas kriegt man nicht durch Tanzen. Na ja, manche schon, aber dann muss man wirklich gut sein und all die Energie, die man auch für nützlichere Zwecke verwenden könnte, auf das Einstudieren von Tanzschritten vergeuden. »Und du kannst schließlich schon gehen und stehen.«

»Aber was könnte ich denn sonst tun? Ich habe keine spezielle Begabung.«

»Du bist Soldatin. Die Tochter des Kriegsgottes. Aber du bist auch meine Tochter. Und es gibt nur einen vernünftigen Grund, Krieg zu führen.«

»Welchen denn?«, fragt Nono.

Aphrodite erzählt, was sie auf ihren Reisen alles gesehen hat: Frauen werden verstümmelt und geschlagen und vergewaltigt, Kinder missbraucht, Tiere verspeist. »Ich will mir das nicht länger anschauen. Im Ernst, verdammt.« Die Verhältnisse sind ihr zuwider, aber jetzt weiß sie, was zu tun ist.

Aphrodite: Jemand muss für die Liebe Krieg führen.

Nono: Ist das nicht widersprüchlich?

Aphrodite: Ja, aber manchmal muss man Kompromisse eingehen. Die Menschen sind dickköpfig.

Nono: Zum Glück kann man Köpfe abschneiden.

Aphrodite: Genau! Meine liebe, schöne Tochter, steh gerade und sei du selbst. Dann bist du das vollkommene, aufrechte Wesen, das alles verteidigen kann, was gut ist. Selbst wenn es mit Gewalt verteidigt werden muss.

Nono: In Ordnung. Und wohin muss ich jetzt gehen?

Aphrodite: Du musst nirgendwohin gehen. Im günstigsten Fall ist es nicht einmal nötig, Blut zu vergießen. Zuerst bringe ich dir die Grundlagen des Schminkens bei. Dann rufen wir die Zeitungen an und erzählen ihnen, wer du bist und was du tust. Sie werden Fotos von dir machen, und alle Menschen werden die Bilder sehen und beeindruckt sein. Und dann können sie dich lieben oder fürchten.

Nono: Glaubst du, das funktioniert?

Aphrodite: Natürlich. Bilder haben eine unglaubliche Kraft, sie beherrschen uns. Glaub mir.

An einem stinknormalen Montagmorgen geht der verkaterte Odin zum Kiosk, um sich einen großen Becher Kaffee und ein Croissant zu holen. Die Croissants sind ausverkauft. »Mist«, schimpft Odin.

»Wir haben Zimtschnecken«, sagt die Verkäuferin.

»Ich will keine verdammten Zimtschnecken!«

Verärgert wirft er einen Blick auf den Zeitungsständer. Auf dem glänzenden Titelblatt jeder Illustrierten prangt das Bild einer jungen blonden Göttin, die mit einem Samuraischwert bewaffnet ist. Darüber stehen in Großbuchstaben Schlagzeilen wie »Fräulein Nono beherrscht die Welt«, »Mode-Ikone: Das Kind des Krieges und der Liebe, so schön und so gefährlich wie niemand zuvor« und »Wer dieser Frau dumm kommt, den schlachtet sie ab«.

Odin betrachtet die junge sexy Göttin. Sie kommt ihm vage bekannt vor, denkt er. Er überlegt und überlegt, bis ihm aufgeht, woher er dieses Mädchen kennt. Sie sieht allerdings verdammt viel besser aus als damals. Odin sucht auf seinem Handy nach Nonos Nummer und findet sie unter E: »E« wie »Exweiber«. Das Telefon klingelt lange.

NONO: Nonos Residenz, Nono am Apparat.

ODIN: Grüß dich.

NONO: Wer ist da?

ODIN: Ich. Erinnerst du dich nicht?

NONO: Wer?

ODIN: Odin.

NONO: …

ODIN: Hallo, bist du noch dran?

NONO: …

ODIN: Ich dachte, wir könnten uns treffen.

NONO: Ach.

ODIN: Ja. Ich kann dich ja mal besuchen. Sag mir deine Adresse, dann schau ich vorbei.

NONO: Die einzigen Orte, wo du mich sehen wirst, sind die Zeitungen und das Fernsehen und das Internet und verdammt große Werbetafeln. Aber da wirst du mich wahrhaftig sehen. Ich werde dafür sorgen, dass du dir nicht einmal einen Scheißkaffee kaufen kannst, ohne mich zu sehen. Guck also in aller Ruhe hin und hol dir einen runter, wenn dir danach ist.

ODIN: Was ist, treffen wir uns oder nicht?

NONO: Wenn du je wieder versuchst, mit mir zu sprechen, lass ich dir die Zunge abschneiden.

Der Hörer wird aufgeknallt. Odin ist verblüfft, er versteht nicht, was das soll. Er trinkt von seinem Kaffee und verbrennt sich dermaßen die Zunge, dass er es auch in der darauffolgenden Woche noch spürt. Er kriegt einen fürchterlichen Wutanfall. »Der Kaffee ist zu heiß!«, brüllt er.

Die Kioskverkäuferin sieht ihn eine Weile schweigend an. »Dein Reißverschluss ist übrigens offen«, sagt sie dann und kichert leise.

Der Hass in mir wurde zum Baum und zur Frucht des Baumes.

In dieser Frucht wohnte der Hass in seiner reinsten Form.

Und in dieser Frucht war aller Hass.

Und als du die Frucht verzehrtest, gelangte der Hass in dich.

Und jetzt bin ich ihn los.

Nun ist der Hass bei dir, und zu dir gehört er auch.

Und ich hoffe, nicht leidenschaftlich, aber immerhin, dass der Hass dich von innen auffrisst, wie er mich aufgefressen hat. Und dass du die Leere und das Aufgefressenwerden spürst. Ich hoffe nicht, dass du bereust. Das ist mir ganz egal.

Ich hoffe, dass es dir wehtut.

16.

WELL, THESE BOOTS ARE MADE FOR WALKING, AND THAT'S JUST WHAT THEY'LL DO. ONE OF THESE DAYS THESE BOOTS ARE GONNA WALK ALL OVER YOU.

MILLA NIMMT IHR STUDIUM DER FRAUENFORSCHUNG wieder auf. In diesem Bereich werden Expertinnen gebraucht. Das heißt, nach Ansicht einiger Leute. Andere sagen, in diesem Land braucht man nicht noch mehr Feministinnenlesbenhuren.

Nach Millas Ansicht weiß sie schon alles über das Frauendasein. Aber wenn sie ihre Professorin ansieht, die ihre Cargo-Hose mit einem gelb geblümten Kleid kombiniert, muss sie zugeben, dass sie möglicherweise doch noch nicht alle Nuancen der Weiblichkeit kennt.

Sie schreibt ihre Magisterarbeit. Deshalb muss sie in die Bibliothek gehen. Bibliotheken sind beklemmend. Man darf nicht schwätzen und hat die ganze Zeit das Gefühl, beobachtet zu werden. Immerhin ist es besser, in die Stadtbibliothek zu gehen, denn in der Universitätsbibliothek muss man noch leiser sein, und da riecht es schlecht, und man wird ganz bestimmt beobachtet.

Aber sie findet das gesuchte Buch nicht. Na toll. Soll ich mir die Magisterarbeit aus der Muschi ziehen?, denkt sie. Aber das hat bestimmt auch schon jemand getan … Ich muss eine von den Bibliothekstanten fragen. Die mögen es nicht, wenn man sie mit Fragen belästigt. Deswegen ist hier alles automatisiert.

»Hallo, Entschuldigung, ich suche von Adams, Carol den Titel *Neither man nor beast*, aber ich finde ihn nicht, also könntest du …?«

»Moment.« Die Bibliotheksangestellte tippt auf ihrem Computer. »Wir hätten Adam Smith, *Wealth of Nations* …«

Milla unterbricht sie: »Entschuldigung, kennen wir uns?«

Die Angestellte sieht sie an. Sie trägt eine große Brille mit Plastikgestell, ist kaum geschminkt und hat die Haare zum Pferdeschwanz gebunden. Über ihre Lippen verlaufen alte, grausam aussehende Narben.

»Kalla?«

»Mm.«

Die Angestellte lächelt zaghaft. Milla klettert über die Theke und umarmt sie.

»Warum hast du nicht angerufen oder so? Ich habe dich überall gesucht, sogar in Thailand! Beinahe hätte ich eine Fehlgeburt gehabt, aber dann ist es doch noch gut ausgegangen!«

»Ja, vielleicht hätte ich mich melden sollen. Aber irgendwie … Ich weiß nicht. Vielleicht dachte ich … irgendwas. Ich habe das Gefühl, mein Leben ist jetzt normal geworden.«

»Tatsächlich?«

»Ja.«

Sie schweigen eine Weile, es ist so schwierig, Worte zu finden, obwohl es genug zu reden gäbe.

»Ach ja, ich wohne jetzt in unserer alten Wohnung oder vielmehr …«, beginnt Milla.

»Aha … Und was machst du so?«

»Ich studiere. Ich will vielleicht Gleichberechtigungsministerin werden.«

»Wie kommst du, äh, über die Runden, tust du … irgendwas?«

»Nein, nein, ich mache nichts. Mein Mann arbeitet!«

»Was macht er?«

»Er ist Schneeschaufler.«

»Aber jetzt ist Sommer.«

»Na ja. Er macht alles Mögliche. Ich weiß gar nicht so genau, was er alles tut. Das Studium nimmt mich ziemlich in Anspruch. Und dann natürlich …«

»Ja?«

»Willst du ihn sehen?«

»Wen?«

»Er ist oben in der Kinderabteilung.«

»Ach so! Ja!«

»Können wir den Aufzug nehmen? Die Treppe ist mir zu anstrengend.«

Der kleine Morpheus sitzt an einem Tischchen und liest Pippi Langstrumpf. Wegen seiner Zweisprachigkeit hat er noch ein wenig Schwierigkeiten mit dem Finnischen, aber mit zwei Jahren kann er schon fließend lesen.

»Morpheus«, flüstert Milla.

Morpheus hebt den Zeigefinger: Er will das Kapitel zu Ende lesen.

»Ist das deiner? Im Ernst?«

»Ja.«

»Er kommt mir so bekannt vor.«

»Der Sohn seiner Mutter.«

»Nein, warte mal. Erinnerst du dich an den ›Freundinmann‹?«

Morpheus blickt zu seiner Mutter auf. Er hat die Lektüre sehr genossen. Literatur macht das Leben auch dann lebenswert, wenn die Windel drückt. Seine Mutter ist nicht allein, sie spricht mit einer Bibliothekstante. Die Bibliothekstante kommt ihm bekannt vor.

Das Kind hebt die Arme wie zur Umarmung. Freudig überrascht geht Milla zu dem Jungen und drückt ihn an sich. Morpheus erwidert die Umarmung nur kurz, dann macht er sich los und zeigt auf Kalla. Kalla ist unsicher; sie hat zwar schon Kinder gesehen, aber noch nie eines berührt.

»Mir scheint, er will zu dir auf den Arm«, sagt Milla verlegen.

»Okay.« Vorsichtig nimmt Kalla das Kind in die Arme. Es ist überraschend schwer. »Halte ich ihn so richtig?«

Morpheus weiß, dass die Bibliothekstante keine richtige Bibliothekstante ist.

»Mutti, warum sind die Tiere im Käfig?«

»Weil das wilde Tiere sind, Schätzchen. Die würden sonst ausbrechen und uns auffressen.«

»Aber warum sind sie nicht in Afrika?«

»Weil es ihnen da vielleicht nicht so gut ginge, Schätzchen.«

»Warum nicht?«

»Na, weil da Menschen leben, die ihnen Böses wollen. Sie wollen sie aufessen oder ihnen das Fell wegnehmen oder den Stoßzahn oder so.«

»Mutti, warum sind da Kaninchen? Das sind keine wilden Tiere.«

»Ich glaube, die werden an die anderen Tiere verfüttert, Schätzchen.«

»Das ist blöd. Ich mag nicht hier sein.«

Milla und Kalla sind zum ersten Mal mit Morpheus in den Zoo gegangen.

»Mutti, ich muss weinen.«

Milla nimmt den Jungen in die Arme.

»Ich hätte wissen müssen, dass es ihm hier nicht gefällt. Der Streichelzoo war schon die reinste Katastrophe, als er gehört hat, dass die Lämmer im Herbst geschlachtet werden.«

»Wieso erzählen sie Kleinkindern solche Sachen?«

»Irgendwie hat er es geschafft, die richtigen Fragen zu stellen. Oder die falschen. Er wollte wissen, wo die Lämmchen vom letzten Jahr sind, weil kaum ausgewachsene Schafe da waren.«

»Ach, Kleiner.« Kalla nimmt den Jungen Huckepack.

Milla studiert die Wegweiser. »Wo mögen sie sein?«

»Ich weiß nicht. Einmal habe ich bestimmt zwei Stunden nach dem Faultier gesucht und es doch nicht gefunden.«

Morpheus entdeckt das Schild der Südostasien-Abteilung.

»Mutti, da bin ich geboren!«

»Nee, im Zoo bist du ganz bestimmt nicht geboren.«

»Er meint wahrscheinlich den Kontinent.«

»Ach so, ja. He, bestimmt sind sie da drinnen.«

»Bist du sicher, dass du sie sehen willst?«

»Wieso?«

»Na ja, weil du sie kennst. Und für Morpheus ist das vielleicht auch nicht der richtige Anblick.«

»Ach, weißt du, der kennt schon so vieles, dass er nicht so leicht erschrickt.«

In dem Gebäude hört man Vögel zwitschern und Wasser plätschern. Die Luft ist feucht und heiß. In den Terrarien kriechen Spinnen und Krebse. In einem wandhohen Aquarium schwimmen blaue Fische. Am Ende der Halle befindet sich ein mit Plexiglas abgetrennter Bereich.

»Mutti, warum sind da Kinder?«

»Na ja, Schätzchen … Das sind eigentlich keine Kinder. Sie sehen nur so aus.«

Kalla seufzt. In der Plexiglasbox heben sich zwölf Köpfe. Das heißt, es ist keine Box. Es ist ein Zimmer, ein Klassenzimmer, mit Tafel, Pulten und einer richtigen Lehrerin, die allerdings so ähnlich gekleidet ist wie ein Imker. Milla und Kalla können ihr Gesicht nicht sehen.

»Mutti, ist es in der Schule so wie da?«

»Ich weiß nicht. Ich erinnere mich nicht mehr.«

»Kalla?«

»Ja, so ähnlich.«

»Mutti, muss ich wirklich zur Schule gehen?«

»Die Schule ist eine gute Sache, Schätzchen.«

In dem Zimmer mit der Plexiglaswand sitzt ein Dutzend Mädchen, die keine ganz gewöhnlichen Mädchen sind. Ihre Haut ist teils schwarz und glänzend wie Plastik, teils normal und hell. Ihre Kleider scheinen ihnen nicht ganz zu passen. Die Blusen stehen am Rücken ab, im Nacken ragt ein Flügelpaar aus dem Halsausschnitt. In Taillenhöhe bewegt sich etwas, als ob ein überzähliges Paar Hände unter der Bluse etwas anstellt. Jedes Mädchen hat ein Buch. Bei manchen liegt es verkehrt herum auf dem Tisch, bei anderen ist nur noch der Einband übrig.

Die Mädchen und die wie ein Imker aussehende Lehrerin starren auf die Glasscheibe. Morpheus hebt grüßend seine Patschhand, doch niemand im Zimmer reagiert.

»Mutti, warum winken die nicht?«

Auch Milla hebt die Hand, doch die Mädchen und ihre Lehrerin gucken woandershin.

»Ich glaube, die sehen uns nicht.«

Das kleinste Mädchen mit den größten Augen blickt als Erstes wieder in das Buch, das auf seinem Pult liegt. Weder sind die Seiten herausgerissen, noch liegt es verkehrt herum. Es sieht ganz so aus, als könnte das Mädchen lesen.

»Als ich sie zuletzt gesehen habe, konnte sie nicht einmal sprechen.«

»Mutti, lesen ist viel wichtiger.«

»Warum?«

»Darum.«

Eines nach dem anderen konzentrieren sich die Mädchen wieder auf ihre Bücher. Manche lesen, andere zeichnen, wieder andere knicken den Einband um.

»Kommt dir die Lehrerin irgendwie bekannt vor?«

»Irgendwie schon. Ich weiß nicht.«

Die Lehrerin merkt, dass eines der Mädchen mit dem Stift auf das Buch trommelt. Sie geht zu ihm hin. Trotz der unförmigen Kleidung sind ihre Bewegungen schnell und fließend. Sie nimmt die rechte Hand des Mädchens in ihre eigene und legt die Finger der Kleinen um den Stift. Das Mädchen wirkt ein bisschen verlegen, scheint die Hilfestellung aber nicht übelzunehmen. Die Lehrerin führt ihre Hand zu den Buchseiten.

»Mutti, darf man in ein Buch malen?«

»Nein, aber manchmal doch.«

»Wann?«

»Wenn das, was man malt, gescheiter ist als das, was im Buch steht.«

»Ach so.«

»Glaubst du, sie wohnen da?«

»Ich weiß nicht.« Milla entdeckt einen Zinkeimer in der Zimmerecke. »Kann sein.«

»Sollten wir jetzt gehen?«

»Willst du das Faultier suchen?«

»Nein, ich meine ganz weggehen.«

»Ach.«
»Ja.«
»Stört es dich, wenn der Schneemann mitkommt?«
»Natürlich nicht.«
»Cool. Wohin gehen wir?«
»Ich weiß noch nicht. Egal wohin!«

»Wie heißt ihr?«, fragte ich zu Hause, als ich mich wieder an die Fleischbabys erinnerte. Sie jaulten und kläfften bloß. Ich legte sie schlafen, und sie schliefen die ganze Nacht auf meinem Kissen. Am Morgen musste ich gehen. Doch an der Tür machte ich kehrt, weil sie so entsetzlich schrien. »Ich kann euch im Schminkbeutel mitnehmen«, sagte ich. Ich trug sie den ganzen Tag mit mir herum.

Bald passten sie nicht mehr in den Schminkbeutel, obwohl ich den ganzen Kram herausnahm. »Dann setzt euch in den Laptopkoffer.« Doch nach einer Weile reichte der auch nicht mehr aus. »Geht neben mir her, ihr seid schon so groß«, schlug ich vor, und sie taten es. Sie wurden irrsinnig groß, so groß wie ich, und sie folgten mir überallhin.

Eines Tages, war es in der Stadt oder in meinem Bett, egal, eines Tages hatte ich überhaupt keine Angst mehr.